KB110615

국어선생님을 위한

한국문학사 강의

고칠현삼제(古七現三制)란 문학 작품을 섭렵함에 있어
고전 읽기에 70%, 현대 문학 읽기를 30%로 해야 한다는 것이다

【 제6권 **현대소설** 】

한국문학사 편찬위원회 엮음

머 리 말

문학이란 한 시대를 살아가고 있거나 살아간 사람들의 정신적 지도이다. 그러므로 우리들도 그들이 살아간 삶의 지도를 알아보고 훌륭한 역사와 교훈을 배워야 함은 새삼 두말할 필요가 없다.

흔히 우리가 문학을 운운함에 있어 고칠현삼제(古七現三制)를 이야기하게 된다. 다시 말하자면 문학 작품을 섭렵함에 있어 고전읽기에 70%, 현대 문학 읽기를 30%로 해야 한다는 것이다.

이 말은 예부터 지금까지 금과옥조로 지켜오고 또 앞으로 지켜져야 할 일이다. 그런데 어찌된 일인지 요즘 학교 현장에서 현대 문학만을 강조되고 있는 경향이 있다. 이는 반드시 시정되어야 할 것이다. 특히 대학입시를 눈앞에 둔 수험생들이 본고사·수학능력·논술 대비를 함에도 고전문학쪽에 등한한 듯한 인상을 지울 수가 없다. 이러한 현실을 극복하고자 하는 차원에서 필자는 주로 학생들이 쉽고 가까이 접근할 수 있는 우리의 고전 문학들을 시대별로 엮었다. 또한 시대별 중요작품과 입시 출제에 가장 많은 빈도를 차지했던 작품들을 뽑아서 엮었다.

여기서 실린 작품들은 다시 말해서 선조들의 지혜와 슬기이며 또 우리의 삶이며 역사이다. 우리가 버릴 수 없는 정신적 지도이며 역사이다. 학생들은 이 문학작품들을 통하여 우리의 현실과 역사에 대한 자각으로 되돌아와야 한다고 생각한다.

엮은이는 지금까지 본고사·수학능력·논술대비용으로 만들어졌던 기존의 책이 가졌던 단점을 과감하게 탈피하여 새롭고 이해하기 쉽게 만들었다. 특히 8종 교과서 외에도 시험으로 나올만한 작품들을 망라하였음을 밝혀둔다. 작품 개요와 지은이 해설로써 작품 배경과 사상을 이해하도록 했다. 아무쪼록 수험생들은 이 책을 통하여 교양과 시험에도 좋은 결실이 있기를 바란다.

1. 백과 사전식 나열을 피하고 학생들의 시험이나 정신적 교양이 되는 고전을 가려 뽑았다.
2. 권위있는 교수들의 협의와 검토를 통해 자료와 수험서의 기능을 갖도록 했다.
3. 작품의 요약, 지은이를 소개하여 작품의 배경과 사상을 파악하도록 했다.
4. 8종 교과서의 찾아 읽기 힘든 글들을 시대별, 장르별로 편집하였다. 아울러 시험에 중요하게 취급되는 것들도 빠짐없이 게재하였다.

차　례

■ 이 효 석

■ 최 학 송

■ 현 진 건

김유정

- 봄봄
- 동백꽃
- 금 따는 콩밭
- 땡볕

작가소개 ············ **김 유 정**

(金裕貞, 1908～1937)

소설가. 아명 멱설이 춘천
출생, 연희전문 문과 중퇴.
1935년 〈소나기〉가
조선일보에 당선되면서 문단에
등단. 한때는 일확천금을
꿈꾸며 금광에 손을 대었다가
실패. 병고와 빈곤에
시달리면서 말년의 2년 동안
문학에 정열을 쏟아 근 30편을
남겼다.

작품의 특징은 전통적인
국어어휘가 풍부하고 언어
구사의 묘(妙)를 잘 살리고
있다. 그의 작중 인물이 대개
어리석고, 문장이 향토적
서정미가 농후하며, 관찰이
유머러스하다.

대표작으로는 〈봄·봄〉,
〈땡볕〉, 〈동백꽃〉, 〈산골〉,
〈금따는 콩밭〉 등이 있다.

봄 봄

"장인님! 인젠 저……."

내가 이렇게 뒤통수를 긁고 나이가 찼으니 성례를 시켜줘야 하지 않겠느냐고 하면 대답이 늘,

"이 자식아! 성례구 뭐구 미처 자라야지!"

하고 만다.

이 자라야 한다는 것은 내가 아니라 장차 내 아내가 될 점순이의 키 말이다.

내가 여기에 와서 돈 한 푼 안 받고 일하기를 삼 년하고 꼬박 일곱 달 동안을 했다. 그런데도 미처 못 자랐다니까 이 키는 언제야 자라는 겐지 짜장 영문 모른다. 일을 좀 더 잘 해야 한다든지 혹은 밥을(많이 먹는다고 노상 걱정이니까) 좀 덜 먹어야 한다든지 하면 나도 얼마든지 할 말이 많다. 하지만 점순이가 아직 어리니까 더 자라야 한다는 여기에는 어째 볼 수 없이 고만 벙벙하고 만다.

이래서 나는 애초 계약이 잘못된 걸 알았다. 이태면 이태, 삼 년이면 삼 년, 기한을 딱 작정하고 일을 했어야 할 것이다. 덮어놓고 딸이 자라는 대로 성례를 시켜 주마, 했으니 누가 늘 지키고 섰는 것도 아니고, 그 키가 언제 자라는지 알 수 있는가. 그리고 난 사람의 키가 무럭무럭 자라는 줄만 알았지 붙박이 키에 모로만 벌어지는 몸도 있는 것을 누가 알았으랴. 때가 되면 장인님이 어련하랴 싶어서 군소리없이 꾸벅꾸벅 일만 해 왔다. 그럼 말이다, 장인님이 제가 다 알아차려서,

"어 참, 너 일 많이 했다. 고만 장가들어라."

하고 살림도 내주고 해야 나도 좋을 것이 아니냐. 시치미를 딱 떼고 도리어 그런 소리가 나올까봐서 지레 펄펄 뛰고 이 야단이다.

명색이 좋아 데릴사위지 일하기에 싱겁기도 할 뿐더러 이건 참 아무 것도 아니다.

숙맥이 그걸 모르고 점순이의 키 자라기만 까맣게 기다리지 않았나.

언젠가는 하도 갑갑해서 자를 가지고 덤벼들어서 그 키를 한번 재볼까 했다마는 우리는 장인님이 내외를 해야 한다고 해서 마주 서 이야기도 한 마디 하는 법 없다. 우물길에서 어쩌다 마주칠 적이면 겨우 눈어림으로 재보고 하는 것인데 그럴 적마다 나는 저만큼 가서,

"제 에미 키두!"

하고 논둑에다 침을 퉤, 뱉는다. 아무리 잘 봐야 내 겨드랑(다른 사람보다 좀 크긴 하지만) 밑에서 넘을락말락 밤낮 요모양이다. 개 돼지는 푹푹 크는데 왜 이리도 사람은 안 크는지, 한동안 머리가 아프도록 궁리도 해보았다. 아하, 물동이를 자꾸 이니까 뼈다귀가 움츠려 드나보다, 하고 내가 넌짓 넌지시 그 물을 대신

길어도 주었다. 뿐만 아니라 나무를 하러 가면 서낭당에 돌을 올려놓고,

"점순이의 키 좀 크게 해줍소사. 그러면 담엔 떡 갖다놓고 고사드립죠니까."

하고 치성을 한두 번 드린 것이 아니다. 어떻게 돼먹은 킨지 이래도 막무가내니……그래 내 어저께 싸운 것이지 결코 장인님이 밉다든지 해서가 아니다.

모를 붓다가 가만히 생각을 해보니까 또 싱겁다. 이 벼가 자라서 점순이가 먹고 좀 큰다면 모르지만 그렇지도 못한 걸 내 심어서 뭘 하는 거냐. 해마다 앞으로 축 불거지는 장인님의 아랫배(너무 먹는 걸 모르고 냇병이라나, 그 배)를 불리기 위해서 심곤 조금도 싶지 않다.

"아이구 배야!"

난 모를 붓다 말고 배를 쓰다듬으면서 그대로 논둑으로 기어올랐다. 그리고 겨드랑에 꼈던 벼 담긴 키를 그냥 땅바닥에 털썩 떨어치며 나도 털썩 주저앉았다. 일이 암만 바빠도 나 배 아프면 고만이니까. 아픈 사람이 누가 일을 하느냐. 파릇파릇 돋아오른 풀 한 숲을 뜯어들고 다리의 거머리를 쓱쓱 문대며 장인님의 얼굴을 쳐다보았다.

논 가운데서 장인님이 이상한 눈을 해가지고 한참을 날 노려보더니,

"너 이 자식, 왜 또 이래 응?"

"배가 좀 아파서유!"

하고 풀 위에 슬며시 쓰러지니까 장인님은 약이 올랐다.

저도 논에서 철벙철벙 둑으로 올라오더니 잡은참 내 멱살을 움켜잡고 빰을 치는 것이 아닌가.

"이 자식아, 일허다 말면 누굴 망해놀 속셈이냐. 이 대가릴 까

놀 자식!"

우리 장인님은 약이 오르면 이렇게 손버릇이 아주 못됐다. 또 사위에게 이 자식 저 자식 하는 이놈의 장인님은 어디 있느냐. 오죽해야 우리 동리에서 누굴 막론하고 그에게 욕을 안 먹는 사람은 명이 짜르다 한다. 조그만 아이들까지도 그를 돌려 세워놓고 욕필이(본 이름이 봉필이니까), 욕필이, 하고 손가락질을 할 만큼 두루 인심을 잃었다. 하나 인심을 정말 잃었다면 욕보다 읍의 배참봉댁 마름으로 더 잃었다. 본디 마름이란 욕 잘하고, 사람 잘 치고, 그리고 생김 생기길 호박개 같아야 쓰는 거지만 장인님은 외양이 똑됐다. 장인에게 닭마리나 좀 보내지 않는다든지 애벌논 때 품을 좀 안 준다든가 하면 그 해 가을에는 영락없이 땅이 뚝뚝 떨어진다. 그러면 미리부터 돈도 먹이고 술도 먹이고 안달재신으로 돌아치던 놈이 그 땅을 슬쩍 돌아안는다. 이 바람에 장인님 외양간에는 눈깔 커다란 황소 한 놈이 절로 엉금엉금 기어들고, 동리 사람들은 그 욕을 다 먹어가면서도 그래도 굽실굽실하는 게 아닌가—.

그러나 내겐 장인님이 감히 큰소리 할 계제가 못 된다. 뒷생각은 못 하고 뺨 한 대를 딱 내려 놓고는 장인님은 무색해서 덤덤히 쓴 침만 삼킨다. 난 그 속을 퍽 잘 안다. 조금 있으면 갈도 꺾어야 하고 모도 내야 하고, 한참 바쁜 때인데 나 일 안하고 우리 집으로 그냥 가면 고만이니까. 작년 이맘때도 트집을 좀 하니까 늦잠잔다구 돌멩이를 집어던져서 자는 놈의 발목을 삐게 해놨다. 사날씩이나 건성 끙끙, 앓았더니 종당에는 거반 울상이 되지 않았는가.

"얘, 그만 일어나 일 좀 해라, 그래야 올 갈에 벼 잘 되면 너 장가 들지 않니."

그래 귀가 번쩍 띄어서 그날로 일어나서 남이 이틀 품들일 논을 혼자 삶아 놓으니까 장인님도 눈깔이 커다랗게 놀랐다. 그럼 정말로 가을에 와서 혼인을 시켜줘야 원 경우가 옳지 않겠나. 볏섬을 척척 들여쌓아도 다른 소리는 없고 물동이를 이고 들어오는 점순이를 담배통으로 가리키며,

"이 자식아, 미처 커야지, 조걸 무슨 혼인을 한다구 그러니 원!"

하고 남 낯짝만 붉혀주고 고만이다. 골김에 그저 이놈의 장인님, 하고 댓돌에다 메꽂고 우리 고향으로 내뺄까 하다가 꾹꾹 참고 말았다. 참말이지 난 이 꼴하고는 집으로 차마 못 간다. 장가를 들러갔다가 오죽 못났어야 그대로 쫓겨왔느냐고 손가락질을 받을 테니까…….

논둑에서 벌떡 일어나 한풀 죽은 장인님 앞으로 다가서며,

"난 갈 테야유, 그 동안 사경 쳐내슈."

"너 사위로 왔지 어디 머슴살러 왔니?"

"그러면 얼찐 성례를 해줘야 안 하지유. 밤낮 부려만 먹구 해준다, 해준다……."

"글쎄, 내가 안 하는 거냐? 그년이 안 크니까……."

하고 어름어름 담배만 담으면서 늘 하는 소리를 또 늘어놓는다.

이렇게 따져나가면 언제든지 늘 나만 밑지고 만다. 이번엔 안 된다 하고 대뜸 구장님한테로 판단 가자고 소맷자락을 내끌었다.

"아, 이 자식이 왜 이래 어른을."

안 간다구 뻗디디고 이렇게 호령은 제 맘대로 하지만 장인님 제가 내 기운은 못 당한다. 막 부려먹고 딸은 안 주고, 게다 땅땅 치는 건 다 뭐야…….

그러나 내 사실 참 장인님이 미워서 그런 것은 아니다.

그 전날 왜 내가 새고개 맞은 봉우리 화전밭을 혼자 갈고 있지

않았느냐. 밭 가상이로 돌 적마다 야릇한 꽃내가 물컥물컥 코를 찌르고 머리 위에서 벌들은 가끔 붕, 붕, 소리를 친다. 바위 틈에서 샘물소리밖에 안 들리는 산골짜기니까 맑은 하늘의 봄볕은 이불 속같이 따스하고 꼭 꿈꾸는 것 같다. 나는 몸이 나른하고(몸살을 아직 모르지만) 병이 나려구 그러는지 가슴이 울렁울렁하고 이랬다.

"이러이! 말이! 맘 마 마 ……."

이렇게 노래를 하며 소를 부리면 여느때 같으면 어깨가 으쓱으쓱한다. 웬일인지 밭을 반도 갈지 않아서 온몸이 맥이 풀리고 대구 짜증만 난다. 공연히 소만 들입다 두들기며,

"아냐! 아냐! 이 망할 자식의 소(장인님의 소니까) 대리를 꺽어 줄라."

그러나 내 속은 정말 아냐 때문이 아니라 점심을 이고 온 점순이의 키를 보고 울화가 났던 것이다.

점순이는 뭐 그리 썩 이쁜 계집애는 못된다. 그렇다고 또 개떡이냐 하면 그런 것도 아니고, 꼭 아내가 돼야 할 만큼 그저 툽툽하게 생긴 얼굴이다. 나보다 십년이 아래니까 올해 열여섯인데 몸은 남보다 두 살이나 덜 자랐다. 남은 잘도 훤칠히들 크건만 이건 위 아래가 뭉툭한 것이 내 눈에는 헐없이 감참외 같다. 참외 중에는 감참외가 제일 맛좋고 이쁘니까 말이다. 둥글고 커단 눈은 서글서글하니 좋고 좀 지쳐 찢어졌지만 입은 밥술이나 톡톡히 먹음직하니 좋다. 아따 밥만 많이 먹게 되면 팔자는 고만 아니냐. 한데 한 가지 파가 있다면 가끔 가다 몸이(장인님은 이걸 채신없이 들까분다고 하지만) 너무 빨리빨리 논다. 그래서 밥을 나르다가 때없이 풀밭에서 깨빡을 쳐서 흙투성이 밥을 곧잘 먹인다. 안 먹으면 무안해 할까봐서 이걸 씹고 앉았노라면 으적으적 소리만 나고 돌을 먹는 겐지 밥을 먹는 겐지…….

그러나 이 날은 웬일인지 성한 밥 채로 밭머리에 곱게 내려놓았다. 그리고 또 내외를 해야 하니까 저만큼 이쪽으로 등을 향하고 웅크리고 앉아서 그릇 나기를 기다린다. 내가 다 먹고 물러섰을 때 그릇을 와서 챙기는데, 그런데 나 깜짝 놀라지 않았느냐. 고개를 폭 숙이고 밥함지에 그릇을 포개면서 날더러 들으라는지 혹은 제 소린지,

"밤낮 일만 하다 말 텐가!"

하고 혼자서 쫑알거린다. 고대 잘 내외하다가 이게 무슨 소린가 하고 난 정신이 얼떨떨했다. 그러면서도 한편 무슨 좋은 수가 있는가 싶어서 나도 공중을 대고 혼잣말로,

"그럼 어떻게?"

하니까,

"성례시켜 달라지 뭘 어떻게……."

하고 되알지게 쏘아붙이고 얼굴이 빨개져서 산으로 그저 도망질친다.

나는 잠시 동안 어떻게 되는 셈판인지 맥을 몰라서 그 뒷모양만 덤덤히 바라보았다.

봄이 되면 온갖 초목이 물이 오르고 싹이 트고 한다. 사람도 아마 그런가 보다 하고 며칠 내에 부쩍(속으로) 자란 듯싶은 점순이가 여간 반가운 것이 아니다.

이런 걸 멀쩡하게 아직 어리다구 하니까…….

우리가 구장님을 찾아갔을 때 그는 싸리문 밖에 있는 돼지우리에서 죽을 퍼주고 있었다. 서울엘 좀 갔다오더니 사람은 점잖아야 한다구 윗수염이(얼른 보면 지붕 위에 앉은 제비 꼬랑지 같다.) 양쪽으로 뾰족이 뻐치고 그걸 에헴, 하고 늘 쓰담는 손버릇이 있다. 우리를 멀뚱히 쳐다보고 미리 알아챘는지,

"왜 일들 허다 말구 그래?"

하더니 손을 올려서 그 에헴을 헌 번 후딱 했다.

"구장님! 우리 장인님과 츰에 계약하기를……."

먼저 덤비는 장인님을 뒤로 떠다밀고 내가 허둥지둥 달려들다가 가만히 생각하고,

"아니 우리 빙장님과 츰에."

하고 첫번부터 다시 말을 고쳤다. 장인님은 빙장님, 해야 좋아하고 밖에 나와서 장인님, 하면 괜스레 골을 내려고 든다. 뱀도 뱀이래야 좋냐구 창피스러우니 남 듣는 데는 제발 빙장님, 빙모님 하라고 일상 당조짐을 받아오면서 난 그것도 자꾸 잊는다. 당장도 장인님, 하다 옆에서 내 발등을 꾹 밟고 곁눈질을 흘기는 바람에야 겨우 알았지만—.

구장님도 내 이야기를 자세히 듣더니, 퍽 딱한 모양이었다. 하기야 구장님뿐만 아니라 누구든지 다 그럴 게다. 길게 길러둔 새끼손톱으로 코를 후벼서 저리 탁 튀기며,

"그럼 봉필 씨! 얼른 성례를 시켜주구려, 그렇게까지 제가 허구싶다는 걸……."

하고 내 짐작대로 말했다. 그러나 이 말에 장인님은 삿대질로 눈을 부라리고,

"아 성례구 뭐구 계집애년이 미처 자라야 할 게 아닌가?"

하니까 고만 멀쑤룩해서 입맛만 쩍쩍 다실 뿐이 아닌가.

"그것두 그래!"

"그래, 거진 사 년 동안에도 안 자랐다니 그 킨 은제 자라지유? 다 그만두고 사경 내슈……."

"글쎄, 이 자식아! 내가 크질 말라구 그랬니, 왜 날 보구 떼냐?"

"빙모님은 참새 만한 것이 그럼 어떻게 앨 낳지유? (사실 장모님은 점순이보다는 귓배기가 작다.)"

장인님은 이 말을 듣고 껄껄 웃더니(그러나 암만해두 돌 씹은 상이다) 코를 푸는 척하고 날 은근히 곯리려고 팔꿈치로 옆 갈비께를 퍽 치는 것이다. 더럽다. 나도 종아리의 파리를 쫓는 척하고 허리를 구부리며 그 궁둥이를 콱 떼밀었다. 장인님은 앞으로 우줄근하고 싸리문께로 쓰러질 듯하다 몸을 바로 고치더니 눈총을 몹시 쏘았다. 이런 쌍년의 자식! 하곤 싶으나 남의 앞이라니 차마 못 하고 섰는 그 꼴이 보기에 퍽 쟁그라웠다.

그러나 이밖에는 별반 신통한 귀정을 얻지 못하고 도로 논으로 돌아와서 모를 부었다. 왜냐하면 장인님이 뭐라구 귀엣말로 수군수군하고 간 뒤다. 구장님이 날 위해서 조용히 데리고 아래와 같이 일러주었기 때문이다. (뭉태의 말은 구장님이 장인님에게 땅두 마지기 얻어부치니까 그래 꾀였다고 하지만 난 그렇게 생각 않는다.)

"자네 말두 하기야 옳지, 암 나이 찼으니가 아들이 급하다는 게 잘못된 말은 아니야. 허지만 농사가 한창 바쁜 때 일을 안 한다든가 집으로 달아난다든가 하면 손해죄루 그것두 징역을 가거든! (여기에 그만 정신이 번쩍 났다) 왜 요전에 삼포말서 산에 불 좀 놓았다구 징역간 거 못 봤나? 제 산에 불을 놓아두 징역을 가는 이땐데 남의 농사를 버려두니 죄가 얼마나 더 중한가. 그리고 자넨 정장을(사경받으러 정장가겠다 했다) 간대지만 그러면 괜시리 죄를 들쓰고 들어가는 걸세. 또 결혼두 그렇지, 법률에 성년이란 게 있는데 스물하나가 돼야지 비로소 결혼을 할 수 있는 걸세. 자넨 물론 아들이 늦은 걸 염려하지만 점순이루 말하면 이제 겨우 열여섯이 아닌가. 그렇지만 아까 빙장님의 말씀이 올 갈에는 열일을 제치고라두 성례를 시켜주겠다 하시니 좀 고마울 겐가. 빨리 가서 모 붓든 거나 붓게, 군소리 말구 어서가."

그래서 오늘 아침까지 끽소리 없이 나왔다.

장인님과 내가 싸운 것은 지금 생각하면 전혀 뜻밖의 일이라 안 할 수 없다 장인님으로 말하면 요즈막 작인들에게 행세를 좀 하고 싶다고 해서,

"돈 있으면 양반이지 별 게 있느냐!"

하고 일부러 아랫배를 쑥 내밀고 걸음도 뒤틀리게 걷고 하는 이판이다. 이까짓 나쯤 두들기다 남의 땅을 가지고 모처럼 닦아 놓았던 가문을 망친다든지 할 어른이 아니다. 또 나로 논지면 아무쪼록 잘 뵈서 점순에게 얼른 장가를 들어야 하지 않느냐.

이렇게 말하자면 결국 어젯밤 뭉태네 집에 마을간 것이 썩 나빴다. 낮에 구장님 앞에서 장인님과 싸운 것을 어떻게 알았는지 대고 빈정거리는 것이 아닌가.

"그래 맞구두 가만 둬?

"그럼 어떡허니?"

"임마, 봉필일 모판에다 거꾸루 박아놓지 뭘 어떡해?"

하고 괜히 내 대신 화를 내가지고 주먹질을 하다 등잔까지 쳤다. 놈이 번이 괄괄은 하지만 그래 놓고 나더러 석유값을 물라고 막찌다우를 붙는다. 난 어안이 벙벙해서 잠자코 앉았으니까 저만 연신 지껄이는 소리가,

"밤낮 일만 해주구 있을 테냐?"

"영득이는 일 년을 살구두 장갈들었는데 넌 사 년이나 살구두 더 살아야 해?"

"남의 일이라두 분하다. 이 자식아, 우물에 빠져죽어."

나중에는 겨우 손톱으로 목을 따라고까지 하고, 제 아들같이 함부로 후딱이었다. 별의별 소리를 다 해서 그대로 옮길 수는 없으나 그 줄거리는 이렇다.

우리 장인님 딸이 셋이 있는데 맏딸은 재작년 가을에 시집을 갔다 정말은 시집을 간 것이 아니라 그 딸도 데릴사위를 해가지

고 있다가 내보냈다. 그런데 딸이 열살 때부터 열아홉, 즉 십년 동안에 데릴사위를 갈아들이기를, 동리에선 사위 부자라고 이름이 났지마는 열 놈이란 참 너무 많다. 장인님이 아들은 없고 딸만 있는 고로 그 담 딸을 데릴사위를 해올 때까지 부려먹지 않으면 안된다. 물론 머슴을 두면 좋지만 그건 돈이 드니까, 일 잘하는 놈을 고르느라고 연방 바꿔들였다. 또 한편 놈들이 욕만 줄창 퍼붓고 심히도 부려먹으니까 벨이 상해서 달아나기도 했겠지. 점순이는 둘째 딸인데 내가 일테면 그 세번째 데릴사위로 들어온 셈이다. 내 담으로 네번째 놈이 들어온 것을 내가 일도 참 잘하고 그리고 사람이 좀 어수룩하니까 장인님이 잔뜩 붙들고 놓질 않는다. 셋째 딸이 인제 여섯살, 적어두 열살은 돼야 데릴사위를 할 테므로 그 동안 죽도록 부려먹어야 된다. 그러니 인제는 속 좀 차리고 장가를 들여달라구 떼를 쓰고 나자빠져라, 이것이다.

나는 겉으로 엉, 엉, 하며 귓등으로 들었다. 뭉태는 땅을 얻어 부치다가 떨어진 뒤로는 장인님만 보면 공연히 못 먹어서 으르렁거린다. 그것도 장인님이 저 달라고 할 적에 제 집에서 위한다는 그 감투(예전에 원님이 쓰던 것이라나, 옆구리에 뽕뽕 좀먹은 걸레)를 선뜻 주었더라면 그럴 리도 없었던 걸…….

그러나 나는 뭉태란 놈의 말을 전수히 곧이 듣지 않았다. 꼭 곧이 들었다면 간밤에 와서 장인님과 싸웠지 무사히 있었을 리가 없지 않은가. 그러면 딸에게까지 인심을 잃은 장인님이 혼자 나빴다.

실토이지 나는 점순이가 아침상을 가지고 나올 때까지는 오늘은 또 얼마나 밥을 담았나, 하고 이것만 생각했다. 상에는 된장찌게하고 간장 한 종지, 조밥 한 그릇, 그리고 밥보다 더 수부룩하게 담은 산나물이 한 대접, 이렇다. 나물은 점순이가 틈틈히 해오니까 두 대접이고 멋대로 먹어도 좋으나 밥은 장인님이 한 사발

외엔 더 주지 말라고 해서 안 된다. 그런데 점순이가 그 상을 내 앞에 내려 놓으며 제 말로 지껄이는 소리가,

"구장님한테 갔다 그냥 온담 그래!"

하고 엊그제 산에서와 같이 되우 종알거린다. 딴은 내가 더 단단히 덤비지 않고 만 것이 좀 어리석었다, 속으로 그랬다. 나도 저쪽 벽을 향하여 외면하면서도 내 말로,

"안된다는 걸 그럼 어떡헌담!"

하니까,

"쇰을 잡아채지 그냥 둬, 이 바보야!"

하고 또 얼굴이 발개지면서 성을 내며 안으로 샐쭉하니 튀어들어 가지 않느냐. 이때 아무도 본 사람이 없었게 망정이지 보았다면 내 얼굴이 어미 잃은 황새 새끼처럼 가여웁다, 했을 것이다.

사실 이때만큼 슬펐던 일이 또 있었는지 모른다. 다른 사람은 암만 못생겼다 해두 괜찮지만 내 아내될 점순이가 병신으로 본다면 참 신세는 따분하다. 밥을 먹은 뒤 지게를 지고 일터로 가려 하다 도로 벗어던지고 바깥 마당 공석 위에 드러누워서 나는 차라리 죽느니만 같지 못하다 생각했다.

내가 일 안 하면 장인님 저는 나이가 먹어 못하고 결국 농사 못짓고 만다. 뒷짐으로 트림을 꿀꺽 하고 대문 밖으로 나오다 날 보고서,

"이 자식아! 너 왜 또 이러니?"

"관격이 났어유, 아이구 배야!"

"기껀 밥 처먹구 나서 무슨 관격이야, 남의 농사 버려주면 이 자식아 징역간다 봐라!"

"가두 좋아유, 아이구 배야!"

참말 난 일 안 해서 징역가도 좋다 생각했다. 일후 아들을 낳아도 그 앞에서 바보, 바보, 이렇게 별명을 들을 테니까 오늘은

열쪽이 나대도 결정을 내고 싶었다.

장인님이 일어나라고 해도 내가 안 일어나니까 눈에 독이 올라서 저편으로 횡허케 가더니 막대기를 들고 왔다. 그리고 그걸로 내 허리를 마치 들떠넘기듯이 쿡 찍어서 넘기고 넘기고 했다. 밥을 잔득 먹어 딱딱한 배가 그럴 적마다 퉁겨지면서 밸창이 곳꼿한 것이 여간 켕기지 않았다. 그래도 안 일어나니까 이번에는 배를 지게막대기로 위에서 쿡쿡 찌르고 발길로 옆구리를 차고 했다. 장인님은 원채 심청이 궂어서 그러지만 나도 저만 못하지 않게 배를 채였다. 아픈 것을 눈을 꽉 감고 넌 해라 난 재밌단 듯이 있었으나 볼기짝을 후려갈길 적에는 나도 모르는 결에 벌떡 일어나서 그 수염을 잡아챘다. 마는 내골이 난 것이 아니라 정말은 아까부터 부엌 뒤 울타리 구멍으로 점순이가 우리들의 꼴을 몰래 엿보고 있었기 때문이다.

가뜩이나 말 한마디 톡톡히 못 한다고 바보라는데 매까지 잠자코 맞는 걸 보면 짜장 바보로 알 게 아닌가. 또 점순이도 미워하는 이까짓 놈의 장인님하곤 아무것도 안 되니까 막 때려도 좋지만 사정보아서 수염만 채고(제 원대로 했으니까 이때 점순이는 퍽 기뻤겠지) 저기까지 잘 들리도록,

"이걸 가셀라부다.!"

하고 소리를 쳤다.

장인님은 약이 더 바짝 올라서 잡은참 지게막대기로 내 어깨를 그냥 내려갈겼다. 정신이 다 아찔하다. 다시 고개를 들었을 때 그때엔 나도 온몸에 약이 올랐다. 이 녀석의 장인님을, 하고 눈에서 불이 퍽 나서 그 아래 밭 있는 넝 아래로 그대로 떼밀어 굴려버렸다. 조금 있다가 장인님이 씩, 씩, 하고 한번 해보려고 기어오르는 걸 얼른 또 떼밀어 굴려버렸다.

기어오르면 굴리고 굴리면 기어오르고 이러길 한 너덧 번을 하

며 그럴 적마다,

"부려만 먹구 왜 성례 안 하지유!"

나는 이렇게 호령했다, 하지만 장인님이 선뜻 오냐 낼이라두 성례시켜주마, 했으면 나도 성가신 걸 그만두었을지 모른다. 나야 이러면 때린 건 아니니까 나중에 장인 쳤다는 누명도 안 들을 터이고 얼마든지 해도 좋다.

한 번은 장인님이 헐떡헐떡 기어서 올라오더니 내 바짓가랑이를 요렇게 노리고서 단박 움켜잡고 매달렸다. 악, 소리를 치고 나는 그만 세상이 다 팽그르 도는 것이,

"빙장님! 빙장님! 빙장님!"

"이 자식! 잡아먹어라 잡아먹어!"

"아! 아! 할아버지, 살려줍쇼, 할아버지."

하고 두팔을 허둥지둥 내절 적에는 이마에 진땀이 쭉 내솟고 인젠 참으로 죽나보다 했다. 그래도 장인님은 놓질 않더니 내가 기어이 땅바닥에 쓰러져서 거진 까무라치게 되니까 놓는다. 더럽다, 더럽다, 이게 장인님인가? 나는 한참을 못 일어나고 쩔쩔맸다. 그러나 얼굴을 드니(눈에 참 아무것도 보이지 않았다) 사지가 부르르 떨리면서 나도 엉금엉금 기어가 장인님의 바짓가랭이를 꽉 움키고 잡아나꿨다.

내가 머리가 터지도록 매를 얻어맞은 것이 이 때문이다. 그러나 여기가 또한 우리 장인님이 유달리 착한 곳이다. 여느 사람이면 사경을 주어서라도 당장 내쫓았지 터진 머리를 불솜으로 손수 지져주고, 호주머니에 희연 한 봉을 넣어주고 그리고,

"올 갈엔 꼭 성례를 시켜주마, 암말 말구 가서 뒷골의 콩밭이나 얼른 갈아라."

하고 등을 뚜덕여줄 사람이 누구냐.

나는 장인님이 너무나 고마와서 어느덧 눈물까지 났다. 점순이

를 남기고 인젠 내쫓기려니, 하다 뜻밖의 말을 듣고,

"빙장님! 인제 다시는 안 그러겠어유!"

이렇게 맹세를 하며 부랴부랴 지게를 지고 일터로 갔다.

그러나 이때는 그걸 모르고 장인님을 원수만 여겨서 잔뜩 잡아 당겼다.

"아! 아! 이놈아! 놔라, 놔."

장인님은 헛손질을 하며 솔개미에 챈 닭의 소리를 연해질렀다. 놓긴 왜, 이왕이면 호되게 혼을 내주리라 생각하고 짓궂이 더 당겼다. 마는 장인님이 땅에 쓰러져서 눈에 눈물이 피잉 도는 것을 알고 좀 겁도 났다.

"할아버지 ! 놔라, 놔, 놔, 놔, 놔."

그래도 안 되니까,

"얘 점순아! 점순아!"

이 악장에 안에 있던 장모님과 점순이는 헐레벌떡하고 단숨에 뛰어나왔다. 나의 생각에 장모님은 제 남편이니까 역성을 할는지도 모른다. 그러나 점순이는 내 편을 들어서 속으로 고수해서 하겠지—대체 이게 웬 속인지(지금까지도 난 영문을 모른다.) 아버질 혼내주기는 제가 내래놓고 이제 와서는 달려들며,

"에그머니! 이 망할 게 아버지 죽이네!"

하고 내 귀를 뒤로 잡아당기며 마냥 우는 것이 아니냐. 그만 여기에 기운이 탁 꺾이어 나는 얼빠진 등신이 되고 말았다. 장모님도 덤벼들어 한쪽 귀마저 뒤로 잡아채면서 또 우는 것이다.

이렇게 꼼짝도 못 하게 해놓고 장인님은 지게막대기를 들어서 사뭇 내려조겼다. 그러나 나는 구태여 피하려지도 않고 암만해도 그 속 알 수 없는 점순이의 얼굴만 멀거니 들여다보았다.

"이 자식! 장인 입에서 할아버지 소리가 나오도록 해?"

(1935년)

동백꽃

오늘도 또 우리 수탉이 막 쫓기었다. 내가 점심을 먹고 나무를 하러 갈 양으로 나올 때이었다.

산으로 올라서려니까 등뒤에서 푸드덕푸드덕하고 닭의 횃소리가 야단이다. 깜짝 놀라서 고개를 돌려보니 아니나 다르랴 두 놈이 또 얼리었다.

점순이네 수탉(대강이가 크고 똑 오소리같이 살팍하게 생긴 놈)이 덩저리 작은 우리 수탉을 함부로 해내는 것이다. 그것도 그냥 해내는 것이 아니라 푸드덕하고 면두를 쪼고 물러섰다가 좀 사이를 두고 또 푸드덕하고 모가지를 쪼았다. 이렇게 멋을 부려가며 여지없이 닦아 놓는다. 그러면 이 못생긴 것은 쪼일 적마다 주둥이로 땅을 받으며 그 비명이 킥, 킥, 할 뿐이다. 물론 미처 아물지도 않은 면두를 또 쪼이어 붉은 선혈은 뚝뚝 떨어진다. 이걸 가만히 내려다보자니 내 대강이가 터져서 피가 흐르는 것 같이 두 눈에서 불이 번쩍 난다. 대뜸 지게막대기를 메고 달려들어 점순네 닭을 후려칠까 하다가 생각을 고쳐먹고 헛매질로 떼어만 놓았다.

이번에도 점순이가 쌈을 붙여놨을 것이다. 바짝바짝 내 기를 올리느라고 그랬음에 틀림없을 것이다. 고놈의 계집애가 요새로 접어들어서 왜 나를 못 먹겠다고 그렇게 아르렁거리는지 모른다.

나흘 전 감자쪼간만 하더라도 나는 저에게 조금도 잘못한 것은 없다. 계집애가 나물을 캐러 가면 갔지 남 울타리 엮는데 쌩이질을 하는 것은 다 뭐냐. 그것운 발소리를 죽여 가지고 등뒤로 살며시 와서,

"얘! 너 혼자만 일하니?"

하고, 긴치 않은 수작을 하는것이었다.

어제까지도 저와 나는 이야기도 잘 않고 서로 만나도 본척만척하고 이렇게 점잖게 지내던 터이련만 오늘로 갑작스레 대견해졌음은 웬일인가. 항차 망아지만한 계집애가 남 일하는 놈보구—.

"그럼 혼자 하지 떼루 하듸?"

내가 이렇게 내배앝는 소리를 하니까.

"너 일하기 좋니?"

또는,

"한여름이나 되거든 하지 벌써 울타리를 하니?"

잔소리를 두루 늘어놓다가 남이 들을까 손으로 입을 틀어막고는 그 속에서 깔깔댄다. 별로 우스울 것도 없는데 날씨가 풀리더니 이놈의 계집애가 미쳤나 하고 의심하였다. 게다가 조금 뒤에는 저의 집께를 할금할금 돌아보더니 행주치마의 속으로 꼈던 바른 손을 뽑아서 나의 턱 밑으로 불쑥 내미는 것이다. 언제 구웠는지 아직도 더운 김이 확 끼치는 굵은 감자 세 개가 손에 뿌듯이 쥐였다.

"느 집엔 이거 없지?"

하고, 생색있는 큰소리를 하고는 제가 준 것을 남이 알면 큰일 날테니 여기서 얼른 먹어버리란다. 그리고 또 하는 소리가,

"너 봄 감자가 맛있단다."

"난 감자 안 먹는다, 너나 먹어라."

나는 고개도 돌리려지 않고 일하던 손으로 그 감자를 도로 어깨 너머로 쑥 밀어버렸다. 그랬더니 그래도 가는 기색이 없고, 뿐만 아니라 쌔근쌔근하고 심상치 않게 숨소리가 점점 거칠어진다. 이건 또 뭐야 싶어서 그때에야 비로소 돌아보니 나는 참으로 놀랐다. 우리가 이 동네에 들어온 것은 근 삼 년 째 되어 오지만 여지껏 가무잡잡한 점순이의 얼굴이 이렇게까지 홍당무처럼 새빨개진 법이 없었다. 게다 눈에 독을 올리고 요렇게 쏘아보더니 나중에는 눈물까지 어리는 것이 아니냐. 그리고 바구니를 다시 집어 들더니 이를 꼭 악물고는 엎어질 듯 자빠질 듯 논둑으로 휑허케 달아나는 것이다.

어쩌다 동네 어른이,

"너 얼른 시집을 가야지?"

하고 웃으면,

"염려 마셔유. 갈 때 되면 어련히 갈라구……."

이렇게 천연덕스레 받는 점순이었다. 본시 부끄럼을 타는 계집애도 아니거니와 또한 분하다고 눈에 눈물을 보일 얼병이도 아니다. 분하면 차라리 나의 등어리를 바구니로 한 번 모지게 후려때리고 달아날지언정.

그런데 고약한 그 꼴을 하고 가더니 그 뒤로는 나를 보면 잡아먹으려고 기를 복복 쓰는 것이다.

설혹 주는 감자를 안 받아먹은 것이 실례라 하면, 주면 그냥 주었지 "느 집엔 이거 없지"는 다 뭐냐. 그렇잖아도 저희는 마름이고 우리가 그 손에서 배재를 얻어 땅을 부치므로 일상 굽실거

린다. 우리가 이 마을에 처음 들어와 집이 없어서 곤란으로 지낼 제 집터를 빌리고 그 위에 또 집을 짓도록 마련해 준 것도 점순네의 호의였다. 그리고 우리 어머니 아버지도 농사 때 양식이 달리면 점순네한테 가서 부지런히 꾸어다 먹으면서 인품 그런 집은 다시 없으리라고 침이 마르도록 칭찬하곤 하는 것이다. 그러면서도 열일곱씩이나 된 것들이 수군수군하고 붙어다니면 동네의 소문이 사납다고 주의를 시켜준 것도 또 어머니였다. 왜냐하면 내가 점순이하고 일을 저질렀다가는 점순네가 노할 것이고, 그러면 우리는 땅도 떨어지고 집도 내쫓기고 하지 않으면 안되는 까닭이었다.

그런데 이놈의 계집애가 까닭없이 기를 복복 쓰며 나를 말려죽이려고 드는 것이다.

눈물을 흘리고 간 그 다음날 저녁나절이었다. 나무를 한 짐 잔뜩 지고 산을 내려오려니까 어디서 닭이 죽는 소리를 친다. 이거 뉘 집에서 닭을 잡나, 하고 점순네 울 뒤로 돌아오다가 나는 고만 두 눈이 뚱그래졌다. 점순이가 제 집 봉당에 홀로 걸터앉았는데, 아 이게 치마 앞에다 우리 씨암탉을 꼭 붙들어놓고는,

"이놈의 닭! 죽어라, 죽어라."

요렇게 암팡스레 패주는 것이 아닌가. 그것도 대가리나 치면 모른다마는 아주 알도 못 낳으라고 그 볼기짝께를 주먹으로 콕콕 쥐어박는 것이다.

나는 눈에 쌍심지가 오르고 사지가 부르르 떨렸으나 사방을 한 번 휘둘러보고야 그제서 점순이 집에 아무도 없음을 알았다. 잡은 참 지게막대기를 들어 울타리의 중턱을 후려치며,

"이놈의 계집애! 남의 닭 알 못 낳라구 그러니?"

하고, 소리를 빽 질렀다.

그러나 점순이는 조금도 놀라운 기색이 없고 그대로 의젓이 앉

아서 제 닭 가지고 하듯이 또 죽어라, 죽어라, 하고 패는 것이다. 이걸보면 내가 산에서 내려올 때를 겨냥해 가지고 미리부터 닭을 잡아가지고 있다가 너 보란 듯이 내 앞에 쥐지르고 있음이 확실하다. 그러나 나는 그렇다고 남의 집에 뛰어들어가 계집애하고 싸울 수도 없는 노릇이고, 형편이 썩 불리함을 알았다. 그래 닭이 맞을 적마다 지게막대기로 울타리를 후려칠 수밖에 별도리가 없다. 왜냐하면 울타리를 치면 칠수록 울섶이 물러앉으며 뼈대만 남기 때문이다. 허나 아무리 생각하여도 나만 밑지는 노릇이다.

"아 이년아! 남의 닭 아주 죽일 터이냐?"

내가 도끼눈을 뜨고 꽥 호령을 하니까 그제서야 울타리께로 쪼르르 오더니 밖에 섰는 나의 머리를 겨누고 닭을 내팽개친다.

"에이 더럽다! 더럽다!"

"더러운 걸 널더러 입때 끼고 있으랬니? 망할 계집년 같으니."

하고, 나도 더럽단 듯이 울타리께를 횡허케 돌아내리며 약이 오를 대로 다 올랐다, 라고 하는 것은 암탉이 풍기는 서슬에 나의 이마 빼기에다 물찌똥을 찍 깔겼는데 그걸 본다면 알집만 터졌을 뿐 아니라 골병은 단단히 든 듯싶다. 그리고 나의 등뒤를 향하여 나에게만 들릴 듯 말 듯한 음성으로,

"이 바보 녀석아!"

"얘! 너 배냇병신이지?"

그만도 좋으련만,

"얘, 너 느 아버지가 고자라지?"

"뭐? 울 아버지가 그래 고자야?"

할 양으로 열병거지가 나서 고개를 홱 돌리어 바라봤더니 그때까지 울타리 위로 나와 있어야 할 점순이의 대가리가 어디로 갔는지 보이지를 않는다. 그러다 돌아서서 오자면 아까에 한 욕을 울밖으로 또 퍼붓는다. 욕을 이토록 먹어가면서도 대거리 한마디

못하는 걸 생각하니 돌부리에 채여 발톱 밑이 터지는 것도 모를 만치 분하고 급기야는 두 눈에 눈물까지 불끈 내솟는다.

그러나 점순이의 침해는 이것뿐이 아니다.

사람들이 없으면 틈틈이 제 집 수탉을 몰고 와서 우리 수탉과 쌈을 붙여놓는다. 제 집 수탉은 썩 험상궂게 생기고 쌈이라면 홰를 치는 고로 으레 이길 것을 알기 때문이다. 그래서 툭하면 우리 수탉이 면두며 눈깔이 피로 흐드르하게 되도록 해놓는다. 어떤 때에는 우리 수탉이 나오지를 않으니까 요놈의 계집애가 모이를 쥐고 와서 꾀어내다가 쌈을 붙인다.

이렇게 되면 나도 다른 배차를 차리지 않을 수 없다. 하루는 우리 수탉을 붙들어가지고 넌즈시 장독께로 갔다. 쌈닭에게 고추장을 먹이면 병든 황소가 살모사를 먹고 용을 쓰는 것처럼 기운이 뻗친다 한다. 장독에서 고추장 한 접시를 떠서 닭 주둥아리께로 들이밀고 먹여보았다. 닭도 고추장에 맛을 들였는지 거스리지 않고 거진 반 접시턱이나 곧잘 먹는다. 그리고 먹고 금시는 용을 못쓸 터이므로 얼마쯤 기운이 돌도록 홰 속에 가두어두었다.

밭에 두엄을 두어 짐 져내고 나서 쉴 참에 그 닭을 안고 밖으로 나왔다. 마침 밖에는 아무도 없고 점순이만 저희 울 안에서 헌옷을 뜯는지 혹은 솜을 터는지 웅크리고 앉아서 일 할 뿐이다.

나는 점순이네 수탉이 노는 밭으로 가서 닭을 내려놓고 가만히 맥을 보았다. 두 닭은 여전히 얼리어 쌈을 하는데 처음에는 아무 보람이 없다. 멋지게 쪼는 바람에 우리 닭은 또 피를 흘리고 그러면서도 날갯죽지만 푸드덕푸드덕하고 올라뛰고 뛰고 할 뿐으로 제법 한번 쪼아보지도 못한다.

그러나 한 번은 어쩐 일인지 용을 쓰고 펄쩍 뛰더니 발톱으로 눈을 하비고 내려오며 면두를 쪼았다. 큰 닭도 여기에는 놀랐는지 뒤로 멈씰 하며 물러난다. 이 기회를 타서 작은 우리 수탉이 또 날쌔게 덤벼들어 다시 면두를 쪼니 그제서는 감때 사나운 그 대강이에서도 피가 흐르지 않을 수 없다. 옳다 알았다, 고추장만 먹이면 되는구나, 하고 나는 속으로 아주 쟁그라워 죽겠다. 그때에는 뜻밖에 내가 닭쌈을 붙여놓는데 놀라서 울 밖으로 내다보고 섰던 점순이도 입맛이 쓴지 눈살을 찌푸렸다.

나는 두 손으로 볼기짝을 두드리며 연방,

"잘한다! 잘한다!"

하고 신이 머리끝까지 뻗치었다.

그러나 얼마 되지 않아서 나는 넋이 풀리어 기둥같이 묵묵히 서있게 되었다. 왜냐하면 큰 닭이 한 번 쪼이면 앙갚음으로 호들갑스레 연거푸 쪼는 서슬에 우리 수탉은 찔금 못하고 막 곯는다. 이걸 보고서 이번에는 점순이가 깔깔거리고 되도록 이쪽에서 많이 들으라고 웃는 것이다.

나는 보다못해 덤벼들어서 우리 수탉을 붙들어가지고 집으로 들어왔다. 고추장을 좀더 먹였더라면 좋았을 걸 너무 급하게 쌈을 붙인 것이 퍽 후회가 난다. 장독께로 돌아와서 다시 턱 밑에 고추장을 들이댔다. 흥분으로 말미암아 그런지 당최 먹질 않는다.

나는 하릴없이 닭을 반듯이 뉘고 그 입에다 궐련 물부리를 물리었다. 그리고 고추장물 타서 그 구멍으로 조금씩 들이부었다. 닭은 좀 괴로운지 칵칵 하고 재채기를 하는 모양이나 그러나 당장의 괴로움은 매일같이 피를 흘리는 데 댈 게 아니라 생각하였다.

그러나 한 두어 종지 가량 고추장 물을 먹이고 나서는 나는 고만 풀이 죽었다. 싱싱하던 닭이 왜 그런지 고개를 살며시 뒤틀고는 손아귀에서 빼드러지는 것이 아닌가. 아버지가 볼까봐서 얼른 홰에다 감추어 두었더니 오늘 아침에야 겨우 정신이 든 모양 같다.

그랬던 걸 이렇게 오다 보니까 또 쌈을 붙여놓으니 이 망할 계집애가 필연 우리집에 아무도 없는 틈을 타서 제가 들어와 홰에서 꺼내가지고 나간 것이 분명하다. 나는 다시 닭을 잡아다 가두고 염려는 스러우나 그렇다고 산으로 나무를 하러 가지 않을 수도 없는 형편이었다

소나무 삭정이를 따며 가만히 생각해보니 암만해도 고년의 목쟁이를 돌려놓고 싶다. 이번에 내려가면 망할년 등줄기를 한번 후려 치겠다 하고 싱둥겅둥 나무를 지고는 부리나케 내려왔다.

거지반 집에 다 내려와서 나는 호드기 소리를 듣고 발이 딱 멈추었다. 산기슭에 널려 있는 굵은 바윗돌 틈에 노란 동백꽃이 소보록하니 깔리었다. 그 틈에 끼여 앉아서 점순이가 청승맞게스리 호드기를 불고 있는 것이다. 그보다도 더 놀란 것은 고 앞에서 또 푸드덕푸드덕하고 들리는 닭의 횃소리다. 필연코 요년이 나의 약을 올리느라고 또 닭을 집어내다가 내가 내려올 길목에다 쌈을 시켜놓고 저는 그 앞에 앉아서 천연스레 호드기를 불고 있음에 틀림없으리라.

나는 약이 오를 대로 다 올라서 두 눈에서 불과 함께 눈물이 푹 쏟아졌다. 나뭇지게도 벗어놀 새 없이 그대로 내동댕이치고는 지게막대기를 뻗치고 허둥허둥 달려들었다.

가까이 와보니 과연 나의 짐작대로 우리 수탉이 피를 흘리고 거의 빈사지경에 이르렀다. 닭도 닭이려니와 그러함에도 불구하고 눈 하나 깜짝 없이 고대로 앉아서 호드기만 부는 그 꼴에 더욱 치가 떨린다. 동리에서 소문이 났거니와 나도 한때는 걱실걱실히 일 잘하고 얼굴 예쁜 계집애인 줄 알았더니 시방 보니까 그 눈깔이 꼭 여우새끼 같다.

나는 대뜸 달려들어서 나도 모르는 사이에 큰 수탉을 단매로 때려엎었다. 닭은 푹 엎어진 채 다리하나 꼼짝 못 하고 그대로

죽어 버렸다.

그리고 나는 멍하니 섰다가 점순이가 매섭게 눈을 흡뜨고 닥치는 바람에 뒤로 벌렁 나자빠졌다.

"이놈아! 너 왜 남의 닭을 때려죽이니?"

"그럼 어때?"

하고, 일어나다가,

"뭐 이자식아! 누 집 닭인데!"

하고, 복장을 떠미는 바람에 다시 벌렁 자빠졌다. 그리고 나서 가만히 생각을 하니 분하기도 하고 무안도 스럽고, 또 한편 일을 저질렀으니 인젠 땅이 떨어지고 집도 내쫓기고 해야 될는지 모른다. 나는 비슬비슬 일어나며 소맷자락으로 눈을 가리고는 얼김에 엉, 하고 울음을 놓았다. 그러나 점순이가 앞으로 다가와서,

"그럼, 너 담부터 안 그럴 테냐?"

하고 물을 때에야 비로소 살길을 찾은 듯싶었다. 나는 눈물을 우선 씻고 뭘 안 그러는지 명색도 모르건만,

"그래!"

하고 무턱대고 대답하였다.

"요담부터 또 그래봐라, 내 자꾸 못살게 굴 테니."

"그래그래, 인제 안 그럴 테야!"

"닭 죽은 건 염려 마라. 내 안 이를 테니."

그리고 뭣에 떠다밀렸는지 나의 어깨를 짚은 채 그대로 퍽 쓰러진다. 그 바람에 나의 몸뚱이도 겹쳐서 쓰러지며 한창 피어 퍼드러진 노란 동백꽃 속으로 폭 파묻혀 버렸다.

알싸한, 그리고 향긋한 그 냄새에 나는 땅이 꺼지는 듯이 온 정신이 고만 아찔하였다.

"너 말 마라!"

"그래!"

조금 있더니 요 아래서,

"점순아! 점순아! 이년이 바느질을 하다 말구 어딜 갔어!"

하고 어딜 갔다온 듯싶은 그 어머니가 역정이 대단히 났다.

점순이가 겁을 잔뜩 집어먹고 꽃 밑을 살금살금 기어서 산 아래로 내려간 다음 나는 바위를 끼고 엉금엉금 기어서 산 위로 치빼지 않을 수 없었다.

(1936년)

금(金)따는 콩밭

땅속 저 밑은 늘 음침하다.

고달픈 가느렛불. 맥없이 푸르끼하다.

밤과 달라서 낮엔 되우 흐릿하였다.

겉으로 황토 장벽으로 앞뒤 좌우가 콕 막힌 좁직한 구덩이. 흡사히 무덤 속같이 귀중중하다. 싸늘한 침묵, 쿠더부레한 흙내와 징그러운 냉기만 그 속에 자욱하다.

곡괭이는 뻔질 흙을 이르집는다. 암팡스러이 내려쪼며,

퍽 퍽 퍼억―.

이렇게 매떨어진 소리뿐, 그러나 간간 우수수하고 벽이 헐린다.

영식이는 일손을 놓고 소맷자락을 끌어당기어 얼굴에 땀을 훑는다. 이놈의 줄이 언제나 잡힐지는 샅샅이 뒤져본다. 완연히 버력은 좀 변한 듯싶다. 그러나 불통버력이 아주 다 풀린 것도 아니었다. 말똥버력이라야 금이 나온다는데 왜 이리 안 나오는지.

곡괭이를 다시 집어든다. 땅에 무릎을 꿇고 궁둥이를 번쩍 든

채 식식거린다. 곡괭이를 무작정 내려찍는다.

바닥에서 물이 스미어 무르팍이 흥건히 젖었다. 굿 엎은 천판에서 흙방울이 내리며 목덜미로 굴러든다. 어떤 때에는 윗벽의 한쪽이 떨어지며 등을 탕 때리고 부서진다. 그러나 그는 눈도 하나 깜짝하지 않는다. 금을 캔다고 콩밭 하나를 다 잡쳤다. 약이 올라서 죽을 둥 살 둥 눈이 뒤집힌 이 판이다. 손바닥에 침을 탁 뱉고 곡괭이 자루를 한 번 고쳐잡더니 쉴 줄 모른다.

등뒤에서 흙 긁는 소리가 드윽드윽 난다. 아직도 버력을 다 못 친 모양. 이 자식이 일을 하나 시졸하나. 남은 속이 바작바작 타는데 웬 뱃심이 이리도 좋아.

영식이는 살기 띤 시선으로 고개를 돌렸다. 암말없이 수재를 노려본다. 그제야 꾸물꾸물 바지게에 흙을 담아 등에 메고 사다리를 올라간다.

굿이 풀리는지 벽이 우찔하였다. 흙이 부서져내린다. 전날이라면 이곳에서 아내 한번 못 보고 생죽음이나 안할까 털끝까지 쭈뼛할 게다. 그러나 인젠 그렇게 되고도 싶다.

수재란 놈하고 흙더미에 묻혀서 한꺼번에 죽는다면 그게 오히려 날 게다.

이렇게까지 몹시몹시 미웠다.

이놈 풍치는 바람에 애꿎은 콩밭 하나만 결딴을 냈다 뿐만 아니라 모두가 낭패다. 세 벌 논도 못 맸다. 논둑의 풀은 성큼 자란 채 어지러이 널려져 있다. 이 기미를 알고 지주는 대노하였다. 내년부터는 농사질 생각 말라고 발을 굴렀다. 땅은 암만을 파도 지수가 없다. 이만해도 다섯 길은 훨씬 넘었으리라. 좀 더 깊어야 옳을지 혹은 북으로 밀어야 옳을지, 우두커니 망설거린다. 금점 일에는 풋뜸이다.

여태까지 수재의 지휘를 받아 일을 하여 왔고, 앞으로도 역시 그러해야 금을 딸 것이다.

그러나 그런 칙칙한 짓은 안 한다.

"이리 와, 이것 좀 파게."

그는 어쓴 위풍을 보이며 이렇게 분부하였다. 그리고 저는 일어나 손을 털며 뒤로 물러선다.

수재는 군말없이 고분하였다. 시키는 대로 무릎을 꿇고 벽채로 군버력을 긁어낸 다음 다시 파기 시작한다.

영식이는 치다 나머지 버력을 줢어진다. 커단 걸때를 뒤툭거리며 사다리로 기어오른다. 굿 문을 나와 버력더미에 흙을 마악 내칠려 할 제,

"왜 또 파. 이것들이 미쳤나 그래!"

산에서 내려오는 마름과 맞닥뜨렸다. 정신이 떠름하여 그대로 벙벙히 섰다. 오늘은 또 무슨 포악을 들으려는가.

"말라니까 왜 또 파는 게야."

하고 영식의 바지게 뒤를 지팡이로 꽉 찌르더니,

"갈아먹으라는 밭이지, 흙 쓰고 들어가라는 거야, 이 미친 것들아. 콩밭에서 웬 금이 나온다구 이 지랄들이야, 그래."

하고 목에 핏대를 올린다. 밭을 버리면 간수 잘못한 자기 탓이다. 날마다 와서 그 북새를 피고 금하여도 다음날 보면 또 여전히 파는 것이다.

"오늘로 이 구뎅이를 도로 묻어놔야지, 낼로 당장 징역갈 줄 알게."

너무 감정에 격하여 말도 잘 안나오고 떠듬떠듬거린다. 주먹은 곧 날아들 듯이 허구리께서 불불 떤다.

"오늘만 좀 해보고 그만두겠어유."

영식이는 낯이 붉어지며 가까스로 한 마디 하였다. 그리고 무턱대고 빌었다.

마름은 들은 척도 안 하고 가버린다.

그 뒷모양을 영식이는 멀거니 배웅하였다. 그러나 콩밭 낯짝을 들여다 보니 무던히 애통터진다. 멀쩡한 밭에 구멍이 사면 퐁퐁 뚫렸다.

예제없이 버력은 무더기 무더기 쌓였다. 마치 사태 만난 공동묘지와도 같이 귀살쩍고 되우 을씨년스럽다. 그다지 잘되었던 콩포기는 거반 버력더미에 다 깔려버리고 군데군데 어쩌다 남은 놈들만이 고개를 나풀거린다. 그 꼴을 보는 것은 자식 죽는 걸 보는게 낫지 차마 못 할 경상이었다.

농토는 모조리 떨어질 것이다. 그러나 대관절 올 밭 도짓벼 두 섬 반은 뭘로 해내야 좋을지, 게다 밭을 망쳤으니 자칫하면 징역을 갈지도 모른다.

영식이가 구덩이 안으로 들어왔을 때 동무는 땅에 주저앉아 쉬고 있었다. 태연무심히 담배만 뻑뻑 피는 것이다.

"언제나 줄을 잡는 거야."

"인제 차차 나오겠지."

"인제 나온다?"

하고 코웃음치고 엇먹더니 조금 지나매,

"이 새끼."

흙덩이를 집어들고 골통을 내려친다.

수재는 어쿠, 하고 그대로 푹 엎어진다. 그러다 벌떡 일어선다. 눈에 띄는 대로 곡괭이를 잡자 대뜸 달려들었다.

그러나 강약이 부동, 왁살스러운 팔뚝에 퉁겨서 벽에 가서 쿵 하고 떨어졌다. 그 순간에 제가 빼앗긴 곡괭이가 정수리를 겨누고 날아드는 걸 보았다. 고개를 홱 돌린다. 곡괭이는 흙벽을 퍽 찍고 다시 나간다.

수재 이름만 들어도 영식이는 이가 갈렸다 분명히 홀딱 속은 것이다.

영식이는 본디 금점에 이력이 없었다. 그리고 흥미도 없었다. 다만 밭고랑에 웅크리고 앉아서 땀을 흘려가며 꾸벅꾸벅 일만 하였다. 올엔 콩도 뜻밖에 잘 열리고 맘이 좀 놓였다.

하루는 홀로 김을 메고 있노라니까,

"여보게, 덥지 않은가, 좀 쉬었다가 하게."

고개를 들어보니 수재다. 농사만 안 짓고 금점으로만 돌아다니더니 무슨 바람에 또 왔는지 싱글싱글한다. 좋은 수나 걸렸나 하고,

"돈 좀 많이 벌었나? 나 좀 줘주게."

"벌구말구. 맘껏 먹고 맘껏 쓰고 했네."

술에 거나한 얼굴로 신껏 주절거린다. 그리고 밭머리에 쭈그리구 앉아 한참 객설을 부리더니,

"자네 돈벌이 좀 안 하려나. 이밭에 금이 묻혔네, 금이……."

"뭐?"

하니까, 바로 이 산 너머 큰 골에 광산이 있다. 광부를 삼백 여명이나 부리는 노다지판인데 매일 소출되는 금이 칠십 냥을 넘는다. 돈으로 치면 칠천 원. 그 줄맥이 큰 산허리를 뚫고 이 콩밭으로 뻗어나왔다는 것이다. 둘이서 파면 불과 열흘 안에 줄을 잡을게고 적어도 하루 서 돈씩은 따리라. 우선 삼십 원만 해도 얼마냐. 소를 산대도 만필이 아니냐고.

그러나 영식이는 귀담아 듣지 않았다. 금점이란 칼 물고 뜀뛰기다. 잘되면이어니와 못 되면 신세만 조진다. 이렇게 전일부터 들은 소리가 있어서였다.

그 다음날도 와서 꾀송거리다 갔다.

세번째에는 집으로 찾아왔는데 막걸리 한 병을 손에 들고 영을

피운다. 몸이 달아서 또 온 것이었다. 봉당에 걸터앉아서 저녁상을 물끄러미 바라보더니 조당수는 몸을 훑인다는 둥 일꾼은 든든히 먹어야 한다는 둥 남들은 논을 사느니 밭을 사느니 떠드는데 요렇게 지내다 그만둘 테냐는 둥 일쩝게 지껄인다.

"아주머니, 이것 좀 먹게 해주시게유."

그리고 비로소 영식이 아내에게 술병을 내놓는다.

그들은 밥상을 끼고 앉아서 즐거웁게 술을 마셨다. 몇 잔이 들어가고 보니 영식이의 생각도 적이 돌아섰다. 딴은 일 년 고생하고 꺽 콩 몇 섬 얻어먹느니보다는 금을 캐는 것이 슬기로운 짓이다. 하루만 잘만 캔다면 한 해 줄곧 공들인 그 수확보다 휠씬 이익이다. 올 봄 보낼 제 비료값, 품삯, 빚해 빚진 칠 원 까닭에 나날이 졸리는 이 판이다. 이렇게 지지하게 살고 말 바에는 차라리 가로 지나 세로 지나 사내자식이 한 번 해볼 것이다.

"낼부터 우리 파보세. 돈만 있으면야, 그까짓 콩은."

수재가 안달스레 재우쳐 보챌 제 선뜻 응낙하였다.

"그래 보세, 빌어먹을 거 안 됨 고만이지."

그러나 꽁무니에서 죽을 마시고 있던 아내가 허리를 쿡쿡 찔렀게 망정이지 그렇지 않았더라면 좀 주저할 뻔도 하였다.

아내는 아내대로의 셈이 빨랐다.

시체는 금점이 판을 잡았다. 섣부르게 농사만 짓고 있다간 결국 비렁뱅이밖에는 더 못 된다. 얼마 안 있으면 산이고 논이고 밭이고 할 것 없이 다 금쟁이 손에 구멍이 뚫리고 뒤집히고 뒤죽박죽이 될 것이다. 그때는 뭘 파먹고 사나.

자, 보아라 머슴들은 짜기나 한 듯이 일하다 말고 후딱하면 금점으로들 내빼지 않는가. 일꾼이 없어서 올핸 농사를 질 수 없느니 마느니 하고 동리에서는 떠들썩하다. 그리고 본동 포동이조차 호미를 내던지고 강변으로 개울로 사금을 캐러 달아난다. 그러다

며칠 뒤엔 지까다비신에다 옥당목울 떨치고 회짜를 뽑는 게 아닌가.

아내는 콩밭에서 금이 날 줄은 아주 꿈밖이었다. 놀라고도 또 기뻤다. 올해는 노상 침만 삼키던 그놈 코다리(명태)를 짜장 먹어 보겠구나만 하여도 속이 메질 듯이 짜릿하였다. 뒷집 양근댁은 금점 덕택에 남편이 사다준 흰 고무신을 신고 나릿나릿 걷는 것이 무척 부러웠다. 저도 얼른 금이나 펑펑 쏟아지면 흰 고무신도 신고 얼굴에 분도 바르고 하리라.

"그렇게 해보지 뭐, 저 양반 하잔 대로만 하면 어련히 잘될라구."

얼떨떨하여 앉았는 남편을 이렇게 추겼던 것이다.

동이 트기 무섭게 콩밭으로 모였다.

수제는 진언이나 하듯이 이리대고 중얼거리고 저리대고 중얼거리고 하였다. 그리고 덤벙거리며 이리 왔다가 저리 왔다가 하였다. 제딴은 땅속에 누운 줄맥을 어림하여 보는 맥이었다.

한참을 밭을 헤메다가 산쪽으로 붙은 한 구석에 딱 서며 손가락을 펴들고 설명한다. 큰 줄이란 본시 산운, 산을 끼고 도는 법이다. 이 줄이 노다지임에는 필시 이켠으로 비듬히 누웠으리라. 그러니 여기서부터 파들어가자는 것이었다.

영식이는 그 말이 무슨 소린지 새기지는 못했다. 마는 금점에는 난다는 수재이니 그 말대로 하기만 하면 영락없이 금퇴야 나겠지 하고 그것만 꼭 믿었다. 군말없이 지시해 받은 곳에다 삽을 푹 꽂고 파헤치기 시작했다.

금도 금이면 앨 써 키워온 콩도 콩이었다. 거진 다 자란 허울멀쑥한 놈들이 삽 끝에 으스러지고 흙에 묻히고 하는 것이다. 그걸 보는 것은 썩 속이 아팠다. 애틋한 생각이 물밀때 가끔 삽을 놓고 허리를 구부려서 콩잎의 흙을 털어주기도 했다.

"아 이 사람아, 맥쩍게 그건 봐 뭘해, 금을 캐자니깐."

"아니야, 허리가 좀 아파서!"

핀잔을 얻어먹고는 좀 열적었다. 하기는 금만 잘 터져나오면 이까짓 콩밭쯤이야. 이 밭을 풀어 논도 만들 수 있을 것이다. 눈을 감아버리고 삽의 흙을 아무렇게나 콩잎 위로 홱홱 내던진다.

"구구루 땅이나 파먹지 이게 무슨 지랄들이야!"

동리 노인은 뻔질 찾아와 귀거친 소리를 하곤 하였다. 밭에 구멍을 셋이나 뚫었다. 그리고 대고 뚫는 길이었다. 금인가 난장을 맞을 건가 그것 때문에 농군은 버렸다.

이게 필연코 세상이 망하려는 징조이리라. 그 소중한 밭에다 구멍을 뚫고 이 지랄이니 그놈이 온전할 겐가.

노인은 제 울화에 지팡이를 들어 삿대질을 아니할 수 없었다.

"벼락 맞느니 벼락 맞어!"

"염려 말아유. 누가 알래지유."

영식이는 그럴 적마다 데퉁스레 쏘았다. 골김에 흙을 되는 대로 내꾼지고는 침을 탁 뱉고 구덩이로 들어간다. 그러나 마음 한 구석에는 언제나 끈— 하였다. 줄을 찾는다고 콩밭을 통히 뒤집어놓았다. 그리고 줄이 언제나 나올지 아직 까맣다. 논도 못 매고 물도 못 보고 벼가 어이 되었는지 그것조차 모른다. 밤에는 잠이 안와 멀뚱하니 애를 태웠다.

수재는 낙담하는 기색도 없이 늘 한양이었다. 땅이 웅숭그리고 시적시적 노량으로 땅만 판다.

"줄이 꼭 나오겠나?"

하고 목이 말라서 물으면,

"이번에는 안 나오거든 내 목을 베게."

서슴지 않고 장담을 하고는 꿋꿋하였다.

이걸보면 영식이는 마음이 좀 뇌는 듯싶었다. 전들 금이 없다면 무슨 멋으로 이 고생을 하랴. 반드시 금은 나올 것이다. 그제서는 이왕 손해는 하릴없거니와 그만두리라는 절망이 스스로 사라지고 다시금 주먹이 쥐어지는 것이었다.

캄캄하게 밤은 어두웠다. 어디선가 뭇 개가 요란히 짖어댄다.

남편은 진흙투성이를 하고 내려왔다. 풀이 죽어서 몸을 잘 가누지도 못하고 아랫목에 축 늘어진다.

이 꼴을 보니 아내는 맥이 다시 풀린다. 오늘도 또 글렀구나 금이 터지며는 집을 한 채 사간다고 자랑을 하고 왔더니 이내 헛일이었다. 인제 좌기가 나서 낯을 들고 나갈 염의조차 없어졌다.

남편에게 저녁을 갖다주고 딱하게 바라본다.

"인제 꿔온 양식도 다 먹었는데……."

"새벽에 산제를 좀 지낼 텐데 한 번먼 더 꿔와."

남의 말에는 대답 없고 유하게 흘게 늦은 소리뿐. 그리고 드러누운 채 눈을 지그시 감아버린다.

"죽거리도 없는데 산제는 무슨……."

"듣기 싫어! 요망맞은 년 같으니."

이 호통에 아내는 그만 멈씰하였다. 요즘와서는 무턱대고 공연스레 골만 내는 남편이 영 딱하였다. 환장을 하는지 밤잠도 아니자고 소리만 빽빽 지르며 덤벼들려고 든다. 심지어 어린 것이 좀 울어도 이 자식 갖다 내꾼지라고 북새를 피는 것이다.

저녁을 아니 먹으므로 그냥 치워버렸다. 남편의 영을 거역하기 어려워 양근댁으로 또다시 안 갈 수 없다.

그간 양식은 줄곧 꾸어다 먹고 갚지도 못하였는데 또 무슨 면목으로 입을 벌릴지 난처한 노릇이었다.

그는 생각다 끝에 있는 염치를 보째 쏟아던지고 다시 한 번 찾

아가는 것이다. 마는 딱 맞닥뜨리어 입을 열고,

"낼 산제를 지낸다는데 쌀이 있어야지유."

하자니 영 낯이 화끈하고 모닥불이 날아든다.

그러나 그들은 어지간히 착한 사람이었다.

"암 그렇지요. 산신이 벗나면 죽도 그릅니다."

하고 말을 받으며 그 남편은 빙그레 웃는다. 워낙이 금점에 장구닳아난 몸인만큼 이런 일에는 적잖이 속이 틔었다. 손수 쌀 닷되를 떠다주며,

"산제란 안 지냄 몰라두 이왕 지내려면 아주 정성껏 해야 됩니다, 산신이란 노하길 잘하니까유."

하고 그 비방까지 깨쳐 보낸다.

쌀을 받아들고 나오며 영식이 처는 고마움보다 먼저 미안에 질리어 얼굴이 다시 빨갰다. 그리고 그들 부부 살아가는 살림이 참으로 몹시 부러웠다.

양근댁 남편은 날마다 금점으로 감돌며 버력더미를 뒤지고 토록을 주워온다. 그걸 온 종일 장판돌에다 갈면 수가 좋으면 이삼원, 옥아도 칠팔십 전 꼴은 매일 셈이 되는 것이었다.

그러면 쌀을 산다, 피륙을 끊는다, 떡을 한다, 장리를 놓는다—그런데 우리는 왜 늘 요꼴인지 생각만 하여도 가슴이 메이는 듯 맥맥한 한숨이 연발을 하는 것이었다.

아내는 집에 돌아와 떡쌀을 담갔다. 낼은 뭘로 죽을 쑤어먹을는지. 윗목에 웅크리고 앉아서 맞은쪽에 자빠져 있는 남편을 곁눈으로 살짝 흘겨본다.

남들은 돌아다니며 잘도 금을 주워오련만 저 망나닌 제 밭 하나를 다 버려도 금 한 톨 못 주워오나. 에, 에 변변치도 못한 사나이. 저도 모르게 얕은 한숨이 거푸 두 번을 터진다.

밤이 이슥하여 그들 양주는 떡을 하러 나왔다. 남편은 절구에

쿵쿵 빻았다. 그러나 체가 없다. 동네로 돌아다니며 빌려오느라고 아내는 다리에 불풍이 났다.

"왜 이리 앉었수, 불좀 지피지."

떡을 찧다가 얼이 빠져서 멍하니 앉았는 남편이 밉살스럽다. 남은 이래저래 애를 죄는데 저건 무슨 생각을 하고 저리 있는 건지. 낫으로 삭정이를 탁탁 쪼개서 던져주며 아내는 은근히 훅딱이었다.

닭이 두 홰를 치고 나서야 떡은 되었다.

아내는 시루를 이고 남편은 겨드랑에 자리떼기를 꼈다. 그리고 캄캄한 산길을 올라간다.

비탈길을 얼마 올라가서야 콩밭은 놓였다. 전면이 우뚝한 검은 산에 둘리어 막힌 곳이었다. 가장자리로 느티, 대추나무들은 머리를 풀었다.

밭머리 조금 못 미처 남편은 걸음을 멈추자 뒤의 아내를 돌아본다.

"인내, 그리구 여기 가만히 섰어."

시루를 받아 한 팔로 껴안고 그는 혼자서 콩밭으로 올라섰다. 앞에 쌓인 것이 모두가 흙더미, 그 흙더미를 마악 돌아서려 할 제 아마 돌을 찼나보다. 몸이 쓰러지려고 우질끈하니 아내는 기겁을 하여 뛰어오르며 그를 부축하였다.

"부정타라구 왜 올라와, 요망맞은 년."

남편은 몸을 고르자 소리를 뻭 지르며 아내 얼뺨을 붙인다. 가뜩이나 죽어라 죽어라 하는데 불길하게도 계집년이. 그는 마뜩지 않게 투덜거리며 밭으로 들어간다.

밭 한가운데 자리를 펴고 그 위에 시루를 놓았다. 그리고 시루 앞에다 공손하고 정성스레 재배를 커다랗게 한다.

"우리를 살려줍시사. 산신께서 거들어주지 않으면 저희는 죽을 밖에 꼼짝할 수 없습니다유."

그는 손을 모으고 이렇게 축원하였다. 아내는 이 꼴을 바라보며 독이 뾰록같이 올랐다. 금점을 합네 하고 금 한톨 못 캐는 것이 버릇만 점점 글러간다.

그전에는 없더니 요새는 건뜻하면 탕탕 때리는 못된 버릇이 생긴 것이다. 금을 캐랬지 뺨을 치랬나. 제발 덕분에 고놈의 금 좀 나오지 말았으면, 그는 뺨맞은 앙심으로 맘껏 방자하였다.

하긴 아내의 말 그대로 되었다. 열흘이 썩 넘어도 산신은 깜깜 무소식이었다. 남편은 밤낮으로 눈을 까뒤집고 구덩이에 묻혀 있었다. 어쩌다 집엘 내려오는 때이면 얼굴이 헐떡하고 어깨가 축 늘어지고 거반 병객이었다. 그러고서 잠자코 커단 몸집을 방고래에다 쿵, 하고 내던지곤 하는 것이다.

"제 에미 붙을, 죽어나버렸으면……."

혹은 이렇게 탄식하기도 하였다.

아내는 바가지에 점심을 이고서 집을 나섰다 젖먹이는 등을 두드리며 좋다고 끽끽거린다.

인젠 흰 고무신이고 코다리고 생각조차 물렸다. 그리고 금하는 소리만 들어도 입에 신물이 날 만큼 되었다. 그건 고사하고 꿔다 먹은 양식에 졸리지나 말았으면 그만도 좋으련만.

가을은 논으로 밭으로 누우렇게 내렸다. 농군들은 기꺼운 낯을 하고 서로 만나면 흥겨운 농담, 그러나 남편은 앰한 밭만 망치고 논조차 건살 못하였으니 이 가을에는 뭘 거둬들이고 뭘 즐겨할는지.

그는 동리 사람의 이목이 부끄러워 산길로 돌았다.

솔숲을 나서서 멀리 밖에를 바라보니 둘이 다 나와 있다. 오늘도 또 싸운 모양. 하나는 이쪽 흙더미에 앉았고 하나는 저쪽에 앉았고, 서로들 외면하여 담배만 뻑뻑 피운다.

"점심들 잡숫게유"

남편 앞에 바가지를 내려 놓으며 가만히 맥을 보았다.

남편은 적삼이 찢어지고 얼굴에 생채기를 내었다. 그리고 두 팔을 걷고 먼 산을 향하여 묵묵히 앉았다.

수재는 흙에 박혔다 나왔는지 얼굴은커녕 귓속들이 흙투성이다. 코 밑에는 피딱지가 말라 붙었고 아직도 조금씩 피가 흘러내린다. 영식이 처를 보더니 열적은 모양. 고개를 돌리어 모로 떨어치며 입맛만 쩍쩍 다신다.

금을 캐라니까 밤낮 피만 내다 말려는가. 빚에 졸리어 남은 속을 볶는데 무슨 호강에 이 지랄들인구. 아내는 못마땅하여 눈가에 살을 모았다.

"산제 지낸다구 꿔온 것은 언제나 갚는다지유?"

뚱하고 있는 남편을 향하여 말끝을 꼬부린다. 그러나 남편은 눈썹 하나 까딱하지 않는다.

이번에는 어조를 좀 돋우어,

"갚지도 못할 걸 왜 꿔오라 했지유?"

하고 얼추 호령이었다.

이 말은 남편의 채 가라앉지도 못한 분통을 다시 건드린다. 그는 벌떡 일어서며 황밤주먹을 쥐어 창망할 만큼 아내의 골통을 후렸다.

"계집년이 방정맞게……."

다른 것은 모르나 주먹에는 아찔이었다. 멋없이 덤비다간 골통이 부서진다. 암상을 참고 바르르 하다가 이윽고 아내는 등에 업은 아이를 끌러 들었다. 남편에게로 그대로 밀어 던지니 아이는 까르륵 하고 숨 모는 소리를 친다.

그리고 아내는 돌아서서 혼잣말로,

"콩밭에서 금을 딴다는 숙맥도 있담."

하고 빗대놓고 비양거린다.

"이년아, 뭐?"

남편은 대뜸 달려들며 그 볼치에다 다시 올찬 황밤을 주었다. 적으나 하면 계집이니 위로도 하여주련먼 요건 분만 폭폭 질러 놓으려나.

에이, 빌어먹을 거, 이판사판이다.

"너허구 안 산다. 오늘루 가거라."

아내를 와락 떠다밀어 밭둑에 젖혀 놓고 그 허구리를 발길로 퍽 질렀다. 아내는 입을 헉 하고 벌린다.

"네가 허라구 옆구리를 쿡쿡 찌를 제는 언제냐, 요 집안 망할 년."

그리고 다시 퍽 질렀다. 연하여 또 퍽. 이 꼴들을 보니 수재는 조바심이 일었다. 저러다가 그 분풀이가 다시 제게로 슬그머니 옮아올 것을 지레채었다. 인젠 걸리면 죽는다.

그는 비슬비슬하다 어느 틈엔가 구덩이 속으로 시나브로 없어져버린다.

볕은 다사로운 가을 향취를 풍긴다. 주인을 잃고 콩은 무거운 열매를 둥글둥글 흙에 굴린다. 맞은쪽 산 밑에서 벼들을 베며 기뻐하는 농군의 노래.

"터졌네, 터져."

수재는 눈이 휘둥그렇게 굿 문을 뛰어나오며 소리를 친다. 손에는 흙 한줌이 잔뜩 쥐었다.

"뭐?"

하다가,

"금줄 잡았어, 금줄."

"응!"

하고 외마디를 뒤남기자 영식이는 수재 앞으로 살같이 달려들었다. 허겁지겁 그 흙을 받아들고 샅샅이 헤쳐보니 딴은 재래에 보지 못하던 불그죽죽한 황토였다. 그는 눈에 눈물이 핑 돌며,

"이게 원줄인가?"

그럼, 이것이 곱색줄이라네, 한 포에 댓 돈씩은 넉넉 잡히네."

영식이는 기쁨보다 먼저 기가 탁 막혔다. 웃어야 옳을지 울어야 옳을지. 다만 입을 반쯤 벌린 채 수재의 얼굴만 멍하니 바라본다.

"이리 와 봐. 이게 금이래."

이윽고 남편은 아내를 부른다. 그리고 내 뭐랬어, 그러게 해보라고 그랬지, 하고 설면설면 덤벼오는 아내가 한결 어여뻤다. 그는 엄지손가락으로 아내의 눈물을 지워주고 그러고 나서 껑충거리며 구덩이로 들어간다.

"그 흙 속에 금이 있지요?"

영식이 처가 너무 기뻐서 코다리에 고래등 같은 집까지 연상할 제 수재는 시원스러이,

"네, 한 포대에 오십 원씩 나와유"

하고 대답하고 오늘 밤에는 꼭, 정녕코 꼭 달아나니라 생각하였다.

거짓말이란 오래 못 간다. 봉이 나서 뼈다귀도 못 추리기 전에 훨훨 벗어나는 게 상책이었다.

(1935년)

땡 볕

우람스레 생긴 덕순이는 바른 팔로 왼편 소맷자락을 끌어다 콧등의 땀방울을 훑고는 통안 네거리에 와 다리를 딱 멈추었다. 더위에 익어 얼굴이 벌거니 사방을 둘러본다. 중복허리의 뜨거운 땡볕이라 길가는 사람은 저편 처마 밑으로만 배앵뱅 돌고 있다. 지면은 번들번들히 달아 자동차가 지날 적마다 숨이 탁 막힐 만큼 무더운 먼지를 풍겨놓는 것이다.

덕순이는 아무리 참아보아도 자기가 길을 물어 좋을만큼 그렇게 여유있는 얼굴이 보이지 않음을 알자, 소맷자락으로 또 한번 땀을 훑어본다. 그리고 거북한 표정으로 벙벙히 섰다.

때마침 옆으로 지나가는 어린 깍정이에게 공손히 손짓을 한다.

"얘! 대학병원을 어디루 가니?"

"이리루 곧장 가세요."

덕순이는 어린 깍정이가 턱으로 가리킨 대로 그 길을 북으로 접어들며 다시 내걷기 시작한다. 내딛는 한 발짝마다 무거운 지게는 어깨에 배기고 등줄기에서 쏟아져내리는 진땀에 궁둥이는 쓰라릴 만큼 물렀다. 속타는 불김을 입으로 불어가며 허덕지덕 올라오다 엄지손가락으로 코를 힝 풀며 그 옆 전봇대 허리에 쓱 문댈 때에는 그는 어지간히 답답하였다. 당장 지게를 벗어던지고 푸른 그늘에 가 나자빠지고 싶은 생각이 굴뚝 같으련만 그걸 못 하니 짜증이 안날 수 없다. 골피를 찌푸리어 데퉁스레,

"빌어먹을 거! 왜 이리 무거!"

하고 내뱉으려 하였으나, 그러나 지게 위에서 무색하여질 아내를 생각하고 꾹 참아버린다. 제 속으로만 끙긍거리다 겨우,

"에이 더웁다!"

하고 자탄이 나올 적에는 더는 갈 수가 없었다.

덕순이는 길가 버들 밑에다 지게를 벗어놓고는 두 손으로 적삼 등을 흔들어 땀을 들인다. 바람기 한 점 없는 거리는 그대로 타붙었고, 그 위의 모래만 이글이글 달아간다. 하늘을 치어다보았으나 좀체로 비맛은 못 볼 듯싶어 바상바상한 입맛을 다시고 섰을 때 별안간 댕댕 소리와 함께 발등에 물을 뿌리고 물차가 지나가니 그는 비로소 산 듯이 정신기가 반짝 난다. 적삼 호주머니에 손을 넣어 곰방대를 꺼내 물고 담배 한 알 없었던 것을 다시 깨닫고 역정스레 도로 집어 넣는다.

"꽁무니가 배기지 않어?"

덕순이는 이렇게 아내를 돌아본다.

"괜찮아요!"

하고 거진 죽어가는 상으로 글썽글썽 눈물이 고인 아내가 딱하였다. 두 달동안이나 햇빛 못 본 얼굴은 누렇게 시들었고 병약한 몸으로 지게 위에서 앉아 까댁이는 양이 금시라도 꺼질 듯싶은 그 아내였다. 덕순이는 아내를 이윽히 노려본다.

"아 울긴 왜 우는 거야?"

하고 눈을 부라렸으나,

"병원에 가면 째대겠지요."

"째긴 아무 거나 덮어놓고 째나? 연구한다니까."

하고 되도록 아내를 안심시킨다. 그러나 덕순이 생각에는 째든 말든 그건 차차 해놓고 우선 먹어야 산다고,

"왜 기영이 할아버지의 말씀 못 들었어?"

"병원서 월급을 주구 고쳐준다는 게 정말인가요?"

"그럼 노인이 설마 거짓말을 헐라구. 그래 시방두 대학병원의 이등 박산가 뭐가 열네살 된 조선 아이가 어른보다도 더 부대한 걸 보구 하두 이상한 병이라구 붙잡아들여서 한 달에 십원씩 월급을 주고, 그뿐인가 먹이구 입히구 이래 가며 지금 연구하고 있대지 않어!"

"그럼 나도 허구헌 날 늘 병원에만 있게 되겠구려."

"인제 가봐야 알지, 어떻게 될는지."

이렇게 시원스레 받기는 받았으나 덕순이 자신 역시 기영 할아버지의 말을 꼭 믿어서 좋을지가 의문이었다. 시골서 올라온 지 얼마 안 되는 그로서는 서울이라 혹 알 수 없을 듯싶어 무료진찰권을 내온 데 더 되지 않았다. 그렇다 하더라도 병이 괴상하면 할수록 혹은 고치기가 어려우면 어려울수록 월급이 많다는 것인데 영문 모를 아내의 이 병은 얼마짜리나 되겠는가고 속으로 무척 궁금하였다. 아이가 십원이라니 이건 한 십오원쯤 주겠는가. 그렇다 병 고치니 좋고, 먹으니 좋고, 두루두루 팔자를 고치리라고 속안으로 육조배판을 늘이고 섰을 때,

"여보십쇼! 이 채미 하나 잡숴보십쇼"

하고 저만치 참외를 벌여놓고 앉았는 아이가 시선을 끌어간다. 길쭉길쭉하고 싱싱한 놈들이 과연 뜨거운 복중에 하나 벗겨들고 으썩 깨물어 봄 직한 참외였다. 덕순이는 참외를 이놈 저놈 멀거

니 물색하여보다 쌈지에 든 잔돈을 얼른 생각은 하였으나 다음 순간에 그건 안 될 말이라고 꺽진 마음으로 시선을 걷어온다. 사전에 일 전만 더 보태면 희연 한 봉이 되리라고 어제부터 잔뜩 꼽여쥐고 오던 그 사전, 이걸 참외값으로 녹여서는 사람이 아니다.

"지게를 꼭 붙들어!"

덕순이는 지게를 지고 다시 일어나며 그 십오원을 생각했던 것이니 그로서는 너무도 벅찬 희망의 보행이었다.

덕순이는 간호부가 지도하여 주는 대로 산부인과 문 밖에서 제 차례가 돌아오기를 기다리고 있었다.

아내는 남편이 업어다 놓은 대로 걸상에 가 번듯이 늘어져 괴로운 숨을 견디지 못한다. 요량없이 부어오른 아랫배를 한손으로 치마째 걷어안고는 매 호흡마다 간댕거리는 야윈 고개로 가쁜 숨을 돌리고 있는 것이다. 게다가 수술실에서 들것으로 담아내는 환자의 피고름이 섞인 쓰레기통을 보는 것은 그로 하여금 해쓱한 얼굴로 이를 떨도록 하기에는 너무도 충분한 풍경이었다.

"너무 그렇게 겁내지 말아, 그래두 다 죽을 사람이 병원엘 와야 살아나가는 거야……."

덕순이는 아내를 위안하기 위하여 이런 소리도 하는 것이나, 기실 아내 못지않게 저로도 조바심이 적지 않았다. 아내의 이 병이 무슨 병일까, 짜장 기이한 병이라서 월급을 타먹고 있게 될 것인가, 또는 아내의 병을 씻은 듯이 고쳐줄 수 있겠는가, 겸삼수삼 궁거웠다.

이 생각 저 생각으로 덕순이는 아내의 상체를 떠받쳐주고 있다가 우연히도 맞은편 타구 옆에 떨어져 있는 궐련 꽁댕이에 한눈이 팔린다. 그는 사방을 잠깐 살펴보고 횡허케 가서 집어다가는 곰방대에 피워물며 제 차례를 기다렸으나 좀체로 불러주질 않는 것이다. 이렇게 하여 그들은 허무히도 두 시간을 보냈다.

한 점을 십사 분 가량 지났을 때 간호부가 다시 나와 덕순이 아내의 성명을 외는 것이다.

"네, 여깅습니다.!"

덕순이는 허둥지둥 아내를 들쳐업고 진찰실로 들어갔다. 간호부 둘이 달려들어 우선 옷을 벗기고 주무를 제 아내는 놀란 토끼와 같이 조그맣게 되어 떨고 있었다. 코를 찌르는 무더운 약내에 소름이 끼치기도 하려니와 한쪽에 번쩍번쩍 늘여놓인 기계가 더욱이 마음을 조이게 하는 것이다. 아내가 너무 병신스리 떨므로 옆에 섰는 덕순이까지도 겸연쩍지 않을 수 없었다. 아내의 한 팔을 꼭 붙들어주고 집에서 꾸짖듯이 눈을 부릅떠,

"뭬가 무섭다구 이래?"

하고는 유리판에서 기계 부딪는 젤그럭 소리에 등줄기가 다 섬찍할 제,

"언제부터 배가 이래요?"

간호부가 뚱뚱한 의사의 말을 통변한다.

"자세히는 몰라두……"

덕순이는 이렇게 머리를 긁고는 아마 이토록 부르기는 지난 겨울부턴가봐요, 처음에는 이게 애가 아닌가 했던 것이 그렇지도 않구요, 애라면 열 달에 날텐데,

"열석 달이나 가는 게 어딨습니까?"

하고는 아차, 애니 뭐니 하는 건 괜히 지껄였군 하였다. 그래 의사가 무어라고 또 입을 열 수 있기 전에 얼른 뒤미처,

"아무두 이 병이 무슨 병인지 모른다구 그래요, 난생 처음 본다구요"

하고 몇 마디 더 얹었다.

덕순이는 자기네들의 팔자를 고칠 수 있고 없고가 이 순간에 달렸음을 또 한 번 깨닫고 열심히 의사의 입만 쳐다보고 있는 것이다. 마는 금테안경 쓴 의사는 그리 쉽사리 입을 열려 하지 않았다. 몇 번을 거듭 주물러보고 두드려보고 들어보고 이러기를 얼마 한 다음 시덥지 않게 저쪽으로 가 대야에 손을 씻어가며 간호부를 통하여 하는 말이,

"이 뱃속에 어린 애가 있는데요, 나오려다 소문이 적어서 그대로 죽었어요. 이걸 그냥 둔다면 앞으로 일주일을 못 갈 것이니 수술을 해야겠으나 또 그 결과가 반드시 좋다고 단언할 수도 없는 것이며, 배를 가르고 아이를 꺼내다 만일 사불여의하여 불행을 본다더라도 전혀 관계없다는 승낙만 있으면 내일이라도 곧 수술을 하겠어요."

하고 나어린 간호부는 조금도 거리낌없는 어조로 줄줄 쏟아놓다가,

"어떻게 하실 테야요?"

"글쎄요……."

덕순이는 이렇게 얼떨떨한 낯으로 다시 한번 뒤통수를 긁지 않을 수 없었다.

간호부의 말이 무슨 소린지 다는 모른다 하더라도 속대중으로 저쯤은 알아챘던 것이니 아내의 생명이 위험하다는 그 말이 두렵기도 하려니와 겨우 아이를 뱄다는 것 쯤, 연구거리는 못 되는 병인 양싶어 우선 낙심하고 마는 것이다. 허나 이왕 벌인 노릇이매,

"그럼 먹을 것이 없는데요……."

"그건 여기에서 입원시키고 먹일 것이니까 염려 마세요……."

"그런데요 저……."

하고 덕순이는 열적은 낯을 무얼로 가릴지 몰라 쭈뼛쭈뼛,

"월급 겉은건 안 주나요?"

"무슨 월급이요?"

"왜 여기서 병을 고치면 월급을 주는 수도 있다지요."

"제 병 고쳐주는데 무슨 월급을 준단 말이오?"

하고 맨망스리도 톡 쏘는 바람에 덕순이는 고만 얼굴이 벌개지고 말았다. 팔자를 고치려던 그 계획이 완전히 어그러졌음을 알자, 그의 주린 창자는 척 꺾이며 두꺼운 손으로 이마의 진땀이나 훑어 보는 밖에 별 도리가 없는 것이다. 허나 아내의 생명은 어차피 건져야 하겠기로 공손히 허리를 굽신하여,

"그럼 낼 데리고 올게 어떻게 해주십시오."

하고 되도록 빌붙어 보았던 것이, 그때까지 끔찍끔찍한 소리에 얼이 빠져서 멀뚱히 누웠던 아내가 별안간 기겁을 하며 일어나 살뚱 맞은 목성으로,

"나는 죽으면 죽었지 배는 안 째요."

하고 얼굴이 노랗게 되는 데는 더 할말이 없었다. 죽이더라도 제 원대로나 죽게 하는 것이 혹은 남편된 사람의 도릴지도 모른다. 아내의 꼴에 하도 어이가 없어,

"죽는 것 보담야 수술을 하는 게 좀 낫겠지요!"

비소를 금치 못하고 섰는 간호부와 의사가 눈에 보이지 않도록 덕순이는 시선을 외면하여 뚱싯뚱싯 아내를 업고 나왔다. 지게 위에 올려놓은 다음 엎디어 다시 지고 일어나려니 이게 웬일일까, 아까 오던 때와는 갑절이나 무거웠다.

덕순이는 얼마 전에 희망이 가득히 차 올라가던 길을 힘풀린 걸음으로 터덜터덜 내려오고 있었다. 보지는 않아도 지게 위에서 소리를 죽여 훌쩍훌쩍 울고 있는 아내가 눈앞에 환한 것이다. 학식이 많은 의사는 일자 무식인 덕순이 내외보다는 더 많이 알 것이니 생명이 한 이레를 못 가리라면 그 말을 어째 볼 도리가 없

다. 인제 남은 것은 우중충한 그 냉골에 갖다 다시 눕혀 놓고 죽을 때나 기다리고 있을 따름이다.

덕순이는 눈 위로 덮는 땀방울을 주먹으로 훔쳐가며 장차 캄캄하여 올 그 전도를 생각해본다. 서울을 장대고 왔던 것이 벌이도 잘 안 되고 게다가 인젠 아내까지 잃는 것이다. 제 에미 붙을! 이놈의 팔자, 하고 딱한 탄식이 목을 넘어오다 꽉 깨무는 바람에 한숨으로 터져버린다.

한나절이 되자 더위는 더한층 무서워진다. 덕순이는 통째 진무를 듯싶은 등어리를 견디지 못하여 먼젓번에 쉬어 가던 나무 그늘에 지게를 벗어놓는다. 땀을 들여가며 아내를 가만히 내려다보니 그 동안 고생만 시키고 변변히 먹이지도 못하였던 것이 갑자기 후회가 나는 것이다. 이럴 줄 알았더라면 동넷집 닭이라도 훔쳐다 먹였을 걸 싶어,

"울지 말아, 그것들이 뭘 아나? 제까짓 게!"

하고 소리를 빽 지르고는,

"채미 하나 먹어볼 테야?"

"채민 싫어요!"

아내는 더위에 속이 탔음인지 한길 건너 저쪽 그늘에서 팔고 있는 얼음냉수를 손으로 가리킨다. 남편이 한 푼 더 보태어 담배를 사려던 그 돈으로 얼음냉수를 한 그릇을 다 먹고 나서 하나 더 사다주랴 물었을 때 이번에는 왜떡이 먹고 싶다 하였다. 덕순이는 이것이 마지막이라는 생각으로 나머지 돈으로 왜떡 세 개를 사다주고는 그대로 눈물도 씻을 줄 모르고 그걸 오직오직 깨물고 있는 아내를 이윽히 바라보고 있었다. 그러나 아내가 무슨 생각을 하였는지 왜떡을 입에 문 채 훌쩍훌쩍 울며,

"저 사촌 형님께 쌀 두 되 꿔다 먹은 거 부대 잊지 말구 갚우."

하고 부탁할 제 이것이 필연 아내의 유언이라 깨닫고는,

"그래 그건 염려 말아!"

"그리구 임자 옷은 영근 어머니더러 사정 얘길하구 좀 빨아달래우."

하고 이야기를 곧잘 -하다가 다시 입을 일그리고 훌쩍훌쩍 우는 것이다.

덕순이는 그 유언이 너무 처량하여 눈에 눈물이 핑 돌아가지고는 지게를 도로 지고 일어선다. 얼른 갖다눕히고 죽이라도 한 그릇 더 얻어다 먹이는 것이 남편의 도릴 게다.

때는 중복허리의 쇠뿔도 녹이려는 뜨거운 땡볕이었다.

덕순이는 빗발같이 내리붓는 등골의 땀을 두 손으로 번갈아 훔쳐가며 끙긍 내려올 제 아내는 지게 위에서 그칠 줄 모르는 그 수많은 유언을 차근차근 남기자, 울자, 하는 것이다.

(1937년)

나도향

- 물레방아
- 벙어리 삼룡이
- 뽕

작가소개 ······························ 나 도 향

(羅稻香, 1902～1927)

소설가. 본명 경손(慶孫), 호 도향(稻香),
필명 빈(彬), 서울 출생. 배재학당 졸업
경성의전 중퇴 일본 동경에서 고학.
1992년 현진건, 홍사용, 이상화, 박종화,
박영희 등과 함께 백조(白潮)
동인(同人)으로 참가하면서 문단에 진출.
19세 때 동아일보에 장편 환희(幻戱)를
연재하여 일약 천재라는 명성을 얻음.
5,6년이라는 짧은 기간에 두 편의 장편과
20편의 단편을 남겼다.
〈환희〉를 비롯한 초기 작품들은 모두 감상
영모조의 낭만주의였으나 차차로 그런
감상성을 극복하고 객관적인
자세를 취하게 되었다.
대표작은 〈물레방아〉, 〈뽕〉, 〈벙어리
삼룡이〉 등인데, 객관적인 사실주의적
경향을 보여주는 데 성공한 작품이다.
〈뽕〉 등의 작품들에서 보여준 그의
작가적 솜씨가 이제부터 원숙하려 할 때
아깝게도 요절하였다.

물레방아

1

덜컹덜컹 홈통에 들었다가 다시 쏟아져 흐르는 물이 육중한 물레방아를 번쩍 쳐들었다가 쿵하고 속으로 내던질 제 머슴들의 콧소리는 허연 겨가루가 켜켜 앉은 방앗간 속에서 청승스럽게 들려나온다.

쏼쏼쏼, 구슬이 되었다가 은가루가 되고 댓줄기같이 뻗치었다가 다시 쾅쾅 쏟아져 청룡이 되고 백룡이 되어 용솟음쳐 흐르는 물이 저쪽 산모퉁이를 십 리나 두고 돌고 다시 이쪽 들복판을 오리쯤 꿰뚫은 뒤에 이방원(芳源)이가 사는 동네 앞 기슭을 스쳐 지나가는데 그 위에 물레방아 하나가 놓여 있다.

물레방아에서 들여다보면 동북 간으로 큼직한 마을이 있으니 이 마을에 가장 부자요, 가장 세력이 있는 사람은 이름을 신치규(申治圭)라고 부른다. 이방원이라는 사람은 그 집의 막실(幕室)

살이를 하여 가며 그의 땅을 경작하여 자기 아내와 두 사람이 그날그날을 지나간다.

어떠한 가을 밤 유난히 밝은 달이 고요한 이 촌을 한적하게 비칠 때 그 물레방앗간 옆에 어떠한 여자 하나와 남자 하나가 서서 이야기를 하는 소리가 들리었다.

그 여자는 방원의 아내로 지금 나이가 스물 두 살, 한창 정열에 타는 가슴으로 가장 행복스러운 나이의 젊은 여자요, 그 남자는 오십이 반이 넘어 인생으로서 살아올 길을 다 살고서 거의거의 쇠멸의 구렁이를 향하여 가는 늙은이다.

그의 말소리는 마치 그 여자를 달래는 것같이,

"얘, 내 말이 조금도 그를 것이 없지? 쉰네 할멈에게도 자세한 말을 들었을 터이지마는 너 생각해 보아라. 네가 허락만 하면 무엇이든지 네가 하고 싶다는 것을 내가 전부 해줄 터이란 말야. 그까짓 방원이 녀석하고 네가 몇백 년 살아야 언제든지 막실 구석을 면하지 못할 터이니…… 허허, 사람이란 젊어서 호강해 보지 못하면 평생 한번 하여 보지 못하고 죽을 것이 아니냐. 내가 말하는 것이 조금도 못 한 것이 없느니라! 대강 너의 말을 쉰네 할멈에게 듣기는 들었으나 그래도 너에게 한번 바로 대고 듣는 것만 못 해서 이리로 만나자고 한 것이다. 너의 마음은 어떠니? 허허, 내 앞이라고 조금도 어떻게 알지 말고 이야기 해봐. 응?"

이 늙은이는 두말 할 것 없이 신치규다. 그는 탐욕스러운 눈으로 방원의 계집을 들여보며 한 손으로 등을 두드린다.

새침한 얼굴이 파르족족하고 기다란 눈썹과 검푸른 두 눈 가장자리에 예쁜 입, 뾰르통한 뺨이며, 콧날이 오뚝한데다가 후리후리한 키에 떡 벌어진 엉덩이가 아무리 보더라도 무섭게 이지적(理智的)인 동시에 또는 창부형(娼婦型)으로 생긴 것이다.

계집은 아무 말이 없이 서서 짐짓 부끄러운 태를 지으며 매혹적인 웃음을 생긋 웃고는 고개를 돌렸다. 그 웃음이 얼마나 짐승 같은 신치규의 만족을 사게 되었으며 또한 마음을 충동시켰는지 희끗희끗한 수염이 거의 계집의 뺨에 닿도록 더 가까이 와서,

"응? 왜 대답이 없니? 부끄러워서 그러니? 그렇게 부끄러워 할 일은 아닌데."

하고 계집의 손을 잡으며,

"손도 이렇게 예쁜 줄은 이제까지 몰랐구나. 참 분결 같다. 이렇게 얌전히 생긴 애가 방원 같은 천한 놈의 계집이 되어 일평생을 그대로 썩는다는 것은 너무 가엾고 아깝지 않느냐? 얘."

계집은 몸을 돌리려고 하지도 않고 영감이 하는 대로 내버려 두며 눈으로 땅만 내려다보고 섰다가 가까스로 입을 떼는 듯 하더니,

"제 말야 모두 쉰네 할멈이 여쭈었지요. 저에게는 너무 분수에 과한 말씀이니까요."

"온, 천만에 소리를 다 하는구나, 그게 무슨 소리냐. 너도 아다시피 내가 너를 장난삼아 그러는 것도 아니겠고 후사(後嗣)가 없어 그러는 것이니까 네가 내 아들이나 하나 낳아주렴. 그러면 내 것이 모두 네 것이 되지 않겠니? 자아 그러지말고 오늘 허락을 하렴. 그러면 내일이라도 방원이란 놈을 내쫓고 너를 불러들일 터이니."

"어떻게 내쫓을 수가 있어요?"

"허어, 그것이 그리 어려울 것이 무엇 있니. 내가 나가라는 데 제가 나가지 않고 배길 줄 아니?"

"그렇지만 너무 과하지 않을까요?"

"무엇, 저런 생각을 하니까 네가 이 모양으로 이때까지 있었지. 어떻단 말이냐? 그런 것은 조금도 염려하지 말구. 자아, 또 네 서방에게 들킬라, 어서 들어가자."

"먼저 들어가세요."

"왜?"

"남이 보면 수상히 알게요"

"무얼 나하고 가는데 수상히 알게 무어야…… 어서 가자."

계집은 천천히 두어 걸음 따라가다가,

"영감!"

하고 멈칫하고 서 있다.

"왜 그러니?"

계집은 다시 말이 없이 서 있다가,

"아니에요."

하고,

"먼저 들어가세요."

하며 돌아선다. 영감이 간이 달아서 계집의 손을 잡으며,

"가자, 집으로 들어가자."

그의 가슴은 두근거리는 숨소리가 잦아진다. 계집은 손을 빼려 하며,

"점잖은 어른이 이게 무슨 짓이에요."

하면서도 그의 몸짓에는 모든 것을 하락한다는 뜻이 보였다. 영감은 계집의 몸을 끌어안더니 방앗간 뒤로 돌아섰다. 계집은 영감 가슴에 안겨서 정욕의 가득찬 눈으로 그를 보면서

"영감."

말 한 마디 하고 침 한 번 삼키었다.

"영감이 거짓말은 안 하지요?"

"아니."

그이 말은 떨리었다. 계집은 영감의 팔을 한 손으로 잡고 또 한 손으로는 방앗간 속을 가리켰다.

"저리로 들어가세"

영감과 계집은 방앗간에서 이삼십 분 후에 다시 나왔다.

2

사흘이 지난 뒤에 신치규는 방원이를 자기 집 사랑 마당 앞으로 불렀다.

"얘!"

방원은 상전이라고 고개를 숙이고,

"예."

공손하게 대답을 하였다.

"네가 그간 내 집에서 정성스럽게 일한 것은 고마운 일이지마는……."

점잔과 주장을 빼면서 신치규는 말을 꺼내었다. 방원의 가슴은 이 '마는'이라는 말 뒤에 이어질 말을 미리 깨달은 듯이 온 전신의 피가 가슴으로 모여드는 듯 하더니 다시 터럭이라는 터럭은 전부 꺼꾸로 일어서는 듯 하였다.

"오늘부터는 우리 집에 사정이 있어 그러니 내 집에 있지 말고 다른 곳에 좋은 곳을 찾아보아라."

아무 조건이 없다. 또한 이곳에서도 할 말이 없다. 죽으라고 하면 죽는 시늉이라도 해야 하는 것이다. 주인은 돈 가지고 사람을 사고 팔 수도 있는 것이다.

방원은 가슴이 답답하였다. 자기 혼잣몸 같으면 어디 가서 어떻게 빌어먹더라도 살 수 있지마는 사랑하는 아내를 구해갈 길이 막연하다. 그는 고개를 굽히고, 허리를 굽히고, 나중에는 마음을 굽히고, 사정도 하여 보고 애걸도 하여 보았다. 그러나 그것은 헛된 일이었다. 주인의 마음은 쇠나 돌보다도 더 굳었다.

그는 하는 수 없이 자기 아내에게 그 이야기를 하였다. 그리고 아내더러 안주인 마님께 사정을 좀 하여 얼마간이라도 더 있게 하여 달라고 하여 보라고 하였다. 그러나 아내는 방원의 말을 들을 리가 없었다. 도리어,

"그러면 어떻게 한단 말이요. 이제부터는 나를 어떻게 먹여 살릴 터이요?"

"너는 그렇게도 먹고 살 수 없을까봐 겁이 나니?"

"겁이 나지 않고. 생각을 해보구려. 인제는 꼼짝할 수 없이 죽지 않았소?"

"죽어?"

"그럼 임자가 나를 데리고 이곳까지 올 때에 무어라고 하였소. 어떻게 해서든지 너 하나야 먹여 살리지 못하겠느냐고 하였지요."

"그래."

"그래, 얼마나 나를 잘 먹여 살리고 나를 호강시켰소. 이때까지 이태가 되도록 끌구 돌아다닌다는 것이 남의 집 행랑이었지요."

"얘, 그것을 내가 모르고 하는 말이냐? 내가 하려고 하지 않아서 그렇게 된 것이냐? 차차 살아가는 동안에 무슨 일이 생기겠지. 설마 요대로 늙어 죽기야 하겠니?"

"듣기 싫소! 뿔 떨어지면 구워 먹지 어느 천년에."

방원이는 가뜩이나 내어쫓기고 화가 나는데 계집까지 그러니까 속에서 열화가 치밀어 올라왔다.

"이 육시를 하고도 남을 년! 왜 남의 마음을 글경거리니?"

"왜 사람에게 욕을 해!"

"이년아 욕좀 하면 어떠냐?"

"왜 욕을 해!"

계집의 얼굴이 노래지며 대든다.

"이년이 발악인가?"

"누가 발악이야. 계집년 하나 건사 못 하는 위인이 계집보고 욕만 하고 한 게 무어야? 그래 은가락지, 은비녀, 한 벌 사주어 보았어? 내가 임자 하자고 하는 대로 하지 않은 것은 없지?"

"이년아! 은가락지, 은비녀가 그렇게 갖고 싶으냐? 이 더러운 년아."

"무엇이 더러워? 너는 얼마나 정한 놈이냐!"

계집의 입 속에서는 놈 소리가 나오기 시작한다.

"이년 보게! 누구더러 놈이래."

하고 손길이 계집의 낭자를 후려잡더니 그대로 집어들고 두어 번 주먹으로 등줄기를 우리었다.

"이 주릿대를 안길 년!"

발길이 엉덩이를 두어 번 지르니까 계집은 그대로 거꾸러졌다가 다시 일어났다. 풀어 헤뜨린 머리가 치렁치렁 끌리고 실룩한 눈에는 독기가 섞이었다.

"왜 사람을 치니? 이놈! 죽여라 죽여, 어디 죽여 보아라, 이 놈 나 죽고 너 죽자!"

하고 달려드는 계집을 후려쳐서 거꾸러 뜨리고서,

"이년이 죽으려고 기를 쓰나!"

방원이가 계집을 치는 것은 그것이 주먹을 가지고 하는 일종의 농담이다. 그는 주먹이나 발길이 계집의 몸에 닿을 때 거기에 얻어맞는 계집의 살이 아픈 것보다 더 찌르르하게 가슴 한복판을 찌르는 아픔을 방원은 깨닫는 것이다. 홧김에 계집을 치는 것이 실상은 자기의 마음을 이빨로 물어뜯는 것이나 다름이 없는 것이다. 때리는 그에게는 몹시 애처로움이 있고 불쌍함이 있는 것이다. 그러나 자기의 화풀이를 받아주는 사람은 아직까지도 계집밖에는 없었다. 제일 만만하다는 것보다도 가장 마음놓고 화풀이 할 수 있음이다. 싸움 한 뒤 하루가 못 되어 두 사람이 베개를 나란히 하고 서로 꼭끼고 잘 때에는 그렇게 고맙게 그렇게 감격이 일어나는 위안이 또다시 없음이다. 계집을 치고 화풀이를 하고 난 뒤에 다시 가슴을 에는 듯한 후회가 뜨거운 포옹으로 위로를 받을 그때에는 두 사람 아니라 방원에게는 그만큼 힘있고 뜨거운 믿음이 또다시 없는 까닭이다.

계집은 일부러 소리를 높여 꺼이꺼이 운다.

온 마을 사람이 거의 귀를 기울렸으나,

"응, 또 사랑 싸움을 하는군!"

하고 도리어 그 싸움을 부러워하였다. 옆집 젊은 것이 와서 싱글싱글 웃으면서 들여다보며,

"인제 고만두라구."

하며, 말리는 시늉을 한다. 동네 아이들만 마당 앞에 죽 늘어서서 눈들이 둥그래서 구경을 한다.

3

그날 저녁에 방원이는 술이 얼근하여 돌아왔다. 아까 계집을 차던 마음은 어느덧 풀어지고 술로 흥분된 마음에 그의 계집의 품이 몹시 그리워져서 자기 아내에게 사과를 할 마음까지 생기었다. 본시 사람이 좋고, 마음이 약하고, 다정한 그나 무식하게 자라난 까닭에 무지한 짓을 하기는 하나 그것은 결코 그의 성격을 말하는 무지함이 아니다.

그는 비척거리면서 집으로 향하는 길에 거슴츠레하게 풀린 눈을 스르르 내리감고 혼자소리로

"빌어먹을 놈! 나가라면 나가지 무서운가? 제 집 아니면 살 곳이 없는 줄 아는 게로군. 흥, 되지 않게 다 무엇이냐? 돈 만 있으면 제일이냐? 이놈, 네가 그러다가는 이 주먹맛을 언제든지 볼라.

그대로 곱게 돼질 줄 아니?"

하고 개천 하나를 건너뛴 후에,

"돈! 돈이 무엇이냐?"

한참 생각하다가,

"에후."

한숨을 쉬고 나서,

"돈이 사람을 죽이는구나! 돈! 돈! 흥, 사람 나고 돈 났지 돈 나고 사람 났니?"

또 징검다리를 비척비척하고 건넌 뒤에,

"고 배라먹을 년이 왜 고렇게 포달을 부려서 장부의 마음을 긁어놓아!"

그의 목소리에는 말할 수 없이 다정한 맛이 있었다. 그는 자기 계집을 생각하면 모든 불평이 스러지는 듯이 숙였던 고개를 쳐들어 하늘을 보면서,

"허어, 저도 고생은 고생이지."

하고 다시 고개를 숙인 후,

"내가 너무 해, 너무 그럴 게 아닌데."

그는 자기 집에 와서 문고리를 붙잡고 흔들면서,

"얘! 자니! 자?"

그러나 대답이 없고 캄캄하다.

"이년이 어디를 갔어!"

그는 문짝을 깨어져라 하고 닫친 후에 다시 길거리로 나와 그 옆집으로 가서,

"여보 아주머니! 우리 집 색시 어디 갔는지 보았소?"

밥들을 먹는 옆엣집 내외는,

"어디서 또 취했소그려! 애 어머니가 아까 머리 단장을 하더니 저 방아께로 갑디다."

"방아께로?"

"네!"

"빌어먹을 년! 방아께로 무얼 먹으러 갔누!"

다시 혼자 방아를 향하여 가면서 혼자 중얼거렸다.

그는 방앗간을 막 뒤로 돌아서자 신치규와 자기 아내가 방앗간에서 나오는 것을 보았다.

"아!"

그는 너무 뜻밖의 일이므로 아무 말도 하지 못하고 그대로 한참이나 멀거니 서서 보기만 하였다.

그의 눈에서는 쌍심지가 거꾸로 섰다. 열이 올라와서 마치 주홍을 칠한 듯이 그의 눈은 붉어지고 번개 같은 광채가 번뜩거리었다.

그는 한참이나 사지를 떨었다. 두 이가 서로 맞쳐서 달그락 달그락하였다. 그의 주먹은 부서질 것 같이 단단히 쥐어졌다.

계집과 신치규는 방원이 와 선 것을 보고서 처음에는 조금 간담이 서늘하였으나 다시 태연하게 내려 앉았다. 일이 이렇게 되었으매 할 대로 하라는 뜻이다.

방원은 달려들어 계집의 팔목을 잡았다. 그리고 이를 악물고 부르르 떨었다.

"나는 네가 이럴 줄은 몰랐다."

계집은,

"무얼 이럴 줄을 몰라?"

하며 파란 눈을 흘겨보더니,

"나중에는 별꼴을 다 보겠네. 으레히 그럴 줄을 인제 알았나? 놔요! 왜 남의 팔을 잡고 요모양야. 오늘부터는 나를 당신이 그리 함부로 하지는 못해요! 더러운 녀석 같으니! 계집이 싫다고 그러면 국으로 물러갈 일이지 이게 무슨 사내답지 못한 일야! 놔요!"

팔을 뿌리쳤으나 분노가 전신에 가득찬 그는 그렇게 쉽게 손을 놓지 않았다.

"얘! 네가 이것이 정말이냐?"

"정말이 아니구 비싼 밥 먹고 거짓말 할까?"

"네가 참으로 환장을 하였구나!"

"아니 누구더러 환장을 했대. 온 기가 막혀 죽겠네! 놔요! 놔! 왜 추근추근하게 이모양야? 놔!"

하고서 힘껏 뿌리치는 바람에 계집의 손이 쑥 빠지었다. 계집은 손목을 주무르면서 암상맞게 돌아섰다.

이때까지 이 꼴을 멀찍이 서서 보고 있던 치규는 두어 발자국 나서더니 기침 한 번을 서투르게 하고서,

"얘! 네가 술이 취하였으면 일찍 들어가 자든지 할 것이지 웬 짓이냐? 네 눈깔에는 아무 것도 보이는 것이 없단 말이냐? 너희 년놈이 싸우는 것은 너희 년놈이 어디든지 가서 할 일이지 여기 누가 있는지 없는지 눈깔에 보이는 것이 없어?……"

"엣, 괘씸한 놈!"

눈깔을 부라리었다. 방원은 한참이나 쳐다보고서 말이 없었다. 생각대로 하면 한 주먹에 때려누일 것이지마는 그래도 그의 머리 속에는 아까까지의 상전이라는 관념이 남아 있었다. 번갯불같이 그 관념이 그의 입과 팔을 얽어 놓았다. 어려서부터 오늘날까지 남을 섬겨 보기만 한 그의 마음은 상전이라면 모두 두려워하는 성질을 깊이깊이 뿌리박아 놓았다. 그러나 오늘부터는 신치규가 자기의 상전이 아니요. 자기가 신치규의 종도 아니다. 다만 똑 같은 사람으로 마주섰을 뿐이다. 아니다, 지금부터는 신치규도 방원의 원수였다. 그의 간을 씹어 먹어도 오히려 나머지 한이 있는 원수다.

신치규는 똑바로 쳐다보는 방원을 마주 쳐다보며,

"똑바로 보면 어쩔터이냐? 온 세상이 망하니까 별 해괴한 일이 다 많거든. 어째 이놈아!"

"이놈아?"

방원은 한 걸음 들어섰다. 나무같이 힘센 다리가 성큼하고 나설 때 신치규는 머리끝이 으쓱하였다. 쇠몽둥이 같은 두 주먹이 쑥 앞으로 닥칠 때 그의 가슴은 덜컥 내려앉았다.

"네 입에서 이놈이라는 소리가 나오지? 이 사지를 찢어 발겨도 오히려 시원치 못할 놈아! 네가 내 계집을 뺏으려고 오늘 날더러 나가라고 그랬지?"

"어허 이거 그놈이 눈깔이 삐었군. 얘, 나는 먼저 들어가겠다. 너는 네 서방하고 나중 들어오너라!"

신치규는 형세가 위험하니까 슬금슬금 꽁무니를 빼려고 돌아서서 들어가려 하니까 방원은 돌아서는 신치규의 멱살을 잔뜩 쥐어 한 팔로 바싹 치켜들고,

"이놈 어디를 가? 네가 이때까지 맛을 몰랐구나?"

하며 한 번 집어쳐 땅바닥에다가 태질을 한 뒤에 그대로 타고 앉에서 목줄띠를 누르니까 마치, 뱀이 개구리 잡아 먹을 적 모양으로 꺅꺅 소리가 나며 말 한 마디도 못 한다.

"이놈 너 죽고 나 죽으면 고만 아니냐?"

하고 방원은 주먹으로 사정없이 닥치는 대로 들이댄다. 나중에는 주먹이 부족하여 옆에 있는 모루돌멩이를 집어서 죽어라하고 내리친다. 그의 팔 그의 몸에는 본능적으로 숨어있는 잔인성(殘忍性)이 조금도 남지 않고 그대로 나타났다. 그의 눈은 마치 펄떡펄떡 뛰는 미끼를 가로 차고 앉은 승냥이나 이리와 같이 뜨거운 피를 보고야 만족하다는 듯이 무섭게 번쩍거렸다. 그에게는 초자연(超自然)의 무서운 힘이 그의 팔과 다리에 올라왔다.

이 꼴을 보는 계집은 무서웠다. 끔찍끔찍한 일이 목전에 생길 것이다. 그의 맥이 풀린 다리는 마음대로 놓여 지지 아니하였다.

"아! 사람 살류! 사람 살류!"

적적한 밤중에 쓸쓸한 마을에는 처참한 여자 목소리가 으스스하게 울리었다. 이 소리를 들은 방원은 더욱 힘을 주어서 눈을 딱 감고 죽어라 내리 짓찧었다. 뼈가 돌에 맞는 소리가 살이 울크러지는 소리와 함께 퍽퍽하였다. 피 묻은 돌이 여기저기 흩어지고 갈갈이 찢긴 옷에는 살점이 묻었다.

동네편 쪽에서는 수군수군하더니 구둣소리가 나며 칼소리가 덜거덕거리었다. 방원의 머리에는 번갯불같이 무엇이 보이었다. 그는 손에 주먹을 쥔 채 잠깐 정신을 차려 그쪽으로 귀를 기울였다.

"순검……"

그는 신치규의 배를 타고 앉아서 순검의 구둣소리를 듣자 비로소 자기가 무슨 짓을 하였는지 깨달았다.

그는 미친 사람처럼 일어났다. 그리고는 옆에 서서 벌벌떠는 계집에게로 갔다.

"얘! 가자! 도망가자! 너하고 나하고 같이 가자! 자! 어서, 어서!"

계집은 자기에게 또 무슨 일이 있을까 하여 겁을 내어 도망을 하려 한다. 방원은 계집을 따라가며,

"얘! 얘! 네가 이렇게도 나를 몰라 주니? 내가 너를 어떻게 생각하는지 알지를 못하니? 자 어서, 도망가자, 어서 어서, 뒤에서 순검이 쫓아온다."

계집은 그대로 서서 종종걸음을 치며,

"싫소! 임자나 가구려. 나는 싫어요, 싫어."

"가자! 응! 가!"

그는 미친 사람처럼 계집의 팔을 붙잡고 끌었다. 그때 누구인

지 그의 두 팔을 마치 형틀에 매다는 것같이 꽉 뒤로 끼어 안은 사람이 있었다.

"이놈아! 어디를 가?"

그는 뒤를 돌아보지 않고 그가 누구인지 알았다. 그는 온 전신에 맥이 풀리어 그대로 뒤로 자빠지려 할 때 어느덧 널판 같은 주먹이 그의 뺨을 사정없이 갈겼다.

"정신 차려."

"네."

그는 무의식하게 고개가 숙여지고 말소리가 공손하여졌다. 땅바닥에서는 신치규가 꿈지럭거리며 이리저리 뒹군다. 청승스러운 비명(悲鳴)이 들린다.

방원은 포승 지인 채, 계집은 그대로, 주재소로 끌려가고 신치규는 머슴들이 업어 들였다.

석 달이 지났다. 상해죄(傷害罪)로 감옥에서 복역을 하던 방원은 만기가 되어 출옥을 하였다. 그러나 신치규는 아무 일없이 자기 집에서 치료하고 방원의 계집을 데려다 산다. 신치규는 온몸이 나은 뒤에 홀로 생각하였다.

"죽는 줄만 알았더니 그래도 이렇게 살아있으니!"

하고 얼굴에 흠이 진 곳을 만져보며,

"오히려 그놈이 그렇게 한 것이 나에게는 다행이지, 얼굴이 아프기는 좀하였으나! 허어."

"어떻게 그놈을 떼어 버릴까 하고 그렇지 않아도 걱정을 하던 차에 잘 되었지. 그놈 한 십 년 감옥에서 콩밥을 먹었으면 좋겠다."

방원은 감옥에서 생각하기를 나가기만 하면 년놈을 죽여버리고 제가 죽든지 요절을 내리라 하였다.

집에서 내어 쫓기고 계집까지 빼앗기고, 그것을 생각하면 이가 갈리고 치가 떨리었다. 그것이 모두 자기가 돈없는 탓인 것을 생각하면 더욱 분한 생각이 났다.

"에 더러운 년."

그는 홑바지에 쇠사슬을 차고서 일을 할 때에도 가끔 침을 땅에다 뱉으면서 혼자 중얼거리었다.

"사람이 이러고서야 살아서 무엇하나. 멀쩡한 놈이 계집 빼앗기고 생으로 콩밥까지 먹으니……"

그가 감옥에서 나올 때에는 감옥소를 다시 한번 돌아보고 내가 여기서 마지막으로 목숨을 잃어 버리든지, 그렇지 않으면 내가 내 손으로 내 목을 찔러 죽든지, 무슨 요절이 날 것을 생각하고 다시 온몸에 힘을 주고 쓸쓸한 웃음을 웃었다.

그는 이백 리나 되는 길을 걸어서 계집이 사는 촌에를 왔다.

그러나 아무도 그를 아는 체하는 사람이 없었다. 전에 친하게 지내던 사람들도 그를 보고 피해 갔다.

마치 문둥병자나 마찬가지 대우를 하였다. 감옥에서 나온 뒤로부터는 더욱이 세상이 차디차졌다. 자기가 상상하던 것보다도 더 무정하여졌다. 그는 하는 수 없이 밤이 될 때까지 그 근처 산속으로 돌아다녔다. 그래서 깊은 밤에 촌으로 내려왔다. 그는 그 방앗간을 다시 지나갔다. 석 달 전 생각이 났다. 자기가 여기서 잡혀갔다는 것을 생각할 때 더욱 억울하고 분한 생각이 치밀어 올라왔다. 그는 한참이나 거기 서서 그때 일을 생각하고 몸서리를 친 후에 다시 그전 집을 찾아갔다.

날이 몹시 추워지고 눈이 쌓였다. 옷은 입은 것이 가을에 입고 감옥에 들어갔던 그것이므로 살을 에이는 듯한 것이로되 그는 분한 생각과 흥분된 마음에 그것도 몰랐다.

"년놈을 모두 처치를 해버려?"

혼자 속으로 궁리를 하다가,

"그렇지, 그까짓 것들은 살려두어 쓸데없는 인생들이야."

하면서 옆구리에 지른 기름한 단도를 다시 만져보았다. 그는 감격스런 마음으로 그것을 쓰다듬었다. 그는 신치규의 집 울을 넘어 들어갔다. 그의 발은 전에 다닐 적같이 익숙하였다. 그는 사랑을 엿보고 다시 뒤로 돌아서 건넌방 창 밑에 와 섰었다. 귀를 기울였으나 아무 말도 들리지 않았다. 그는 손에 칼을 빼들었다. 그리고는 일부러 뒤 창문을 달각달각 흔들었다.

"그 뉘?"

하고 계집의 머리가 쑥 나오며 문이 열리었다. 그는 얼른 비켜섰다. 문은 다시 닫혀지고 계집은 들어갔다.

방원의 마음은 이상하게 동요가 되었다. 예쁜 계집의 목소리가 오래간만에 귀에 들릴 때 마치 자기가 감옥에서 꿈을 꿀적 모양으로 요염하고도 황홀하게 그의 마음을 꾀는 것 같았다. 그는 꿈속에서 다시 만난 것 같고 오래간만에 그를 만나 보면 모든 결심은 얼음같이 녹는 듯하였다. 그래도 계집이 설마 나를 영영 잊어버리랴 하고 옛날의 정리를 생각할 때 그것이 거짓말이 아니고 무엇이랴는 생각이 났다.

아무리 자기를 감옥에까지 가게 하였다 하더라도 그는 감히 칼을 들어 죽이려는 용기가 단번에 나지 않아서 주저하기 시작했다.

"아니다, 다시 한번만 물어보자!"

그는 들었던 칼을 다시 짚고 생각하였다.

"거짓말이다. 거짓말이다. 그럴 리가 없다."

그는 반신 반의하였다.

"그렇다. 한번만 다시 물어보고 죽이든 살리든 하자!"

그는 다시 문을 달각달각하였다. 계집은 이번에 다시 문을 열고 사면을 둘러보더니 헌 짚신짝을 신고 나왔다.

"뉘요?"

그는 방원이 서 있는 집 모퉁이를 돌아서려 할 제,

"내다!"

하고 입을 틀어 막고 칼을 가슴에 대었다.

"떠들면 죽어!"

방원은 계집의 입을 수건으로 틀어막고 결박을 한 후 들쳐 업고서 번개같이 달음질하였다. 그는 어느 결에 계집을 업어다가 물레방아 앞에 내려놓은 후 결박을 풀었다. 그리고 한숨을 쉬었다.

"나를 모르겠니?"

캄캄한 그믐밤에 얼굴을 바짝 계집의 코앞에 들이대었다. 계집은 얼굴을 자세히 보더니

"아!"

소리를 지르더니 뒤로 물러섰다.

"조금도 놀랄 것이 없다. 오늘 네가 내 말을 들으면 살려줄 것이요, 그렇지 않으면 이것이야!"

하고 시퍼런 칼을 들이대었다. 계집은 다시 태연하게

"나말요? 임자의 말을 들었을 것 같으면 벌써 들었지요, 이때까지 있겠소? 임자도 남의 마음을 알거요. 임자와 나와 이 년 전에 이곳으로 도망해올 적에도 전 남편이 나를 죽이겠다고 허리를 찔러 그 흠이 있는 것을 날마다 밤에 당신이 어루만지었지요? 내가 그까짓 칼쯤을 무서워서 나 하고 싶은 것을 못 한단 말이요? 힝, 이게 무슨 비겁한 짓이요. 사내자식이, 자! 찌르려거든 찔러보아요. 자, 자."

"정말이냐"

하고 한 걸음 더 가까이 나섰다.

"정말이 아니고? 내가 비록 여자이지마는 당신같이 겁쟁이는

아니라오! 이것이 도무지 무엇이요."

계집은 그래도 두려웠던지 방원의 손에 든 칼을 뿌리쳐 땅에 떨어뜨리었다.

이 칼이 땅에 떨어지자 방원은 이때까지 용사와 같이 보이어, 계집이 몹시 비겁스럽고 더러워 보이어 다시 칼을 집어들고 덤비었다.

"에잇! 간사한 년! 어쩔 터이냐? 나하고 당장에 멀리 가지 않을 터이냐? 자아 가자!"

그는 눈물이 어린 눈으로 타일러 보기도 하고 간청도 하여 보았다.

"자아, 어서 옛날과 같이 나하고 멀리멀리 도망을 가자."

"나는 참으로 나의 칼로 너를 죽일 수 없다."

계집의 눈에는 독이 올라왔다. 광채가 어두운 밤에 번개같이 번쩍거리며,

"싫어요. 나는 죽으면 죽었지 가기는 싫어요. 이제 나는 고만 그렇게 구차하고 천한 생활을 다시 하기는 싫어요. 고만 물렸어요."

"너의 입으로 정말 그런 말이 나오느냐? 너는 나를 우리 고향에 다시 돌아가지도 못하게 만들어 놓고 나의 모든 것을 다 잃어버리게 한 후에 또 나중에 세상에서 지옥이라고 하는 감옥소까지 가게 하였지! 그러고도 나의 맨 마지막 원을 들어주지 않을 터이냐?"

"나는 언제든지 당신 손에 죽을 것까지도 알고 있소! 자! 오늘 죽으나 내일 죽으나 언제든지 죽기는 일반 이렇게 된 이상 나를 죽이시오."

"정말이냐? 정말이냐."

"정말요!"

계집은 결심한 뜻을 나타내었다. 방원의 손은 떨리었다. 그리고 그는 눈을 꼭 감고,

"에, 여우 같은 년!"

하고 칼끝을 계집의 옆구리를 향하고 내밀었다. 계집은 이를 악물고,

"사람 죽인다!"

소리 한 번에 그 자리에 거꾸러졌다. 칼 자루를 든 손이 피가 물리는 바람에 우루루 떨리더니 피가 새어 나왔다. 방원은 그 칼을 빼어들더니 계집 위에 거꾸러져서 가슴을 찌르고 절명하여 버렸다.

벙어리 삼룡이

1

내가 열 살이 될락말락할 때이니까 지금으로부터 십 사오년 전 일이다.

지금은 그곳을 청엽정(靑葉町)이라 부르지마는 그때는 연화봉(蓮花峰)이라고 이름하였다. 즉 남대문(南大門)에서 바로 내려다 보며는 오정포가 놓여 있는 산등성이가 있으니, 그 산등성이 이쪽이 연화봉이요, 그 새에 있는 동네가 역시 연화봉이다.

지금은 그곳에 빈민굴(貧民窟)이라고 할 수밖에 없이 지저분한 촌락이 생기고 노동자들밖에 살지 않는 곳이 되어 버렸으나 그때에는 자기네 딴은 행세한다는 사람들이 있었다.

집이라고는 십여 호밖에 있지 않았고 그곳에 사는 사람들은 대개 과목밭을 하고, 또는 채소를 심거나 그렇지 아니하면, 콩나물을 길러서 생활을 하여 나갔다.

여기서 그 중 큰 과목밭을 갖고 그중 여유있는 생활을 하여 가는 사람이 하나 있었는데, 그의 이름은 잊어버렸으나 동네 사람들이 부르기를 오 생원(晤生員)이라고 불렀다.

얼굴이 동탕하고 목소리가 마치 여름에 버드나무에 앉아서 길게 목늘에 우는 매미소리같이 저르렁저르렁하였다.

그는 몹시 부지런한 중년 늙은이로 아침이면 새벽 일찌기 일어나서 앞뒤로 뒷짐을 지고 돌아다니며 집안 일을 보살피는 데 그 동안에는 그가 마치 시계와 같아서 그가 일어나는 때가 동네 사람이 일어나는 때였다. 만일 그가 아침에 돌아다니며 잔소리를 하지 않으면 동네 사람들이 이상하여 그의 집으로 가보면 그는 반드시 몸이 불편하여 누웠었다. 그러나 그와 같은 때는 일 년 삼백 육십 일에 한 번 있기가 어려운 일이요, 이태나 삼 년에 한 번 있거나 말거나 하였다.

그가 이곳으로 이사를 온 지는 얼마 되지 아니하나 그가 언제든지 감투를 쓰고 다니므로 동네 사람들은 양반이라고 불렀고, 또 그 사람도 동네 사람에게 그리 인심을 잃지 않으려고 선달이면 북어쾌 김톳을 동네 사람에게 나눠주며 농사 때에 쓰는 연장도 넉넉히 장만한 후 아무 때나 동네 사람들이 쓰게 하므로 그 동네에서는 가장 인심 후하고 존경을 받는 집인 동시에 세력 있는 집이다.

그 집에는 삼룡(三龍)이라는 벙어리 하인 하나가 있으니 키가 본시 크지 못하여 땅딸보로 되었고 고개가 빼지 못하여 몸뚱이에 대강이를 갖다가 붙인 것 같다. 거기다가 얼굴이 몹시 얽고 입이 크다. 머리는 전에 새꼬랑지 같은 것을 주인의 명령으로 깍기는 깎았으나 불밤송이 모양으로 언제든지 푸하게 일어섰다. 그래 걸어다니는 것을 보면, 마치 옴두꺼비가 서서 다니는 것같이 숨차 보이고 더디어 보인다. 동네 사람들이 부르기를 삼룡이라고 부르는 법이 없고 언제든지 '벙어리 벙어리'라고 하든지 그렇지 않으면 '앵모 앵모'한다. 그렇지만 삼룡이는 그 소리를 알지 못한다.

그도 이 집 주인이 이리로 이사를 올 때에 데리고 왔으니 진실하고, 충성스러우며, 부지런하고 세차다. 눈치로만 지내기는 벙어리지마는 말하고 듣는 사람보다 슬기로울 적이 있고 평생 조심성이 있어서 결코 실수한 적이 없다.

아침에 일어나면 마당을 쓸고 소와 돼지의 여물을 먹이며, 여름이면 밭에 풀을 뽑고 나무를 실어 들이고 장작을 패며, 겨울이면 눈을 쓸고 장 심부름이며 진일 마른일 할 것 없이 못하는 일이 없다.

그럴수록 이 집 주인은 벙어리를 위해 주며 사랑한다. 혹시 몸이 불편한 기색이 있으면 쉬게 하고 먹고 싶어하는 듯한 것은 먹이고 입을 때 입히고 잘 때 재운다.

그런데 이 집에는 삼대 독자로 내려오는 그 집 아들이 있다. 나이는 열 일곱 살이나 아직 열 네 살도 되어 보이지 않고 너무 귀엽게 기르기 때문에 누구에게든지 버릇이 없고 어리광을 부리며 사람에게나 짐승에게 잔인 포악한 짓을 많이 한다.

동네 사람들은,

"후레자식! 아비 속 상하게 할 자식! 저런 자식은 없는 것만 못해."

하고 욕들을 한다. 그래서 그의 어머니는 아들이 잘못할 때마다 그의 영감을 보고,

"그 자식을 좀 때려 주구려. 왜 그런 것을 보고 가만두?"

하고 자기가 대신 때려 주려고 나서면,

"아뇨. 아직 철이 없어 그렇지. 저도 지각이 나면 그렇지 않을 것이 야뇨."

하고 너그러이 타이른다. 그러면 마누라는 왜가리처럼 소리를

지르며,

"철이 없긴 지금 나이가 몇이요, 낼 모레면 스무 살이 되는데, 또 며칠 아니면 장가를 들어서 자식까지 날 것이 그래 가지고 무엇을 한단 말이요."

하고 들이대며,

"자식은 꼭 아버지가 버려 놓았읍니다. 자식 귀여운 것만 알았지 버릇 가르칠 줄은 모르니까—"

이렇게 싸움이 시작만 하려 하면 영감은 아무 말도 하지 않고 바깥으로 나가버린다.

그 아들은 더구나 벙어리를 사람으로 알지도 않는다. 말 못하는 벙어리라고 오고 가며 주먹으로 허구리를 지르기도 하고 발길로 엉덩이도 찬다.

그러면 그 벙어리는 어린 것이 철없이 그러는 것이 도리어 귀엽기도 하고 또는 그 힘없는 팔과 다리로 자기의 무쇠 같은 몸을 건드리는 것이 우습기도 하고 앙징하기도 하여 돌아서서 빙그레 웃으면서 툭툭 털고 다른 곳으로 몸을 피해 버린다.

어떤 때는 낮잠 자는 벙어리 입에다가 똥을 먹인 때도 있었다. 또 어떤 때는 자는 벙어리 두 팔 두 다리를 살며시 동여매고 손가락과 발가락 사이에 화승불을 붙여 놓아 질겁을 하고 일어나다 발버둥질을 하고 죽으려는 사람처럼 괴로와하는 것을 보고 기뻐하였다.

이러할 때마다 벙어리 가슴에는 비분한 마음이 꽉 들어찼다. 그러나 그는 주인의 아들을 원망하는 것보다도 자기가 병신인 것을 원망하였으며, 주인의 아들을 저주한다는 것보다 이 세상을 저주하였다.

그러나 그는 결코 눈물을 흘리지 않았다. 그의 눈물은 나오려 할 때 아주 말라 붙어버린 샘물과 같이 나오려하나 나오지를 아니하였다. 그는 주인의 집을 버릴 줄 모르는 개 모양으로 자기가 있어야 할 곳은 여기밖에 없고 자기가 믿을 것도 여기 있는 사람밖에 없는 줄 알았다. 여기에 살다 여기서 죽는 것이 자기의 운명인 줄 밖에 알지 못하였다. 자기의 주인 아들이 때리고 지르고 꼬집어 뜯고 모든 방법으로 학대할지라도 그것이 자기에게 으레히 있을 줄 밖에 알지 못하였다. 아픈 것도 그 아픈 것이 으레히 자기에게 돌아올 것이요, 쓰린 것도 자기가 받지 않아서는 안될 것으로 알았다. 그는 이 마땅히 자기가 받아야 할 것을 어떻게 해야 면할까 하는 생각은 한번도 하여 본 일이 없었다.

그가 이 집에서 떠나가려거나 또는 그의 생활 환경에서 벗어나려는 생각을 한 번도 한 번도 해보지 못하였다 할지라도 그는 언제든지 그 주인 아들이 자기를 학대하고 또는 자기를 못살게 굴 때 그는 자기의 주먹과 또는 자기의 힘을 생각하여 보았다.

주인 아들이 자기를 때릴 때 그는 주인 아들 하나쯤은 넉넉히 제지할 힘이 있는 것을 알았다.

어떠한 때는 아픔과 쓰라림이 자기의 몸으로 스미어 들 때면 그의 주먹은 떨리면서 어린 주인의 몸을 치려다가는 그는 그것을 무서운 고통과 함께 꾹 참았다.

그는 속으로,

'아니다. 그는 나의 주인의 아들이다. 그는 나이 어린 주인이다.'

하고 꿈 참았다.

그리고는 그것을 얼핏 잊어버리었다. 그러다가도 동네 집 아이들과 혹시 장난을 하다가 주인 아들이 울고 들어올 때에는 그는 황소같이 날뛰면서 주인을 위하여 싸웠다. 그래서 동네에서도 어린애들이나 장난꾼들이 벙어리를 무서워하여 감히 덤비지 못하였다. 그리고 주인 아들도 위급한 경우에는 언제든지 벙어리를 찾았다. 벙어리는 얻어맞으면서도 기어드는 충견 모양으로 주인의 아들을 위하여 싫어하지 않고 힘을 다 하였다.

2

벙어리가 스물 세 살이 될 때까지 그는 물론 이성과 접촉할 기회가 없었다. 동네의 처녀들이 저를 '벙어리' '벙어리'하며 괴상한 손짓과 몸짓으로 놀려 먹음을 받을 적에 분하고 골 나는 중에도 느긋한 즐거움을 느끼어 본 일은 있었으나 그가 결코 사랑으로써 어떠한 여자를 대해본 일은 없었다.

그러나 정욕을 가진 사람인 벙어리도 그의 피가 차디찰 리는 없었다. 혹 그의 피는 더욱 뜨거웠을지도 알 수 없었다. 뜨겁다 뜨겁다 못하여 엉키어 버린 엿과 같을지도 알 수 없었다. 만일 그에게 벌을 주거나 뜨거운 열을 준다면 그의 피는 다시 녹을는지도 알 수 없었다.

그가 깜박깜박하는 그름 등잔 아래에서 밤이 깊도록 짚세기를 삼을 때이면 남 모르는 한숨을 쉬는 것도 아니지마는 그는 그것을 곧 억제할 수 있을 만치 정욕에 대하여 벌써부터 단념을 하고 있었다.

마치 언제 폭발이 될지 알지도 못하는 휴화산(休火山) 모양으로 그의 가슴 속에 충분한 정열을 깊이 감추어 놓았으나 그것이 아직 폭발될 시기가 이르지 못한 것이었다. 비록 폭발이 되려고 무섭게 격동함을 벙어리 자신도 느끼지 않는 바는 아니지마는 그는 그것을 폭발시킬 조건을 얻기 어려웠으며 또는 자기가 여태까지 능동적으로 그것을 나타낼 수가 없을 만치 외계의 압축을 받았으며 그것으로 인한 이지(理知)가 너무 그에게 자제력(自制力)을 강대하게 하여 주는 동시에 또한 너무 그것을 단념만 하게 하여 주었다.

속으로 나는 '벙어리'다. 자기가 생각할 때 그는 몹시 원통함을 느끼는 동시에 나는 말하는 사람들과 똑 같은 자유와 똑같은 권리가 없는 줄 알았다. 그는 이와 같은 생각에서 언제든지 단념 안하랴 단념하지 않을 수 없는 그 단념이 쌓이고 쌓이어 지금에는 다만 한 개의 기계와 같이 이 집에 노예가 되어 있으면서도 그것을 자기의 천직으로 알고 있을 뿐이요, 다시는 자기가 살아갈 세상이 없는 것밖에 알지 못하게 된 것이다.

3

그 해 가을이다. 주인의 아들이 장가를 들었다. 색시는 신랑보다 두 살 위인 열 아홉 살이다. 주인이 본시 자기가 언제든지 문벌이 얕은 것을 한탄하여 신부를 구할 때에 첫째 조건이 문벌이 높아야 할 것이었다. 그러나 문벌 있는 집에서는 그리 쉽게 색시를 내놀 리가 없었다. 그러므로 하는 수 없이 그 어떠한 영락한 양반의 딸을 돈을 주고 사오다시피 하였으니 무남 독녀의 딸을 둔 남촌 어떤 과부를 꿀을 발라서 약혼을 하고 혹시 무슨 딴소리가 있을까 하여 부랴부랴 성례식을 시켜 버렸다.

혼인할 때의 비용도 그때 돈으로 삼만 냥을 썼다. 그리고 아들이 처가집에 며느리 뒤 보아주는 바느질삯, 빨래삯이라는 명목으로 한 달에 이천 오백 냥씩 대주었다.

신부는 자기 아버지가 돌아가기 전까지 상당히 견디기도 하고 또는 금지 옥엽같이 기른 터이라 구식 가정에서 배울 것, 읽힐 것은 못 한 것이 없고 또는 본래 인물이라든지 행동거지에 조금도 구김이 있지 아니한다.

신부가 오자 신랑의 흠절이 생기기 시작하였다.

"신부에다가 대면 두루미와 까마귀지."

"아직도 철딱서니가 없어."

"색시에게 쥐어 지내겠지."

"신랑에겐 과하지."

동넷집 말 좋아하는 여편네들이 모여 앉으면 이렇게 비평들을 한다. 어떠한 남의 걱정 잘하는 마누라님들은 간혹 신랑을 보고는 그대로 세워놓고,

"글쎄, 인제는 어른이 되었으니 셈이 좀 나요. 저리구 어떻게 색시를 거느려가누. 색시 방에 들어가기가 부끄럽지 않담."

하고 들이대다시피 하는 일이 있다.

이럴 적마다 신랑의 마음은 그 말하는 이들이 미웠다. 일부러 자기를 부끄럽게 하려고 하는 것 같아서 그 후에 그를 만나면 말도 안 하고 인사도 하지 아니한다.

또 그이 고모되는 이가 와서 자기 조카를 보고,

"인제는 어른이야. 너도 그만하면 지각이 날 때가 되지 않았니. 네 처가 부끄럽지 아니하냐?"

하고 타이를 적마다 그의 마음은 그 말하는 사람이 부끄럽다는 것보다도 자기를 이렇게 하게 한 자기 아내가 더욱 밉살머리스러웠다.

"여편네가 다 무엇이냐? 저 빌어먹을 년이 들어오더니 나를 이렇게 못살게 굴지."

혼인한 지 며칠이 못 되어 그는 색시 방을 들어가지 않았다. 집안에서는 야단이 났다. 마치 돼지나 말새끼를 혼례시키려는 것같이 신랑을 색시 방으로 집어넣으려 하나 막무가내였다. 그럴 때마다 신랑은 손에 닥치는 대로 집어 던져서 자기의 외사촌 누이의 이마를 뚫어서 피까지 나게 한 일이 있었다. 집안 식구들은 하는 수가 없어 맨 나중으로 아버지에게 밀었다. 그러나 그것도

소용이 없을 뿐더러 풍파를 더 일으키게 하였다. 아버지께 꾸중을 듣고 들어와서는 다짜고짜로 신부의 머리채를 쥐어잡아 마루 한복판에 태질을 쳤다.

그리고는,

"이년 네 집으로 가거라. 보기 싫다. 내 눈앞에는 보이지도 말아."

하였다. 밥상을 가져오면 그 밥상이 마당 한복판에서 재주를 넘고 옷을 가져오면 그 옷이 쓰레기통으로 나간다.

이리하여 색시는 시집오던 날로부터 팔자 한탄을 하고서 날마다 우는 사람이 되었다.

울며는 요사스럽다고 때린다. 또 말이 없으면 빙충맞다고 친다. 이리하여 그 집에는 평화로운 날이 없었다.

이것을 날마다 보는 사람 가운데 알 수 없는 의혹을 품게 된 사람이 하나 있으니 그는 곧 벙어리 삼룡이었다.

그렇게 예쁘고 유순하고 그렇게 얌전한, 벙어리의 눈으로 보아서는 감히 손도 대지 못할 만치 선녀 같은 색시를 때리는 것은 자기의 생각으로는 도저히 풀 수 없는 의심이다.

보기에는 황홀하고 건드리기도 황홀할 만치 숭고한 여자를 그렇게 학대한다는 것은 너무나 세상에 있지 못할 일이다. 자기는 주인 새서방에게 개나 돼지같이 얻어맞은 것이 마땅한 이상으로 마땅하지마는 선녀와 짐승의 차가 있는 색시가 자기와 똑같이 얻어맞는 것은 너무 무서운 일이다.

어린 주인이 천벌이나 받지 않을까 두렵기까지 하였다.

어떠한 달밤, 사면은 고요 적막하고 별들은 드문드문 눈들만 깜박이며 반달이 공중에 뚜렷이 달려 있어 수은으로 세상을 깨끗하게 닦아낸 듯이 청명한데 삼룡이는 검둥개 등을 쓰다듬으며 밖마당 멍석 위에 비슷이 드러누워 하늘을 쳐다보며 생각하여 보았다.

주인 색시를 생각하면 공중에 있는 달보다도 더 곱고 별보다도 더 깨끗하였다. 주인 색시를 생각하면 달이 보이고 별이 보이었다. 삼라 만상을 씻어내는 은빛보다 더 흰 달이나 별의 광채보다도 그의 마음이 아름답고 부드러운 듯 하였다. 마치 달이나 별이 땅에 떨어져 주인 새아가씨가 된 것도 같고 주인 새아가씨가 하늘에 올라가면 달이 되고 별이 될 것 같았다.

더구나 자기를 어린 주인이 때리고 꼬집을 때 감히 입 벌려 말은 하지 못하나 측은하고 불쌍히 여기는 정이 그의 두 눈에 나타나는 것을 다시 생각할 때 그는 부들부들한 개 등을 어루만지면서 감격을 느끼었다. 개는 꼬리를 치며 자기를 귀여워 하는 줄 알고 벙어리의 손을 핥았다.

삼룡이의 마음은 주인 아씨를 동정하는 마음으로 가득 찼다. 또는 그를 위하여는 자기의 목숨이라도 아끼지 않겠다는 의분에 넘치었다. 그것이 마치 살구를 보면 입 속에서 침이 도는 것같이 본능적으로 느끼어지는 감정이었다.

4

새댁이 온 뒤에 다른 사람들은 자유로운 안 출입을 금하였으나 벙어리는 마치 개가 맘대로 안에 출입할 수 있는 것같이 아무 의심없이 출입할 수가 있었다.

하루는 어린 주인이 먹지 않던 술이 잔뜩 취하여 무지한 놈에게 맞아서 길에 자빠진 것을 업어다가 안으로 들여다 누인 일이 있었다. 그때에 아무도 안에 있지 않고 다만 새색시 혼자 방에서 바느질을 하고 있다가 이 꼴을 보고 벙어리의 충성된 마음이 고마와서 그 후에 쓰던 비단 헝겊 조각으로 부지 쌈지 하나를 하여

준 일이 있었다.

이것이 새서방님의 눈에 띄었다. 그래서 색시는 어떤 날 밤 자던 몸으로 마당 복판에 머리를 푼 채 내어동댕이가 쳐졌다. 그리고 온몸에 피가 맺히도록 얻어맞았다.

이것을 본 벙어리를 또다시 의분이 마음에 뻗쳐 올라왔다. 그래서 미친 사자와 같이 뛰어들어가 새서방님을 내어 던지고 새색시를 둘러 메었다. 그리고 나는 수리와 같이 바깥 사랑 주인 영감 있는 곳으로 뛰어가 그 앞에 내려놓고 손짓과 몸짓을 열 번 스무 번 거푸하며 하소연하였다.

그 이튿날 아침에 그는 주인 새서방님에게 물푸레로 얼굴을 몹시 얻어맞아서 한쪽 뺨이 눈을 얼러서 피가 나고 주먹같이 부었다. 그 때릴 적에 새서방의 입에서 나오는 말은

"이 흉칙한 벙어리 같으니, 내 여편네를 건드려!"

하고 부지 쌈지를 빼앗아 갈갈이 찢어서 뒷간에 던졌다.

"그리고 이놈아! 인제는 주인도 몰라보고 막 친다. 이런 것은 죽어야 해."

하고 채찍으로 그의 뒷면을 갈겨서 그 자리에 쓰러지게 하였다.

벙어리는 다만 두 손으로 빌 뿐이었다. 말도 못 하고 고개를 몇백 번 코가 땅에 닿도록 그저 용서해 달라고 빌기만 하였다. 그러나 그의 가슴에는 비로소 숨겨 있던 정의감(正義感)이 머리를 들기 시작하였다. 그는 그 아픈 것을 참아가면서도 복받치는 분노(심술)를 억제하였다.

그때부터 벙어리는 안방에 들어가지 못하였다. 이 들어가지 못하는 것이 더욱 벙어리로 하여금 궁금증이 나게 하였다. 그 궁금증이라는 것이 묘하게 빛이 연하여 주인 아씨를 뵈옵고 싶은 감정으로 변하였다. 뵈옵지 못하므로 가슴이 타올랐다. 몹시 애상

(哀傷)의 정서가 그의 가슴을 저리게 하였다. 한 번이라도 아씨를 뵈올 수가 있으면 하는 마음이 나더니 그의 마음의 넋은 느끼기를 시작하였다. '센티멘탈'한 가운데에서 느끼는 그 무슨 정서는 그에게 생명 같은 희열을 주었다. 그것과 자기의 목숨이라도 바꿀 수 있을 것 같았다. 어떤 때는 그대로 대강으로 담을 뚫고 들어가고 싶도록 주인 아씨를 뵈옵고 싶은 것을 꾹 참을 때도 있었다.

그 후부터는 밥을 잘 먹을 수가 없었다. 일도 손에 잡히지 않았다. 틈만 있으면 안으로만 들어가고 싶었다.

주인이 전보다 많이 밥과 음식을 주고 더 편하게 하여 주었으나 그것이 싫었다. 그는 밤에 잠을 자지 않고 집 가장자리를 돌아다녔다.

5

하루는 주인 새서방님이 술이 취하여 들어오더니 집안이 어수선하여지며 계집 하인이 약을 사러 갔다. 들어오는 것을 보고 그 계집 하인을 붙잡았다. 그리고 무엇이냐고 물었다.

계집 하인은 한 주먹을 뒤통수에 대이고 얼굴을 젊다고 하는 뜻으로 쓰다듬으며 둘째 손가락을 내밀었다. 그것은 그집 주인은 엄지손가락이요, 둘째 손가락은 새서방님이라는 뜻이요, 주먹을 뒤통수에 대이는 것은 여편네라는 뜻이요, 얼굴을 문지르는 것은 예쁘다는 뜻으로 벙어리에게 쓰는 암호다.

그런 뒤에 다시 혀를 내밀고 눈을 뒤집어 쓰는 형상을 하고 두 팔을 싹 벌리고 뒤로 자빠지는 꼴을 보이니 그것은 사람이 죽게 되었거나 앓을 적에 하는 말 대신의 손짓이다.

벙어리는 눈을 크게 뜨고 계집 하인에게 한 발자국 가까이 들어서며 놀래는 듯이 멀거니 한참이나 있었다.

그의 가슴은 무겁게 격동하였다. 자기의 그리운 주인 아씨가 죽었다는 말이 아닌가, 그는 두 주먹을 마주 치며 한숨을 쉬었다. 그리고는 자기 방에 무엇을 생각하는 것처럼 두어 시간이나 두 눈만 껌벅껌벅하고 앉아 있었다.

그는 밤이 깊어갈수록 궁금증 나는 사람처럼 일어섰다 앉았다 하더니 두 시나 되어 바깥으로 나가서 뒤로 돌아갔다. 그는 도둑놈처럼 조심스럽게 바로 건너방 뒤 미닫이 앞 담에 서서 주저주저하더니 담을 넘었다. 가까이 창 앞에 서서 문 틈으로 안을 살피다가 그는 진저리를 치며 물러섰다.

어두운 밤에 그의 손과 발이 마치 그 뒤에 서 있는 감나무잎같이 떨리더니 그대로 문을 박차고 뛰어들어 갔을 때 그의 팔에는 주인 아씨가 한 손에 길다란 명주 수건을 들고서 한 팔로 벙어리의 가슴을 밀치며 빼팅기었다. 벙어리는 다만 눈이 둥그래서 '에헤'소리만 지르고 그 수건을 뺏으려 애쓸 뿐이다.

집안이 야단났다.

"집안이 망했군!"

"어디 사내가 없어서 벙어리를!"

"어떻든 알 수 없는 일이야!"

하는 소리가 이 구석 저 구석에서 수군댄다.

6

그 이튿날 아침에 벙어리는 온몸이 짓이긴 것이 되어 마당에 거꾸러져서 입에서 피를 토하여 신음하고 있었다. 그 곁에서는 새서방이 쇠줄 몽둥이를 들고서 문초를 한다.

"이놈!"

하고는, 음란한 흉내는 모조리 하여 가며 건너방을 가리킨다. 그러나 벙어리는 손을 내저을 뿐이다. 또 몽둥이에는 살점이 묻어 나왔다. 그리고 피가 흘렀다.

벙어리는 타들어가는 목으로 소리도 못 내며 고개만 내젓는다. 그는 피를 토하며 거꾸러지며 이마를 땅에 비비며 고개를 내흔든다. 땅에는 피가 스며든다. 새서방은 채찍 끝에 납뭉치를 달아서 가슴을 훔쳐 갈겼다. 힘껏 잡아 뽑았다. 벙어리는 그대로 거꾸러지며 말이 없었다.

새서방은 그래도 시원치 못하였다. 그는 어제 벙어리가 새로 갈아 놓은 낫을 들고 달려들었다. 그는 그 시퍼렇게 드는 날을 번쩍 들었다. 그래서 벙어리를 찌르려 할 제 벙어리는 한 팔로 그것을 받았고 집안 사람은 달려들었다. 벙어리는 낫을 뿌리쳐 저리로 내던졌다.

주인은 집안이 망하였다고 사랑에 누어서 모든 일을 들은체 만체 문을 닫고 나오지를 아니하며 색시를 쫓는다고 야단이다. 그날 저녁에 벙어리는 다시 끌려 나왔다. 그때에는 주인 새서방이 그의 입던 옷과 신짝을 주며 눈을 부릅뜨고 손을 멀리 가르키며,

"가! 인제는 우리 집에 있지 못한다."

하였다. 이 소리를 듣는 벙어리는 기가 막혔다. 그에게는 이집 외에 다른 집이 없다. 살 곳이 없었다. 자기는 언제든지 이 집에서 살고 이 집에서 죽을 줄 밖에 몰랐다. 그는 새서방님의 다리를 끼어안고 애걸하였다. 말도 못 하는 것을 몸짓과 표정으로 간곡한 뜻을 표하였다. 그러나 새서방님은 발길로 지르고 사람을 불렀다.

"이놈을 좀 내쫓아라."

벙어리는 죽은 개 모양으로 끄을려 나갔다. 그리고 대갈빼기를 개천 구석에 들이박히면서 나가곤 들이졌다가 일어서서 다시 들

어오려 할 때에는 벌써 문이 닫혀 있었다. 그는 문을 두드렸다. 그의 마음으로 주인 영감을 찾았으나 부를 수가 없었다. 그가 날마다 열고 날마다 닫던 문이 자기가 지금은 열려 하나 자기를 내어쫓고 열리지를 않는다.

자기가 건사하고 자기가 거두던 모든 것이 오늘에는 자기의 말을 듣지 않는다. 어려서부터 지금까지 모든 정성과 힘과 뜻을 다하여 충성스럽게 일한 값이 오늘에는 이것이다.

그는 비로소 믿고 바라던 모든 것이 자기의 원수란 것을 알았다. 그는 그 모든 것을 없애 버리고 자기도 또한 없어지는 것이 나은 것을 알았다.

그날 저녁 밤은 깊었는데 멀리서 닭이 우는 소리와 함께 개짖는 소리만이 들린다. 난데없는 화염이 벙어리 있던 오생원집을 에워싼다. 그 불은 미리 놓으려고 준비하여 놓았는지 집 가장자리로 쭉 돌아가며 흩어 놓은 풀에 모조리 달아붙어 공중에서 내려다보며는 집의 윤곽이 선명하게 보일 듯이 타오른다.

불은 마치 피 묻은 살을 맛있게 잘라먹는 요마(妖魔)의 혓바닥처럼 날름날름 집 한 채를 삽시간에 먹어버렸다. 이와 같은 화염 속으로 뛰어들어가는 사람이 하나 있으니 그는 다른 사람이 아니라 낮에 집을 쫓겨난 삼룡이다. 그는 먼저 사랑에 가서 문을 깨뜨리고 주인을 업어다가 밭 가운데에 놓고 다시 들어가려 할 제 얼굴과 등과 다리가 불에 데이어 쭈그려져 드는 것을 알지 못하였다.

그는 건너방으로 뛰어들었다. 그러나 색시는 없었다. 다시 안방으로 뛰어들었다. 그러나 또 없고 새서방이 그의 팔에 매달리어 구원하기를 애원하였다. 그러나 그는 그것을 뿌리쳤다. 다시 서까래가 불이 시꺼멓게 타면서 그의 머리에 떨어졌다. 그러나 그는 그것을 몰랐다. 부엌으로 가보았다. 거기서 나오다가 문설주가 떨어지며 왼팔이 부러졌다. 그러나 그것도 몰랐다. 그는 다시 광으로 가보았다. 거기도 없었다. 그는 다시 건넌방으로 들어갔다. 그때야 그는 색시가 타 죽으려고 이불을 쓰고 누워 있는 것을 보았다. 그는 색시를 안았다. 그리고는 길을 찾았다. 그러나 나갈 곳이 없었다.

그는 하는 수 없이 지붕으로 올라갔다. 그는 비로소 자기의 몸이. 자유롭지 못한 것을 알았다. 그러나 그는 자기가 여태까지 맛보지 못한 즐거운 쾌감을 자기의 가슴에 느끼는 것을 알았다. 색시를 자기 가슴에 안았을 때 그는 이제 처음으로 살아난 듯 하였다. 그는 자기의 목숨이 다한 줄 알았을 때 그 색시를 내려놀 때는 그는 벌써 목숨이 끊어진 뒤였다. 집은 모조리 타고 벙어리는 색시를 무릎에 뉘고 있었다. 그 울분은 그 불과 함께 사라졌을는지! 평화롭고 행복스러운 웃음이 그의 입 가장자리에 엷게 나타났을 뿐이다.

뽕

1

안협집이 부엌으로 물을 길어 가지고 들어오매 쇠죽을 쑤던 삼돌이란 머슴이 부지깽이로 불을 헤치면서,

"어젯밤에도 어디 갔었읍던교?"

하며, 불밤송이 같은 머리에 왜수건을 질끈 동여 뒤통수에 슬쩍 질러맨 머리를 번쩍 들어 안협집을 훑어본다.

"남 어데 가고 안 가고 임자가 알아 무엇 할 게요?"

안협집은 별 꼴사나운 소리를 듣는다는 듯이 암상스러운 눈을 흘겨보며 톡 쏴버린다.

조금이라도 염량이 있는 사람 같으면 얼굴빛이라도 변하였을 것 같으나 본시 계집의 궁둥이라면 염치없이 추근추근 쫓아다니며 음흉한 술책을 부리는 삼십이나 가까이 된 노총각 삼돌이는 도리어 비웃는 듯한 웃음을 웃으면서,

“그리 성낼 거야 무엇 있읍니까? 어젯밤 안 쥔 심바람으로 남자 집을 갔었으니까두루 말이지.”

하고 털 벗은 송충이 모양으로 군데군데 꺼칫꺼칫하게 난 수염을 숯검정 묻은 손가락으로 두어 번 쓰다듬었다.

“어젯밤에도 김 창봉 아들네 사랑방에서 자고 왔읍네그려.”

삼돌이는 싱긋 웃는 가운데에도 남의 약점을 쥔 비겁한 즐거움이 나타났다.

“무엇이 어쩌고 어째, 이 망나니 같은 놈……”

하는 말이 입 바깥까지 나왔던 안협집은 꿀걱 다시 집어삼키면서,

“남 어데 가 자던 말 든 상관할 것이 무엇인고!”

하며, 물동이를 이고서 다시 나가려 하니까,

“흥! 두고 보소. 가만 있을 줄 알았다가는……”

“듣기 싫어! 별 꼬락서니를 다 보겠네.”

2

강원도 철원 용담(鐵原龍潭)이라는 곳에 김삼보(金三甫)라는 자가 있으니 나이는 삼십 오륙 세나 되었고 키는 작달막하여 목은 다가붙고 얼굴빛은 노리깨하며 언제든지 가죽창 박은 미투리에 대갈편자를 박아 신고 걸음을 걸을 때마다 엉덩이를 내저으므로 동리에서는 그를 ‘땅딸보 김삼보’, ‘아편쟁이 김삼보’, ‘오리궁둥이 김삼보’라고 부른데 한 달에 자기 집에 붙어 있는 날이 이틀이라면 꽤 오래 있는 셈이요, 하루라면 예사다. 그리고는 언제든지 나돌아다니므로 몇 해 전까지도 잘 알지 못하였으나 차차 동리서 소문이 돌기를 ‘노름꾼 김삼보’라는 말이 퍼지자 점점 알아본즉 딴은 강원도, 황해도, 평안도 접경을 넘어다니며 골패 투

전으로 먹고 지내는 것이 알려지게 되었다.

그 노름꾼 김삼보의 여편네가 아까 말하는 안협집이나 안협(安峽)은 즉 강원, 평안, 황해, 삼도 품에 있는 고읍(古邑)의 이름이다.

그 안협집을 김삼보가 얻어오기는 지금으로부터 오 년 전, 안협집이 스물 한 살 되던 해인데 어떻게 해서 얻었는지 자세히 알지 못하나 사람들의 말을 들으면 술 파는 것을 눈에 맞추어서 얻었다고 하기도 하고, 계집이 김삼보에게 반해서 따라왔다기도 하고, 또는 그런 것 저런 것도 아니라 계집의 전 남편과 노름을 해서 빼앗았다고 하는데 위인된 품으로 보아서 맨 나중 말이 가장 유력할 것 같다고 동리 사람들이 말을 한다.

처음에 안협집이 동리에 오자 그 동리 그 또래 계집들은 모두 석경을 들여다보게 되었다. 안협집이 비록 몸은 그리 귀하게 태어나지 못하였으나 인물이 남달리 고운 점이 있어, 동리 젊은 것들이 암연히 부러워도 하고 질투도 하게 되고 석경 속에 비친 자기네들의 예쁘지 못한 얼굴을 쥐어뜯고 싶기도 하였으니 지금까지 '나만한 얼굴이면'하는 자만심이었던 젊은 계집들에게 가엾게도 자가 결함(自家缺陷)이 폭로되는 환멸을 느끼게 하기까지도 하였다.

그런 촌구석에서 아무렇게나 자란데다가 먼저 안 것이 돈이었다.

"돈만 있으면 서방도 있고 먹을 것, 입을 것도 다 있지."

하는 굳은 신조는 자기 목숨을 내어놓고는 무엇이든지 제공하여 부끄러운 것이 없었다.

십 오륙 세 적, 참외 한 개에 원두막 속에서 총각녀석들에게 정조를 빌린 것이나, 벼 몇 섬, 돈 몇 원, 저고리감 한 벌에 그것을 빌리는 것이, 분량과 방법이 조금 높아졌을 뿐이요, 그 관념은 동일하였다.

그리하여 이곳으로 온 뒤에도 동리에서 돈푼이나 있고 얌전한 젊은 사람은 거의 다 한 번 씩은 후려내었으니 그것은 남자편에서 실없는 짓 좋아하는 이에게 먼저 죄가 있다 하는 것보다도 이쪽 안협집에게 그 책임이 더 있다고 할 수 있고, 또 그것보다 더 큰죄는 그 남편되는 노름꾼 김삼보에게 있다고 할 수 있으니 그것은 남편 노름꾼이 한 달에 한 번을 올까말까 하면서도 올 적에는 빈손을 들고 오는 때가 많으니 젊은 계집 혼자 지낼 수가 없으매 은연히 이 집 저 집 동리로 다니며 품방아도 찧어주고 김도 매주고 잔일도 하여 주며 얻어먹다가 한 번은 어떤 집 서방님에게 실없는 짓을 당하고 나서 쌀 말과 필 육을 받아보니 그처럼 좋은 벌이가 없어 차츰차츰 이번에는 자기가 스스로 벌이를 시작하여 마치 장사하는 사람이 거래 단골을 트듯이, 이 사람 저 사람을 집어먹기 시작하더니 그것도 차차 눈이 높아지니까 웬만한 목도꾼 패장이나 장돌림, 조금 올라가서 순사 나리쯤은 눈으로 거들떠보지도 않게 되고, 적어도 그곳에서는 돈푼도 상당하고 여간해서 손아귀에 들지 않는다는 자들을 얼러보기 시작하게 되었던 것이다.

그 후부터는 일하지 않고 지내며 모양 내고 거드름 부리고 다니는데 자기 남편이 오며는,

"이번에는 얼마나 땄읍노?"

하고 푸르께한 눈을 사르르 내려뜬다.

"딴게 뭔가 밑천까지 올렸네."

삼보는 목 뒤를 쓰다듬으며 입맛을 다신다. 그러면 안협집은 전에 없던 바가지를 긁으며,

"불알 두 쪽을 달구서 그래 계집만두 못 하는 말이요?"

하고서 할 말 못할 말을 붙어서 풀을 잔뜩 죽여 놓은 뒤에는

혹시 서방이 알면 경을 내릴까 하여 너절한 밑천 푼을 주어서 배송을 낸다. 그러면 겨자먹기로 삼보는 혼자 한숨을 쉬면서,

"허허, 실상 지금 세상에는 섣부른 불알보다는 계집 편이 훨씬 나리라."

하고 봇짐을 짊어지고 가버린다.

3

이렇게 2, 3년을 지내고 난 어느 가을에 삼돌이란 놈이 그 뒷집 머슴으로 왔는데 놈이 어느 곳에서 어떻게 빌어먹던 놈인지는 모르나 논맬 때 콧소리나마 아리랑타령 마디나 똑똑히 하고 술잔이나 먹을 줄 알며, 동료들 가운데 나서면 제법 구변이나 있는 듯이 떠들어 젖히는 것이 그럴 듯하고 게다가 힘이 세어서 송아지 한 마리 옆에 끼고 개천 뛰기는 밥먹듯하는 까닭에 동리에서는 호랑이 삼돌이로 이름이 높다.

놈이 음침하여 오던 때부터 동리 계집으로 반반한 것은 남모르게 모두 건드려 보았으나 안협집 하나가 내내 말을 듣지 않으므로 추근추근 귀찮게 구는데 마침 여름이 되어 자기 집주인 마누라가 누에를 놓고 혼자는 힘이 드니까 안협집을 불러서 같이 누에를 길러 실을 낳거든 반분하자는 약속을 한 후 여름내 같이 누에를 치게 된 것을 알고 어떤 틈 기회만 기다리며,

"흥, 계집년이 배때가 벗어서 말쑥한 서방님만 얼르더라. 어디 두고 보자. 너도 깩소리 못 하고 한번 당해야 할걸? 건방진 년!"

하고는 술잔이나 취하면 주먹을 들었다 놓았다 한다.

그러자 마누라가 치는 누에가 거의 오르게 되자 뽕이 떨어졌다. 자기 집 울타리에 심은 뽕은 어림도 없이 다 따다 먹이었고 그 후에는 삼돌이란 놈을 시켜서 날마다 십 리나 되는 건넛마을

일가집 뽕을 얻어다 먹이었으나 그것도 이제는 발가숭이가 되게 되었다.

인제는 뽕을 사다 먹이는 수 밖에 없게 되었다. 그러나 사다가 먹이자면 돈이 든다.

주인 노파는 담뱃대를 물고서 생각하여 보았다.

"개량 뽕이 좋기는 좋지마는 돈을 여간 받아야지. 그리고 일일이 사서먹이려다가는 뽕 값으로 다 들어가고 남는 것이 어디 있나."

노파 생각에는 돈 한 푼 안 들이고 공짜로 누에를 땄으면 좋을 것이다. 돈 한 푼 들인다면 그 한 푼이 전 수확에서 나오는 이익의 전부같이 생각되어 못 견디었다. 그뿐 아니라 자기 혼자 이익을 먹는 것 같으면 모르거니와 안협집하고 동사로 하는 것이므로 안협집이 비록 뼈가 부서지도록 일을 한다 하더라도 그 힘이 자기 주머니에서 나가는 돈 한 푼만 못 해 보인다. 그래서 뽕을 어떻게 공짜로, 돈 안 들이고 얻어올 궁리를 하고 있다가 안협집이 마침 마당으로 들어서매,

"뽕 때문에 일 났구려."

하며 안협집에게는 무슨 도리가 없느냐고 물어 보았다.

"글쎄."

안협집 생각은 주인의 마음과 또 달라서 남의 주머니 돈 백냥이 내 주머니 돈 한 냥만 못 하다. 그래서 '돈 주면 살걸'하는듯이 심상하게 있다.

"어떻게 해서든지 구해와야지."

서로 얼굴만 쳐다볼 때, 들에 나갔던 삼돌이란 놈이 툭 튀어나오다가 이 소리를 듣더니 제딴은 동정하는 표정으로,

"그것 일 났쇠다. 어떻게 하나……"

한참 허리를 짚고 생각을 해보더니,

“헝! 참 그 뽕은 좋더라마는 똑 되기를 미선 조각같이 된 놈이 기름이 지르를 흐르는데 그놈을 먹이기만 하면 고치가 차돌같이 여물거야!”

들으라는 말인지 혼잣말인지는 모르나 한 마디를 탁 던지고 말이 없다. 귀가 반짝 띤 주인은,

“어디 그런 것이 있단 말이야?”

하며 궁금증 난 사람처럼 묻는다.

“네, 저 새슬막에 있는 것 말씀이요.”

혹시 좋은 수가 있을까 하다가 남의 뽕밭, 더구나 그것으로 살아가는 양잠소 뽕이라, 말씨름만 하는 것이 될 것 같으므로,

“응! 나도 보았지, 그게 그렇게 잘 되었나? 잘 되었겠지. 그렇지만 그런 것이야 짐으로 있으면 무엇하니.”

“언제 보셨어요?”

“보기야 여러 번 보았지. 올봄에 두릅 따러 갔다가도 보고.”

삼돌이란 놈이 한참 있다가 싱긋 웃더니 은근하게,

“쥔마님! 네가 뽕을 한 짐 저다 드릴 것이니 탁주 많이 먹이시렵니까?”

듣던 중에도 그렇게 반가운 소리가 또 어디 있으랴.

“작히 좋으랴. 따오기만 하면 탁주에다 젓이람도 담그마.”

귀찮스런 삼돌이도 이런 때에는 쓸만 하다는 듯이 안협집도 환심 얻으려는 듯한 웃음을 웃으며 삼돌이를 보았다. 삼돌이는 사내 자식의 솜씨를 네 앞에 보여주리라 하는 듯이 기운이나며 만족하였다.

그날 밤 저녁을 먹고 자정 때나 되더니 삼돌이는 눈을 비비며 일어나서 문 밖으로 나갔다. 나갔다가 한 두어 시간만에 무엇인지 지고 오더니 그것을 뒷겯 건너방 창 밑에 뭉뜨그려 놓았다. 이튿날 보니까 따는 미선쪽 같은 기름이 흐르는 뽕잎이었다.

"어디서 났을꼬?"

주인하고 안협집은 수근수근하였다.

"그 녀석이 밤에 도둑질을 해온 게지? 뽕은 참 좋소, 그렇지?"

"참 좋쇠다. 날마다 이 만큼씩만 가져오면 넉넉히 먹이겠쇠다."

두 사람은 뽕을 또 따오지 않을까 보아서 아무 말도 아니하였다.

"참 뽕 좋더라. 오늘도 좀 따오렴."

하고 충동인다. 놈은 두 손을 내저으며,

"쉬, 떠드시지 맙쇼. 큰일 나죠. 그것이 그렇게 쉬워서야 그 노릇만 하게요. 까딱하다가는 다리 마디가 두 동강이 날 걸요."

도둑해 온 삼돌이나, 받아들인 두 사람이나 도둑질 했소! 하는 말은 없으나 서로 알고 있다. 그러자 하루는 주인이 안협집 더러,

"여보, 이번에는 임자가 하루 저녁 가보구려. 그놈이 혹시 못 가게 되더래도 임자가 대신 갈 수 있지 않수. 또 꼬리가 길며는 밟힌다구 무슨 일이 있을는지 모르니 임자와 둘이 가서 한뭇 많이 따오는 것이 좋지 않수."

안협집이 삼돌이를 꺼리는 줄 알지마는 제 욕심에 입맛이 달아나서 자꾸 자꾸 충동인다.

"따다가 잡히면 어찌 하구유."

"무얼 밤중에 누가 알우? 그리 혼자 가라오, 삼돌이란 놈하고 가랬지."

"글쎄 운이 글러서 잡히거나 하면 욕이지요."

잡히는 것보다도 안협집의 걱정은 보기도 싫은 삼돌이란 녀석하고 밤중에 무인지경에를 같이 가라니 그것이 딱한 일이다.

안협집의 정조가 헤프기로 유명한 만치 또 매몰스럽기도 유명하여 한번 맘에 들지 않으면 죽어도 막무가내다. 그것은 만냥 금을 주어도 거들떠보지도 아니한다. 그런데 삼돌이가 그중에 하나

를 참례하여 간장을 태우는 모양이다.

안협집은 생각하고 생각하여 결심해 버렸다.

"빌어먹을 녀석이 그 따위 맘을 먹거든 저 죽이고 나 죽지. 내 기운은 없어도……"

하고 쌀쌀하게 눈을 가로 뜨고 맘을 다가 먹었다. 그리고는 뽕을 따러 가기로 하였다.

삼돌이는 어깨에서 춤이 저절로 추어진다.

'애, 이것이 정말인가, 거짓말인가? 인제는 때가 왔구나, 인제는 제가 꼭 당했지.'

놈이 신이나서 저녁 먹고, 마당 쓸고, 소 여물 주고, 도야지, 병아리 새끼 다 몰아넣고, 앞뒤로 돌아다니며 씻은 듯 부신 듯 해놓고, 목물하고 발 씻고, 등거리 잠뱅이까지 갈아입은 후 곰방대에 담배를 꾹꾹 눌러 듬뿍 한 모금 내뿜으며 시간 오기만 기다린다.

4

안협집은 보자기를 가지고 삼돌이를 따라서 뽕밭을 향하여 간다.

날이 유달리 깜깜하여 앞의 개천까지 자세히 보이지 않는다. 돌부리가 발부리를 건드리면 안협집은 에구 소리를 내며 천방지축으로 다리도 건너고 논이랑도 지나고 하여 길 반쯤 왔다.

삼돌이란 놈은 속으로 궁리를 하였다.

'뽕을 따기 전에 논이랑으로 끌고 가?…… 아니지 그러다가는 뽕두 못 따가지고 오면 어떻게 하게…… 저도 열녀가 아닌 다음에 당하고 나면 할 말 없지. 아주 그런 버릇이 없는 년 같으면 모르거니와…… 옳지, 수가 있어, 뽕을 잔뜩 따서 이어주면 제가 항

우의 딸년이라고 한 번은 중간에서 쉬렸다. 그러거든……'

이렇게 궁리를 하다가 너무 말이 없으니까 심심 파적도 될겸 또는 실없이 농담도 좀 해서 마음을 좀 떠보아 나중 성사의 전제도 만들어 놀 겸 공연히 쓸데없는 말을 지껄인다.

"삼보는 언제나 온답네까?"

"몰라, 언제는 온다 간다 말이 있어 다니나."

"그래 영감은 밤낮 나돌아다니니 혼자 지내기 쓸쓸치 않소?"

놈이 모르는 것 같이 새삼스럽게 시치미를 떼인다.

"별 걱정 다하네. 어서 앞서 가, 난 길이 서툴러 못 가겠으니……"

"매우 쌀쌀하구려. 나는 임자를 위해서 하는 말인데. 그렇지만 김 창봉 아들이란 쇠귀신 같은 놈이라 아무리 다녀도 잇속 없읍네. 내 말이 그르지 않지."

안협집은 삼돌이가 아주 터놓고 말을 하는 것을 들으니까 분해서 뺨이라도 치고 싶었으나 그대로 참으며,

"무엇이 어째? 말이라면 다하는 줄 아는군."

하고 뒤로 조금 떨어져 건너갈 제 전에도 그 녀석이 미웠지만은 남의 약점을 들어가지고 제 욕심을 채우려는 것이 더러웠다.

뽕밭에 왔다. 삼돌이란 놈이 철조망으로 울타리 한 것을 들어주어 안협집이 먼저 들어가고 나중으로 삼돌이란 놈은 그 무거운 다리를 성큼하여 그 안으로 들어갔다. 들어가다가 발끝에 삭정이 가지를 밟아서 딱 우지끈 소리가 나고 조용하였다.

삼돌이는 손에 익어서 서슴치 않고 따지마는 안협집은 익지도 못한데다가 마음이 떨리고 손이 떨려서 마음대로 안된다.

삼돌이는 뽕을 따면서도 이따가 안협집을 꾀일 궁리를 하지마는 안협집은 이것 저것 잊어버리고 손에 닥치는 대로 뽕을 땄다.

얼마쯤 땄다. 갑자기 안협집의 뒤에서,

"누구야!"

하고 범 같은 소리를 지르는 남자 소리가 안협집의 담을 서늘하게 하였다.

삼돌이란 놈은 한길이나 되는 철망을 어느 결에 뛰어 넘었는지 십여간 통이나 달아나서 안협집을 불렀다.

"어서 와요! 어서, 어서."

그러나 안협집은 다리가 떨려서 빨리 나오지지를 않는다. 그러나 죽을 힘을 다하여 달아나려고 한 아름 잔뜩 따넣었던 뽕을 내던지고 철망으로 기어 나오기는 나왔으나 치맛자락이 걸려서 잡아당긴다. 거기에 더 질겁을 해서 그대로 쭉 찢고 나오려 할 때, 때는 이미 늦었다. 뽕 지키던 남자는 안협집을 잡았다.

"이 도둑년! 남의 뽕을 네 것같이 따가? 온 참, 이년! 며칠째냐, 벌써? 이렇게 남의 것이라고 건깡깡이로 먹으면 체하지 않을 줄 알았더냐? 저리 가자."

안협집은,

"살려주소. 제발 잘못했으니 살려만 주소. 나는 오늘이 처음이오. 저 삼돌이란 놈이 날마다 따가지, 나는 죄가 없쇠다."

하고 손이 발이 되도록 빈다.

"듣기 싫어. 이년아! 무슨 변명이냐. 육시를 하고도 남을 년 같으니, 왜 감옥소의 콩밥 맛이 고소하더냐?"

"그저 잘못했읍니다."

삼돌이는 보이지 않고 뽕지기는 안협집 손목을 끌고 뽕밭으로 들어갔다.

"이리 와! 외양도 반반이 생긴 년이 무엇이 할 게 없어 뽕서리를 다녀."

하더니 성냥불을 그어대고 안협집을 들여다보더니,

"흥!"

의미있는 웃음을 던져버렸다.

안협집은 이 웃음에 한 가닥 희망을 얻었다. 그 웃음은 안협집의 손아귀에 자기를 갖다 쥐어준다는 웃음이다. 안협집은 따라서 방실 웃었다. 그 웃음 한 번이 넉넉히 뽕지기의 마음을 반 이상이나 횐죽 풀어지게 하였다.

안협집은 끌려갔다.

'제가 철석 같은 간장을 가진 놈이 아닌 바에…… 한 번이면 놓아 줄 걸.'

그는 자기의 정조를 팔아서 자기의 죄를 면할 수 있음을 알았다. 그는 마지못하는 체하고 끌려갔다.

삼돌이란 놈은 멀리서 정경만 살피다가 안협집을 뽕지기가 데리고 가는 것을 보더니 두 눈에서 쌍심지가 돋았다.

"얘, 이놈이 호랑이 삼돌이를 모르는 모양이다. 그러나 대관절 어떻게 할 셈이냐? 이놈 안협집만 건드려 보아라. 정강마루를 두 토막이나 내놀 터이니. 오늘 밤에는 꼭 내 것이던 걸 그랬어. 어디 좀 가까이 가볼까?"

이제는 단판씨름이라 주먹이 시비 판단을 하는 때이다. 다시 철망을 넘어서 들어갔다. 들어가서는 이곳 저곳 귀를 기울이더니 이 구석 저 구석으로 돌아다녀 보았다.

저쪽에서 인기척이 웅얼웅얼하더니 아무 말이 없다. 한 두서너 시간 그 넓은 뽕밭을 헤매고 또 거기 닿는 과목밭, 채마전, 나중에는 그옆 원두막까지 가보았다. 놈이 뽕나무밭 가운데 부풀 덤불을 보지 못한 까닭이다.

그는 입맛을 다시면서 집으로 와서 주인에게 그 이야기를 했다.

노파의 눈은 등잔만해지드니 두 손, 두 다리가 사시나무 떨듯한다.

"이거 일났구나. 어쩌면 좋단 말이냐."
좌불 안석을 할 제 삼돌이란 녀석은 분한 생각에 곰방대만 똑똑 떨고 앉았다.

5

그날 새벽에 안협집이 무사히 왔다. 머리에 지푸라기가 묻고 몸 매무새가 말 아니다.
"에그, 어떻게 왔어! 응?"
주인은 눈에 눈물이 고여서 어루만진다.
"무얼 어떻게 와요? 밤새도록 놈하고 실강를 하다가 그대로 왔지."
"그대로 놓아주던가?"
"놓아주지 않고, 붙잡아두면 어찌할 테야?"
일이 너무 싱겁다. 삼돌이 놈만 혼잣말처럼,
"내가 잡혔드면 콩밥을 먹었을걸, 여편네니까 무사했지."
주인은 그래서 미진해서,
"그래 잘 놓아주었으니 다행이지 그러나 저러나 뽕은 어떻게 되었소?"
"다 뺏겼소.!"
"인제는 아무 일 없겠소"
"일이 무슨 일에요?"
그날 밤에 삼돌이란 놈은 혼자 앉아서 생각하기를,
'복없는 놈은 하는 수가 없거든, 그러나 내가 다 눈치를 채었으니까 노름꾼놈이 오거든 이르겠다고 위협을 하면 넌도 발이 저려서 그대로는 못 있지, 내 입을 안 막고 될 줄 아는 게로구먼.'
그 후부터는 삼돌이란 놈이 안협집을 보고는,

"뽕지기놈 보고 싶지 않습나?"

하고 오가며 맞놓고 빈정대기도 하고 빗대놓고도 비웃는다.

"뽕이나 또 따러 가소."

이러는 바람에 온 동리에서 다 알았다. 안협집은 분해서 죽겠는데 하루는 삼돌이란 놈이 막 안협집이 이불을 펴고 누우려는데 찾아와서 추근추근 가지도 않고,

"삼보 김 서방이 올 때도 되었읍네그려."

하며 눈치를 본다. 안협집은 졸음이 와서 눈꺼풀이 뻑뻑하여 오는데 삼돌이란 놈이 가지도 않는 것이 귀찮아서,

"누가 아우. 오고 싶으면 오고 가고 싶으면 가겠지."

하고 담벼락에 비스듬히 기대앉는다.

삼돌이의 눈에는 그 고단해 하면서 비스듬히 누워서 눈을 감을랑 말랑한 안협집의 목덜미 살찌기며 불그레한 두 볼이 몹시 정욕을 일으킨다.

그래서 차츰차츰 말소리가 음흉해 간다.

"임자는 사람을 너무 가려봅니다. 그러지 마슈. 나도 지금은 남의 집 머슴놈이지마는 집안 지체라든지, 젊었을 적에는 그래도 행세하는 집에서 났더러우. 지금은 그놈의 원수스런 돈 때문에 이렇게 되었지마는……"

하고 말을 건네려 하는데 안협집은 별 시러베 자식 다 보겠다는 듯이 대답이 없다.

"자 그럴 것 있소. 오늘은 내 청을 한 번 들어주소그려."

하고 바싹 달려드는 바람에 반쯤 감았던 안협집의 눈은 똥그래지며 어느 결에 삼돌이의 뺨에 손이 올라가 정월의 떡치듯 철썩한다.

"이놈! 아무리 쌍녀석이기로 이게 무슨 버르장머리냐, 냉큼 나가거라!"

하고 호령이 추상 같다. 삼돌이란 놈은 따귀를 비비면서 성이 꼭뒤까지 일어나서,

"무엇이 어째고 어째. 횡! 어디 또 한번 때려봐라."

일이 이렇게 되었으니 자기가 하려던 것은 이루고마는 것이 상책이다. 이래도 소문은 날 것이요, 저래도 소문은 날 것이니 이왕이면 만족이나 채우고 소문이 나더라도 나는 것이 자기에게는 이로울 것 같았다.

더구나 안협집으로 말을 하면 온 동리에서 판박아 놓은 화냥년이니 한 번 화냥이나 두 번 화냥이나, 남이나 내가 무엇이 다를 것이 있으랴 하는 생각이 났다. 도리어 자기의 만족을 한번 얻는 것이 사내 자식으로서 일종의 자랑인 것같이 생각되었다.

그는 두 팔로 안협집을 힘껏 끼어안고,

"내가 호랑이 삼돌이다! 네가 만일 내 말을 들으면 무사하지만 그렇지 않으면 그대로 두지 않을 터이야! 너, 네 남편이 오기만 하면 모조리 꼬아바칠터이야! 뽕 따러 갔던 날 일까지 모조리!"

무식한 놈이야 야비한 곳이 있다. 안협집은 그 소리가 얼마나 사내답지 못하였는지 알 수 없었다. 쇠 같은 팔이 자기 허리를 누를 때 눈을 감고 한 번 허락할까 하려다가 그 말을 듣고서 고만 침을 얼굴에 뱉았다.

"이 더러운 녀석! 네가 그까짓 것으로 나를 위협한다고 말을 들을 줄아니."

하고 소리를 질렀다. 삼돌이는 손으로 안협집의 입을 막았으나 때는 늦었다. 마침 마을 다녀온 이장의 동생이 소리를 듣고 문을 열었다.

삼돌이란 놈은 무안해서 얼굴이 붉어지면 안협집을 놓았다. 안협집은 분해서 색색하며,

"저놈 보시소. 아닌 밤중에 혼자 자는데 와서 귀찮게 굽니다.

저 죽일 놈이요. 좀 끌어내다 중치를 좀 해주시오."

이장의 동생은 안협집의 행실을 아는고로 삼돌이만 보내려고,

"이놈, 할 일이 없거든 자빠져 자기나 하지, 왜 아닌 밤중에 남의 계집의 방에서 지랄이야? 냉큼 네 집으로 가거라!"

두 눈이 등잔만 하여 진다.

"네, 그런게 아니라 실없이 시롱을 좀 했삽더니……"

"듣기 싫어! 공연히 어름어름하면서 이놈아 너는 사람을 죽여도 시롱으로 하느냐!"

삼돌이는 쫓겨났다. 이장의 동생은 포달을 부리며 푸념을 하는 안협집을 향하여,

"젊은 것이 늦도록 사내녀석들을 방에다 붙이니까 그런 꼴을 당하지."

"누가요?"

"고만둬! 어서 잠이나 자."

하며 문을 닫쳐주고 나가버렸다.

6

삼돌이는 앙심을 먹었다. 안협집을 어떻게 해서든지 한번 골리리라는 생각이 가슴 속에 탱중하였다. 안협집은 독이 났다. 삼돌이란 놈 분풀이를 하려는 생각이 머리끝까지 올라왔다.

이튿날 동리에 소문이 났다.

"삼돌이란 놈이 뺨을 맞았다지! 녀석이 음침하니까."

"그렇지만 계집년이 단정하면 감히 그런 맘을 먹을라구."

"그렇구 말구! 제 행실이야 판에 박은 행실이니까."

"지가 먼저 꼬리를 쳤던 게지."

이 소리가 바람에 떠돌아오자 안협집은 분하였다. 요조 숙녀보

다도 빙설 같은 여자인데 이런 누추한 소문을 듣는 것 같았다. 맘에 드는 서방질은 부정한 일이 아니요, 죄가 아니요, 모욕이 아니다. 마음에 없는 놈에게 그런 소리를 듣고 당하는 것은 무서운 모욕 같았다.

그는 그 길로 삼돌의 주인 마누라에게 갔다.

"삼돌이란 놈을 내쫓이소."

주인은 벌써 알아채었으나 안협집 편을 안 들었다. 다만 어루만지는 수작으로,

"무얼 내쫓을 것까지 있소. 그만 일에…… 그저 눈 감아 두지."

"왜 눈을 감는단 말이요?"

주인은 속으로 웃었다. 소 한 필을 달라면 줄지언정 삼돌이를 내좌하였다.

"내쫓아선 무얼 하오, 또."

'어림없는 년! 네가 떠들면 떠들수록 네 밑구멍 들춰서 남보이는 것이라.'

는 듯이 쳐다보며 맨 나중으로 아주 잘라 말을 해버렸다.

"나는 못 내보내겠소."

안협집은 분해서 집에 와서 머리를 쥐어뜯으며 울었다.

그리고 또 결심했다.

"두구 봐라. 너희들까지 삼돌이를 싸고 도니! 영감만 와봐라."

하루는, 따는 영감이 왔다. 안협집은 곤두박질을 하면서 맞았다.

"에그, 어서 오슈."

노름꾼 김삼보는 눈이 똥그래졌다. 무슨 큰 좋은 일이나 생긴 것 같았다. 딴 때와 유달리 반가와하는 것이 의심스럽고 이상하였다.

방에 들어앉자마자 얼마나 땄느냐는 말도 물어보지 않고 삼돌

이란 놈에게 욕 당할 뻔하였다는 말을 넋두리하듯 이야기하였다.

"사람이 분해서 죽겠구려. 이것도 모두 영감 잘못 둔 탓이야. 오죽 영감이 위엄이 없어 보이면 그따위 녀석이 그런 짓을 할라고…… 영감이라도 있으나 없으나 마찬가지 일 년 열 두 달 계집이 죽거나 살거나 버려두고 돌아만 다니니까……"

영감은 픽 웃었다.

"왜 내 잘못인가? 오죽 행실을 잘 가지면 그 따위 녀석에게 그 꼴을 당한담."

김삼보는 분이 나지 않는 것도 아니었다. 그러나 계집의 소행을 짐작도 하려니와 그놈의 주먹도 아니 생각할 수가 없었다. 계집이 먹여 살리라는 말이 없고 이혼하자는 말만 없는 것이 다행해서 서방질을 해도 눈을 감아주고 무슨 짓을 하든지 그저 코대답만 하여 주는 터이라 그런 소리가 귓전으로 들릴 뿐이다.

"내가 행실 잘못 가진 게 무어요?"

안협집은 분풀이라도 하여줄 줄 알았더니 도리어 타박을 주므로 분한데 악이 났다.

"글쎄 무어야! 무엇? 어디 대봐요? 임자가 내 행실 그른 것을 보았소? 어디 보았거든 본 대로 말을 하시우."

따는 김삼보는 집어서 말할 것이 없었다. 그는 그저 그런 눈치만 채었지, 반박할 증거는 잡은 것이 없다.

"본 거나 다름없지!"

"무엇이 본 거나 다름없어? 일년 열 두 달 계집이 죽거나 살거나 내버려 두었다가 이제 와서 한다는 소리가 그것밖에 없어. 살기가 싫거든 그대로 살기 싫다고 그래! 사내답게. 왜 고만 냄새가 나지! 또 어디다가 계집을 얻어 논 게지."

"이년이 뒈지지를 못해서 기를 쓰나?"

"그렇다 이놈아! 네까짓 녀석 아니면 서방 없을까봐 그러니,

더러운 녀석!"

김삼보의 주먹은 안협집의 등줄기를 우렸다.

"이년, 이래도 잔소리야! 주둥이 좀 닫치지 못하겠니……"

이렇게 서로 툭탁거리며 싸우는 판에 뒷집에서 삼돌이란 놈이 이 소리를 듣고서 가장 긴한 체하고 달려왔다.

"김삼보 서방 언제 오셨소?"

김삼보는 그놈의 상판을 보니까 참았던 분이 꼭뒤까지 올라온다. 삼돌이는 제법 웃음을 띠우고,

"허허, 오래간만에 만나셔서 내외분 싸움이 웬일이시오."

어디서 한 잔을 하였는지 얼굴이 불쾌하다.

김삼보는 눈을 흘겨 뚫어지도록 삼돌이를 치어다보았다.

"이놈아! 남이 내외 싸움을 하든 말 든 참견이 무어야!"

삼돌이란 놈은 주춤하였다. 그는 비지 같은 눈꼽이 낀 눈을 꾸벅꾸벅하더니,

"그렇게 역정을 내실 것 무엇 있수. 말 좀 했기로……"

"이놈아 네가 아랑곳 할 게 무어야?"

"아랑곳은 할 것 없어도 홍정은 붙이고 싸움은 말리랬으니까 말이요. 나는 싸움 좀 못 말린단 말이요?"

하고 술 냄새를 풍기며 다가 앉는다.

"이놈아! 술을 먹었거던 곱게 삭여!"

이번에는 삼돌이란 놈이 퍼붓는다.

"나, 술 먹고 어찌하든 김 서방이 관계할 게 무어요."

"이놈아! 남의 내외 싸움에 참견을 하니까 그렇지."

주고 받다가 삼돌이의 멱살을 김삼보가 쥐었다.

"이녀석, 네가 무슨 뺀뺀으로 이 따위 수작이냐? 내 계집 이 놈 왜 건드렸니?"

삼돌이는 조금 발이 저렸으나 속으로 흥 하고 웃었다.

"요까짓게 누구 멱살을 쥐어? 앙징하게……"

하더니 김삼보의 팔을 잡아 마당에다 내려갈기니 개구리 떨어지듯 캑한다.

"요놈의 자식아! 내 말을 좀 들어보고 말을 해! 네 계집 흠절을 모르고 덤비기만 하면 강간이냐? 이 동리 반반한 사내 양반 쳐놓고 네 계집 건드리지 않은 놈이 없다. 이놈! 꼭 집어 말을 하라면 위에서 아래로 내리 섬기마. 이놈 너도 계집 덕분에 노자랑 노름 밑천 푼 좋이 얻어썼지. 그래 집이라고 오면서 볼 받은 것이나마 옥양목 버선 벌이나 얻어가지고 가는 것은 모두 어디서 나온 것으로 아나? 요 땅딸보 오리궁둥아! 아무리 속이 밴댕이 같기로 그리고 또 들어봐라. 나중에는 주워 먹다 못해서 뽕지기까지 주워 먹었다."

안협집이 파래서 달려든다.

"이놈! 네가 보았니?"

"보나 안 보나 일반이지."

"이녀석, 네 말을 듣지 않으니까 될 말 안될 말 주둥이 질을 하는구나."

동리 사람들이 모여들었다. 안협집은 삼돌이에게 발악을 하고 김삼보는 듣고만 있다. 한참 있더니 듣다듣다 못하는 듯이 삼돌이란 놈이 안협집에게로 달려들며,

"이년이 뒈지려고 기를 쓰나?"

하고, 주먹을 들었다.

동리 사람들이 호령을 하고 말렸다.

"이놈! 저리 얼른 가거라!"

이놈은 변명을 하며 뻗댔다. 그러나 여러 사람에게 끌려 저리로 가버렸다.

사람들이 헤어지자 노름꾼은 계집의 머리채를 잡았다.

그는 삼돌이에게 매질을 당한 것이 분하였다. 그뿐 아니라 그렇게까지 계집년의 행실을 온 동리에서 아는 것이 분하였다.

"이년! 더러운 년! 뽕밭에는 몇 번이나 나갔니?"

발길로 지르고, 주먹으로 패고, 머리채를 잡아당기고, 땅에다 질질 끌었다. 그는 이를 갈고 어쩔 줄을 몰랐다. 계집은 울고 발버둥질을 쳤다.

"죽여라! 죽여!"

"그럼 살려줄 줄 아니? 이년! 들어앉아서 하는 게 그런 짓밖에는 없어?"

김삼보는 자기의 무딘 팔다리가 계집의 따뜻하고 연한 몸에 닿을 때에 적지 않은 쾌감을 느끼었다. 그는 그럴수록 더욱 힘을 주어 저리도록 속에 숨겨 있던 잔인성이 복받쳐 올라왔다.

맞은 안협집은 당장에 죽을 것 같았다. 그는 생각하기를 이왕 이리된 바에야 모두 말해 버리고 저하고 갈라서면 고만이지 언제는 귀밑머리 풀고, 사주단지 보내고, 사당에 예배드린 내외냐. 저는 저고 나는 난데, 왜 이렇게 때리노? 하는 맘이나서,

"이것 놔라! 내 말하마!"

하고 머리를 붙잡았다.

"뽕밭에는 한 번밖에 안 갔다. 어쩔 테냐?"

삼보는 더욱 머리채를 잡아 챘다.

"이년! 한 번?"

이번에는 더 때렸다. 안협집은 말한 것이 후회가 났다. 삼보는 그래도 거짓말을 한다고 그대로 엎어놓고 짓밟았다. 안협집은 기절을 하였다. 삼보는 귀로 안협집의 숨소리를 들어보았다. 그러나 숨소리가 없다. 그는 기겁을 하여 약국으로 갔다. 그의 팔다리는 떨렸다. 그가 의사에게 약을 지어 가지고 왔을 때 안협집은 일어나 앉아 있었다. 삼보는 반가웁기도 하고 분하기도 하여 약을 마

당에 팽겨쳤다. 그리고 밤새도록 서로 말이 없었다.

이튿날은 벙어리들 모양으로 말이 없이 서로 앉아 밥을 먹고, 서로 앉아 쳐다보고, 서로 말만 없이 옷도 주고 받아 갈아 입고 하루를 더 묵어 삼보는 또 가버렸다. 안협집은 여전히 동리 집공청 사랑에서 잠을 잤다. 누에도 따서 삼십 원씩 나누어 먹었다.

이 상

- 날개
- 종생기
- 봉별기

작가소개 ······························ **김 해 경**

(金海卿, 1912～1939)

소설가. 시인. 서울출생. 이상(李箱)으로 널리 알려짐. 보성고보를 거쳐 경성고등공업건축과 졸업. 1934년 중앙일보에 오감도〈烏瞰圖〉 등을 발표하여 화제를 불러 일으켰다. 다방, 카페를 경영하였다. 모두 실패. 폐결핵이던 그는 시대적인 지성적 고민에서 의식적으로 자기 학대를 감행하여 사생활적으로 거의 자포자기 상태에 있었다. 갱생의 뜻을 품고 일본 동경으로 갔으나 거기서 곧 28세로 천절하였다. 대표 작품인 〈날개〉는 심리주의적인 리얼리즘의 수법에 의하여 자의식의 세계를 추묘(追描)한 작품이다. 그외에도 〈봉별기〉, 〈종생기〉 등과 〈권태〉, 〈산골여정〉 등의 수필과 〈거울〉, 〈꽃나무〉 등의 시를 남겼다. 이상은 결국 1935년 전후에 세계적으로 유행된 자의식 문학시대에 있어서 우리 나라의 대표적인 자의식의 작가였다

날 개

'박제가 되어버린 천재'를 아시오? 나는 유쾌하오. 이런 때 연애까지가 유쾌하오.

육신이 흐느적흐느적 하도록 피로했을 때만 정신이 은화처럼 맑소. 니코틴이 내 횟배 앓는 뱃속으로 스미면 머릿속에 으레 백지가 준비되는 법이오. 그 위에다 나는 위트와 패러독스를 바둑 포석처럼 늘어놓소. 가증할 상식의 병이오.

나는 또 여인과 생활을 설계하오. 연애 기법에마저 서먹서먹해진, 지성의 극치를 흘깃 좀 들여다본 일이 있는, 말하자면 일종의 정신분만자란 말이오. 이런 여인의 반(半)—그것은 온갖 것의 반이오—

—만을 영수하는 생활을 설계한다는 말이오. 그런 생활 속에 한발만 들여놓고 흡사 두 개의 태양처럼 마주 쳐다보면서 낄낄거리는 것이오. 나는 아마 어지간히 인생의 제행이 싱거워서 견딜

수가 없게쯤 되고 그만 둔 모양이오. 굿 바이. 그대는 이따금 그대가 제일 싫어하는 음식을 탐식하는 아이러니를 실천해 보는 것도 좋을 것 같소. 위트와 패러독스와…

그대 자신을 위조하는 것도 할 만한 일이오. 그대의 작품은 한 번 도 본 일이 없는 기성품에 의하여 차라리 경편하고 고매하리다.

19세기는 될 수 있거든 봉쇄하여 버리오. 도스토예프스키 정신이란 자칫하면 낭비인 것 같소. 위고를 불란서의 빵 한 조각이라고는 누가 그랬는지 지언인 듯 싶소. 그러나 인생 혹은 그 모형에 있어서 디테일 때문에 속는다거나 해서야 되겠소? 화를 보지 마오. 부디 그대께 고하는 것이니….

(테이프가 끊어지면 피가 나오. 상채기도 머지 않아 완치될 줄 믿소. 굿 바이.)

감정은 어떤 포우즈,(그 포우즈의 원소만을 지적하는 것이 아닌지 모르겠소.)

그 포우즈가 부동 자세에까지 고도화할 때 감정은 딱 공급을 정지합니다.

나는 내 비범한 발육을 회고하여 세상을 보는 안목을 규정하였소.

여왕봉과 미망인—세상의 하고 많은 여인이 본질적으로 이미 미망인 아닌 이가 있으리까?

아니! 여인의 전부가 그 일상에 있어서 개개 '미망인'이라는 내 논리가 뜻밖에도 여성에 대한 모독이 되오? 굿 바이.

그 33번지라는 18구조가 흡사 유곽이라는 느낌이 없지 않다.

한 번지에 19가구가 죽—어깨를 맞대고 늘어서서 창호가 똑같고 아궁지 모양이 똑같다.

게다가 각 가구에 사는 사람들이 송이송이 꽃과 같이 젊다. 해가 들지 않는다. 해가 드는 것을 그들이 모른 체하는 까닭이다. 턱살 밑에다 철줄을 매고 얼룩진 이부자리를 널어 말린다는 핑계로 미닫이에 해가 드는 것을 막아 버린다.

침침한 방안에서 낮잠들을 잔다. 그들은 밤에는 잠을 자지 않나? 알 수 없다. 나는 밤이나 낮이나 잠만 자느라고 그런 것은 알 길이 없다. 33번지 18가구의 낮은 참 조용하다.

조용한 것은 낮뿐이다. 어둑어둑하면 그들은 이부자리를 거둬들인다. 전등불이 켜진 뒤의 18가구는 낮보다 훨씬 화려하다. 저물도록 미닫이 여닫는 소리가 잦다. 바빠진다. 여러 가지 냄새가 나기 시작한다. 비웃 굽는 내, 탕고도오란 내, 뜨물 내, 비눗 내……

그러나 이런 것들보다도 그들의 문패가 제일 고개를 끄덕이게 하는 것이다.

이 18가구를 대표하는 대문이라는 것이 일각이 져서 외따로 떨어지기는 했으나 있다. 그러나 그것은 한 번도 닫힌 일이 없는 행길이나 마찬가지 대문인 것인다. 온갖 장사아치들은 하루 가운데 어느 시간에라도 이 대문을 통하여 드나들 수가 있는 것이다. 이네들은 문간에서 두부를 사는 것이 아니라 미닫이만 열고 방에서 두부를 사는 것이다. 이렇게 생긴 33번지 대문에 그들 18가구의 문패를 몰아다 붙이는 것은 의미가 없다.

그들은 어느 사이엔가 각 미닫이 위 백인당(百忍堂)이니 길상당(吉祥堂)이니 써 붙인 한 곁에다 문패를 붙이는 풍속을 가져

버렸다.

내 방 미닫이 위 한 곁에 칼표 딱지를 넷에다 낸 것만한 내—아니! 내 아내의 명함이 붙어 있는 것도 이 풍속을 좇은 것이 아닐 수 없다.

나는 그러나 그들의 아무와도 놀지 않는다. 놀지 않을 뿐만 아니라 인사도 않는다. 나는 내 아내와 인사하는 외에 누구와도 인사하고 싶지 않았다. 내 아내 외의 다른 사람하고 인사를 하거나 놀거나 하는 것은 내 아내 낯을 보아 좋지 않은 일인 것만 같이 생각이 들었기 때문이다. 나는 이만큼까지 내 아내를 소중히 생각한 것이다.

내가 이렇게까지 내 아내를 소중히 생각한 까닭은 이 33번지 18가구 가운데서 내 아내가 내 아내의 명함처럼 제일 작고 제일 아름다운 것을 안 까닭이다. 18가구에 각기 별러 들은 송이송이 꽃들 가운데서도 내 아내는 특히 아름다운 한 떨기의 꽃으로 이 함석지붕 밑 볕 안 드는 지역에서 어디까지든지 찬란하였다. 따라서 그런 한 떨기 꽃을 지키고…… 아니 그 꽃에 매어달려 사는 나라는 존재가 도무지 형언할 수 없는 거북스러운 존재가 아닐 수 없었던 것은 물론이다.

나는 어디까지든지 내 방이—집이 아니다, 집은 없다—마음에 들었다. 방안의 기온은 내 몸의 체온을 위하여 쾌적하였고 방안의 침침한 정도가 또한 내 안락을 위하여 쾌적하였다. 나는 내 방 이상의 서늘한 방도 또 따뜻한 방도 희망하지는 않았다. 이 이상으로 밝거나 이 이상으로 아늑한 방을 원하지 않았다. 내 방은 나 하나를 위하여 요만한 정도를 꾸준히 지키는 것 같아 늘 내 방에 감사하였고 나는 또 이런 방을 위하여 이 세상에 태어난 것만 같아서 즐거웠다. 그러나 이것은 행복이라든가 불행이라든가 하는 것을 계산하는 것은 아니었다. 말하자면 나는 내가 행복되다고도 생각할 필요가 없었고 그렇다고 불행하다고도 생각할 필요가 없었다.

내 몸과 마음에 옷처럼 잘 맞는 방 속에서 뒹굴면서 축 처져 있는 것은 행복이니 불행이니 하는 그런 세속적인 계산을 떠난 가장 편리하고 안일한, 말하자면 절대적인 상태인 것이다.

나는 이런 상태가 좋았다.

이 절대적인 내 방은 대문간에서 세어서 똑—일곱째 칸이다. 럭키 세븐의 뜻이 없지 않다.

나는 이 일곱이라는 숫자를 훈장처럼 사랑하였다. 이런 이 방이 가운데 장지로 말미암아 두 칸으로 나뉘어 있었다는 그것이 내 운명의 상징이었던 것을 누가 알랴?

아랫방은 그래도 해가 든다. 아침결에 책보만한 해가 들었다가 오후에 손수건만해지면서 나가 버린다. 해가 영영 들지 않는 윗방이 즉 내 방인 것은 말할 것도 없다. 이렇게 볕드는 방이 아내 방이오, 볕 안드는 방이 내 방이오 하고 내 아내와 나 둘 중에 누가 정했는지 나는 기억하지 못한다. 그러나 나에게는 불평이 없다.

아내가 외출만 하면 나는 얼른 아랫방으로 와서 그 동쪽으로 난 들창을 열어 놓고 열어 놓으면 들이비치는 햇살이 아내의 화장대를 비쳐 가지각색 병들이 아롱이 지면서 찬란하게 빛나고 이렇게 빛나는 것을 보는 것은 다시 없는 내 오락이다.

나는 쪼꼬만 '돋보기'를 꺼내 가지고 아내만이 사용하는 지리가미를 끄실려가면서 불장난을 하고 논다. 평행광선을 굴절시켜서 한 촛점에 모아 가지고 그 촛점이 따끈 따끈해지다가 마지막에는 종이를 끄실르기 시작하고 가느다란 연기를 내이면서 드디어 구멍을 뚫어 놓는 데까지에 이르는 그 얼마 안되는 동안의 초조한 맛이 죽고 싶을 만큼 내게는 재미있었다.

이 장난이 싫증이 나면 나는 또 아내의 손잡이 거울을 가지고 여러 가지로 논다. 거울이란 제 얼굴을 비칠 때만 실용품이다. 그 외의 경우에는 도무지 장난감인 것이다.

이 장난도 곧 싫증이 난다. 나의 유희심은 육체적인 데서 정신적인 데로 비약한다. 나는 거울을 내던지고 아내의 화장대 앞으로 가까이 가서 나란히 늘어 놓인 그 가지각색의 화장품병들을 들여다 본다. 고것들은 세상의 무엇보다도 매력적이다. 나는 그 중의 하나만을 골라서 가만히 마개를 빼고 병구멍을 내 코에 가져다 대이고 숨 죽이듯이 가벼운 호흡을 하여 본다. 이국적인 센슈얼한 향기가 폐로 스며들면 나는 저절로 스르르 감기는 내 눈을 느낀다. 확실히 아내의 체취의 파편이다. 나는 도로 병마개를 막고 생각해 본다. 아내의 어느 부분에서 요 내음새가 났던가를 …… 그러나 그것은 분명치 않다. 왜? 아내의 체취는 요기 늘어섰는 가지각색 향기의 합계일 것이니까.

아내의 방은 늘 화려하였다. 내 방이 벽에 못 한 개 꽂히지 않은 소박한 것인 반대로 아내의 방에는 천장 밑으로 쫙 돌려 못이 박히고 못마다 화려한 아내의 치마와 저고리가 걸렸다. 여러 가지 무늬가 보기 좋다. 나는 그 여러 조각의 치마에서 늘 아내의 동체와 그 동체가 될 수 있는 여러 가지 포우즈를 연상하고 연상하면서 내 마음은 늘 점잖지 못하다.

그렇건만 나에게는 옷이 없었다. 아내는 내게는 옷을 주지 않았다. 입고 있는 코르덴 양복 한 벌이 내 자리 옷이었고 통상복과 나들이 옷을 겸한 것이었다. 그리고 하이넥크의 스웨터가 한 조각 사철을 통한 내 내의다. 그것들은 하나같이 다 빛이 검다.

그것은 내 짐작 같아서는 즉 빨래를 될 수 있는 데까지 하지 않아도 보기 싫지 않도록 하기 위한 것이 아닌가 한다. 나는 허리와 두 가랑이 세 군데 다-고무 밴드가 끼어 있는 부드러운 사루마다를 입고 그리고 아무 소리 없이 잘 놀았다.

어느덧 손수건만해졌던 볕이 나갔는데 아내는 외출에서 돌아오지 않는다. 나는 요만 일에도 좀 피곤하였고 또 아내가 돌아오기 전에 내 방으로 가 있어야 될 것을 생각하고 그만 내 방으로 건너간다. 내 방은 침침하다. 나는 이불을 뒤집어 쓰고 낮잠을 잔다. 한 번도 걷은 적이 없는 내 이부자리는 내 몸뚱이의 일부분처럼 내게는 참 반갑다. 잠은 잘 오는 적도 있다. 그러나 또 전신이 까칫까칫하면서 영 잠이 오지 않는 적도 있다. 그런 때는 아무 제목으로나 제목을 하나 골라서 연구하였다. 나는 내 좀 축축한 이불 속에서 참 여러 가지 발명도 하였고 논문도 많이 썼다. 시도 많이 지었다.

그러나 그것들은 내가 잠이 드는 것과 동시에 내 방에 담겨서 철철 넘치는 그 흐늑흐늑한 공기에다 비누처럼 풀어져서 온데 간데가 없고 한참 자다 깨인 나는 속이 무명 헝겊이나 메밀 껍질로 띵띵 찬 한 덩어리 베개와도 같은 한벌 신경이었을 뿐이고 하였다.

그러기에 나는 빈대가 무엇보다도 싫었다. 그러나 내 방에서는 겨울에도 몇 마리씩 빈대가 그치지 않고 나왔다. 내게 근심이 있었다면 오직 이 빈대를 미워하는 근심일 것이다. 나는 빈대에게 물려서 가려운 자리를 피가 나도록 긁었다. 쓰라리다. 그것은 그윽한 쾌감에 틀림없었다. 나는 혼곤히 잠이 든다.

나는 그러나 그런 이불 속의 사색 생활에서도 적극적인 것을 궁리하는 법이 없다. 내게는 그럴 필요가 대체 없었다. 만일 내가 그런 좀 적극적인 것을 궁리해 내었을 경우에 나는 반드시 내 아내와 의논하여야 할 것이고 그러면 반드시 나는 아내에게 꾸지람을 들을 것이고…… 나는 꾸지람이 무서웠다느니보다는 성가셨다. 내가 제법 한 사람의 사회인의 자격으로 일을 해보는 것도 아내에게 사설 듣는 것도 나는 가장 게으른 동물처럼 게으른 것이 좋았다. 될 수만 있으면 이 무의미한 인간의 탈을 벗어버리고도 싶었다.

나에게는 인간 사회가 스스로 왔다. 생활이 스스로 왔다. 모두가 서먹서먹할 뿐이었다.

아내는 하루에 두 번 세수를 한다.

나는 하루 한 번도 세수를 하지 않는다.

나는 밤중 세 시나 네 시 해서 변소에 간다. 달이 밝은 밤에는 한참씩 마당에 우두커니 섰다가 들어오곤 한다. 그러니까 나는 이 18가구의 아무와도 얼굴이 마주치는 일이 거의 없다. 그러면서도 나는 이 18가구의 젊은 여인네들 얼굴들을 거의 다 기억하고 있었다. 그들은 하나같이 내 아내만 못하였다.

열한 시쯤 해서 하는 아내의 첫번 세수는 좀 간단하다. 그러나 저녁 일곱 시쯤 해서 하는 두 번째 세수는 손이 많이 간다. 아내는 낮에 보다도 밤에 더 좋고 깨끗한 옷을 입는다. 그리고 낮에도 외출하고 밤에도 외출하였다.

아내에게 직업이 있었던가? 나는 아내의 직업이 무엇인지 알 수 없다. 만일 아내에게 직업이 없었다면 같이 직업이 없는 나처럼 외출할 필요가 생기지 않을 것인데—아내는 외출한다. 외출할 뿐만 아니라 내객이 많다. 아내에게 내객이 많은 날은 나는 온종일 내 방에서 이불을 쓰고 누워 있어야만 된다.

불장난도 못한다. 화장품 냄새도 못 맡는다. 그런 날은 나는 의식적으로 우울해 하였다. 그러면 아내는 나에게 돈을 준다. 오십 전짜리 은화다. 나는 그것이 좋았다. 그러나 그것을 무엇에 써야 옳을지 몰라서 늘 머리맡에 던져 두고 두고 한 것이 어느 결에 모여서 꽤 많아졌다. 어느 날 이것을 본 아내는 금고처럼 생긴 벙어리를 사다 주었다. 나는 한 푼씩 한 푼씩 고 속에 넣고 열쇠는 아내가 가져갔다. 그 후에도 나는 더러 은화를 그 벙어리에 넣은 것을 기억한다. 그리고 나는 게을렀다. 얼마 후 아내의 머리쪽에 보지 못하던 누깔잠이 하나 여드름처럼 돋았던 것은 바로 그 금고형 벙어리의 무게가 가벼워졌다는 증거일까. 그러나 나는 드디어 머리맡에 놓였던 그 벙어리에 손을 대이지 않고 말았다. 내 게으름은 그런 것에 내 주의를 환기시키기도 싫었다.

아내에게 내객이 있는 날은 이불 속으로 암만 깊이 들어가도 비오는 날만큼 잠이 잘 오지 않았다. 나는 그런 때 아내에게는 왜 늘 돈이 있나, 왜 돈이 많은가를 연구했다.

내객들은 장지 저쪽에 내가 있는 것을 모르나 보다. 내 아내와 나도 좀 하기 어려운 농을 아주 서슴지 않고 쉽게 내던지는 것이다.

그러나 내객들 가운데 서너 사람의 내객들은 늘 비교적 점잖았다고 볼 수 있는 것이 자정이 좀 지나면 으레 돌아들갔다. 그들 가운데는 퍽 교양이 옅은 자도 있는 듯 싶었는데 그런 자는 보통 음식을 다 사다 먹고 논다. 그래서 보충을 하고 대체로 무사하였다.

나는 우선 내 아내의 직업이 무엇인가를 연구하기에 착수하였으나 좁은 시야와 부족한 지식으로는 이것을 알아내기 힘이 든다. 나는 끝끝내 내 아내의 직업이 무엇인가를 모르고 말려나 보다.

아내는 늘 진솔버선만 신었다. 아내는 밥도 지었다. 아내가 밥 짓는 것을 나는 한번도 구경한 일은 없으나 언제든지 끼니 때면 내 방으로 내 조석밥을 날라도 주는 것이다. 우리집에는 나와 내 아내 외의 다른 사람은 아무도 없다. 이 밥은 분명히 아내가 손수 지었음에 틀림없다.

그러나 아내는 한 번도 나를 자기 방으로 부른 일이 없다. 나는 늘 웃방에서 나 혼자서 먹고 잠을 잤다. 밥은 너무 맛이 없었고, 반찬이 너무 엉성하였다. 나는 닭이나 강아지처럼 말없이 주는 모이를 넙죽넙죽 받아먹기는 했으나 내심 야속하게 생각한 적도 더러 없지 않다. 나는 안색이 여지없이 창백해 가면서 말라 들어갔다. 나날이 눈에 보이듯이 기운이 줄어 들어갔다. 영양 부족으로 하여 몸뚱이 곳곳이 뼈가 불쑥 불쑥 내어밀었다. 하룻밤 사이에도 수십 차를 돌쳐눕지 않고는 여기저기가 배겨서 나는 배겨내일 수가 없었다.

그렇기 때문에 나는 내 이불 속에서 아내가 늘 흔히 쓸 수 있는 저 돈의 출처를 탐색해 보는 일변 장지 틈으로 새어나오는 아랫방의 음식은 무엇일까를 간단히 연구하였다. 나는 잠이 잘 안 왔다.

깨달았다. 아내가 쓰는 돈은 그 내게는 다만 실없는 사람들로밖에 보이지 않는 까닭 모를 내객들이 놓고 가는 것이 틀림없으리라는 것을 나는 깨달았다. 그러나 왜 그들 내객은 돈을 놓고 가나, 왜 내 아내는 그 돈을 받아야 되나 하는 예의 관념이 내게는 도무지 알 수 없는 것이었다.

그것은 그저 예의에 지나지 않는 것일까. 그렇지 않으면 혹 무슨 대가일까, 보수일까. 내 아내가 그들의 눈에는 동정을 받아야만 할 한 가엾은 인물로 보였던가?

이런 것들을 생각하노라면 으레 내 머리는 그냥 혼란하여 버리고 하였다. 잠 들기 전에 획득했다는 결론이 오직 불쾌하다는 것 뿐이었으면서도 나는 그런 것을 아내에게 물어보거나 한 일이 참 한 번도 없다. 그것은 대체 귀찮기도 하려니와 한 잠 자고 일어나는 나는 사뭇 딴 사람처럼 이것도 저것도 다 깨끗이 잊어버리고 그만두는 까닭이다.

내객들이 돌아가고, 혹 밤 외출에서 돌아오고 하면 아내는 경편한 것으로 옷을 바꾸어 입고 내 방으로 나를 찾아온다. 그리고 이불을 들치고 내 귀에는 영 생동생동한 몇 마디 말로 나를 위로하려 든다. 나는 조소도 공소도 아닌 웃음을 얼굴에 띠우고 아내의 아름다운 얼굴을 쳐다본다. 아내는 방그레 웃는다. 그러나 그 얼굴에 떠도는 일말의 애수를 나는 놓치지 않는다.

아내는 능히 내가 배고파하는 것을 눈치챌 것이다. 그러나 아랫방에서 먹고 남은 음식을 나에게 주려 들지는 않는다. 그것은 어디까지든지 나를 존경하는 마음일 것임에 틀림없다. 나는 배가 고프면서도 저으기 마음이 든든한 것을 좋아했다. 아내가 무엇이라고 지껄이고 갔는지 귀에 남아있을 리가 없다. 다만 내 머리맡에 아내가 놓고 간 은화가 전등불에 흐릿하게 빛나고 있을 뿐이다.

고 금고형 벙어리 속에 고 은화가 얼마큼이나 모였을까? 나는 그러나 그것을 쳐들어 보지 않았다.

그저 아무런 의욕도 기원도 없이 그 단추구멍처럼 생긴 틈새로 은화를 들여뜨려 둘 뿐이었다.

왜 아내의 내객들이 아내에게 돈을 놓고 가나 하는 것이 풀 수 없는 의문인 것같이 왜 아내는 나에게 돈을 놓고 가나 하는 것도 역시 나에게는 똑같이 풀 수 없는 의문이었다. 내 비록 아내가 내게 돈을 놓고 가는 것이 싫지 않았다 하더라도 그것은 다만 고

것이 내 손가락에 닿는 순간에서부터 고 벙어리 주둥이에서 자취를 감추기까지의 하잘것 없는 짧은 촉각이 좋았던 뿐이지 그 이상 아무런 기쁨도 없다.

어느 날 나는 고 벙어리를 변소에 갖다 넣어 버렸다. 그때 벙어리 속에는 몇 푼이나 되는지는 모르겠으나 고 은화들이 꽤 들어 있었다.

나는 내가 지구 위에 살며 내가 이렇게 살고 있는 지구가 질풍신뢰의 속력으로 광대무변의 공간을 달리고 있다는 것을 생각했을 때 참 허망하였다. 나는 이렇게 부지런한 지구 위에서는 현기증도 날 것 같고 해서 한시바삐 내려 버리고 싶었다.

이불 속에서 이런 생각을 하고 난 뒤에 나는 고 은화를 고벙어리에 넣고 넣고 하는 것조차가 귀찮아졌다. 나는 아내가 손수 벙어리를 사용하였으면 하고 희망하였다. 벙어리도 돈도 사실에는 아내에게만 필요한 것이지 내게는 애초부터 의미가 전연 없는 것이었으니까 될 수만 있으면 그 벙어리를 아내 방으로 가져 갔으면 하고 기다렸다. 그러나 아내는 가져 가지 않는다. 나는 아내 방으로 가져다 둘까 하고 생각하여 보았으나 그 즈음에는 아내의 내객이 원체 많아서 내가 아내 방에 가볼 기회가 도무지 없었다. 그래서 나는 하는 수 없이 변소에 갖다 집어 넣어 버리고 만 것이다.

나는 서글픈 마음으로 아내의 꾸지람을 기다렸다. 그러나 아내는 끝내 아무 말도 나에게 묻지도, 하지도 않았다. 않았을뿐 아니라 여전히 돈은 돈대로 내 머리맡에 놓고 가지 않나? 내 머리맡에는 어느덧 은화가 꽤 많이 모였다.

내객이 아내에게 돈을 놓고 가는 것이나 아내가 내게 돈을 놓고 가는 것이나 일종의 쾌감—그 외의 다른 아무런 이유도 없는 것이 아닐까 하는 것을 나는 또 이불 속에서 연구하기 시작하였다. 쾌감이라면 어떤 종류의 쾌감일까를 계속하여 연구하였다. 그러나 그것은 이불 속의 연구로는 알 길이 없었다. 쾌감, 쾌감, 하고 나는 뜻밖에도 이 문제에 대해서만 흥미를 느꼈다.

아내는 물론 나를 늘 감금하여 두다시피 하여 왔다. 내게 불평이 있을 리 없다. 그런 중에도 나는 그 쾌감이라는 것의 유무를 체험하고 싶었다.

나는 아내의 밤 외출 틈을 타서 밖으로 나왔다. 나는 거리에 잊어버리지 않고 가지고 나온 은화를 지폐로 바꾼다. 5원이나 된다. 그것을 주머니에 넣고 나는 목적을 잃어버리기 위하여 얼마든지 거리를 쏘다녔다.

오래간만에 보는 거리는 거의 경이에 가까울 만큼 내 신경을 흥분시키지 않고는 마지 않았다.

나는 금시에 피곤하여 버렸다. 그러나 나는 참았다. 그리고 밤이 이슥하도록 까닭을 잊어버린 채 이 거리 저 거리로 지향없이 헤매었다. 돈은 물론 한 푼도 쓰지 않았다. 돈을 쓸 아무 엄두도 나지 않았다. 나는 벌써 돈을 쓰는 기능을 완전히 상실한 것 같았다.

나는 과연 피로를 이 이상 견디기가 어려웠다. 나는 가까스로 내 집을 찾았다. 나는 내 방으로 가려면 아내 방을 통과하지 아니하면 안 될 것을 알고 아내에게 내객이 있나 없나를 걱정하면서 미닫이 앞에서 좀 거북살스럽게 기침을 한번 했더니 이것은 참 또 너무 암상스럽게 미닫이가 열리면서 아내의 얼굴과 그 등 뒤에 낯설은 남자의 얼굴이 이쪽을 내다보는 것이다. 나는 별안간 내어 쏟아지는 불빛에 눈이 부셔서 좀 머뭇머뭇했다.

나는 아내의 눈초리를 못 본 것은 아니다. 그러나 나는 모른 체 하는 수밖에 없었다. 왜? 나는 어쨌든 아내의 방을 통과하지 아니하면 안되니까…

나는 이불을 뒤집어 썼다. 무엇보다도 다리가 아파서 견딜 수가 없었다. 이불 속에서는 가슴이 울렁거리면서 암만해도 까무러칠 것만 같았다. 걸을 때는 몰랐더니 숨이 차다. 등에 식은 땀이 쭉 내배인다. 나는 외출한 것을 후회하였다. 이런 피로를 잊고 어서 잠이 들었으면 좋았다. 한잠 잘—자고 싶었다.

얼마 동안이나 비스듬히 엎드려 있었더니 차츰차츰 뚝딱거리는 가슴 동기가 가라앉는다. 그만해도 우선 살 것 같았다. 나는 몸을 돌쳐 반듯이 천장을 향하여 눕고 쭉—다리를 뻗었다.

그러나 나는 또다시 가슴의 동기를 피할 수 없게 되었다. 아랫방에서 아내와 그남자의 내 귀에도 들리지 않을 만큼 옅은 목소리로 소곤거리는 기척이 장지 틈으로 전하여 왔던 것이다. 청각을 더 예민하게 하기 위하여 나는 눈을 떴다. 그리고 숨을 죽였다. 그러나 그때는 벌써 아내와 남자는 앉았던 자리를 툭툭 털며 일어섰고 일어서면서 옷과 모자 쓰는 기척이 나는 듯하더니 이어 미닫이가 열리고 구두 뒤축 소리가 나고 그리고 뜰에 내려서는 소리가 쿵 하고 나면서 뒤를 따르는 아내의 고무신 소리가 두어 발자국 찍찍 나고 사뿐사뿐 나나 하는 사이에 두 사람의 발소리가 대문간 쪽으로 사라졌다.

나는 아내의 이런 태도를 본 일이 없다. 아내는 어떤 사람과도 결코 소곤거리는 법이 없다. 나는 웃방에서 이불을 쓰고 누웠는 동안에도 혹 술이 취해서 혀가 잘 돌아가지 않는 내객들의 담화는 더러 놓치는 수가 있어도 아내의 높지도 얕지도 않은 말소리는 일찌기 한 마디도 놓쳐본 일이 없다. 더러 내 귀에 거슬리는 소리가 있어도 나는 그것이 태연한 목소리로 내 귀에 들렸다는 이유로 충분히 안심이 되었다. 그렇던 아내의 이런 태도는 필시 그 속에 여간하지 않은 사정이 있는 듯싶이 생각이 되고 내 마음은 좀 서운했으나 그러나 그보다도 나는 좀 너무 피곤해서 오늘만은 이불 속에서 아무것도 연구치 않기로 굳게 결심하고 잠을 기다렸다. 잠은 좀처럼 오지 않았다. 대문간에 나간 아내도 좀처럼 들어오지 않았다. 그러는 동안에 흐지부지 나는 잠이 들어 버렸다.

꿈이 얼쑹덜쑹 종을 잡을 수 없는 거리의 풍경을 여전히 헤맸다.

나는 몹시 흔들렸다. 내객을 보내고 들어온 아내가 잠든 나를 잡아 흔드는 것이다. 나는 눈을 번쩍 뜨고 아내의 얼굴을 자세히 보았다. 노기가 눈초리에 떠서 엷은 입술이 바르르 떨린다. 좀처럼 이 노기가 풀리기는 어려울 것 같았다. 나는 그대로 눈을 감아 버렸다. 벼락이 내리기를 기다린 것이다. 그러나 쌔근하는 숨소리가 나면서 푸시시 아내의 치마자락 소리가 나고 장지가 여닫히며 아내는 아내 방으로 돌아갔다. 나는 다시 몸을 돌쳐 이불을 뒤집어쓰고는 개구리처럼 엎드리고, 엎드려서 배가 고픈 가운데에도 오늘밤의 외출을 또 한번 후회하였다.

나는 이불 속에서 아내에게 사죄하였다. 그것은 네 오해라고…

나는 사실 밤이 퍽이나 이슥한 줄만 알았던 것이다. 그것이 네 말마따나 자정 전인 줄은 나는 정말이지 꿈에도 몰랐다. 나는 너무 피곤하였었다. 오래간만에 나는 너무 많이 걸은 것이 잘못이다. 내 잘못이라면 잘못은 그것밖에 없다. 외출은 왜 하였더냐고?

나는 그 머리맡에 저절로 모인 5원 돈을 아무에게라도 좋으니 주어보고 싶었던 것이다. 그뿐이다. 그러나 그것도 내 잘못이라면 나는 그렇게 알겠다. 나는 후회하고 있지 않나?

내가 그 5원 돈을 써버릴 수가 있었던들 나는 자정 안에 집에 돌아올 수 없었을 것이다. 그러나 거리는 너무 복잡하였고 사람은 너무도 들끓었다. 나는 어느 사람을 붙들고 그 5원 돈을 내어 주어야 할지 갈피를 잡을 수가 없었다.

그러는 동안에 나는 여지없이 피곤해 버리고 말았던 것이다.

나는 무엇보다도 좀 쉬고 싶었다. 눕고 싶었다. 그래서 나는 하는 수 없이 집으로 돌아온 것이다. 내 짐작 같아서는 밤이 어지간히 늦은 줄만 알았는데 그것이 불행히도 자정 전이었다는 것은 참 안된 일이다. 미안한 일이다. 나는 얼마든지 사죄하여도 좋다. 그러나 종시 아내의 오해를 풀지 못하였다 하면 내가 이렇게까지 사죄하는 보람은 그럼 어디 있나? 한심하였다.

한 시간 동안을 나는 이렇게 초조하게 굴지 않으면 안되었다. 나는 이불을 홱 젖혀 버리고 일어나서 장지를 열고 아내방으로 비칠비칠 달려갔던 것이다. 내게는 거의 의식이라는것이 없었다. 나는 아내 이불 위에 엎드러지면서 바지 포켓 속에서 그 돈 5원을 꺼내 아내 손에 쥐어준 것을 간신히 기억할뿐이다.

이튿날 잠이 깨었을 때 나는 내 아내 방 아내 이불 속에 있었다. 이것이 33번지에서 살기 시작한 이래 내가 아내 방에서 잔 맨 처음이었다.

해가 들창에 훨씬 높았는데 아내는 이미 외출하고 벌써 내곁에 있지는 않다. 아니 아내는 엊저녁 내가 의식을 잃는 동안에 외출한 것인지도 모른다. 그러나 나는 그런 것을 조사하고 싶지 않았다. 다만 전신이 찌뿌드드한 것이 손가락 하나 꼼짝할 힘조차 없었다. 책보보다 좀 작은 면적의 볕이 눈이 부시다. 그 속에서 수없는 먼지가 흡사 미생물처럼 난무한다. 코가 콱 막히는 것 같다. 나는 다시 눈을 감고 이불을 푹 뒤집어 쓰고 낮잠을 자기에 착수하였다. 그러나 코를 스치는 아내의 체취는 꽤 도발적이었다. 나는 몸을 여러 번 비비 꼬면서 아내의 화장대에 늘어선 고 가지각색 화장품 병들과 고 병들의 마개를 뽑았을 때 풍기던 냄새를 더 듬느라고 좀처럼 잠은 들지 않는 것을 나는 어찌 하는 수도 없었다.

견디다 못하여 나는 그만 이불을 걷어차고 벌떡 일어나서 내 방으로 갔다. 내 방에는 다 식어빠진 내 끼니가 가지런히 놓여 있는 것이다. 아내는 내 모이를 여기다 주고 나간 것이다. 나는 우선 배가 고팠다. 한 숟갈을 입에 떠 넣었을 때 그 촉감은 참 너무도 냉회와 같이 써늘하였다. 나는 숟갈을 놓고 내 이불 속으로 들어갔다. 하룻밤을 비었던 내 이부자리는 여전히 반갑게 나를 맞아 준다. 나는 내 이불을 뒤집어 쓰고 이번에는 참 늘어지게 한잠 잤다. 잘—

내가 잠을 깬 것은 전등이 켜진 뒤다. 그러나 아내는 아직도 돌아오지 않았나 보다. 아니, 들어왔다 또 나갔는지도 알 수 없다. 그러나 그런 것을 상고하여 무엇하나?

정신이 한결 난다. 나는 지난밤 일을 생각해 보았다. 그 돈 5원을 아내 손에 쥐어 주고 넘어졌을 때에 느낄 수 있었던 쾌감을 나는 무엇이라고 설명할 수가 없었다. 그러니 내객들이 내 아내에게 돈 놓고 가는 심리며 내 아내가 내게 돈 놓고 가는 심리의 비밀을 나는 알아낸 것 같아서 여간 즐거운 것이 아니다. 나는 속으로 빙그레 웃어 보았다. 이런 것을 모르고 오늘까지 지내온 내 자신이 어떻게 우스꽝스러워 보이는지 몰랐다. 나는 어깨춤이 났다.

따라서 나는 또 오늘 밤에도 외출하고 싶었다. 그러나 돈이 없다. 나는 엊저녁에 그 돈 5원을 한꺼번에 아내에게 주어버린 것을 후회하였다. 또 그 벙어리를 변소에 갖다 처넣어 버린 것도 후회하였다. 나는 실없이 실망하면서 습관처럼 그 돈 5원이 들어 있던 내 바지 포켓에 손을 넣어 한번 휘둘러 보았다. 뜻밖에도 내 손에 쥐어지는 것이 있었다. 2원밖에 없다. 그러나 많아야 맛은 아니다. 얼마간이고 있으면 된다. 나는 그만한 것이 여간 고마운 것이 아니었다.

나는 기운을 얻었다. 나는 그 단벌 다 떨어진 코르덴 양복을 걸치고 배고픈 것도, 주제 사나운 것도 다 잊어버리고 활갯짓을 하면서 또 거리로 나섰다. 나서면서 나는 제발 시간이 화살닫듯 해서 자정이 어서 홱 지나버렸으면 하고 조바심을 태웠다. 아내에게 돈을 주고 아내 방에서 자보는 것은 어디까지든지 좋았지만 만일 잘못해서 자정 전에 집에 들어갔다가 아내의 눈총을 맞는 것은 그것은 여간 무서운 일이 아니었다. 나는 저물도록 길가 시계를 들여다 보고 하면서 또 지향없이 거리를 방황하였다. 그러나 이 날은 좀처럼 피곤하지는 않았다. 다만 시간이 좀 너무 더디게 가는 것만 같아서 안타까왔다.

경성역 시계가 확실히 자정이 지난 것을 본 뒤에 나는 집을 향하였다. 그날은 그 일각 대문에서 아내와 아내의 남자가 이야기하고 섰는 것을 만났다. 나는 모른 체하고 두 사람 곁을 지나서 내 방으로 들어갔다. 뒤이어 아내도 들어왔다. 와서는 이 밤중에 평생 안하던 쓰레질을 하는 것이다. 조금 있다가 아내가 눕는 기척을 엿듣자마자 나는 또 장지를 열고 아내 방으로 가서 그 돈 2원을 아내 손에 덥석 쥐어주고 그리고—하여간 그 2원을 오늘 밤에도 쓰지 않고 도로 가져온 것이 참 이상하다는 듯이 아내는 내 얼굴을 몇 번이고 엿보고—아내는 드디어 아무 말도 없이 나를 자기 방에 재워 주었다. 나는 이 기쁨을 세상의 무엇과도 바꾸고 싶지는 않았다. 나는 편히 잘잤다.

이튿날도 내가 잠이 깨었을 때는 아내는 보이지 않았다. 나는 또 내 방으로 가서 피곤한 몸이 낮잠을 잤다. 내가 아내에게 흔들려 깨었을 때는 역시 불이 들어온 뒤였다. 아내는 자기방으로 나를 오라는 것이다. 이런 일은 또 처음이다. 아내는 끊임없이 얼굴에 미소를 띠우고 내 팔을 이끄는 것이다. 나는 이런 아내의 태도 이면에 엔간치 않은 음모가 숨어 있지나 않은가 하고 저으기 불안을 느끼지 않을 수 없었다.

나는 아내의 하자는 대로 아내의 방으로 끌려갔다. 아내 방에는 저녁 밥상이 조촐하게 차려져 있는 것이다. 생각하여 보면 나는 이틀을 굶었다. 나는 지금 배고픈 것까지도 긴가 민가 잊어버리고 어름어름 하던 차다.

나는 생각하였다. 이 최후의 만찬을 먹고 나자마자 벼락이 내려도 나는 차라리 후회하지 않을 것을. 사실 나는 인간 세상이 너무나 심심해서 못 견디겠던 차다. 모든 일이 성가시고 귀찮았으나 그러나 불의의 재난이라는 것은 즐겁다.

나는 마음을 턱 놓고 조용히 아내와 이 해괴한 저녁밥을 먹었다. 우리 부부는 이야기하는 법이 없었다. 밥을 먹은 뒤에도 나는 말이 없이 그냥 부시시 일어나서 내 방으로 건너가 버렸다.

아내는 나를 붙잡지 않았다. 나는 벽에 기대어 앉아서 담배를 한 대 피워 물고 그리고 벼락이 떨어질 테거든 어서 떨어져라 하고 기다렸다.

오분! 십분!…

그러나 벼락은 내리지 않았다. 긴장이 차츰 늘어지기 시작한다. 나는 어느덧 오늘 밤에도 외출할 것을 생각하고 돈이 있었으면 하고 생각하고 있었다.

그러나 돈은 확실히 없다. 오늘은 외출하여도 나중에 올 무슨 기쁨이 있나. 나는 앞이 그냥 아득하였다. 나는 화가 나서 이불을 뒤집어 쓰고 이리 딩굴 저리 딩굴 굴렀다. 금시 먹은 밥이 목으로 자꾸 치밀어 올라온다. 메스꺼웠다.

하늘에서 얼마라도 좋으니 왜 지폐가 소낙비처럼 퍼붓지 않나, 그것이 그저 한없이 야속하고 슬펐다. 나는 이렇게밖에 돈을 구하는 아무런 방법도 알지는 못했다. 나는 이불 속에서 좀 울었나 보다. 돈이 왜 없느냐면서…

그랬더니 아내가 또 내 방에를 왔다. 나는 깜짝 놀라 아마 이제서야 벼락이 내리려나 보다 하고 숨을 죽이고 두꺼비 모양으로 엎디어 있었다. 그러나 떨어진 입에서 새어 나오는 아내의 말소리는 참 부드러웠다. 정다왔다. 아내는 내가 왜 우는지를 안다는 것이다. 돈이 없어서 그러는 게 아니냔다. 나는 실없이 깜짝 놀랐다. 어떻게 저렇게 사람의 속을 환—하게 들여다 보는고 해서 나는 한편으로 슬그머니 겁도 안 나는 것은 아니었으나 저렇게 말하는 것을 보면 아마 내게 돈을 줄 생각이 있나 보다, 만일 그렇다면 오죽이나 좋은 일일까? 나는 이불 속에 뚤뚤 말린 채 고개도 들지 않고 아내의 다음 거동을 기다리고 있으니까, 옛소—하고 내 머리맡에 내려뜨리는 것은 그 가쁜한 음향으로 보아 지폐에 틀림없었다. 그리고 내 귀에다 대고 오늘일랑 어제보다 좀더 늦게 들어와도 좋다고 속삭이는 것이다. 그것은 어렵지 않다. 우선 그 돈이 무엇보다도 고맙고 반가웠다.

어쨌든 나섰다. 나는 좀 야맹증이다. 그래서 될 수 있는 대로 밝은 거리로 골라서 돌아다니기로 했다. 그리고는 경성역 일 이등 대합실 한 곁 티이·룸에 들렀다. 그것은 내게는 큰 발견이었다.

거기는 우선 아무도 아는 사람이 안 온다. 설사 왔다가도 곧들 가니까 좋다. 나는 날마다 여기 와서 시간을 보내리라 속으로 생각하여 두었다.

제일 여기 시계가 어느 시계보다도 정확하리라는 것이 좋았다.

섣불리 서투른 시계를 보고 그것을 믿고 시간 전에 집에 돌아갔다가 큰코를 다쳐서는 안 된다. 나는 한 박스에 아무것도 없는 것과 마주앉아서 잘 끓은 코오피를 마셨다. 총총한 가운데 여객들은 그래도 한 잔 코오피가 즐거운가 보다. 얼른 얼른 마시고 무얼 좀 생각하는 것같이 담벼락도 좀 쳐다보고 하다가 곧 나가 버린다. 서글프다. 그러나 내게는 이 서글픈 분위기가 거리의 티이·룸들의 그 거추장스러운 분위기보다는 절실하고 마음에 들었다. 이따금 들리는 날카로운 혹은 우렁찬 기적 소리가 모오짜르트보다도 더 가깝다.

나는 메뉴에 적힌 몇 가지 안되는 음식 이름을 치 읽고 내리 읽고 여러 번 읽었다. 그것들은 아물아물한 것이 어딘가 내 어렸을 때 동무들 이름과 비슷한 데가 있었다.

거기서 얼마나 내가 오래 앉았는지 정신이 오락가락 하는 중에 객이 슬며시 뜸—해지면서 이 구석 저 구석 걷어치우기 시작하는 것을 보면 아마 닫을 시간이 된 모양이다. 열 한시가 좀 지났구나, 여기도 결코 내 안주의 곳은 아니구나, 어디 가서 자정을 넘길까, 두루 걱정을 하면서 나는 밖으로 나섰다. 비가 온다. 빗발이 제법 굵은 것이 우비도 우산도 없는 나를 고생을 시킬 작정이다. 그렇다고 이런 괴이한 풍모를 차리고 이 호올에서 어물어물하는 수는 없고 에이 비를 맞았으면 맞았지 하고 나는 그냥 나서 버렸다.

대단히 선선해서 견딜 수가 없었다. 코르덴 옷이 젖기 시작하더니 나중에는 속속들이 스며들면서 처근거린다. 비를 맞아가면서라도 견딜 수 있는 데까지 거리를 돌아다녀서 시간을 보내려 하였으나 인제는 선선해서 이 이상은 더 견딜 수가 없다. 오한이 자꾸 일어나면서 이가 딱딱 맞부딪는다.

나는 걸음을 재치면서 생각하였다. 오늘 같은 궂은 날도 아내에게 내객이 있을라구 없겠지 하는 생각이 드는 것이다. 집으로 가야겠다. 아내에게 불행히 내객이 있거든 내 사정을 하리라 사정을 하면 이렇게 비가 오는 것을 눈으로 보고 알아주겠지.

부리나케 와 보니까 그러나 아내에게는 내객이 있었다. 나는 너무 춥고 척척해서 얼떨김에 노크하는 것을 잊었다. 그래서 나는 보면 아내가 좀 덜 좋아할 것을 그만 보았다. 나는 갑발자국 같은 발자국을 내면서 덤벙덤벙 아내 방을 디디고 그리고 내 방으로 가서 쭉 빠진 옷을 활활 벗어 버리고 이불을 뒤썼다. 덜덜 덜덜 떨린다. 오한이 점점 더 심해 들어온다. 여전히 땅이 꺼져 들어가는 것만 같았다. 나는 그만 의식을 잃어버리고 말았다.

이튿날 내가 눈을 떴을 때 아내는 내 머리맡에 앉아서 제법 근심스러운 얼굴이다. 나는 감기가 들었다. 여전히 으스스 춥고 또 골치가 아프고 입에 군침이 도는 것이 씁쓸하면서 다리팔이 척 늘어져서 노곤하다.

아내는 내 머리를 쓱 짚어 보더니 약을 먹어야지 한다. 아내손이 이마에 선뜩한 것을 보면 신열이 어지간한 모양인데 약을 먹는다면 해열제를 먹어야지 하고 속생각을 하자니까 아내는 따뜻한 물에 하얀 정제약 네 개를 준다. 이것을 먹고 한잠 푹—자고 나면 괜찮다는 것이다.

나는 널름 받아먹었다. 쌉사름한 것이 짐작 같아서는 아마 아스피린인가 싶다. 나는 다시 이불을 쓰고 단번에 그냥 죽은 것처럼 잠이 들어 버렸다.

나는 콧물을 훌쩍훌쩍하면서 여러 날을 앓았다. 앓는 동안에 그치지 않고 그 정제약을 먹었다. 그러는 동안에 감기도 나았다. 그러나 입맛은 여전히 소태처럼 썼다.

나는 차츰 또 외출하고 싶은 생각이 났다. 그러나 아내는 나더러 외출하지 말라고 이르는 것이다. 이 약을 날마다 먹고 그리고 가만히 누워 있으라는 것이다. 공연히 외출을 하다가 이렇게 감기가 들어서 저를 고생을 시키는게 아니냔다. 그도 그렇다. 그럼 외출을 하지 않겠다고 맹세하고 그 약을 연복하여 몸을 좀 보해 보리라고 나는 생각하였다.

나는 날마다 이불을 뒤집어 쓰고 밤이나 낮이나 잤다. 유난스럽게 밤이나 낮이나 졸려서 견딜 수가 없는 것이다. 나는 이렇게 잠이 자꾸만 오는 것은 내가 훨씬 몸이 튼튼해진 증거라고 굳게 믿었다.

나는 아마 한 달이나 이렇게 지냈나 보다. 내 머리와 수염이 좀 너무 자라서 후틋해서 견딜 수가 없어서 내 거울을 좀 보리라고 아내가 외출한 틈을 타서 나는 아내 방으로 가서 아내의 화장대 앞에 앉아 보았다. 상당하다. 수염과 머리가 참 산란하였다. 오늘은 이발을 좀 하리라고 생각하고 겸사겸사 고화장품 병들 마개를 뽑고 이것 저것 맡아보았다. 한동안 잊어버렸던 향기 가운데서는 몸이 배배 꼬일 것 같은 체취가 전해나왔다. 나는 아내의 이름을 속으로만 한번 불러보았다.

'연심이—'

하고…

오래간만에 돋보기 장난도 하였다. 거울 장난도 하였다. 창에 든 볕이 여간 따뜻한 것이 아니었다. 생각하면 오월이 아니냐.

나는 커다랗게 기지개를 한변 켜보고 아내 베개를 내려 베고는 벌떡 자빠져서는 이렇게 편안하고 즐거운 세월을 하느님께 흠씬 자랑하여 주고 싶었다. 나는 참 세상의 아무것과도 교섭을 가지지 않는다. 하느님도 아마 나를 칭찬할 수도 처벌할 수도 없는 것 같다.

그러나 다음 순간 실로 세상에도 이상스러운 것이 눈에 띄었다. 그것은 최면약 아달린 갑이었다. 나는 그것을 아내의 화장대

밑에서 발견하고 그것이 흡사 아스피린처럼 생겼다고 느꼈다.

나는 그것을 열어 보았다. 꼭 네 개의 아스피린을 먹은 것을 기억하고 있었다. 나는 잤다. 어제도 그제도 그끄제도—나는 졸려서 견딜 수가 없었다. 나는 감기가 다 나았는데도 아내는 내게 아스피린을 주었다. 내가 잠이 든 동안에 이웃에 불이 난 일이 있다. 그때에도 나는 자느라고 몰랐다. 이렇게 나는 잤다. 나는 아스피린으로 알고 그럼 한 달 동안을 두고 아달린을 먹어온 것이다.

이것은 좀 너무 심하다.

별안간 아뜩하더니 하마터면 나는 까무라칠 뻔하였다. 나는 그 아달린을 주머니에 넣고 집을 나섰다. 그리고 산을 찾아 올라갔다. 인간 세상에 아무것도 보기가 싫었던 것이다. 걸으면서 나는 아무쪼록 아내에 관계되는 일은 생각하지 않도록 노력하였다. 길에서 까무러치기 쉬우니까다. 나는 어디라도 양지가 바른 자리를 하나 골라 자리를 잡아가지고 서서히 아내에 관하여서 연구할 작정이었다. 나는 길가에 들창편, 구경도 못한 진개나리꽃, 종달새, 돌멩이도 새끼를 까는 이야기, 이런 것만 생각하였다. 다행히 길가에서 나는 졸도하지 않았다.

거기는 벤치가 있었다. 나는 거기 정좌하고 그리고 그 아스피린과 아달린에 관하여 연구하였다. 그러나 머리가 도무지 혼란하여 생각이 체계를 이루지 않는다. 단 오 분이 못 가서 나는 그만 귀찮은 생각이 번쩍 들면서 심술이 났다. 나는 주머니에서 가지고 온 아달린을 꺼내 남은 여섯 개를 한꺼번에 질겅질겅 씹어 먹어 버렸다. 맛이 익살맞다. 그리고 나서 나는 그 벤치 위에 가로 기다랗게 누웠다. 무슨 생각으로 내가 그 따위 짓을 했나? 알 수가 없다. 그저 그러고 싶었다. 나는 게서 그냥 깊이 잠이 들었다. 잠결에도 바위 틈을 흐르는 물소리가 졸졸하고 귀에 언제까지나 어렴풋이 들려왔다.

내가 잠을 깨었을 때는 날이 환—히 밝은 뒤다. 나는 거기서 일 주야를 잔 것이다. 풍경이 그냥 노오랗게 보인다. 그 속에서도 나는 번개처럼 아스피린과 아달린이 생각났다.

아스피린, 아달린, 아스피린, 아달린, 맑스, 말사스, 마도로스, 아스피린, 아달린.

아내는 한 달 동안 아달린을 아스피린이라고 속이고 내게 먹였다. 그것은 아내 방에서 아달린 갑이 발견된 것으로 미루어 증거가 너무나 확실하다.

무슨 목적으로 아내는 나를 밤이나 낮이나 재웠어야 됐나?

나를 밤이나 낮이나 재워 놓고 그리고 아내는 내가 자는 동안에 무슨 짓을 했나?

나를 조금씩 조금씩 죽이려던 것일까?

그러나 또 생각하여 보면 내가 한 달을 두고 먹어온 것은 아스피린이었는지도 모른다. 아내는 무슨 근심되는 일이 있어서 밤이면 잠이 잘 오지 않아서 정작 아내가 아달린을 사용한 것이나 아닌지, 그렇다면 나는 참 미안하다. 나는 아내에게 이렇게 큰 의혹을 가졌다는 것이 참 안됐다.

나는 그래서 부리나케 거기서 내려왔다. 아랫도리가 홰홰 내어저이면서 어찔어찔한 것을 나는 겨우 집을 향하여 걸었다. 여덟 시 가까이었다.

나는 내 잘못된 생각을 죄다 일러 바치고 아내에게 사죄하려는 것이다. 나는 너무 급해서 그만 또 말을 잊어버렸다.

그랬더니 이건 참 너무 큰일났다. 나는 내 눈으로는 절대로 보아서 안될 것을 그만 딱 보아버리고 만 것이다. 나는 얼떨결에 그만 냉큼 미닫이를 닫고 그리고 현기증이 나는 것을 진정시키느라고 잠깐 고개를 숙이고 눈을 감고 기둥을 짚고 섰자니까 일초 여유도 없이 홱 미닫이가 다시 열리더니 매무새를 풀어 헤친 아내가 불쑥 내밀면서 내 멱살을 잡는 것이다. 나는 그만 어지러워서 그냥 나둥그러졌다. 그랬더니 아내는 넘어진 내 위에 덮치면서 내 살을 함부로 물어 뜯는 것이다.

아파 죽겠다. 나는 사실 반항할 의사도 힘도 없어 그냥 넙죽 엎드려 있으면서 어떻게 되나 보고 있자니까 뒤이어 남자가 나오는 것 같더니 아내를 한아름에 덥썩 안아 가지고 방으로 들어가는 것이다. 아내는 아무말 없이 다소곳이 그렇게 안겨들어가는 것이 내눈에 여간 미운 것이 아니다. 밉다.

아내는 너 밤 새워가면서 도둑질하러 다니느냐, 계집질하러 다니느냐고 발악이다. 이것은 참 억울하다. 나는 어안이 벙벙하여 도무지 입이 떨어지지를 않았다.

너는 그야말로 나를 살해하려던 것이 아니냐고 소리를 한번 꽥 질러 보고도 싶었으나 그런 긴가 민가 한 소리를 섣불리 입 밖에 내었다가, 무슨 화를 볼는지 알 수 없다.

차라리 억울하지만 잠자코 있는 게 우선 상책인 듯시피 생각이 들길래 나는 이것은 또 무슨 생각으로 그랬는지 모르지만 툭툭 털고 일어나서 내 바지 포켓 속에 남은 돈 몇 원 몇십 전을 가만히 꺼내서는 몰래 미닫이를 열고 살며시 문지방 밑에다 놓고 나서는 나는 그냥 줄달음질을 쳐서 나와 버렸다.

여러 번 자동차에 치일 뻔하면서 나는 그래도 경성역을 찾아갔다. 빈 자리와 마주 앉아서 이 쓰디쓴 입맛을 거두기 위하여 무엇으로나 입가심을 하고 싶었다.

코오피! 좋다. 그러나 경성역 호올에 한걸음을 들여놓았을 때 나는 내 주머니에는 돈이 한 푼도 없는 것을 그것을 깜박 잊었던 것을 깨달았다. 또 아뜩하였다. 나는 어디선가 그저 맥없이 머뭇머뭇하면서 어쩔 줄을 모를 뿐이었다. 얼빠진 사람처럼 그저 이리 갔다 저리 갔다 하면서…

나는 어디로 들입다 쏘다녔는지 하나도 모른다. 다만 몇 시간 후에 내가 미쓰꼬시 옥상에 있는 것을 깨달았을 때는 거의 대낮이었다.

나는 거기 아무데나 주저앉아서 내 자라 온 스물 여섯 해를 회고하여 보았다. 몽롱한 기억 속에서는 이렇다는 아무 제목도 불거져 나오지 않았다.

나는 또 내 자신에게 물어보았다. 너는 인생에 무슨 욕심이 있느냐고. 그러나 있다고도 없다고도, 그런 대답은 하기가 싫었다. 나는 거의 나 자신의 존재를 인식하기조차도 어려웠다.

허리를 굽혀서 나는 그저 금붕어나 들여다 보고 싶었다. 금붕어는 참 잘들도 생겼다. 작은 놈은 작은 놈대로 큰 놈은 큰 놈대로 다—싱싱하니 보기 좋았다. 내려 비치는 5월 햇살에 금붕어들은 그릇 바탕에 그림자를 내려뜨렸다. 지느러미는 하늘하늘 손수건을 흔드는 흉내를 낸다. 나는 이 지느러미 수효를 세어보기도 하면서 굽힌 허리를 좀처럼 펴지 않았다. 등어리가 따뜻하다.

나는 또 오탁의 거리를 내려다 보았다. 거기서는 피곤한 생활이 똑 금붕어 지느러미처럼 흐늑흐늑 허우적거렸다. 눈에 보이지 않는 끈적끈적한 줄에 엉켜서 헤어나지들을 못한다. 나는 피로와 공복 때문에 무너져 들어가는 몸뚱이를 끌고 그 회탁의 거리 속으로 섞여 들어가지 않을 수도 없다 생각하였다.

나서서 나는 또 문득 생각하여 보았다. 이 발길이 지금 어디로 향하여 가는 것인가를…

그때 내 눈앞에는 아내의 모가지가 벼락처럼 내려 떨어졌다. 아스피린과 아달린.

우리들은 서로 오해하고 있느니라. 설마 아내가 아스피린 대신에 아달린의 정량을 나에게 먹여 왔을까? 나는 그것을 믿을 수 없다. 아내가 대체 그럴 까닭이 없을 것이니, 그러면 나는 날밤을 새면서 도둑질을, 계집질을 하였나? 정말이지 아니다.

우리 부부는 숙명적으로 발이 맞지 않는 절름발이인 것이다. 내가 아내나 제 거동에 로직을 붙일 필요는 없다. 변해할 필요도 없다. 사실은 사실대로 오해는 오해대로 그저 끝없이 발을 절뚝거리면서 세상을 걸어가면 되는 것이다. 그렇지 않을까?

그러나 나는 이 발길이 아내에게로 돌아가야 옳은가 이것만은 분간하기가 좀 어려웠다. 가야하나? 그럼 어디로 가나?

이때 뚜―하고 정오 사이렌이 울었다. 사람들은 모두 네 활개를 펴고 닭처럼 푸드덕거리는 것 같고 온갖 유리와 강철과 대리석과 지폐와 잉크가 부글부글 끓고 수선을 떨고 하는 것 같은 찰나, 그야말로 현란을 극한 정오다.

나는 불현듯이 겨드랑이가 가렵다. 아하, 그것은 내 인공의 날개가 돋았던 자국이다. 오늘은 없는 이 날개, 머릿속에서는 희망과 야심의 말소된 페이지가 딕셔너리 넘어가듯 번뜩였다.

나는 걷던 걸음을 멈추고 그리고 어디 한번 이렇게 외쳐보고 싶었다.

날개야 다시 돋아라.

날자. 날자. 날자. 한번만 더 날자꾸나.

한번만 더 날아 보자꾸나.

종생기

극유산호편(郤遺珊瑚鞭) 요 다섯자 동안에 나는 두자 이상의 오자를 범했는가 싶다. 이것은 나 스스로 하늘을 우러러 부끄러워 할 일이겠으나 인지가 발달해가는 면목이 실로 약여(躍如)하다.

죽는 한이 있더라도 이 호편 채찍일랑 꽉 쥐고 죽으리라. 네 폐포파립(廢袍破笠) 위에 퇴색(褪色)한 망해(亡骸) 위에 봉황이 와 앉으리라.

나는 내 「終生記(종생기)」가 천하 눈 있는 선비들의 간담을 서늘하게 해 놓기를 애틋이 바라는 일념 아래인 만큼 인색한 내 맵시의 절약법을 피력하여 보인다.

일발포성에 부득이 영웅이 되고 만 희대의 군인 모는 아흔에 귀를 단 황송한 일생을 끝막던 날 이렇다는 유언 한 마디를 지껄이지않고 그 임종의 장면을 곧잘 (무사히 후ㅡ한숨이 나올 만큼) 넘겼다.

그런데 우리들의 〈레우오치카(애칭) 톨스토이〉는 괴나리 봇짐을 짊어지고 나선데까지는 기껏 그럴상 싶게 꾸며 가지고 마지막 5분에 가서 그만 잡쳤다. 자지레한 유언 나부랑이로 말미암아 70년 공든 탑을 무너뜨렸고 허울 좋은 일생에 가실 수 없는 흠집을 하나내어 놓고 말았다.

나는 일개 교활한 옵서버의 자격으로 그런 우매한 성인들의 생애를 방청하여 왔으니 내가 그런 따위 실수를 알고도 재범할 리가 없는 것이다.

거울을 향하여 면도질을 한다. 잘못해서 나는 상채기를 내인다. 나는 골을 벌컥 내인다.

그러나 와글와글 들끓는 여러 「나」와 나는 정면으로 충돌하기 때문에 그들은 제각기 베스트를 다하여 제 자신만을 변호하는 때문에 나는 좀처럼 범인을 찾아내기는 어렵다는 것이다.

그러기에 대저 어리석은 민중들은 「원숭이가 사람 흉내를 내이네」하고 마음을 놓고 지내는 모양이지만 사실 사람이 원숭이 흉내를 내이고 지내는 바짜 지당한 전고(典故)를 이해하지 못하는 탓이리라.

오호(嗚呼)라 일거수 일투족이 이미 아담 이브의 그런 충동적 습관에서는 탈각한 지 오래다. 반사운동과 반사운동 틈바구니에 끼어서 잠시 실로 전광석화(電光石火) 만큼 손가락이 자의식의 포로가 되었을 때 나는 모처럼 내 허무한 세월 가운데 한각(閑却)되어 있는 기암(奇巖) 내 콧잔등이를 좀 만지작만지작 했다거나, 고귀한 대화와 대화 늘어선 쇠사슬 사이에도 정히 간발(間髮)을 허용하는 들창이 있나니 그 서슬 퍼런 날[刃]이 자의식을 걷잡을 사이도 없이 양단하는 순간 나는 내 명경같이 맑아야 할 지보(至寶) 두 눈에 혹시 눈꼽이 끼지나 않았나 하는 듯이 적공(適功)하게 주름살 잡힌 손수건을 꺼내어서는 그 두 눈을 만지작

만지작 했다거나

—

내 혼백과 4대의 점잖은 태만성이 그런 사소한 연화(煙火)들을 일일이 따라다니면서 (보고 와서) 내 통괄되는 처소에다 일러 바쳐야만 하는 그런 압도적 망쇄(忙殺)를 나는 이루 감당해 내는 수가 없다.

그러나 나는 내 지중한 산호편(珊瑚鞭)을 자랑하고 싶다.

「쓰레기」「우거지」

이 구지레한 단자(單字)의 분위기를 足下는 족히 이해하십니까.

足下는 足下가 기독교 식으로 결혼하던 날, 내 〈이브·앤드·아일〉에서 이 「쓰레기」「우거지」에 근이(近邇)한 감흥을 맛보았으리라고 생각이 되는데 과연 그렇지는 않으십니까.

나는 그런 「쓰레기」나 「우거지」 같은 〈테입〉을—내 종생기 처처에다 가련히 심어 놓은 자지레한 치레를 위하여—뿌려 보려는 것인데—

다행히 박수하다. 以上.

「사치한 소녀는」, 「해동기의 시냇가에 서서」, 「입술이 낙화지듯 좀 파래지면서」, 「박빙(薄氷) 밑으로는 무엇이 저리도 움직이는가고」, 「고개를 갸웃거리는 듯이 숙이고 있는데」, 「봄 운기를 품은 훈풍이 불어와서」, 「스커트」, 아니 아니, 「너무나」, 아니 아니, 「좀」「슬퍼보이는 홍발을 건드리면」 그만. 더 아니다. 나는 한 마디 가련한 어휘를 첨가할 성의를 보이자.

「나붓 나붓.」

이만하면 완비된 장치에 틀림없으리라. 나는 내 종생기의 서장을 꾸밀 그 소문 높은 산호편을 더 여실히 하기 위하여 위와 같은 실로 나로서는 너무나 과감히 사치스럽고 어마어마한 세간 살이를 장만한 것이다.

그런데—

혹 지나치지나 않았나. 천하에 형안이 없지 않으니까 너무 금칠을 아니 했다가는 서툴리 들킬 염려가 있다. 허나—

그냥 어디 이대로 써[用] 보기로 하자.

나는 지금 가을 바람이 자못 소슬한 내 구중중한 방에 홀로 누워 종생하고 있다.

어머니 아버지의 충고에 의하면 나는 추호의 틀림도 없는 만 25세와 11개월의 「홍안 미소년」이라는 것이다. 그렇건만 나는 확실히 노옹(老翁)이다. 그 날 하루하루가 「인생은 짧고 예술은 길다랗다」 하는 엄청난 평생이다.

나는 날마다 운명하였다. 나는 자던 잠—이 잠이야말로 언제 시작한 잠이더냐—을 깨면 내 통절한 생애가 개시되는데 청춘이 여지없이 탕진되는 것은 이불을 푹 뒤집어 쓰고 누웠지만 역력히 목도한다.

나는 노래(老來)에 빈곤한 식사를 한다. 12시간 이내에 종생을 맞이하고 그리고 할 수 없이 이리 궁리 저리 궁리 유언다운 게 어디 유실되어 있지 않나 하고 찾고 찾아서는 그 중 의젓스러운 놈으로 몇 추린다.

그러나 고독한 만년 가운데 한 구의 〈에피그람〉을 얻지 못하고 그대로 처참히 나는 물고(物故)하고 만다.

일생의 하루—

하루의 일생은 대체 (위선) 이렇게 해서 끝나고 끝나고 하는 것이었다.

자—보아라. 이런 내 분장은 좀 과하게 치사스럽다는 느낌은 없을까. 없지 않다.

그러나 위풍당당 일세를 풍미할 만한 참신무북한 〈햄릿(망언다사(妄言多謝)〉을 하나 출세 시키기 위하여는 이만한 출자는 아끼지 말아야 하지 않을까 하는 느낌도 없지 않다.

나는 가을. 소녀는 해동기.

어느 제나 이 두 사람이 만나서 즐거운 소꿉장난을 한 번 해보리까.

나는 그 해 봄에도—

부질없는 세상이 스스러워서 상설(霜雪) 같은 위엄을 갖춘 몸으로 한심한 불우의 일월을 맞고 보내지 않으면 안되었다.

미문(美文), 미문(美文), 애아(曖牙)! 미문(美文).

미문이라는 것은 저으기 조처하기 위험한 수작이니라.

나는 내 감상의 꿀방구리 속에 청산 가던 나비처럼 마취혼사(痲醉昏死) 하기 자칫 쉬운 것이다. 조심조심 나는 내 맵시를 고쳐야 할 것을 안다.

나는 그 날 아침에 무슨 생각에서 그랬던지 이를 닦으면서 내 작성 중에 있는 유서 때문에 끙끙 앓았다.

열세 벌의 유서가 거의 완성해 가는 것이었다. 그러나 그 어느 것을 집어내 보아도 다같이 서른여섯 살에 자살한 어느 「천재」가 머리맡에 놓고 간 개세(蓋世)의 일품의 아류에서 일보를 나서지 못했다. 내게 요만 재주 밖에는 없느냐는 것이 다시 없이 분하고 억울한 사정이었고 또 초조(焦燥)한 근원이었다. 미간을 찌푸리되 가장 고민한 얼굴을 지속해야 할 것을 잊어 버리지 않고 그리고 계속하여 끙끙 앓고 있노라니까(나는 일시 일각을 허송하지는 않는다. 나는 없는 지혜를 끊이지 않고 쥐어 짠다) 속달편지가 왔다. 소녀에게서다.

선생님! 어제 저녁 꿈에도 저는 선생님을 만나 뵈었습니다. 꿈

가운데 선생님은 참 다정하십니다. 저를 어린애처럼 귀여워해 주십니다.

그러나 백일 아래 표표하신 선생님은 저를 부르시지 않습니다.

비굴이라는 것이 무슨 빛으로 되어 있나 보시려거든 선생님은 거울을 한 번 보아 보십시오. 거기 비치는 선생님의 얼굴 빛이 바로 비굴이라는 것의 빛입니다.

헤어진 부인과 3년을 동거하시는 동안에 너 가거라 소리를 한 마디도 하신 일이 없다는 것이 선생님의 유일의 자만이십디다그려! 그렇게까지 선생님은 인정에 구구하신가요.

R과도 깨끗이 헤어졌습니다. S와도 절연한 지 벌써 다섯 달이나 된다는 것은 선생님께서도 믿어 주시는 바지요? 다섯 달 동안 저에게는 아무것도 없습니다. 저의 청절을 인정해 주시기 바랍니다. 저의 최후까지 더럽히지 않은 것을 선생님께 드리겠습니다. 저의 희멀건 살의 매력이 이렇게 다섯 달 동안이나 놀고 있는 것은 참 무엇이라고 말할 수 없이 아깝습니다. 저의 잔털, 나스르한 목, 연한 온도가 선생님을 기다리고 있습니다. 선생님이여! 저를 부르십시오. 저더러 영영 오라는 말을 안 하시는 것은 그것 역시 가신적 경우와 똑같은 이론에서 나온 구구한 인생변호의 치사스러운 수법이신가요? 영원히 선생님 「한 분」만을 사랑하지요. 어서 어서 저를 전적으로 선생님만의 것을 만들어 주십시오. 선생님의 「전용」이 되게 하십시오.

제가 아주 어수룩한 줄 오산하고 계신 모양인데 오산치고는 좀 어림없는 큰 오산이리다.

네딴은 제법 든든한 줄만 믿고 있는 네 그 안전지대라는 것을 너는 아마 하나 가진 모양인데 그까짓 것쯤 내 말 한 마디에 사태가 나고 말리라 이렇게 일러 드리고 싶습니다. 또—

예끼! 구역질 나는 인생 같으니, 이러고도 싶습니다.

3월 3일날 오후 두 시에 동소문 버스정류장 앞으로 꼭 와야 되지 그렇지 않으면 큰일나요. 내 징벌을 안 받지 못하리다.

만 19세 2개월을 맞이하는
貞姬 올림

李 箱 선생님께

물론 이것은 죄다 거짓부렁이다. 그러나 그 일촉 즉발의 아슬아슬한 용심법(用心法)이 특히 그 중에도 결미의 비견할 때 없는 청초함이 壯히 질풍 신뢰(疾風迅雷)를 품은 듯한 명문이다.

나는 까무러칠 뻔하면서 혀를 내어둘렀다. 나는 깜빡 속기로 한다. 속고 만다.

여기 이 李箱 선생님이라는 허수아비 같은 나는 지난밤 사이에 내 평생을 경력(經歷)했다. 나는 드디어 쭈글쭈글하게 노쇠해 버렸던 차에 아침(이 온 것)을 보고 이키—남들이 보는 데서는 나는 가급적 어쭙지 않게 (잠을) 자야 되는 것이거늘, 하고 늘 이를 닦고 그리고는 도로 얼른 자 버릇하는 것이었다. 오늘도 또 그럴 셈이었다.

사람들은 나를 보고 짐짓 기이하기도 해서 그러는지 경천동지(驚天動地)의 육중한 경론을 품은 사람인가보다고들 속는다. 그러니까 고렇게 하는 것이 내 시시한 자세나마 유지시킬 수 있는 유일무이의 비결이었다. 즉 나는 남들 좀 보라고 낮에 잔다.

그러나 그 편지를 받고 흔희 작약(欣喜雀躍), 나는 개세(蓋世)의 경론과 유서의 고민을 깨끗이 씻어 버리기 위하여 바로 이발소로 갔다. 나는 여간 아니 호걸답게 입술에다 치분을 허옇게 묻혀가지고는 그 현란한 거울 앞에 가 앉아 이제 호화장려(豪華壯麗)하게 개막하려 드는 내 종생을 유유히 즐기기로 거기 해당하게 내 맵시를 수습하는 것이었다.

우선 그 작소(鵲巢)라는 뇌명(雷名)까지 있는 봉발(蓬髮)을 썰어서 상고머리라는 것을 만들었다. 오각수(五角鬚)는 깨끗이 도태해 버렸다. 귀를 우비고 코털을 다듬었다. 안마도 했다. 그리고 비누 세수를 한 다음 문득 거울을 들여다보니 품 있는 데라고는 한귀퉁이도 없어 보이는 듯하면서 또한 태생을 어찌 여기리요, 좋도록 말해서 〈라파엘〉 전파일원같이 그렇게 청초한 백면서생이라고도 보아 줄 수 있지 하고 실없이 제 얼굴을 미남자거니 고집하고 싶어하는 구지레한 욕심을 내심 탄식하였다.

아차! 나에게도 모자가 있다. 겨우내 꾸겨박질러 두었던 것을 부득부득 끄집어 내어다 15분간 세탁소로 가지고 가서 멀쩡하게 만들었다. 그리고 흰 바지 저고리에 고동색 대님을 다 치고 차림차림이 제법 이색이었다. 공단은 못되나마 릉직(綾織)두루마기에 이만하면 고왕금래(古往今來) 모모(某某)한 천재의 풍모에 비겨도 조금도 손색이 없으리라. 나는 내 그런 여간 이만저만하지 않은 풍모를 더욱더욱 이만저만하지 않게 〈모디파이어〉 하기 위하여 가늘지도 굵지도 않은 고다지 알맞은 단장을 하나 내 손에 쥐어 주어야 할 것도 때마침 잊어 버리지는 않았다.

별수없이—

오늘이 즉 3월 3일인 것이다.

나는 점잖게 한 30분쯤 지각해서 동소문 지정 받은 자리에 도착하였다. 정희는 또 정희대로 아주 정희다웁게 한 30분쯤 일찍 와서 있다. 정희의 입상은 帝政露西亞(제정러시아)적 우편딱지처럼 적잖이 슬프다. 이것은 아직도 얼음을 품은 바람이 해토(解土) 머리답게 싸늘해서 말하자면 정희의 모양을 얼마간 심통하게 해보인 탓이렸다.

나는 이런 경우에 천만 뜻밖에도 눈물이 핑 눈에 그뜩 돌아야 하는 것이 꼭 맞는 원칙으로서의 의표(意表)가 아닐까 그렇게 생각하면서 저벅저벅 정희 앞으로 다가갔다.

우리들은 이 땅을 처음 찾아온 제비 한쌍처럼 잘 앙증스럽게 만보(漫步)하기 시작했다. 걸어가면서도 나는 내 두루마기에 잡히는 주름살 하나에도 단장을 한 번 휘젓는 곡절에도 세세히 조심한다. 나는 말하자면 내 우연한 종생(終生)을 감쪽스럽도록 찬란하게 허식(虛飾)하기 위하여 내 박빙(薄氷) 밟는 듯한 포즈를 아차 실수로 무너뜨리거나 해서는 절대로 안된다는 것을 굳게 굳게 명하고있는 까닭이다.

그러면 맨 처음 발언으로는 나는 어떤 기절참절(奇絶慘絶)한 경구(警句)를 내어 놓아야 할 것인가, 이것 때문에 또 잠깐 머뭇머뭇하지 않을 수도 없었지만 그렇다고 바로 대고 거 어쩌면 그렇게 똑 帝政露西亞(제정러시아)적 우표딱지 같이 초초(楚楚)하니 어쩌니하는 수는 차마 없다.

나는 선뜻,

"설마가 사람을 죽이느니."

하는 소리를 저 뱃속에서부터 우러나오는 듯한 그런 가라앉은 목소리에 꽤 명료한 발음을 얹어서 정희 귀 가까이다 대고 지껄여 버렸다. 이만하면 아마 그 경우의 최초의 발성으로는 무던히 성공한 편이리라. 뜻인 즉, 네가 오라고 그랬다고 그렇게 내가 불쑥 올 줄은 너 꿈에도 생각하지 못했으리라는 꼼꼼한 의도다.

나는 아침 반찬으로 콩나물을 3전 어치는 안 팔겠다는 것을 교묘히 무사히 3전 어치만 살 수 있는 것과 같은 미끈한 쾌감을 맛본다. 내딴은 다행이 노랑돈 한 푼도 참 용하게 낭비하지는 않은 듯 싶었다.

그러나 그런 내 청천에 벽력이 떨어진 것 같은 인사(人事)에 대하여 정희는 실로 대답이 없다. 이것은 참 큰일이다.

아이들이 고추 먹고 맴맴 담배 먹고 맴맴 하고 노는 그런 암팡진 수단으로 그냥 단번에 나를 어지러뜨려서는 넘어뜨려 버릴 작정인 모양이다.

정말 그렇다면!

이 상쾌(爽快)한 정희의 확고 부동자세야말로 엔간치 않은 출품이 아닐 수 없다. 내가 내어 놓은 바 살인 촌철(殺人寸鐵)은 그만 즉석에서 분쇄되어 가엾은 부작(不作)으로 내려떨어지고마는 것이다 하고 나는 느꼈다.

나는 나로서 할 수 있는 가장 큰 규모의 손짓 발짓을 한 번 해보이고 이윽고 낙담하였다는 것을 표시하였다. 일이 여기 이른 바에는 내 포즈 여부가 문제 아니다. 표정도 인제 더 써 먹을 것이 남아 있을 상싶지도 않고 해서 나는 겸연쩍게 안색을 좀 고쳐가지고 그리고 정희! 그럼 나는 가겠소, 하고 깎듯이 인사하고 그리고?

나는 발길을 돌쳐서 집을 향해 걷기 시작했다. 내 파란만장의 생애가 자지레한 말 한 마디로 하여 그만 회진(灰塵)으로 돌아가고만 것이다. 나는 세상에도 참혹한 풍채 아래서 내 종생을 치른 것이다고 생각하면서 그렇다면 그럼 그럴 상싶기도 하게 단장도 한두번 휘두르고 입도 좀 일기죽일기죽 해보기도 하고 하면서 행차하는체해 보인다.

오초—십초—이십초—삼십초—일분—

결코 뒤를 돌아다보거나 해서는 못 쓴다. 어디까지든지 사심없이 패배(敗北)한 체하고 걷는 체한다. 실심한 체한다.

나는 사실은 좀 어지럽다. 내 쇠약한 심장으로는 이런 자약(自若)한 체조를 그렇게 장시간 계속하기가 썩 어려운 것이다.

묘지명이라. 일세의 귀재 李箱은 그 통생(通生)의 대작「종생기」한 편을 남기고 서역기원후(西曆紀元後) 1937년 정축(丁丑)

3월 3일 미시(未時) 여기 백일(白日) 아래서 그 파란만장(?)의 생애를 끝막고 문득 졸(卒)하다. 정년 만 25세와 11개월. 오호(嗚呼)라! 상심커라. 허탈이야 잔존하는 또 하나의 李箱, 구천을 우러러 호곡하고 이 한산(寒山) 일편석(一片石)을 세우노라. 애인 정희는 그대의 몰후(歿後) 수 삼인의 비첩된 바 있고 오히려 장수하니 지하의 李箱아! 바라건대 명목(瞑目)하라.

그리 칠칠치는 못하나마 이만큼 해 가지고 이꼴 저꼴 구지레한 흠집을 살짝 도회(韜晦)하기로 하자. 고만 실수는 여상(如上)의 묘기(妙技)로 겸사겸사 메꾸고 다시 나는 내 반생의 진용(陳容) 후일에 관해 차근차근 고려하기로 한다. 以上.

역대의 〈에피그람〉과 경국(傾國)의 철칙(鐵則)이 다 내게 있어서는 내 위선을 암장(暗葬)하는 한 스무드한 구실에 지나지 않는다. 실로 나는 내 낙명(落命)의 자리에서도 임종의 합리화를 위하여 〈코로오〉처럼 도색(桃色)의 파레트를 볼 수도 없거니와 〈톨스토이〉처럼 탄식해 주고 싶은 쥐꼬리 만한 금언의 추억도 가지지 않고 그냥 난데없이 다리를 삐어 넘어지듯이 스르르 죽어 가리라.

거룩하다는 칭호를 휴대하고 나를 찾아오는 「연애」라는 것을 응수하는데 있어서도 어디서 어떤 노소간의 의뭉스러운 선인들이 발라 먹고 내어 버린 그런 귀훈을 나는 헐값에 거두어 들여다가는 제련(製鍊) 재탕(再湯) 다시 써 먹는다.

는 줄로만 알았다가도 또 내게 혼나는 경우가 있으리라.

나는 찬밥 한 술 냉수 한 모금을 먹고도 넉넉히 일세를 위압할 만한 「고언(苦言)」을 적출(摘出)할 수 있는 그런 지혜의 실력을 가졌다.

그러나 자의식의 절정 위에 발돋움을 하고 올라선 단말마의 비결을 보통 야시 국수버섯을 팔러 오신 시골 아주먼네에게 서너

푼에 그냥 넘겨 주고 그만두는 그렇게까지 자신의 에티켓을 미화시키는 겸허의 방식도 또한 나는 무루(無漏)히 터득하고 있는 것이다. 쟁목(瞠目)할지어다. 以上.

난마와 같이 갈피를 잡을 수 없는 얼마간 비극적인 자기탐구.

이런 흙발 같은 남루한 주제는 문벌이 버젓한 나로서 채택할 신세가 아니거니와 나는 봉서(奉西)의 에티켓으로 차 한 잔을 마실적의 포즈에 대하여도 세심하고 세심한 용의가 필요하다.

휘파람 한 번을 분다 치더라도 극비리에 정선(精選) 은닉된 절차를 온고(溫古)하여야만 한다. 그런 다음이 아니고는 나는 희망 잃은 황혼에서도 휘파람 한 마디를 마음대로 불 수는 없는 것이다.

동물에 대한 고결한 지식?

사슴, 물오리, 이 밖의 어떤 종류의 동물도 내 〈애니멀 킹덤〉에서는 낙탈(落脫)되어 있어야 한다. 나는 이 수렵용으로 귀여히 가여히 되어먹어 있는 동물에 언제든지 무가내하(無可柰何)로 무지하다.

또—

그럼 풍경에 대한 오만한 처신법?

어떤 풍경을 묻지 않고 풍경의 근원, 중심, 집점이 말하자면 나 하나 「도련님」다운 소행에 있어야 할 것을 방약 무인(傍若無人)으로 강조한다. 나는 이 맹목적 신조를 두 눈을 그대로 딱 부르감고 믿어야 된다.

자진한 「우매(愚昧)」「몰각(沒覺)」이 참 어렵다.

보아라. 이 자득(自得)하는 우매의 절기(絶技)를! 몰각의 절기를.

백구(白鷗)는 의백사(宜白沙)하니 모부춘초벽(慕赴春草碧)하라.

이태백(李太白). 이 전후만고(前後萬古)의 으리으리한 「화족(華族)」. 나는 이태백을 닮기도 해야 한다. 그러기 위하여 오언절구 한 줄에서도 한 자(字) 가량의 태연자약한 실수를 범해야만 한다. 현란한 문벌이 풍기는 가히 범할 수 없는 기품과 세도가 넉넉히 고시 한 절쯤 서슴지 않고 생채기를 내어 놓아도 다들 어수룩한 체를 하고 속느니 하는 교만한 미신(迷信)이다.

곱게 빨아서 곱게 다리미질을 해 놓은 한 벌 시미즈의 꼬빡 속는 청절처럼 그렇게 아담하게 나는 어떠한 차질에서도 거뜬하게 얄미운 미소와 함께 일어나야만 하는 것이니까—

오늘날 내 한 씨족이 분명치 못한 소녀에게 섣불리 딴죽을 걸려 넘어진다기로서니 이대로 내 숙망의 호화장려(豪華壯麗)한 종생을 한 방울 하잘 것 없는 오점을 내이는 채 투시해서야 어찌 초지의 만일에 응답할 수 있는 면목이 족히 서겠는가, 하는 허울 좋은 구실이 영일(永日) 밤보다도 오히려 한 뼘 짧은 내 전정(前程)에 대두하기 시작하는 것이었다.

완만(緩漫) 착실한 서술!

나는 과히 눈에 띄울 상싶지 않은 한 지점을 재빠르게 붙들어서 거기서 공중 담배를 한 갑 사 (주머니에 넣고) 피어 물고 정희의 뻰—한 걸음을 다시 뒤따랐다.

나는 그저 일상의 다반사를 간과하듯이 범연하게 휘파람을 불고, 내 구두 뒤축이 아스팔트를 디디는 템포, 음향, 이런 것들의 귀찮은 조절에도 깔끔히 정신 차리면서 넉넉 잡고 3분, 다시 돌친 걸음은 정희와 어깨를 나란히 걸을 수 있었다. 부질없는 세상에 제 심각하면 침통하면 또 어쩌겠느냐는 듯싶은 서운한 눈의 위치를 동소문 밖 신개지풍경(新開地風景) 어디라고 정치 않은 한 점에 두어 두었으니 보라는 듯한 부득부득 지근거리는 자세면서도 또 그렇지도 않을 상싶은 내 묘기 중에도 묘기를 더 한층 허겁지겁 연마하기에 골똘하는 것이었다.

일모(日暮) 청산—

날은 저물었다. 아차! 아직 저물지 않은 것으로 하는 것이 좋을까 보다.

날은 아직 저물지 않았다.

그러면 아까 장만해 둔 세간 기구를 내세워 어디 차근차근 살림살이를 한 번 치러 볼 천우의 호기가 내 앞으로 다다랐나보다.

자—

태생은 어길 수 없이 비천한「티」를 감추지 못하는 딸—

(전기(前記) 사치한 소녀 운운은 어디까지든지 이 바보 李箱의 호의에서 나온 곡해다. 모파상의「지방 덩어리」를 생각하자. 가족은 미만(未滿) 14세의 딸에게 매음시켰다. 두번째는 미만 19세의 딸이 자진했다. 아— 세번째는 그 나이 스물두 살이 되던 해 봄에 얹은 낭자를 내리우고 게다가 홍댕기를 드려 늘어뜨려 편발처자(妻子)를 위조하여서는 대거(大擧)하여 강행으로 매끽(賣契)하여 버렸다.)

비천한 뉘집 딸이 해빙기의 시냇가에 서서 입술이 낙화지듯 좀 파래지면서 박빙(薄氷) 밑으로는 무엇이 저리도 움직이는가고 고개를 갸웃거리는 듯이 숙이고 있는데 봄 방향(芳香)을 품은 훈풍이 불어와서 스커트, 아니 너무나 슬퍼 보이는, 아니, 좀 슬퍼 보이는 홍발을 건드리면—

좀 슬퍼 보이는 홍발을 나붓나붓 건드리면—

여상(如上)이다. 이 개기름 도는 가소로운 무대를 앞에 두고 나는 나대로 나다웁게 가문이라는 자지레한「토[套]」는 어떤 일이 있더라도 잊어 버리지 않고 채석장 희멀건 단층을 건너다 보면서 탄식 비슷이,

「지구를 저며내는 사람들은 역시 자연파괴자라」는 둥,

「개아미집이야말로 과연 정연하구나」라는 등,

「비가 오면, 아—천하에 비가 오면」

「작년에 났던 초목이 올해에도 또 돋으려누, 귀불귀(歸不歸)란 무엇인가」라는 등—

치레 잘 하면 제법 의젓스러워도 보일 만한 가장 한산한 과제로만 골라서 점잖게 방심해 보여 놓는다.

정말일까? 거짓말일까. 정희가 불쑥 말을 한다. 한 소리가,

"봄이 이렇게 왔군요."

하고 윗니는 좀 사이가 벌어져서 보기 흉한 듯하니까 살짝 가리고 곱다고 자처하는 아랫니를 보이지 않으려고 했지만 부지불식간에 그렇게 내어다보인 것을 또 어쩝니까 하는 듯시피 가증하게 내어 보이면서 또 여간해서 어림이 서지 않는 중간 얼굴을 그 위에 얹어 내세우는 것이었다.

좋아, 좋아, 좋아, 그만하면 잘 되었어. 나는 고개 대신에 단장을 끄덕끄덕해 보이면서 창졸간에 그만 정희 어깨 위에다 손을 얹고 말았다.

그랬더니 정희는 저으기 해괴해 하노라는 듯이 잠시는 묵묵하더니—

정희도 문벌이라든가 혹은 간단히 말해 에티켓이라든가 제법 배워서 짐작하노라고 속삭이는 것이 아닌가.

꿀꺽!

넘어가는 내 지지한 종생. 이렇게도 실수가 허해서야 물질적 전생애를 탕진해 가면서 사수하여 온 산호편(珊瑚鞭)의 본의가 대체 어디 있느냐? 내내 울화가 북받쳐 혼도(昏倒)할 것 같다.

홍천사 으슥한 구석방에 내 종생의 갈력(竭力)이 정희를 이끌어 들이기도 전에 나는 밤 쓸쓸히 거짓말깨나 해 놓았나 보다.

나는 내가 그윽히 음모한 바 천고불양의 탕아, 李箱이 자지레

한 문학의 빈민굴을 교란시키고자 하던 가지가지 진기한 연장이 어느 겨를에 뼈무르기 시작한 것을 여기서 깨달아야 되나보다. 사회는 어떠쿵, 도덕이 어떠쿵, 내면적 성찰 추구 적발 징벌은 어떠쿵, 자의식 과잉이 어떠쿵, 제깜냥에 번지레한 칠을 해 내어 걸은 치사스러운 간판들이 미상불 우스꽝스럽기가 그지없다.

「독화(毒花)」

足下는 이 꾀두각시 같은 어휘 한 마디를 잠시 맡아 가지고 계셔보구려?

예술이라는 허망한 아궁이 근처에서 송장 근처에서 보다도 한결 더 썰썰 기고 있는 그들 해반주룩한 사도(死都)의 혈족들 땟국내나는 틈에가 끼기워서, 나는—

내 계집의 치마 단속곳을 갈갈이 찢어 놓았고, 버선 켤레를 걸레를 만들어 놓았고, 검던 머리에 곱던 양자, 영악한 곰의 발자국이 질컥 디디고 지나간 것처럼 얼굴을 망그러 뜨려 놓았고, 지기친척(知己親戚)의 돈을 뭉청 떼어 먹었고, 좌수터 유래 깊은 상호를 쑥밭을 만들어 놓았고, 겁쟁이 취리자(取利者)는 고랑떼를 먹여 놓았고, 대금업자의 수금인을 졸도시켰고, 사장과 취체역(取締役)과 사돈과 아범과 애비와 처남과 처제와 또 애비와 애비의 딸과 딸, 이 허다중생으로 하여금 서로 서로 이간을 붙이고 붙이게 하고 얼버무려져 싸움질을 하게 해 놓았고 사글셋방 새 다다미에 잉크와 요강과 팥죽을 엎질렀고, 누구 누구를 임포텐스를 만들어 놓았고—

「독화(毒花)」라는 말의 콕 찌르는 맛을 그만하면 어렴풋이나마 어떻게 짐작이 서는가 싶소이까.

잘못 빚은 증편 같은 시 몇 줄 소설 서너 편을 꿰어 차고 조촐하게 등장하는 것을 아 무엇인 줄 알고 깜빡 속고 섣불리 손뼉을 한두 번 쳤다는 죄로 제 계집 간음 당한 것보다도 더 큰 망신을 일신에 짊어지고 그리고는 앙탈 비슷한 시치미를 떼지 않으면 안 되는 어디까지든지 치사스러운 예의절차—마귀(터주가)의 소행(덧났다)이라고 돌려 버리자?

「독화(毒花)」

물론 나는 내일 새벽에 내 길들은 노상에서 무려(無慮) 내게 필적(匹敵)하는 한 숨은 탕아를 해후할는지도 마치 모르나, 나는 신바람이 난 무당처럼 어깨를 치켰다 젖혔다 하면서라도 풍마 우세(風磨雨洗)의 고행을 얼른 그렇게 쉽사리 그만두지는 않는다.

아— 어쩐지 전신이 몹시 가렵다. 나는 무연(無緣)한 중생의 뭇 원한 탓으로 악역의 범함을 입나보다. 나는 은근히 속으로 앓으면서 〈토일렛〉 정한 대야에다 양손을 정하게 씻은 다음 내 자리로 돌아와 앉아 차근차근 나 자신을 반성 회오—쉬운 말로 자지레한 셈을 좀 놓아 보아야겠다.

에티켓? 문벌? 양식? 번신술(翻身術)?

그렇다고 내가 찔끔 정희 어깨 위에 얹었던 손을 뚝 떼인다든지 했다가는 큰 망발이다. 일을 잡치리라. 어디까지든지 내 뺨의 홍조만을 조심하면서 좋아, 좋아, 좋아, 그래만 주면 된다. 그리고 나서 피차 다 알아들었다는 듯이 어깨에 손을 얹은 채 어깨를 나란히 홍천사 경내로 들어갔다. 가서 길을 별안간 잃어 버린 것처럼 잡은참산 위로 올라가 버린다. 산 위에서 이번에는 정말 포즈를 하릴없이 무너뜨렸다는 것처럼 정교하게 머뭇머뭇 해 준다. 그러나 기실 말짱하다.

풍경 소리가 똑 알맞다. 이런 경우에는 제법 번듯한 식자가 있는 사람이면—

아— 나는 왜 늘 항렬에서 비켜서려 드는 것일까? 잊었느냐? 비싼 월사(月謝)를 바치고 얻은 고매한 학문과 예절을.

현역 육군 중위에게서 받은 추상열일(秋霜烈日)의 훈육을 왜 나는 이 경우에 버젓하게 내세우지를 못하느냐?

창연한 고찰(古刹) 유루(遺漏) 없는 장치에서 나는 정신 차려야한다. 나는 쟁쟁한 이역(履歷)을 솔직하게 써 먹어야 한다. 나는 고개를 숙이고 담배를 한 대 피어 물고 도장에 들어가는 소, 죽기보다 싫은 서투르고 근질근질한 포즈, 체모독주(體貌獨奏)에 어지간히 성공해야만 한다.

그랬더니 그만두잔다. 당신의 그 어림없는 몸치렐랑 그만두세요, 저는 어지간히 식상이 되었습니다 한다.

그렇다면?

내 꾸준한 노력도 일조일석(一朝一夕)에 수포로 돌아가는 것이 아닌가.

대체 정희라는 가련한 「석녀(石女)」가 제 어떤 재간으로 그런 음흉한 내 간계를 요만큼까지 간파했다는 것이냐.

일시에 기진한다. 맥은 탁 풀리고 앞이 팽 돌다 아찔하는 것이 이러다가 까무러치려나 보다고 극력(極力) 단장을 의지하여 버텨 보노라니까 희(噫)라! 내 기사회생도 이번만은 회춘하기 장히 어려울 듯싶다.

李箱! 당신은 세상을 경영할 줄 모르는 말하자면 병신이오. 그다지도 「미혹(迷惑)」하단 말씀이요? 건너다보니 절터지요? 그렇다 하더라도 「카라마조프의 형제」나 「40년」을 좀 구경 삼아 들려 보시지요.

아니지! 정희! 그게 뭐냐하면 나도 살고 있어야 하겠으니 너도 살자는 사기, 속임수, 일부러 만들어 내어 놓은 미신, 중에도 가장 우수한 무서운 주문이요.

李箱! 그러지 말고 시험 삼아 한 발만 한 발자국만 저 개흙밭에다 들여 놓아 보시지요.

이 악보 같이 스무드한 담소 속에서 비철비철 하노라면 나는 내게 필적하는 천의 무봉(天衣無縫)의 탕아가 목첩(目睫) 간에 있는 것을 느낀다. 누구나 제 내어 놓았던 협수룩한 포즈를 걷어 치우느라고 허겁지겁들 할 것이다. 나도 그때 내 슬하에 이렇게 유산(遺産)되는 자손을 느끼면서 만대(萬戴)에 드리우는 이 극흉극비(極凶極秘) 종가의 부작을 앞에 놓고서 저으기 불안하게 또 한편으로는 저으기 안일하게 운명하는 마지막 낙백(落魄)의 이 내 종생을 애오라지 방불히 하는 것이었다.

나는 내 분묘될 만한 조촐한 터전을 찾는 듯한 그런 서글픈 마음으로 정희를 재촉하여 그 언덕을 내려왔다. 등 뒤에 들리는 풍경소리는 진실로 내 심통함을 돋우는 듯하다고 사자(寫字)하면 정경을 한층 더 반듯하게 매만져 놓는 한 도움이 되리라. 그럼 진실로 풍경 소리는 내 등 뒤에서 내 마지막 심통함을 한층 더 들볶아 놓는 듯하더라.

미문에 견줄만큼 위태위태한 것이 절승(絶勝)에 혹사(酷似)한 풍경이다. 절승에 혹사한 풍경을 미문으로 번안 묘사해 놓았다면 자칫 실족 약사하기 쉬운 웅덩이나 다름없는 것이니 첨위(僉位)는 아예 가까이 다가서서는 안된다. 〈도스토에프스키〉나 〈고리끼〉는 미문을 쓰는 버릇이 없는 체했고 또 황량, 아담한 경치를 「취급」하지 않았으되 이 의뭉스러운 어른들은 오직 미문을 쓸 듯 쓸 뜻, 절승경개는 나올 듯 나올 듯해만 보이고 끝끝내 아주 활짝 꼬랑지를 내보이지는 않고 그만둔 구렁이 같은 분들이기 때문에 그 기만술(欺瞞術)은 한층 더 진보된 것이며, 그런만큼 효과가 또 절대하여 천 년을 두고 만 년을 두고 내리 내리 부질없는 위무(慰撫)를 바라는 중속(衆俗)들을 잘 속일 수 있는 것이다.

그러나—왜 나는 미끈하게 솟아 있는 근대건축의 위용을 보면서 먼저 철근철골(鐵筋鐵骨), 시멘트와 세사(細砂), 이것부터 선뜩하니 감응하느냐는 말이다.

씻어버릴 수 없는 숙명의 호기, 〈몽고레안푸렉게〉 몽고지(蒙古痣) 오뚝이처럼 쓰러져도 일어나고 쓰러져도 일어나고 하니 쓰러지나 섰으나 마찬가지 의지할 얄팍한 벽 한 조각 없는 고독, 고고(姑稿), 독개(獨介), 초초(楚楚).

나는 오늘 대오한 바 있어 미문을 피하고 절승의 풍경을 격(隔)하여 소조(蕭條)하게 왕생하는 것이며 숙명의 슬픈 투시벽은 깨끗이 벗어 놓고 온아종용(溫雅慫慂), 외로우나마 따뜻한 그날 안에서 실명하는 것이다.

의료(意料)하지 못한 이 흘흘한「종생」, 나는 요절인가 보다. 아니 중세최절(中世摧折)인가 보다. 이길 수 없는 육박(肉迫), 눈멀은 떼가마귀의 매언(罵言) 속에서 탕아 중에도 탕아, 술객 중에도 술객이 난공불락의 관문의 괴멸, 구세주의 최후연(最後然)히 방방곡곡이 여독(餘毒)은 삼투하는 허식 중에도 허식의 표백(表白)이다. 출색(出色)의 표백이다.

내부(乃夫)가 있는 불의(不義). 내부가 없는 불의. 불의는 즐겁다. 불의의 주가락락(酒價落落)한 풍미를 足下는 아시나이까. 윗니는 좀 잇새가 벌고 아랫니만이 고운 이 한경(漢鏡)같이 결함의 미를 갖춘 감쪽스럽게 시치미를 뗄 줄 아는 얼굴을 보라. 7세까지 옥잠화 속에 감춰 두었던 장분(粉) 만을 바르고 그 후 분을 바른 일도 세수를 한 일도 없는 것이 유일의 자랑거리. 정희는 사팔뜨기다. 이것은 무엇으로도 대항하기 어렵다. 정희는 근시(近視) 육도(六度)다. 이것은 무엇으로도 대항할 수 없는 선천적 훈장이다. 좌란시(左亂視) 우색맹(右色盲) 아— 이는 실로 완벽이 아니면 무엇이랴.

속은 후에 또 속았다. 또 속은 후에 또 속았다. 미만 14세에 정희를 그 가족이 강행으로 매춘시켰다. 나는 그런 줄만 알았다. 한 방울 눈물—

그러나 가족이 강행하였을 때쯤은 정희는 이미 자진하여 매춘한 후 오래 오래 후다. 다홍댕기가 늘 정희 등에서 나부꼈다. 가족들은 불의에 올 재앙을 막아 줄 단 하나 값 나가는 다홍댕기를 기탄없이 믿었건만—

그러나—

불의는 귀인답고 참 즐겁다. 간음한 처녀— 이는 불의 중에도 가장 즐겁지 않을 수 없는 영원의 밀림이다.

그럼 정희는 게서 멈추나?

나는 자기 소개를 한다. 나는 정희에게 분모(分毛)를 지기 싫기때문에 잔인한 자기 소개를 하는 것이다.

나는 벼[稻]를 본 일이 없다. 자전차를 탈 줄 모른다. 생년월일을 가끔 잊어 버린다. 구십 노조모가 이팔 소부(少婦)로 어느 하늘에서 시집 온 십대조의 고성을 내 손으로 헐었고 녹엽천년(綠葉千年)의 호도나무 아름드리 근간을 내 손으로 베었다. 은행나무는 원통한 가문을 골수에 지니고 찍혀 넘어간 뒤 장장 4년 해마다 봄만 되면 독시(毒矢)같은 싹이 엄돋는 것이었다.

나는 그러나 이 모든 것에 견디었다. 한번 자류(柘榴)나무를 휘어잡고 나는 폐허를 나섰다.

조숙(早熟), 란숙(爛熟), 감(柿) 썩는 골머리 때리는 내. 생사의 기로에서 완이 이소(莞爾而笑), 표한 무쌍(剽悍無雙)의 척구(瘠軀), 음지에 창백한 꽃이 피었다.

나는 미만 14 적에 수채화를 그렸다. 수채화와 파과(破瓜). 보아라 목저(木著) 같이 야윈 팔목에서는 삼동에도 김이 무럭무럭난다. 김 나는 팔목과 잔털 나스르르한, 매춘하면서 자라나는 회충같이 매혹적인 살결. 사팔뜨기와 네 흰자위 없는 짝짝이 눈. 옥잠화 속에서 나오는 기술(奇術)같은 석일(昔日)의 화장과 화장전폐(化粧全廢), 이에 대항하는 내 자전차 탈 줄 모르는 아슬아슬한 천품. 다홍댕기에 불의와 불의를 방임하는 속수무책의 나태.

심판이어! 정희에 비교하여 내게 부족함이 너무나 많지 않소이까?

비등 비등? 나는 최후까지 싸워 보리라.

홍천사 으슥한 구석 방 한 간, 방석 두 개, 화로 한 개. 밥상 술상—

접전(接戰) 수십합(數十合). 좌충우돌, 정희의 허전한 관문을 나는 노사(老死)의 힘으로 들이친다. 그러나 돌아오는 반발의 흉기는 갈 때보다도 몇 배나 더 큰 힘으로 나 자신의 손을 시켜 나 자신을 살상한다.

지느냐. 나는 그럼 지고 그만두느냐.

나는 내 마지막 무장을 이 전장에 내세우기로 하였다. 그것은 즉 주난(酒亂)이다.

한 몸을 건사하기조차 어려웠다. 나는 게울 것만 같았다. 나는 게웠다. 정희 스커트에다. 정희 스타킹에다.

그리고도 오히려 나는 부족했다. 나는 일어나 춤추었다. 그리고 그 방 뒤 쌍창 미닫이를 열어 젖히고 나는 예서 떨어져 죽는다고 마지막 한 벌 힘만을 아껴 남기고는 나머지 있는 힘을 다하여 난간을 잡아 흔들었다. 정희는 나를 붙들고 말린다. 말리는데 안 말리는 것도 같았다. 나는 정희 스커트를 잡아 젖혔다. 무엇인가 철썩 떨어졌다. 편지다. 내가 집었다. 정희는 모른 체한다.

속달(S와도 절연한 지 다섯 달이나 된다는 것은 선생님께서도 믿어주시는 바지요? 하던 S에게서다).

「정희! 노하였소? 어젯밤 태서관 별장의 일! 그것은 결코 내 본의는 아니었소. 나는 그 요구를 하려 정희를 그곳까지 데리고 갔던것은 아니요. 내 불민(不憫)을 용서하여 주기 바라오. 그러나 정희가 뜻밖에도 그렇게까지 다수굿한 태도를 보여 주었다는 것으로 저으기 자위를 삼겠소.

정희를 하루라도 바삐 나 혼자만의 것을 만들어 달라는 정희의 열렬한 말을 물론 나는 잊어 버리지는 않겠소. 그러나 지금 형편으로는 「아내」라는 저 추물을 처치하기가 정희가 생각하는 바와 같이 그렇게 쉬운 일은 아니요.

오늘(3월 3일) 오후 여덟시 정각에 금화장주택지 그때 그 자리에서 기다리고 있겠소. 어제 일을 사과도 하고 싶고 달이 밝을 듯하니 송림을 거닙시다. 거닐면서 우리 두 사람만의 생활에 대한 설계도 의논하여 봅시다.

3월 3일 아침. S」

내게 속달을 띄우고 나서 곧 뒤이어 받은 속달이다.

모든 것은 끝났다. 어젯밤에 정희는—

그 낯으로 오늘 정희는 내게 李箱 선생님께 드리는 속달을 띄우고 그 낯으로 또 나를 만났다. 공포에 가까운 번신술(飜身術)이다. 이 황홀한 전율을 즐기기 위하여 정희는 무고(無辜)의 李箱을 징발(徵發)했다. 나는 속고 또 속고 또 또 속고 또 또 또 속았다.

나는 물론 그 자리에 혼도(昏倒)하여 버렸다. 나는 죽었다. 나는 황천을 헤매었다. 명부(冥府)에는 달이 밝다. 나는 또다시 눈을 감았다. 태허(太虛)에 소리 있어 가로되 너는 몇 살이뇨? 만 25세와 11개월이올시다. 요사(夭死)로구나. 아니올시다. 노사(老死)올시다.

눈을 다시 떴을 때에 거기 정희는 없다. 물론 여덟 시가 지난 뒤였다. 정희는 그리 갔다. 이리하여 나의 종생(終生)은 끝났으되 나의 종생기(終生記)는 끝나지 않는다. 왜?

정희는 지금도 어느 빌딩 걸상 위에서 드로즈의 끈을 푸르는 중이요 지금도 어느 송림 속 잔디 벗어 놓은 외투 위에서 드로즈의 끈을 감히 푸르는 중이니까다.

이것은 물론 내가 가만히 있을 수 없는 재앙이다.

나는 이를 간다.

나는 걸핏하면 까무러친다.

나는 부글부글 끓는다.

그러나 지금 나는 이 철천(徹天)의 원한에서 슬그머니 좀 비켜서고 싶다. 내 마음의 따뜻한 평화 따위가 다 그리워졌다.

즉, 나는 시체다. 시체는 생존하여 계신 만물의 영장을 향하여 질투할 자격도 능력도 없는 것이리라는 것을 나는 깨닫는다.

정희, 간혹 정희의 후틋한 호흡이 내 묘비에 와 슬쩍 부딪는 수가 있다. 그런 때 시체는 홍당무처럼 화끈 달면서 구천을 꿰뚫어 슬피 호곡(號哭)한다.

그 동안에 정희는 여러 번 제(내 때꼽째기도 묻은) 이부자리를 찬란한 일광 아래 널어 말렸을 것이다. 누루(累累)한 이 내 혼수(昏睡) 덕으로 부디 이 내 시체에서도 생전의 슬픈 기억이 창궁(蒼穹) 높이 훨훨 날아가나 버렸으면—

나는 지금 이런 불쌍한 생각도 한다. 그럼—

—만 26세 3개월을 맞이하는 李箱 선생님이여! 허수아비여!

자네는 노옹(老翁) 일세. 무릎이 귀를 넘는 해골일세. 아니, 아니.

자네는 자네의 먼 조상일세.

봉별기

1

스물세 살이요—3월이요—객혈(喀血)이다. 여섯 달 잘 기른 수염을 하루 면도칼로 다듬어 코밑에다만 나비만큼 남겨 가지고 약 한 제 지어 들고 B라는 신개지 한적한 온천으로 갔다. 게서 나는 죽어도 좋았다.

그러나 이내 아직 기를 펴지 못한 청춘이 약탕관을 붙들고 늘어져서는 날 살리라고 보채는 것은 어찌하는 수가 없다. 여관 한등 아래 밤이면 나는 늘 억울해 했다.

사흘을 못 참고 기어 나는 여관 주인 영감을 앞장 새워 밤에 장고(長鼓) 소리 나는 집으로 찾아갔다. 게서 만난 것이 금홍(錦紅)이다.

"몇 살인구?"

체대(體大)가 비록 풋고추만 하나 깡그라진 계집이 제법 맛이

맵다. 열여섯 살? 많아야 열하홉 살이지 하고 있자니까,

"스물한 살이예요."

"그럼 내 나인 몇 살이나 되 뵈지?"

"글쎄 마흔? 서른아홉?"

나는 그저 흥! 그래 버렸다. 그리고 팔짱을 떡 끼고 앉아서는 더욱더욱 점잖은 체했다. 그냥 그 날은 무사히 헤어졌건만—

이튿날 화우(畫友) K군이 왔다. 이 사람인즉 나와 농(弄)하는 친구다. 나는 어쩌는 수 없이 그 나비 같다면서 달고 다니던 코 밑수염을 아주 밀어 버렸다. 그리고 날이 저물기가 급하게 또 금홍이를 만나러 갔다.

"어디서 뵌 어른 겉은데."

"엊저녁에 왔던 수염 난 양반, 내가 바루 아들이지. 목소리까지 닮었지?"

하고 익살을 부렸다. 주석(酒席)이 어느덧 파하고 마당에 내려 서다가 K군의 귀에 대이고 나는 이렇게 속삭였다.

"어때? 괜찮지? 자네 한 번 얼러보게."

"관두게, 자네나 얼러보게."

"어쨌든 여관으로 껄구 가서 짱껭뽕을 해서 정허기루 허세나."

"거 좋지."

그랬는데 K군은 치간(廁間)에 가는 체하고 피해 버렸기 때문에 나는 부전승으로 금홍이를 이겼다. 그날 밤에 금홍이는 금홍이가 경산부라는 것을 감추지 않았다.

"언제?"

"열여섯 살에 머리 얹어서 열일곱 살에 낳았지."

"아들?"

"딸."

"어딨나?"

"돌만에 죽었어."

지어 가지고 온 약은 집어치우고 나는 전혀 금홍이를 사랑하는 데만 골몰했다. 못난 소린 듯하나 사랑의 힘으로 객혈이 다 멈췄으니까—

나는 금홍이에게 노름채를 주지 않았다. 왜? 날마다 밤마다 금홍이가 내 방에 있거나 내가 금홍이 방에 있거나 했기 때문에—

그 대신—

우(禹)라는 블란서 유학생의 유흡랑(遊洽郞)을 나는 금홍에게 권하였다. 금홍이는 내 말대로 우씨와 더불어 「독탕(獨湯)」에 들어갔다. 이 「독탕」이라는 것은 좀 음란한 설비(設備)였다. 나는 이 음란한 설비 문간에 나란히 벗어 놓은 우씨와 금홍이 신발을 보고 언짢아 하지 않았다.

나는 또 내 곁 방에 와 묵고 있는 C라는 변호사에게도 금홍이를 권하였다. C는 내 열성에 감동되어 하는 수 없이 금홍이 방을 범했다.

그러나 사랑하는 금홍이는 늘 내 곁에 있었다. 그리고 우, C, 등등에게서 받은 10원 지폐를 여러 장 꺼내 놓고 어리광 섞어 내게 자랑도 하는 것이었다.

그러나 나는 백부님 소상 때문에 귀경하지 않으면 안 되게 되었다. 복숭아꽃이 만발하고 정자 곁으로 석간수가 졸졸 흐르는 좋은 터전을 한 군데 찾아가서 우리는 석별의 하루를 즐겼다. 정차장에서 나는 금홍이에게 10원 지폐 한 장을 쥐어 주었다. 금홍이는 이것으로 전당 잡힌 시계를 찾겠다고 그러면서 울었다.

2

금홍이가 내 아내가 되었으니까 우리 내외는 참 사랑했다. 서로 지나간 일은 묻지 않기로 하였다. 과거래야 내 과거가 무엇 있을 까닭이 없고 말하자면 내가 금홍이 과거를 묻지 않기로 한 약속이나 다름없다.

금홍이는 겨우 스물한 살인데 서른한 살 먹은 사람보다도 나았다. 서른한 살 먹은 사람보다도 나은 금홍이가 내 눈에는 열일곱 살 먹은 소녀로만 보이고 금홍이 눈에 마흔 살 먹은 사람으로 보인 나는 기실 스물세 살이요 게다가 주착이 좀 없어서 똑 여남은 살 먹은 아이 같다. 우리 내외는 이렇게 세상에도 없이 현란(絢爛)하고 아기자기하였다.

부질없는 세월이—

1년이 지나고 8월, 여름으로는 늦고 가을로는 이른 그 북새통에—

금홍이에게는 예전 생활에 대한 향수가 왔다.

나는 밤이나 낮이나 누워 잠만 자니까 금홍이에게 대하여 심심하다. 그래서 금홍이는 밖에 나가 심심치 않은 사람들을 만나 심심치않게 놀고 돌아오는—

즉 금홍이의 협착한 생활이 금홍이의 향수를 향하여 발전하고 비약하기 시작하였다는 데 지나지 않는 이야기다.

그런데 이번에는 내게 자랑을 하지 않는다. 않을 뿐만 아니라 숨기는 것이다.

이것은 금홍이로서 금홍이답지 않은 일일밖에 없다. 숨길 것이 있나? 숨기지 않아도 좋지. 자랑도 해도 좋지.

나는 아무 말도 하지 않는다. 나는 금홍이 오락의 편의를 돕기 위하여 가끔 P군 집에 가 잤다. P군은 나를 불쌍하다고 그랬던가 싶이 지금 기억된다.

나는 또 이런 것을 생각하지 않았던 것도 아니다. 즉 남의 아내라는 것은 정조를 지켜야 하느니라고!

금홍이는 나를 내 나태한 생활에서 깨우치게 하기 위하여 우정 간음하였다고 나는 호의로 해석하고 싶다. 그러나 세상에 흔히 있는 아내다운 예의를 지키는 체 해본 것은 금홍이로서 말하자면 천려(千慮)의 일실(一失) 아닐 수 없다.

이런 실없는 정조를 간판 삼자니까 자연 나는 외출이 잦았고 금홍이 사업에 편의를 돕기 위하여 내 방까지도 개방하여 주었다. 그러는 중에도 세월은 흐르는 법이다.

하루 나는 제목 없이 금홍이에게 몹시 얻어 맞았다. 나는 아파서 울고 나가서 사흘을 들어오지 못했다. 너무도 금홍이가 무서웠다.

나흘만에 와 보니까 금홍이는 때묻은 버선을 웃목에 다 벗어 놓고 나가 버린 뒤였다.

이렇게도 못나게 홀아비가 된 내게 몇 사람의 친구가 금홍이에 관한 불미한 〈거십〉을 가지고 와서 나를 위로하는 것이었으나 종시 나는 그런 취미를 이해할 도리가 없었다.

버스를 타고 금홍이와 남자는 멀리 과천(果川) 관악산(冠岳山)으로 가는 것을 보았다는데 정말 그렇다면 그 사람은 내가 쫓아가서 야단이나 칠까봐 무서워서 그런 모양이니까 퍽 겁장이다.

3

인간이라는 것을 임시 거부하기로 한 내 생활이 기억력이라는 민첩한 작용을 하지 않았기 때문에 두 달 후에는 나는 금홍이라는 성명 석자까지도 말쑥하게 잊어 버리고 말았다. 그런 두절된 세월 가운데 하루 길일을 점(卜)하여 금홍이가 왕복 엽서처럼 돌아왔다. 나는 그만 깜짝 놀랐다.

금홍이의 모양은 뜻밖에도 초췌하여 보이는 것이 참 슬펐다.

나는 꾸짖지 않고 소주와 붕어과자와 장국밥을 사 먹여 가면서 금홍이를 위로해 주었다. 그러나 금홍이는 좀처럼 화를 풀지 않고 울면서 나를 원망하는 것이었다. 할 수 없어서 나도 그만 울어 버렸다.

"그렇지만 너무 늦었다. 그만해두 두 달 지간이나 되지 않니? 헤어지자, 응?"

"그럼 난 어떻게 되우 응?"

"마땅헌데 있거든 가거라, 응."

"당신두 그럼 장가 가나? 응?"

헤어지는 한(限)에도 위로해 보낼지어다. 나는 이런 양식(良識)아래 금홍이와 이별했더니라. 갈 때 금홍이는 선물로 내게 베개를 주고 갔다.

그런데 이 베개 말이다.

이 베개는 2인용이다. 싫대도 자꾸 떠맡기고 간 이 베개를 나는 두 주일 동안 혼자 베어 보았다. 너무 길어서 안 됐다. 안 됐을 뿐 아니라 내 머리에서는 나지 않는 묘한 머릿기름 땟내 때문에 안면(安眠)이 적이 방해된다.

나는 하루 금홍이에게 엽서를 띄웠다. 「중병에 걸려 누웠으니 얼른 오라」고.

금홍이는 와서 보니까 참 딱했다. 이대로 두었다가는 역시(亦是) 며칠이 못 가서 굶어 죽을 것 같이만 보였던가 보다. 두 팔을 부르 걷고 그 날부터 나서 벌어다가 나를 먹여 살린다는 것이다.

"오케이."

인간 천국—그러나 날이 좀 추웠다. 그러나 나는 대단히 안일(安逸)하였기 때문에 재채기도 하지 않았다.

이러기를 두 달 아니 다섯 달이나 되나 보다. 금홍이는 홀연히 외출했다.

달포를 두고 금홍이 〈홈 씩〉을 기대하다가 진력이 나서 나는 기명 집물(器皿什物)을 두들겨 팔아 버리고 21년 만에 「집」으로 돌아갔다.

와 보니 우리 집은 노쇠했다. 이어 부초 이상(李箱)은 이 노쇠한 가정을 아주 쑥밭을 만들어 버렸다. 그 동안 이태 가량—

어언간 나도 노쇠해 버렸다. 나는 스물일곱 살이나 먹어 버렸다.

천하의 여성은 다소간 매춘부의 요소를 품었느니라고 나 혼자는 굳이 신념한다. 그 대신 내가 매춘부에게 은화를 지불하면서는 한번도 그네들을 매춘부라고 생각한 일이 없다. 이것은 내 금홍이와의 생활에서 얻은 체험만으로는 성립되지 않는 이론같이 생각되나 기실 내 진담이다.

4

나는 몇 편의 소설과 몇 줄의 시를 써서 내 쇠망해 가는 심신 위에 치욕을 배가하였다. 이 이상 내가 이 땅에서의 생존을 계속하기가 자못 어려울 지경에까지 이르렀다. 나는 하여간 허울좋게 말하자면 망명해야겠다.

어디로 갈까. 나는 만나는 사람마다 동경으로 가겠다고 호언했다. 그 뿐 아니라 어느 친구에게는 전기기술에 관한 전문공부를 하러간다는 둥 학교 선생을 만나서는 고급 단식인쇄술(高級單式印刷術)을 연구하겠다는 둥 친한 친구에게는 내 5개 국어에 능통할 작정일세 어쩌구, 심하면 법률을 배우겠소까지 허담(虛談)을 탕탕하는 것이다. 웬만한 친구는 보통들 속나 보다. 그러나 이 헛선전을 안 믿는 사람도 더러는 있다. 하여간 이것은 영영 빈빈

털털이가 되어 버린 이상(李箱)의 마지막 공포(空砲)에 지나지 않는 것만은 사실이겠다.

어느 날 나는 이렇게 여전히 공포를 놓으면서 친구들과 술을 먹고 있자니까 내 어깨를 툭 치는 사람이 있다. 〈긴상〉이라는 이다.

"〈긴상〉(이상(李箱)도 사실은 긴상이다.) 참 오래간만이슈. 건데 〈긴상〉 꼭 〈긴상〉 한 번 만나 뵙자는 사람이 하나 있는데 〈긴상〉 어떡허려우?"

"거 누군구. 남자야? 여자야?"

"여자니까 일이 재미있지 않으냐, 그런 말야."

"여자라?"

"〈긴상〉 옛날 〈옥상〉."

금홍이가 서울에 나타났다는 이야기다. 나타났으면 나타났지 나를 왜 찾누?

나는 〈긴상〉에게서 금홍이의 숙소를 알아 가지고 어쩔 것인가 망설였다. 숙소는 동생 일심(一心)이 집이다.

드디어 나는 만나 보기로 결심하고 일심이 집을 찾아가서,

"언니가 왔다지?"

"어유—아제두, 돌아가신 줄 알았구려! 그래 자그만치 인제 온단 말씀유, 어서 들오슈."

금홍이는 역시 초췌하다. 생활 전선에서의 피로의 빛이 그 얼굴에 여실하였다.

"네눔 하나 보구져서 서울 왔지, 내 서울 뭘허러 왔다디."

"그리게 또 난 이렇게 널 찾어오지 않었니?"

"너 장가 갔다더구나."

"얘 디끼 싫다. 그 육모초 겉은 소리."

"안 갔단 말이냐 그럼."

"그럼."

당장에 목침이 내 면상을 향하여 날아 들어왔다. 나는 예나 다름이 없이 못나게 웃어 주었다.

술상을 보아 왔다. 나도 한 잔 먹고 금홍이도 한 잔 먹었다. 나는 영변가를 한 마디 하고 금홍이는 육자배기를 한 마디 했다.

밤은 이미 깊었고 우리 이야기는 이게 이 생에서의 영이별(永離別)이라는 결론으로 밀려갔다. 금홍이는 은수저로 소반전을 딱딱 치면서 내가 한 번도 들은 일이 없는 구슬픈 창가를 한다.

"속아도 꿈결 속여도 꿈결 구비구비 뜨내기 세상 그늘진 심정에 불질러 버려라 云云."

(1936년)

이효석

- 메밀꽃 필 무렵
- 분녀
- 돈(豚)
- 산

작가소개 ··········· **이 효 석**

(李孝石, 1907~1942)

소설가, 호는 가산(可山), 강원도 평창 출생. 경성상대 법문학부 졸업. 유진오와 동반자(同伴者) 작가로 활동.

동반자 작가 시대의 주요 작품은 노령근해(露領近海) 등이 있으나 1933년 돈(豚)부터는 과거의 경향성을 버리고 자연성을 예찬하는 서정적인 문학으로 새 출발을 하였다.

이 때부터 소재를 자연과 인간에 돌려 본능의 순수성을 추구했다.

대표작으로는 〈메밀꽃 필 무렵〉, 〈山〉, 〈들〉, 〈豚〉 등이 있다. 특히 〈메밀꽃 필 무렵〉은 시적 정서가 넘치는 그의 대표작이다.

메밀꽃 필 무렵

여름 장이란 애시당초 글러서, 해는 아직 중천에 있건만 장판은 벌써 쓸쓸하고, 더운 햇발이 벌려놓은 전 휘장 밑으로 등줄기를 훅훅 볶는다. 마을 사람들은 거지반 돌아간 뒤요, 팔리지 못한 나뭇군패가 길거리에 궁싯거리고 있으나 석유병이나 받고 고깃마리나 사면 족할 이 축들을 바라고 언제까지든지 버티고 있을 법은 없다. 춥춥스럽게 날아드는 파리떼도, 장난꾼 각다귀들도 귀치않다. 얼금뱅이요 왼손잡이인 드팀전의 허생원은 기어코 동업의 조선달에게 나꾸어 보았다.

"그만 거둘까?"

"잘 생각했네. 봉평 장에서 한번이나 흐뭇하게 사 본일 있을까, 내일 대화 장에서나 한 몫 벌어야겠네."

"오늘 밤은 새서 걸어야 될 걸?"

"달이 뜨렸다?"

절렁절렁 소리를 내며 조선달이 그 날 산 돈을 따지는 것을 보고 허생원은 말뚝에서 넓은 휘장을 걷고 벌려 놓았던 물건을 거두기 시작하였다. 무명 필과 주단 바리가 두 고리짝에 꽉 찼다. 멍석 위에는 천 조각이 어수선하게 남았다. 다른 축들도 벌써 거진 전들을 걷고 있었다. 약빠르게 떠나는 패도 있었다. 어물장수도, 다쟁이도, 엿장수도, 생강 장수도 꼴들이 보이지 않았다. 내일은 진부와 대화에 장이 선다. 축들은 그 어느 쪽으로든지 밤을 새며 육칠십리 밤길을 타박거리지 않으면 안된다. 장판은 잔치 뒷마당같이 어수선하게 벌어지고 술집에서는 싸움이 터져 있었다. 주정꾼 욕지거리에 섞여 계집의 앙칼진 목소리가 찢어졌다. 장날 저녁은 정해 놓고 계집의 고함 소리로 시작되는 것이다.

"생원, 시침을 떼두 다아네…… 충줏집말야."

계집 목소리로 문득 생각난 듯이 조선달은 비죽이 웃는다.

"화중지병이지. 연소 패들을 적수로 하구야 대거리가 돼야 말이지."

"그렇지두 않을 걸. 축들이 사족을 못쓰는 것두 사실은 사실이나, 아무리 그렇다군 해두 왜 그 동이 말일세. 감쪽같이 충줏집을 후린 눈치거든."

"무어, 그 애숭이가? 물건 가지고 나꾸었나부지. 착실한 녀석인 줄 알았더니."

"그 길만은 알 수 있나…… 궁리 말구 가 보세나 그려. 내 한턱씀세."

그다지 마음이 당기지 않는 것을 쫓아갔다. 허생원은 계집과는 연분이 멀었다. 얼금뱅이 상판을 쳐들고 대어설 숫기도 없었으나 계집 편에서 정을 보낸 일도 없었고, 쓸쓸하고 뒤틀린 반생이었다. 충줏집을 생각만 하여도 철없이 얼굴이 붉어지고, 발 밑이 떨리고 그 자리에 소스라쳐 버린다. 충줏집 문을 들어서서 술좌석에서 짜장 동이를 만났을 때에는 어찌 된 서슬엔지 빨끈 화가 나

버렸다. 상 위에 붉은 얼굴을 쳐들고 제법 계집과 농탕치는 것을 보고서야 견딜 수 없었던 것이다. 녀석이 제법 난질꾼인데 꼴사납다. 머리에 피도 안 마른 녀석이 낮부터 술 처먹고 계집과 농탕이야. 장돌뱅이 망신만 시키고 돌아 다니누나. 그 꼴에 우리들과 한 몫 보자는 셈이지. 동이 앞에 막아서면서부터 책망이었다. 걱정두 팔자요 하는 듯이 빤히 쳐다보는 상기된 눈망울에 부닺칠 때, 결 김에 따귀를 하나 갈겨 주지 않고는 배길 수 없었다. 동이는 화를 쓰고 팩하고 일어서기는 하였으나, 허생원은 조금도 동색하는 법 없이 마음먹은 대로는 다 지껄였다. —어디서 주워 먹은 선머슴인지는 모르겠으나, 네게도 아비 어미 있겠지. 그 사나운 꼴 보면 맘 좋겠다. 장사란 탐탁하게 해야 되지. 계집이 다 무어야 나가거라. 냉큼 꼴 치워.

그러나 한 마디도 대거리하지 않고 하염없이 나가는 꼴을 보려니, 도리어 측은히 여겨졌다. 아직도 서름서름한 사인데 너무 과하지 않았을까 하고 마음이 섬짓해졌다. 주제도 넘지, 같은 술 손님이면서두 아무리 젊다구 자식 낳게 된 것을 붙들고 치고 닦아셀 것은 무어야 원. 충줏집은 입술을 쫑긋하고 술 붓는 솜씨도 거칠었으나, 젊은 애들한테는 그것이 약이 된다나하고 그 자리는 조선달이 얼버무려 넘겼다. 너 녀석한테 반했지. 애숭이를 빨면 죄 된다. 한참 법석을 친 후이다. 담도 생긴 데다가 웬일인지 흠뻑 취해 보고 싶은 생각도 있어서 허생원은 주는 술잔이면 거의 다 들이켰다. 거나해 짐을 따라 계집 생각보다도 동이의 뒷일이 한결같이 궁금해졌다. 내 꼴에 계집을 가로채서는 어떡할 작정이었누 하고 어리석은 꼬락서니를 모질게 책망하는 마음도 한 편에 있었다. 그렇기 때문에, 얼마나 지난 뒤인지 동이가 헐레벌떡거리며 황급히 부르러 왔을 때에는, 마시던 잔을 그 자리에 던지고 정신 없이 허덕이며 충줏집을 뛰어나간 것이었다.

"생원 당나귀가 바를 끊구 야단이예요."

"각다귀들 장난이지 필연코."

짐승도 짐승이려니와 동이의 마음씨가 가슴을 울렸다. 뒤를 따라 장판을 달음질하려니 게슴츠레한 눈이 뜨거워질 것 같다.

"부락스런 녀석들이라 어쩌는 수 있어야죠."

"나귀를 몹시 구는 녀석들은 그냥 두지는 않을 걸."

반 평생을 같이 지내온 짐승이었다. 같은 주막에서 잠자고, 같은 달빛에 젖으면서 장에서 장으로 걸어 다니는 동안에 이십 년의 세월이 사람과 짐승을 함께 늙게 하였다. 가스러진 목 뒤 털은 주인의 머리털과도 같이 바스러지고, 개진개진 젖은 눈은 주인의 눈과 같이 눈꼽을 흘렸다. 몽당비처럼 짧게 쓸리운 꼬리는 파리를 쫓으려고 기껏 휘저어 보아야 벌써 다리까지는 닿지 않는다 닳아 없어진 굽을 몇번이나 도려내고 새 철을 신겼는지 모른다. 굽은 벌써 더 자라나기는 틀렸고 닳아 버린 철 사이로는 피가 빼짓이 흘렀다. 냄새만 맡고도 주인을 분간하였다. 호소하는 목소리로 야단스럽게 울며 반겨한다.

어린 아이를 달래듯이 목덜미를 어루만져주니 나귀는 코를 벌름거리고 입을 투르르 거렸다. 콧물이 튀었다. 허생원은 짐승 때문에 속도 무던히 썩였다. 아이들의 장난이 심한 눈치여서 땀 배인 몸뚱어리가 부들부들 떨리고 좀체 흥분이 식지 않는 모양이었다. 굴레가 벗어지고 안장도 떨어졌다. 요 몹쓸 자식들, 하고 허생원은 호령을 하였으나 패들은 벌써 줄행랑을 논 뒤요 몇 남지 않은 아이들이 호령에 놀래 비슬비슬 멀어졌다.

"우리들 장난이 아니우. 암놈을 보고 저 혼자 발광이지."

코흘리게 한 녀석이 멀리서 소리를 쳤다.

"고 녀석 말투가……."

"김첨지 당나귀가 가버리니까 온통 흙을 차고 거품을 흘리면서 미친 소같이 날뛰는 걸. 꼴이 우스워 우리는 보고만 있었다우. 배를 좀 보지."

아이는 앙돌아진 투로 소리를 치며 깔깔 웃었다. 허생원은 모르는 결에 낯이 뜨거워졌다. 뭇 시선을 막으려고 그는 짐승의 배 앞을 가리워 서지 않으면 안 되었다.

"늙은 주제에 암샘을 내는 셈야. 저 놈의 짐승이."

아이의 웃음 소리에 허생원은 주춤하면서 기어코 견딜 수 없어 채찍을 들더니 아이를 쫓았다.

"쫓으려거든 쫓아 보지. 왼손잡이가 사람을 때려."

줄달음에 달아나는 각다귀에는 당하는 재주가 없었다. 왼손잡이는 아이 하나도 후릴 수 없다. 그만 채찍을 던졌다. 술기도 돌아 몸이 유난스럽게 화끈거렸다.

"그만 떠나세. 녀석들과 어울리다가는 한이 없어. 장판의 각다귀들이란 어른보다도 더 무서운 것들인 걸."

조선달과 동이는 각각 제 나귀에 안장을 얹고 짐을 싣기 시작하였다. 해가 꽤 많이 기울어진 모양이었다.

드팀전 장돌림을 시작한지 이십 년이나 되어도 허생원은 봉평장을 빼논 적은 드물었다. 충주, 제천 등의 이웃 군에도 가고, 멀리 영남 지방도 헤매기는 하였으나 강릉 쯤에 물건하러 가는 외에는 처음부터 끝까지 군내를 돌아다녔다. 닷새만큼씩의 장날에는 달보다도 확실하게 면에서 면으로 건너 간다. 고향이 청주라고 자랑삼아 말하였으나 고향에 돌보러 간 일도 있는 것 같지는 않았다. 장에서 장으로 가는 길의 아름다운 강산이 그대로 그에게는 그리운 고향이었다. 반날 동안이나 뚜벅꾸벅 걷고 장터 있는 마을에 거지 반 가까웠을 때, 거친 나귀가 한바탕 우렁차게 울면—더구나 그것이 저녁녘이어서 등불들이 어둠 속에 깜박거릴 무렵이면, 늘 당하는 것이건만 허생원은 변치 않고 언제든지 가슴이 뛰놀았다.

젊은 시절에는 알뜰하게 벌어 돈 푼이나 모아 본 적도 있기는 있었으나, 읍내에 백중이 열린 해 호탕스럽게 놀고 투전을 하고 하여 사흘 동안에 다 털어 버렸다. 나귀까지 팔게 된 판이었으나 애끓는 정분에 그것만은 이를 물고 단념하였다. 결국 도로아미타불로 장돌림을 다시 시작할 수밖에는 없었다. 짐승을 데리고 읍내를 도망해 나왔을 때는, 너를 팔지 않기 다행이었다고 길가에서 울면서 짐승의 등을 어루만졌던 것이었다. 빚을 지기 시작하니 재산을 모을 념은 당초에 틀리고, 간신히 입에 풀칠을 하러 장에서 장으로 돌아다니게 되었다.

호탕스럽게 놀았다고는 하여도 계집 하나 후려 보지는 못하였다. 계집이란 쌀쌀하고 매정한 것이었다. 평생 인연이 없는 것이라고 신세가 서글퍼졌다. 일신에 가까운 것이라고는 언제나 변함없는 한 필의 당나귀였다.

그렇다고는 하여도 꼭 한번의 첫 일을 잊을 수는 없었다. 뒤에도 처음에도 없는 단 한번의 괴이한 인연! 봉평에 다니기 시작한 젊은 시절의 일이었으나 그것을 생각할 적만은 그도 산 보람을 느꼈다.

"달밤이었으나 어떻게 해서 그렇게 됐는지. 지금 생각해두 도무지 알 수 없어."

허생원은 오늘 밤도 또 그 이야기를 끄집어 내려는 것이다. 조선달은 친구가 된 이래 귀에 못이 박히도록 들어 왔다. 그렇다고 싫증을 낼 수도 없었으나, 허생원은 시치미를 떼고 되풀이 할대로는 되풀이 하고야 말았다.

"달밤에는 그런 이야기가 격에 맞거든."

조선달 편을 바라는 보았으나 물론 미안해서가 아니라 달빛에 감동하여서였다. 이지러는 졌으나 보름을 갓 지난 달은 부드러운 빛을 흐뭇이 흘리고 있다. 대화까지 팔십 리의 밤길. 고개를 둘이나 넘고 개울을 하나 건느고 벌판과 산길을 걸어야 된다. 길은 지금 긴 산허리에 걸려 있다, 밤중을 지난 무렵인지 죽은 듯이 고요한 속에서 짐승 같은 달의 숨소리가 손에 잡힐 듯이 들리며, 콩포기와 옥수수 잎새가 한층 달에 푸르게 젖었다. 산허리는 온통 메밀밭이어서 피기 시작한 꽃이 소금을 뿌린 듯이 흐뭇한 달빛에 숨이 막힐 지경이다. 붉은 대궁이 향기 같이 애잔하고 나귀들의 걸음도 시원하다. 길이 좁은 까닭에 세 사람은 나귀를 타고 외줄로 늘어섰다. 방울 소리가 시원스럽게 딸랑딸랑 메밀밭께로 흘러간다. 앞장선 허생원의 이야기 소리는 꽁무니에 선 동이에게 확적히는 안들렸으나, 그는 그대로 개운한 제 멋에 적적하지는 않았다.

"장 선 꼭 이런 날 밤이었네. 객주집 토방이란 무더워서 잠이 들어야지. 밤중은 돼서 혼자 일어나 개울 가에 목욕하러 나갔지. 봉평은 지금이나 그제나 마찬가지, 보이는 곳마다 메밀밭이어서 개울가가 어디 없이 하얀 꽃이야. 돌밭에 벗어도 좋을 것을, 달이 너무도 밝은 까닭에 옷을 벗으러 물방앗간으로 들어가지 않았나. 이상한 일도 많지. 거기서 난데없는 성서방네 처녀와 마주쳤단 말이네. 봉평서야 제일가는 일색이었지—팔자에 있었나부지."

아무렴 하고 응답하면서 말머리를 아끼는 듯이 한참이나 담배를 빨 뿐이었다. 구수한 자줏빛 연기가 밤기운 속에 흘러서는 녹았다.

"날 기다린 것은 아니었으나 그렇다고 달리 기다리는 놈팽이가 있은 것두 아니었네. 처녀는 울고 있단 말이야. 짐작은 대고 있으나 성서방네는 한창 어려워서 들고 날 판인 때였지. 한 집안 일이니 딸에겐들 걱정이 없을 리 있겠나? 좋은 데만 있으면 시집도 보내련만 시집은 죽어도 싫다지……."

"그러나 처녀란 울 때 같이 정을 끄는 때가 있을까. 처음에는 놀라기도 한 눈치였으나 걱정 있을 때는 누그러지기도 쉬운 듯해서 이럭저럭 이야기가 되었네.……생각하면 무섭고도 기막힌 밤이었어."

"제천인지로 줄행랑을 놓은 건 그 다음날이렷다."

"다음 장도막에는 벌써 온 집안이 사라진 뒤였네. 장판은 소문에 발끈 뒤집혀 고작해야 술집에 팔려가기가 상수라고 처녀의 뒷공론이 자자들 하단 말이야. 제천 장판을 몇 번이나 뒤쳤겠나. 허나 처녀의 꼴은 꿩 궈 먹은 자리야. 첫날 밤이 마지막 밤이었지. 그때부터 봉평이 마음에 든 것이 반평생인들 잊을 수 있겠나."

"수 좋았지. 그렇게 신통한 일이란 쉽지 않어. 항용 못난것 얻어 새끼 낳고, 걱정 늘고 생각만 해두 진저리 나지.—그러나 늘그막바지까지 장돌뱅이로 지내기도 힘드는 노릇 아닌가? 난 가을까지만 하구 이 생계와두 하직하려네. 대화 쯤에 조그만 전방이나 하나 벌리구 식구들을 부르겠어. 사시장천 뚜벅뚜벅 걷기란 여간 이래야지."

"옛 처녀나 만나면 같이나 살까.—난 거꾸러질 때까지 이 길 걷고 저 달 볼 테야."

산길을 벗어나니 큰길로 틔어졌다. 꽁무니의 동이도 앞으로 나서 나귀들은 가로 늘어섰다.

"총각두 젊겠다. 지금이 한창 시절이렷다. 충줏집에서는 그만 실수를 해서 그 꼴이 되었으니 섧게 생각 말게."

"처, 천만에요. 되려 부끄러워요. 계집이란 지금 웬 제격인가요. 자나 깨나 어머니 생각뿐인데요."

허생원의 이야기로 실심해한 끝이라 동이의 어조는 한풀 수그러진 것이었다.

"아비 어미란 말에 가슴이 터지는 것도 같았으나 제겐 아버지가 없어요. 피붙이라고는 어머니 하나뿐인걸요."

"돌아가셨나?"

"당초부터 없어요."

"그런 법이 세상에……."

생원과 선달이 야단스럽게 껄껄들 웃으니, 동이는 정색하고 우길 수밖에는 없었다.

"부끄러워서 말하지 않으려 했으나 정말예요. 제천 촌에서 달도 차지 않은 아이를 낳고 어머니는 집을 쫓겨났죠. 우스운 이야기나, 그러기 때문에 지금까지 아버지 얼굴도 본 적 없고 있는 고장도 모르고 지내와요."

고개가 앞에 놓인 까닭에 세 사람은 나귀를 내렸다. 둔덕은 험하고 입을 벌리기도 대견하여 이야기는 한동안 끊겼다. 나귀는 건뜻하면 미끄러졌다. 허생원은 숨이 차 몇 번이고 다리를 쉬지 않으면 안되었다. 고개를 넘을 때마다 나이가 알렸다. 동이 같은 젊은 축이 그지없이 부러웠다. 땀이 등을 한바탕 쭉 씻어 내렸다.

고개 너머는 바로 개울이었다. 장마에 흘러버린 널다리가 아직도 걸리지 않은 채로 있는 까닭에 벗고 건너야 되었다. 고의를 벗어 띠로 등에 얽어매고 반 벌거숭이의 우스꽝스런 꼴로 물 속에 뛰어 들었다. 금방 땀을 흘린 뒤였으나 밤 물은 뼈를 찔렀다.

"그래 대체 기르긴 누가 기르구?"

"어머니는 하는 수 없이 의부를 얻어 가서 술 장사를 시작했죠. 술이 고주래서 의부라고 전 망나니예요. 철들어서부터 맞기 시작한 것이 하룬들 편한 날 있었을까. 어머니는 말리다가 채이고 맞고 칼부림을 당하고 하니 집 꼴이 무어겠소. 열여덟 살 때 집을 뛰쳐나서부터 이 짓이죠."

"총각 낫세론 동이 무던하다고 생각했더니 듣고 보니 딱한 신세로군."

물은 깊어 허리까지 찼다. 속 물살도 어지간히 센 데다가 발에 채이는 돌맹이도 미끄러워서 금시에 훌칠 듯하였다. 나귀와 조선달은 재빨리 거의 건넜으나 동이는 허생원을 붙드느라고 두 사람은 훨씬 떨어졌다.

"모친의 친정은 원래부터 제천이었던가?"

"웬걸요. 시원스리 말은 안해 주나 봉평이라는 것만은 들었죠."

"봉평, 그래 그 아비 성은 무엇이구?"

"알수 있나요. 도무지 듣지를 못했으니까."

"그, 그렇겠지."

하고 중얼거리며 흐려지는 눈을 까물까물 하다가 허생원은 경망하게도 발을 빗 디디었다. 앞으로 꼬꾸라지가 바쁘게 몸채 풍덩 빠져 버렸다. 허위적거릴수록 몸을 건잡을 수 없어 동이가 소리를 치며 가까이 왔을 때에는 벌써 퍽이나 흘렀었다. 옷 채 쭐딱 젖으니 물에 젖은 개보다도 참혹한 꼴이었다. 동이는 물 속에서 어른을 해깝게 업을 수 있었다. 젖었다고 하여도 여윈 몸이라 장정 등에는 오히려 가벼웠다.

"이렇게 까지 해서 안됐네. 내 오늘은 정신이 빠진 모양이야."

"염려하실 것 없어요."

"그래 모친은 아비를 찾지는 않는 눈치지?"

"늘 한번 만나고 싶다고는 하는데요."

"지금 어디 계신가?"

"의부와도 갈라져 제천에 있죠. 가을에는 봉평에 모셔 오려고 생각 중인데요. 이를 물고 벌면 이럭저럭 살어갈 수 있겠죠."

"아무렴, 기특한 생각이야. 가을이랬다?"

동이의 탐탁한 등어리가 뼈에 사무쳐 따뜻하다. 물을 다 건넜을 때에는 도리어 서글픈 생각에 좀더 업혔으면도 하였다.

"진종일 실수만 하니 웬일이요. 생원."

조선달을 바라보며 기어코 웃음이 터졌다.

"나귀야, 나귀 생각하다가 실족을 했어. 말 안했던가. 저 꼴에 제법 새끼를 얻었단 말이지. 읍내 강릉집 피마에게 말이세. 귀를 쫑긋 새우고 달랑달랑 뛰는 것이 나귀새끼같이 귀여운 것이 있을까. 그것 보러 나는 일부러 읍내를 도는 때가 있다네."

"사람을 물에 바뜨릴 젠 딴은 대단한 나귀새끼군."

허생원은 젖은 옷을 웬만큼 짜서 입었다. 이가 덜덜 갈리고 가슴이 떨리며 몹시도 추웠으나 마음은 알 수 없이 둥실둥실 가벼웠다.

"주막까지 부지런히들 가세나. 뜰에 불을 피우고, 홋홋이 쉬어. 나귀에겐 더운 물을 끓여 주고. 내일 대화 장 보고는 제천이다."

"생원도 제천으로……?"

"오래간만에 가 보고 싶어. 동행하려나 동이?"

나귀가 걷기 시작하였을 때, 동이의 채찍은 왼손에 있었다. 오랫동안 아둑신이 같이 눈이 어둡던 허생원도 요번만은 동이의 왼손잡이가 눈에 띄지 않을 수 없었다.

걸음도 해깝고 방울 소리가 밤 벌판에 한층 청청하게 울렸다.

달이 어지간히 기울어졌다.

분녀(粉女)

1

우리도 없는 농장에 아닌 때 웬일인가들 의아하게 여기고 있는 동안에 집 채 같은 돼지는 헛간 앞을 지나 묘포 밭으로 달아온다. 산돼지 같기도 하고 마바리 같기도 하고 보통 돼지는 아닌 데다가 뒤미쳐 난데없는 호개 한 마리가 거위영장 같이 껑충대고 쫓아오니 돼지는 불심지가 올라 갈팡질팡 밭 위로 우겨든다. 풀 뽑던 동무들은 간담이 써늘하여 꽁무니가 빠져라 산지사방으로 달아난다. 허구 많은 지행 다 두고 돼지는 굳이 이쪽을 겨누고 욱박아 오는 것이다.

분녀는 기급을 하고 도망을 하나 아무리 애써도 발이 재게 떨어지지 않는다. 신이 빠지고 허리가 휘는데 엎친데 덮치기로 공칙히 앞에는 넓은 토벽이 막혀 꼼짝 부득이다.

옆으로 빗빼려고 하는 서슬에 돼지는 앞으로 왈칵 덮친다, 손가락 하나 놀릴 여유도 없다.

육중한 바위 밑에서 금시에 육신이 터지고 사지가 떨어지는 것 같다. 팔을 옴짝달싹 할 수 없고 고함을 치려야 입이 움직이지 않는다.

분녀는 질색하여 눈을 떴다. 허리가 빼근하여 몸이 통세난다. 문득 짜장 놀라서 엉겁결에 소리를 치나 소리는 나오지 않는다. 입안에는 무엇인지 틀어 박히우고 수건으로 자갈을 물리워 있지 않은가. 손을 쓰려 하나 눌리웠고 다리도 허리도 머리도 전신이 무거운 돼지 밑에 있는 것이다. 몸에 칼이 돋히기 전에는 이 몸 도둑을 물리칠 수 없지 않은가.

어둠 속에서도 경풍할 변괴에 부끄러운 생각이 났다. 어머니 앞에서도 보인 법 없는 몸뚱이를 하고 옷으로 덮으려 하나 생각뿐이다. 어머니는 하고 가까스로 고개를 돌리니 웃목에 누웠고 그 너머로 동생의 코고는 소리가 들린다. 같은 방에 세 사람씩이나 산 넋이 있으면서도 날도둑을 들게 하다니 멀건 등신들이라고 원망할 수도 없는 것은 된 낮 일에 노그라져서 함빡 단잠에 취하여 있는 것이다. 발로 차서 어머니를 깨우고는 싶으나 발이 닫기에는 동이 떴다.

삼경이 넘었을까 밤은 막막하다. 열린 문으로는 바람 한 숨 없고 방안이나 문 밖이 일반으로 까마득하다. 먼 하늘에는 별똥 하나 안 흐른다.

"원망할 것 없다. 둘만 알고 있으면 그만야. 내가 누구든—아무에게나 다 마찬가진 걸."

더운 날숨이 이마를 덮는다. 부스럭부스럭 하더니 저고리 고름을 올개미 지워 매어 주는 눈치다.

간단하고 깜쪽같다. 도둑은 흔적없이 「훔칠 것」을 훔치고 늠실하고 나가 버렸다. 몸이 풀리우자 분녀는 뛰어 일어나 겨우 입봉창을 빼기는 하였으나 파장 후에 소리를 치기도 객적다.

대체 웬 녀석인가. 뛰어나가 살폈으나 간 곳 없다. 목소리로 생각해 보아도 알 바 없고 맺혀진 옷고름을 만져 보는 건 뜻 없다. 하늘이 새까맣다. 그 새까만 하늘이 부끄럽고 디딘 땅이 부끄럽고 어두운 밤을 대하기조차 겸연스럽다.

몸이 무시근하다. 우물에서 물을 두어 드레 퍼 올려 얼굴을 씻고 방에 들어가 등잔에 불을 켰다. 어둠 속에서 비밀을 가진 방안은 밝을 땐 천연스럽다. 땅 그 어느 한 구석이 무지러 떨어졌을 것 같다. 하늘의 별 한 개가 없어졌을 것 같다. 몸뚱이가 한 구석 뭉척 이지러진 것 같다. 반쪽 거울을 찾아 들고 얼굴을 비치어 보았다. 코며 입이며 볼이며 상하지 않고 제대로 있는 것이 도리어 신기하게 여겨졌다. 어차피 와야 할 것이겠지만 그것이 너무도 벼락으로 급작스리 어처구니없게 온 것이 분녀에게는 알 수 없이 겸연스러웠다.

얼굴과 몸을 어루만지며 어머니의 잠든 양을 물끄러미 바라보려니 별안간 소름이 치며 가슴이 떨린다. 무서운 생각이 선뜻 들며 어머니를 깨우고 싶다. 그러나 곤한 눈을 멀뚱하게 뜨고 상기된 눈방울로 이쪽을 바라보는 것을 보며 분녀는 딴 소리밖엔 못하였다.

"새까맣게 흐린 품이 천둥하고 비올 것 같으우."

묘포 감독 박추의 짓일까. 데설데설하며 엄부렁한 품이 아무짓인들 못할 것 같지 않다. 계집 아이들 틈에 끼어 인부로 오는 명준의 짓일까. 눈질이 영매스러운 것이 보통 아이는 아니나 워낙 집안이 억판인 까닭에 일껏 들어간 중등학교도 중도에서 퇴학하고 묘포 인부로 오는 것이 가엾긴 하다. 그러나 그라고 터놓고 을러멨다고 하면 응낙할 수 있었을까. 군청 사동 섭춘이나 아닐까. 한길에서도 소락소락 말을 거는 쥐알 봉수. 그 초라니라면 치가 떨려 어떻게 하나.

잠을 설굳혀 버린 분녀는 고시랑고시랑 생각에 밤을 샜다. 이튿날은 공교로히 궂은 까닭에 비를 칭탈하고 일을 쉬고 다음날 비로소 묘포로 나갔다. 같은 생각이 머릿속에 뱅 돌아 사람을 만나기가 여간 겸연쩍지 않다. 사람마다 기연미연 혐의를 걸어 보기란 면란스런 일이었다.

하늘이 제대로 개이고 땅이 이지러지지 않은 것이 차라리 시뻐스럽다. 천지는 사람의 일신의 괴변 쯤은 익지 않은 과실이 벌레에게 긁히운 것 만큼도 대수롭게 여기지 않는 모양이다. 하긴 다행이지 몸의 변고가 일일이 하늘에 비치어진다면 기분이 순야, 옥녀, 모든 동무들에게 그것이 알려질 것이요 그들의 내정도 역시 속 뽑히울 것이다. 이런 생각이 들자 별안간 그들은 대체 성할까 하는 의심이 불현듯이 솟아오르며 천연스러운 얼굴이 능청스럽게 엿보였다.

박추와 명준에게만은 속내를 들리운 것 같아서 고개가 바로 쳐들리지 않았다. 다시 살펴도 가잠나룻이 듬성한 검센 박추. 거드럼부리는 들대밑. 이녀석한테 당하였으면 이 몸을 어쩌노. 잠자코 풀 뽑는 무죽한 명준이, 세침한 몸짓 어느 구석에 그런 부락부락한 힘이 들어 있을꼬. 사람은 외양으론 알 수 없다. 마치 그것이 명준이요 적어도 명준이었으면 하는 듯이 이렇게 생각은 하나 면상과 눈치로는 그가 근지 도무지 거니챌 수 없다. 이러다가는 평생 그 사람을 모르고 지나지나 않을까.

맡은 땅의 풀을 뽑고 난 명준은 감독의 분부로 이깔 포기에 뿌릴 약제를 풀어 무자위로 치기 시작하였다. 한 손으로 물을 뿜으며 다른 손으로 물줄기를 흔들다가 고무줄이 빗나가는 서슬에 푸른 약물이 옥녀의 낮짝을 쏘았다. 옥녀는 기겁을 하여 농인 줄만 알고,

"저 녀석 얼뜨개 같이 해가지고 요새 무슨 곡절이 있어."

하고 쏘아 붙인다. 명준은 픽 웃으며 마침 손이 비인 분녀에게 고무줄을 쥐어 주고 뿌려 주기를 청하였다. 두 사람이 한 무자위로 협력하게 되자 옥녀는 더 말이 없었다.

통의 것을 다 쳤을 때 다시 물을 길을 양으로 분녀는 명준의 뒤를 따라 도랑으로 내려갔다. 도랑은 풀이 가리워 밭에서 보이지 않는다. 명준은 손가락으로 물탕을 치며 낮이 부드럽다.

"일하기 되지 않니?"

대번에 농쪼로,

"너 어떤 놈에게로 시집가련, 박추한테라도."

"미친 것, 다따가."

시집갔니? 안갔니?"

관자노리가 금시에 빨개진 것을 민망히 여겨 곧 뒤를 이었다.

"평생 시집 안 갈테냐?"

"망할 녀석."

"난 이 고장에서 없어지겠다. 살 재미 없어. 계집애들 틈에 끼어 일하기도 낯 없다. 일한대야 부모를 살릴 수 없고 잡단 세금도 못물어 드잡이를 당하는 판이 아니냐. 이 까짓 고향 고맙잖어. 만주로 가겠다. 돌아 다니며 금광이나 얻어보련다. 엄청난 소리지. 그러나 사람의 운수를 알 수 있니?"

"정말 가겠니?"

"안 가고 무슨 수가 있니? 이 까짓 쭉쟁이 땅 파야 소용 있나. 거기도 하늘 밑이니 사람이 살지 설마 짐승만 살겠니?"

물을 나르고 다시 도랑으로 내려왔을 때 명준은 다따가 분녀의 팔을 잡았다.

"금덩이를 지고 올 때까지 나를 기다려 주련?"

눈앞에 찰락거리는 명준의 옷고름이 새삼스럽게 눈에 뜨이자 분녀는 번개같이 정신이 번쩍 들었다. 끝을 홀쳐 맨 고름이 같은 꼴의 제 옷고름과 함께 나란히 드리운 것이다.

"네 짓이었구나."

분녀는 짧게 외치고 고개를 떨어뜨렸다.

"언제까지든지 나를 기다리고 있으련?

박추의 소리가 나자 두 사람은 날쌔게 밭으로 갔다. 분녀는 눈앞이 아찔하며 별안간 현깃증이 났다.

그 뿐 명준은 다시 묘포 밭에 나타나지 않았다. 다음날도 다음 다음 날도, 며칠 후에 짜장 만주로 내뺐다는 소문이 들렸다. 분녀는 마음이 아득하고 산란하여 일을 쉬는 날이 많았다.

2

분녀는 그렇게 눈 떴다.

인생의 고패를 겪은 지 이태에 몸은 활짝 피어 지난 비밀의 자취도 어스레하다. 껍질에 새긴 글자가 나무가 자람을 따라 어느 결엔지 형적이 사라진 격이다.

이제 아닌 때 별안간 불풍나게 두번째 경험을 당하려고 하는 자리에 문득 옛 생각이 떠오르지 않을 수 없었다.

흐르는 향기같이 불시에 전신을 휩싼다. 피가 끓으며 세상이 무섭고 가슴이 두근거리며 손가락이 떨린다. 물동이를 깨뜨린 때와도 같이 겁이 목줄을 조인다.

대체 어떻게 하여서 또 이 지경에 이르렀나 생각하면 눈앞이 막막하다.

거리에 자주 삐죽거린 것이 잘못일까. 민갑이에게는 어찌되어 이렇게 허름하게 보였을까. 돈도 없으면서 가게에 들어가서 이것 저것 탐내는 것부터 틀렸다. 집안이 들고 날 판에 단별의 옷도 과남한데 단오비음은 다 무엇인가. 돈 있는 사람들의 단오 놀이지 가난한 멀떠구니의 아랑곳인가. 이 곳 질숙 저 곳 기웃 하며 만져보고 물어보고 눈을 까고 한숨 쉬고 하는 동안에 엉뚱한 딴 군에게 온전히 깐보이고 감잡히었다. 만갑이는 가게에 사람이 비인 때를 가늠보아 미처 겨를 사이도 없게 몸째 덜렁 떠받들어 뒷방에 넣고 안으로 문을 잠근 것이다.

부락스러운 꼴이 사내란 모두 꿈에서 본 돼지요 엉큼한 날도둑이다. 훔친 뒤에는 심드렁하다.

"가지고 싶은 것을 말해봐—무엇이든지 소용되는 대로 줄께"

"욕을 주어도 분수가 있지 사람을 어떻게 알고 이 수작이야"

분녀는 새삼스럽게 짜증을 내며 보기 좋게 볼을 올려 붙였다. 엄청난 짓을 당하면서 심상한 낯을 지닐 수도 없고 그렇게라도 할 수밖엔 없었다.

"미워 그랬나?"

"몰라, 녀석."

쏘아 붙이고는 팔로 눈을 받치고 다따가 울기 시작하였다. 사실 눈물도 나왔다. 첫번에는 겁결에 울기란 생각도 안 나던 것이 지금엔 눈물이 솟는 것이다, 그 무엇을 잃은 것 같다. 다시 찾을 수 없을 것 같다. 안타까운 생각에 몸이 떨린다.

"울긴 왜, 사람은 다 그런 것이야—단오에 들 것 한 벌 갖추어 줄께"

머리를 만지다 어깨를 지긋거리면서,

"삽삽하게만 굴면야 이 가게라도 반 나눠 줄걸."

가게에 인기척이 나는 까닭에 분녀는 문득 울음을 그쳤다. 부르다 주인의 대답이 없으니 사람은 나가 버렸다. 만갑이는 급작스럽게 말을 이었다.

"여편네가 중풍으로 마저마저 거꾸러져 가는 판이니 그렇게만 된다면야 나는 분녀를 새로 맞어다 가게를 맡길 작정인데 뜻이 어떤가?"

울면서도 분녀는 은연 중 귀를 솔깃하고 있었다.

"잘 생각해 볼일이야."

든직히 눌러 놓고 만갑이는 한 걸음 먼저 방을 나갔다. 손님을 보내기가 바쁘게 방문을 빼곰이 열고 불러냈다.

"이것 넣어 둬."

소매 속에다 무엇인지를 틀어 넣어 주는 것이다. 분녀는 어안이벙벙하였다.

집에 돌아와 소매 갈피를 헤치니 지전 한 장이 떨어졌다. 항용 보던 것보다 훨씬 넓고 푸르다. 과남한 것을 앞에 놓고 분녀는 적이 마음이 느근하였다. 군청관사에 아침 저녁으로 식모로 가서 버는 한 달 월급보다 많다. 월급이라야 단돈 사원으로는 한 달 요의 보탬도 못된다. 화세로 얻어 부치는 몇 뙈기의 밭을 그래도 어머니와 동생이 드세게 극성으로 가꾸는 덕에 제 철 제 철의 곡식이 요를 도우니 말이지 그것도 없다면야 분녀의 월급만으로는 코에 바를 나위도 없을 것이다.

왼 곳에 가 있는 오빠가 좀더 온전하다면 집안이 그처럼도 군색하지는 않으련만 엉망인 집안에 사람조차 망나니여서 이웃 고을 목탄조합에 가 있어 또박또박 월급생활을 하면서도 한 푼 이렇다는 법 없었다. 제 처신이나 똑바로 하였으면 걱정이나 없으련만 과당하게 건들거리다 기어이 거덜나고야 말았다. 늦게 배운 오입에 수입을 탕갈하다 나중에 공금에까지 손찌검을 한 것이다. 탄로되었을 때에는 오백소수나 감춰낸 뒤였다. 즉시 그 고을 경찰에 구금되었다가 검사국으로 넘어간 것은 물론이려니와 신분보증을 선 종가에 배상액을 빗발같이 청구하므로 종가에서는 펏질 뛰어들어 야기를 부리는 것이다. 집안은 망쪼를 만난 듯이 스잔

하고 을씨년스럽다.

불의의 수입을 앞에 놓고 분녀는 엄청나고 대견하였다. 어떻게 했으면 옳을까. 집안 일에 보태자니 빛 없고 혼잣일에 쓰자니 끔찍하고 불안스럽다.

대체 집안 사람들에게는 출처를 어떻게 말하면 좋을까. 관사에서 얻어 내왔다고 해서 곧이 들을까. 가난에 과남은 도리어 무서운 일이다.

왈칵 겁도 났다. 술집 계집이나 하는 짓이 아닌가. 집안 사람도 집안 사람이려니와 명준에게, 상구에게 들 낯이 있는가. 설사 만주에는 가 있다 하더라도 첫 몸을 준 명준이가 아닌가. 그야말로 불시에 금덩이나 짊어지고 오면 어떻게 되노.

그러나 명준이보다도 당장 날마다 만나게 되는 상구에게 대하여서는 어떻게 한단 말인가. 확실히 그를 깔보고 오기는 했다. 그렇기 때문에 벌써 피차에 정을 두고 지낸 지 반 년이 넘는데도 몸하나 까딱 다치지 못하게 하여 왔다.

그 역시 몸은 다칠 염도 하지 않았다. 그러나 그는 깔중보일 인금인가. 명준이 같이 눈길이 보통 재물은 아니다. 학교도 같은 학교나 명준이 같이 중도에서 폐학할 처지도 아니요, 그것을 마치고는 서울 가서 웃 학교를 치를 생각이라니 그렇게만 된다면야 취직도 한층 높아 고을 학교만을 졸업하고 삼종 훈도로 나가거나 조합 견습생으로 뽑히는 것과는 격이 다르다. 다만 세월이 너무 장구한 것이 지루하다. 지금 학교를 마치재도 이태, 웃 학교까지 필함은 어느 천 년일까. 그때까지에는 집안은 창이 날 것이다. 몸까지 허락하면 일이 됩데 틀어질 것 같아서 언약만 하여 놓고 손가락하나 까딱 못하게 한 것이다. 상구 역시 그것을 원하지 않았고 공부에 유난스럽게 힘을 들이는 모양이다. 그러는 동안에 이 꼴이 되고 말았다.

허랑한 몸으로 상구를 어찌 대하노. 그렇다고 그를 당장에 단념할 신세도 못되고 지은 죄를 쏟아 놓고 울고 뛸 수는 더욱 없는 것이다. 생각과 겁과 부끄러움에 분녀는 정신이 섞갈린다.

3

학교가 바쁜 지 여러 날이나 상구를 만날 수 없다.

눈앞에 면대하지 않으니 겁도 차차 으스러지고 도리어 마음은 허랑하게만 든다.

실상은 다음 날로라도 곧 가려 하였으나 겸연쩍은 마음에 그럴 수도 없어 며칠은 번졌다. 그 날 부랴부랴 그 곳을 나오느라고 만갑이 가게에 물건을 잊어 둔 것이다. 물건도 물건, 공칙히 손에 걸치는 옷가지인 까닭에 안 찾을 수도 없고 밤이 이슥하기를 기다려 분녀는 조심스러이 거리로 나갔다.

한길에는 사람들이 듬성듬성하다. 전과는 달라 한결 조물거리는 마음에 사방을 엿보며 가게로 들어가자 기다리고 있던 듯이 만갑이는 성큼 뛰어 나온다.

"올 사람도 없을 듯하군."

밀장을 드르렁드르렁 밀고 휘장을 치고 가게를 닫치는 것이다.

"곧 갈텐데."

"눈어림만 했더니 맞을까."

골방 문을 냉큼 열더니 만갑이는 상자를 집어낸다. 덮개를 여니 뾰죽한 구두, 새까만 광채에 분녀는 눈이 어립다.

팔을 나꾸어 쪽마루로 이끈다.

분녀는 반갑기보다는 무섭다.

"그까짓 구두쯤."

불 하나를 끄니 가게 안은 어둑스레하다.

만갑이는 마루에 걸터 앉아 강잉히 팔을 잡아 끈다. 뿌리치고 빼다가 전봇대 모서리에서 붙들렸다.

"손가락 겨냥 좀 해볼까."

우격으로 끌리운다.

마루에 이르기 전에 만갑이는 날쌔게 남은 등불을 마저 죽여 버렸다.

어두운 속에서 분녀는 씨름군같이 왈칵 쓰러졌다. 더운 날숨이 목덜미를 엄습한다. 굵은 바로 얽어 매인 것 같이 몸이 가쁘다.

"미친것."

즐겨서 들어온 것은 아니나 굳이 거역할 것이 없는 것은 몸이 떨리기는 하나 거듭하는 동안에 마음이 한결 유하여진 것이다. 무엇보다도 어둠에는 눈이 없는 까닭에 부끄러운 생각이 덜하다.

별안간 밀장을 흔드는 인기척에 달팽이 같이 몸이 움츠려 들었다 시치미를 떼려던 만갑이는 요란한 소리에 잠자코 있을 수 없어 소리를 친다.

"천수냐?"

하는 수 없이 문을 여니 천수가,

"야단 났어요"

어느 결엔지 들어와서,

"병환이 더해서 댁에서는 곧 들어오시라구요."

"더 하다니."

"풍이 나서 사람을 몰라봐요."

"곧 갈게 어서 들어가."

천수가 약빠르게 불을 켜는 바람에 분녀는 별수 없이 어지러운 꼴을 등불 아래 드러냈다. 움츠러들며 외면하였으나 천수의 눈이 등에 와 붙은 것 같다.

"녀석 방정맞게."

만갑이의 호통에 보다도 천수는 분녀의 꼴에 더 놀랐다.

이튿날 상구가 왔다.

임시시험이라고 칭탈하나 오월도 잡아들지 않았는데 모를 소리였다. 어떻든 그를 만나기는 퍽도 오래간만이다. 거의 하루 건너로 찾아오던 것이 문득 끊어지더니 마침 두 장도 막을 넘긴 것이다. 하기는 전 모양 그 모양 지닌 책보도 전의 것대로였다. 다만 얼굴이 좀 그슬렸고 눈망울이 그 무슨 먼 생각에 멀뚱하다. 필연코 곡절이 있으련만—그것을 꼬치꼬치 묻기에 분녀는 심고를 하여 상구의 말과 눈치가 될 수 있는 대로 자기의 일신의 변화 위에 떨어지지 않도록 발뺌을 하느라고 애를 썼다. 속으로는 상구한테서 정이 벌써 이렇게도 떴나 하고 궁리 다른 제 심정을 아프고 민망하게도 여겼다. 거짓없는 상구의 입만을 쳐다보기도 죄만스럽다.

"시골학교 재미 적다. 서울로나 갈까 하고 생각하는 중이다."

새삼스런 소리에 분녀는 의아한 생각이 나서,

"아무델 가면 시험이 없나? 뚱딴지 같이 다따가 서울은 왜?"

"조사가 심해서 책도 맘대로 읽을 수 없어. 책 권이나 뺏겼다. 서울 가면 책도 소원대로 읽을 거, 동무들도 흔할 거."

"책, 책 하니 학교 책이나 보면 됐지 밤낮 무슨 책이야."

책보를 끌러 활짝 헤치니 교과서 아닌 몇 권의 책이 굴러 나왔다. 영어 책도 아니요. 수학 책도 아니요 그렇다고 소설책도 아닌 불그죽죽한 껍질이 두터운 책들이다. 분녀는 전부터도 약간은 상구가 그러스럼한 책을 읽고 있는 것과 그것이 무슨 속인가를 짐작하여 행여나 하는 의심을 품고 오기는 왔다.

"집에 두면 귀찮겠기에 몇 권 추려 가져왔다. 소용 될 때까지 간직했다 주렴."

"주제넘게 엉큼한 수작하다 망할 장본이야. 까딱하다 건수 윤패꼴 되려구."

"함부로 지껄이지 말어. 쥐뿔도 모르거든."

상구는 눈을 부르댔다.

"너 여새 수상하더라 태도가 틀렸지."

소리를 치며 책을 냉큼 들어 분녀의 볼을 갈긴다.

"어떻게 알고 그런 주제 넘은 대꾸야."

돌리는 얼굴을 또 한 번 갈기다가 문득 고름끝에 옭아 매인 반지를 보았다.

"웬 것야."

잡아채이니 고름이 떨어진다. 상구는 금시에 눈이 찢어져 올라가며 불이라도 토할 듯 무섭게 외친다.

"어느 놈팡이를 웃어 붙였니. 개차반. 천보."

머리채가 휘어잡혔다. 볼이 얼얼하고 이빨이 솟는 듯하나 분녀는 아무 대답 없다. 모처럼의 기회에 차리리 죽지가 꺾이우게 실컷 맞고 싶다. 미안한 심사가 약간이라도 풀려질 것 같았다.

"숫제 그손으로 죽여 주었으면."

실토였다. 눈물이 솟는다.

"큰 것 죽이지 네까짓 것 죽이려 생겨났겐."

결착을 내려는 듯이 몸째 차 박지르고 상구는 홀쩍 나가 버렸다.

어쩐지 마지막 일만 같아 분녀는 불현듯이 서러워지며 공연히 그를 설궂친 것을 뉘우쳤다.

저녁 때 밭에서 돌아오기가 바쁘게 어머니는 황당하게 설렌다.

"들었니? 상구 말이다."

분녀의 얼굴에는 아직도 눈물 자국이 부숙부숙한 채로다.

"요새 더러 만나 봤니. 이상한 눈치 보이지 않던?—들어 갔단다."

"예? 언제요?"

분녀는 눈이 번쩍 뜨인다.

"망간 거리에서 소문 듣고 오는 길이다. 윤패 건수들과 한 줄에 달릴 모양이다. 사람 일 모르겠다."

"낮쯤와서 책까지 두고 갔는데요."

"낌새 채고 하직차로 왔었나 보다. 멀건 소소리패들과 휩쓸려 지내더니 아마도 그간 음특한 짓을 꾸민 게야."

"눈치가 이상은 하였으나 그렇게까지 되다니요."

사실 분녀는 거기까지는 어림하지 못하였다. 아까 상구와 끝내 말다툼까지 하다 그의 심사를 설궂치게 된 것도 실상은 그의 말이 전과는 달라 수상하게 나온 까닭이었다.

"녀석들의 언걸 입었거나 그렇지 않으면 철 모르고 새롱새롱 덤볐거나 한 게야. 사람은 겉 볼 일이 아니구먼. 이 일을 어쩌노."

어머니로서는 공연한 걱정이었다.

"웃 학교는 애시당초 틀렸지. 초라니 같은 것. 사람 잘못 가렸어."

슬그머니 딸을 바라본다. 분녀의 얼굴은 안온한 것도 같고 아득한 것도 같다.

"사람과 생각이 다른 것이야 하는 수 없지요"

"넌 어떻게 생각하느냐 말이다. 분하지 않느냐."

"분하긴요."

먼숙한 얼굴을 은연중 바라보며 어머니는 은근한 목소리로,

"너희들 그간 아무 일 없었니?"

분녀는 부끄러운 뜻에 화끈한 얼굴이 달며 착살스러운 어머니의 눈초리에서 외면하여 버렸다.

"있었다면 탈이다."

수삽스러운 생각에 어머니가 자리를 뜬 것이 얼마나 시원한지 알 수 없다. 어머니에게 대해서보다도 애매한 상구에 대하여 더 부끄럽다. 일신이 별안간 더럽고 께끔하다. 어쩐지 어심아 하여 밤이 늦었을 때 분녀는 골목을 나갔다. 남문 거리에 나가서 한 모퉁이에 서기만 하면 웬만한 그 날 소식은 거의 귀에 들어온다. 한길 복판 게시판 옆에 두런두런 모여서들 지껄지껄하는 속에서 분녀는 영락없이 상구의 소식를 가달가달 훔쳐낼 수 있었다.

건수가 괴수였다. 모여서 글 읽는 패를 모으려다가 들키운 것이다. 학교에서는 상구외에도 두 사람. 거리에서는 건수와 윤패네 세 사람. 상구가 건수에게서 책을 빌었을 뿐이나 집을 속속들이도 수색 당하고 학교에서는 나오는대로 퇴학을 맞을 것이다.

상구도 이제는 앞길이 글렀구나 생각하면서 분녀는 발을 돌렸다. 이렇게 될 것을 예료하고 그를 숨기고 허랑하게 처신을 하여온 것 같아 면목없고 언짢다.

집에 돌아오니 상구의 두고 간 책이 유난스럽게 눈에 뜨인다. 그립기보다는 도리어 책망하는 원혼같이 보여서 쓸어 들고 아궁 앞으로 내려갔다.

"차라리 태워버리는 것이 글거리가 남잖아 피차에 낫지."

불을 그어대니 속 장부터 부싯부싯 타기 사작한다. 먹과 종이 냄새가 나며 두터운 책이 삽시간에 불덩어리가 된다. 어두운 부엌 안이 불길에 환하다. 상구와는 영영 작별 같다. 악착한 것 같아 분녀는 또 눈앞이 어질어질하다.

4

날을 지남을 따라 무겁던 마음도 차차 홀가분하여지고 상구에게 대하여 확실히 심드렁하게 된 것을 분녀는 매정한 탓일까 하고도 생각하였다. 굴레를 벗은 것 같이 일신이 개운하다. 매일 곳없으며 책할 사람 없다고 느끼는 동안에 마음이 활짝 열려져 엉뚱한 딴 사람으로 변한 것 같다.

어느 날 저녁 느직하게 돼지물을 주고 우리에 의지하여 하염없이 들여다보고 있을 때 문득 은근한 목소리에 주물트리고 돌아서니 삽짝문 어귀에 사람의 꼴이 어뜩한다. 홀태양복을 입고 철 잃은 맥고를 쓴 것이 갈데 없는 만갑이다. 혹시 집안 사람에게라도 들키면 하고 밖으로 손짓하며 뛰어갔다.

"동문 밖까지 와 줄텐가. 성 밑에 기다리고 있을게."

만갑은 외면하여 돌아서며 다짜고짜로 부탁이다.

"의논할 일이 있어. 안 오면 낭패야."

대답할 여지도 없게 다짐하고는 얼굴도 똑똑히 보이지 않고 사람의 눈을 피하는 듯이 휙 가버린다. 어둠 속에 달아나는 꼴이 어령칙하다. 약빠른 꼴이 믿음직은 하나 너무도 급작스러워서 분녀는 미심하게 뒷모양을 바라본다. 여편네 병이 위중한가.

방에 돌아와 망설이다가 행티가 이상한 까닭에 담보를 내서 가보기로 하였다. 물론 그에게는 그만큼 마음이 익은 까닭도 있었다.

동문을 나서니 벌판이 까마득하고 늪이 우중충하다. 오리 밖 바다가 보이는지 마는지. 달 없는 그믐 밤이 금시에 사람을 호릴 듯하다.

길 없는 둔덕으로 들어서 성곽 밑으로 다가서기가 섬찟하고 께름하다. 여우에게 홀리우는 것은 이런 밤일까. 여우보다는 사람에게 홀리우는 것이 그래도 낫겠지 하는 생각에 문득 성벽에 납작 붙은 만갑을 발견하였을 때에는 차라리 반가웠다.

사내는 성큼 뛰어와 날쌔게 몸을 끌었다. 무서운 판에 분녀는 뿌듯한 힘이 믿음직하여 애써 겨루려고도 하지 않고 두 팔에 몸을 맡겨 버렸다.

"분녀."

이름을 부를 뿐 다른 말도 없이 급작스리 허리를 조이더니 부락스럽게 밀친다.

"다짜고짜로 개처럼 무어야, 원"

분녀는 세부득이 쓰러지면서 게정거리나 어기찬 얼굴이 입을 덮는다. 팔이 떨리며 몸짓이 어색하다.

"말이 소용 있나."

목소리에 분녀는 옹끗하였다.

"녀석 누구야."

소리를 지르나 입이 막히운다.

"만갑인 줄만 알었니. 어수룩하다."

"못 된 것 각다귀."

손으로 뺨을 하나 올려쳤을 뿐 즉시 눌리워 꼼짝 할 수도 없다.

"듣지 않을 듯해서 깜쪽같이 만갑이로 변해 보았다. 계집을 속이기란 여반장이야. 맥고 쓰고 홀태양복만 입으면 그만이니."

천수도 사내라 당할 수 없이 빽세다.

"딴은 만갑이와 좋긴 좋구나. 여기까지 나오는 것 보니 녀석도 여편네는 마저마저 거꾸러지는데 말 아니야. 물건을 낚시 삼아 거리의 계집애들 다 망쳐 놓으니."

천수의 심청은 생각할수록 괘씸하였으나 지난 후에야 자취조차 없으니 하릴없는 노릇이다. 마음 속에 담고 있을 뿐 호소할 곳도 없으며 물론 말할 곳도 없다. 그러나 이상하게도 날을 지날수록 괘씸한 마음은 차차 스러져 갔다.

어차피 기구하게 시작된 팔자였다. 명준이 때나 천수 때나 누구인 줄도 모르고 강박으로 몸을 맡겼다. 당초에는 몸을 뜯고 울고 하였으나 지금 와 보면 명준이나 천수나 만갑이까지도—다 같다. 기운도 욕심도 감동도 사내란 사내는 다 일반이다. 마치 코가 하나요 팔이 둘인 것 같이 뛰어나지 못한 사내도 나은 사내도 없고 몸을 가지고만 아는 한정에서는 그 누구가 굳이 싫은 것도 무서운 것도 없다. 명준에게 준 몸을 만갑에게 허락한 것을 천수에게 거절할 것이 없다.

다만 부끄러울 뿐이다. 벗은 몸을 본능적으로 가리우게 되는 것과 같은 심정으로 그것은 여자의 한 투다.

문만 들어서면 세상의 사내는 다 정답다. 천수를 굳이 괘씸히 여길 것 없다.

분녀는 이렇게까지 생각하게 되었다. 마음이 허랑하여졌다고 할까. 확실히 새 세상을 알기 시작한 후로 심정이 활짝 열리기는 열렸다. 아무리 마음 속을 노려보아도 이렇게 밖엔 생각할 수 없다. 천수를 안된 놈이라고만 청원할 수 없다.

정신이 산란하여 몸이 노곤하다. 살림은 나아지는 법이 없고 일반인데다가 어느 날 또 발등에 불이 떨어졌다. 이웃 고을 재판소에서 검사국으로 넘어갔던 오빠의 재판이 열리는 것이다. 조합 당사자들에게 호출이 왔을 것은 물론이나 경찰에서 참량하여 집에도 통지가 왔다. 들어간 후로는 꼴을 본 지도 하도 오랜 까닭에 어머니만이라도 참례하여 징역으로 넘어가기 전에 단 눈보기만이라도 하였으면 하나 재판을 내일같이 앞두고 기차로 불과 몇 시간이 안 걸리는 곳인데도 골육을 보러 갈 노자가 없는 것이다. 어머니는 딸을, 딸은 어머니를 쳐다만 보며 종일 동안 궁싯거릴 뿐이었다.

휑드렁한 가게에는 그러나 만갑의 꼴은 보이지 않는다. 구석에 박혀 있던 천수가 빈중빈중 웃으며 나올 뿐이다.

"만갑이 보러 왔니? 온천으로 놀러 갔다."

위인이 없다면 말도 할 수 없기에 얼빠진 것 같이 우두커니 섰노라하니 천수는 민망한 듯이 덜미를 친다.

"요전 일 노엽니?"

뒤를 이어,

"무슨 일인지 내게 말하렴, 났으니 말이지 만갑이에게 말해도 소용 없는 줄이나 알아라. 네게서 벌써 맘뜬 지 오래야. 요새는 남돗집 월선이와 좋아서 지내는 모양이더라. 여편네 병은 내일 내일 하는데"

분녀는 불시에 뒤통수를 얻어 맞은 것 같다. 눈앞이 아득하다.

"가게라도 반 떼어 주겠다고 꾀지 않던? 여편네가 죽으면 후실로 들여 가게를 맡기겠다고 하지 않던? 누구에게든지 하는 소리 그게 수란다."

기둥을 잃은 것 같다. 몸이 떨린다. 그를 장래까지 믿었던 것은 아니나 너무도 간특스럽게 속히운 셈이다.

"만갑이처럼 능청스럽지는 못하나 네게 무엇을 속이겠니. 무슨 일이든 말하렴 내 힘엔 부친단 말이냐?"

"아무것도 아니다."

"어떻게 생각할지 모르나 돈이라면 여기 잔 돈 푼이나 있다. 어떻게 여기지 말고 소용되는 대로 쓰려므나."

천수는 지갑을 내서 통째로 손에 쥐어 준다. 분녀는 알 수 없이 눈물이 솟는다. 예측도 못한 정미에 가슴이 듬뿍해서 도리어 슬프다.

5

어머니는 재판소에 갔다 온 날부터 심화가 나서 누웠다 일어났다 하였다. 홀렁바지를 입고 용수를 쓴 오빠의 꼴이 눈앞에 어른거려 잠을 못 이루는 눈치다. 눈물이 마를 새 없고 눈시울이 부어서 벌갰었다. 몇해 징역이나 될까. 판결이 궁금하다기보다 무섭다. 엄징할 재판장의 모양이 눈에 삼삼하다. 종가에는 발조차 일체 끊었다.

스산한 속에도 단오가 가까워 온다.

거리 앞 장대에서는 매년 같이 시민 운동회가 성대하게 열린다는 바람에 거리 사람들은 설렌다. 일 년에 한 번 오는 이 반가운 명절때문에 사람들은 보람이 있는 듯하다. 씨름이 있고 그네가 있고 활이 있고 자전거 경주가 있다. 사람들은 철시하고 새 옷 입고 장대로 밀릴 것이다.

분녀는 정황은 못되었으나 그래도 명절이 은은히 기다려진다. 제사 지낼 떡은 못 빚을지라도 만갑에게서 갖추어 얻은 것으로 이럭저럭 몸치장은 될 것이다. 무엇보다도 올해는 그네를 뛰어 상에 들 가망이 있는 것이다.

"자전거 경주에 또 나가 보겠다."

천수가 뽐내는 것을 들으면 분녀도 마음이 뛰놀았다.

"을손이를 지울만 하냐?"

"올에야 설마 짓구땡이지 어디 갈라구. 우승기 타 들고 거리를 돌게 되면 나와 살겠나?"

"밤낮 살 공론이야."

이렇게 말한 것이 실상에 당일에는 어찌 된 일인지 도무지 신명이 나지 않았다.

못을 박은 듯이 빽빽히 선 사람 틈으로 자전거 경주를 들여다보고 있노라니 앞장 서서 달아나던 천수는 꽁무늬를 쫓는 을손과 마주 스치더니 급작스런 모서리를 돌 때 기어이 왈칵 쓰러져 일어나는 동안에는 벌써 맨 뒤에 떨어져 버렸다. 을손의 간악한 계교에 얼입히웠다고 북새를 놓았으나 을손이 벌써 일등을 한 뒤라

공론이 천수에게 이롭지 못하였다. 조마조마 들여다보던 분녀는 낙심이 되어 차례가 와서 그네에 올랐을 때에도 마음이 허전허전하였다.

나조차 마저 실패하면 어쩌노 생각하며 애써 힘을 주어 솟구기 시작하였다. 희뚝거리던 설개도 차차 편편하여지고 두 손아귀의 바도 힘차고 탐탁하게 활같이 휘었다 펴졌다 한다. 그네와 몸이 알맞게 어울려 빨리 닫는 수레를 탄 것 같이 유쾌하다. 나갈 때에는 눈앞이 휘연하고 치맛자락이 너붓어 나부낀다. 다리 밑에 울묵줄묵 선 사람들의 수천의 눈망울이 몸을 따라 왔다갔다 한다. 하늘에 오를 것 같고 땅을 차지한 것도 같다. 땅 위의 걱정은 어디로 날아간 듯싶다.

바에 달린 줄이 휘엿이 뻗쳐 방울이 딸랑 울릴 때도 얼마 남지 않은 것 같다. 아래에서는 연방 추스르는 말과 힘을 메기는 고함이 들린다. 몸은 펴질 대로 펴지고 일등은 멀지 않다.

그때였다. 들어왔다. 마지막 힘을 불끈 내어 강물같이 후렷이 솟아나갈 때 벌판으로 달리는 눈동자 속에 문뜩 맞은편 수풀 속의 요절할 한 점의 광경이 눈에 들어 왔다. 순간 눈이 새까매지고 허리가 휘친 꺾이우며 힘이 푹 스러지는 것이다.

"왕가일까."

추측하며 재차 솟구며 나가 내려다보니 움직이지도 않고 그대로 서 있는 꼴이 개울 옆 수풀 그늘 아래 완연하다. 그 불측한 녀석은 참다 못해 그 자리에 선 것이 아니요 확실히 일부러 그 꼴을 하고 서서 이 쪽을 정신 없이 쳐다보는 것이다. 아마도 오랫동안 그 목적으로 그 짓을 하고 섰던 것이 요행 주의를 끌어 눈에 뜨인 것이리라. 거리에서 드팀전을 하고 있는 중국인 왕가인 것이다.

"음칙한 것."

속으로는 혀를 차면서도 이상하게도 한눈이 팔려 분녀는 노리는 동안에 팽팽하게 당기던 기운이 왈싹 줄어들며 그네가 줄기 시작하였다. 허리가 꺾이우고 다리가 허전하여지더니 다시 힘을 주려야 줄 수 없다. 팔이 떨려 바가 휘친거리고 발에 맥이 풀려 설개가 위태스럽다. 벌써 자세가 빗나가고 몸과 그네가 틀리기 시작하였다. 거의 방울이 마저마저 울리려하던 풋줄이 옴츠려들게만 되니 그네는 마지막이요 일등은 날아갔다. 분녀는 아홉 솎음의 공을 한 솎음의 실책으로 단망할 수 밖엔 없었다. 줄 아래 사람들은 공중의 비밀을 알 바 없어 탄식하고 혹은 소리치며 다만 분녀의 못 미치는 재주를 아까워 하는 것이다.

이렇게 된 바에야 하고 분녀는 줄어드는 그네 위에서 담대스럽게 녀석을 노려서 물리치려고 하였다. 그러나 이상한 것은 노리는 동안에 그를 물리치기는커녕 이쪽의 자세가 어지러워질 뿐이다. 오금에 맥이 빠지고 나부끼는 치마 폭이 부끄럽다.

일종의 유혹이었다. 천여 명 사람 속에서 왕가의 그 꼴을 보고 있는 것은 분녀뿐이다. 말하지면 두 사람은 많은 총중의 눈을 교묘하게 피하여 비밀히 만나고 있는 셈도 된다. 왕가의 간특스런 손짓과 마주치는 분녀의 시선은 말없는 대화인 셈이다. 분녀는 부끄러운 생각에 얼굴이 붉어졌다.

줄에서 내렸을 때까지도 좀체 홍분이 사라지지 않았다.

좀 상에는 들었으나 상보다도 기괴한 생각에 몸이 무덥다.

이 괴변을 누구에게 말하면 좋은가. 혼자만 알고 있는 것이 옳을까 생각하며 천수를 찾았으나 많은 눈 속에서 소락소락 말을 붙일 수도 없어서 집으로 돌아와서야 겨우 기회를 잡았으나 천수는 홧김에 술이 거나하게 취하여 있다.

"개울가로 나오련? 요절할 이야기 들려 줄께."

"분해 못 견디겠다. 을손이 녀석."

분녀는 혼자 먼저 나갔으나 시납시납 거닐어도 천수의 나오는 꼴이 보이지 않았다. 분김에 을손과 막 붙어 싸우지나 않는가.

양버들 숲을 서성거리는 동안에 어두워졌다. 개울까지 나갔다 다시 수풀께로 돌아오면서 하릴없이 왕가의 생각에도 잠겨 본다 —. 초라한 꼴로 거리에 온지 오륙 년이나 될까. 처음에는 마병장사를 하던 것이 차차 늘어 지금에는 드팀전으로도 제일 크다. 실속으로는 거리에서 첫째 부자라는 소리도 있으나 아직도 엄지락총각의 신세를 면하지 못하여 가끔 술집에 가서는 지전을 물 쓰듯 뿌린다고 한다. 중국 사람은 왜 장가가 늦을까. 여편네가 귀한 탓일까…….

수풀 그늘 속으로 들어가려던 분녀는 기급을 하고 머물었다. 제소리의 범이 있는 것이다. 왕가는 마치 그를 기다리고 있던 것 같이 벙글벙글 웃으며 앞에 막아선다. 하기는 낮에 섰던 바로 그 자리이긴 하다. 도깨비에게 홀린 것도 같다.

쭈뼛 솟았던 머리끝이 가라앉기도 전에 몸이 왕가의 팔 안에 있다. 입을 벌리기엔 너무도 어처구니없고 삽시간이라 겨를 틈도 없다.

"평생이 이다지도 기구할까."

분녀는 혼자 앉았을 때 스스로 일신이 돌려 보였다.

수풀 속에서 왕가에게 결박을 당하였을 때 악을 다하여 겨뤘다면 견지 못하였을까. 가령 팔을 물어 뜯는다든지 돌을 집어 얼굴을 찧는다는지 하였으면 당장을 모면할 수는 있지 않았던가. 그럼에도 그는 그것을 할 수 없었고 이상한 감동에 몸이 주저들자 기운도 의사도 사라져 버려 그뿐이었다.

마치 당시에는 함빡 술에라도 취하였던 것 싶다.

천수를 대할 꼴도 없다. 하기는 만갑과의 사이를 아는 그가 왕가와의 사이인들 굳이 나무랄 이치도 없기는 하다. 천수는 만갑에게서 그를 빼앗았고 차례로 왕가에게 빼앗긴 셈이다. 하기는 만약 그 날 저녁 약속한 천수가 어김없이 개울가로 나와 주었다면 그렇게 신세가 빗나가지는 않았을 것이다. 천수를 한할까 왕가를 원망할까.

분녀는 길게 한숨지으며 생각에 눈이 흐리멍텅하다. 천수를 한할 바도 못되거니와 왕가를 미워할 수도 없는 것이다.

생각하기도 부끄러운 일이나 사실 왕가는 특별한 인간이었다. 사내 이상의 것이라고 할까. 그로 말미암아 분녀는 완전히 눈을 뜨게 된 것이다.

왕가를 보는 눈이 전과는 갑자기 달라져서 은근히 그가 그리운 날이 있었다. 피가 수물거려 몸이 덥고 골이 띵할 때조차 있다. 그런 때에는 뜰 앞을 저적거리거나 성 밖에 나가 바람을 쏘일 수 밖에는 없었다 그러나 그것만으로는 도무지 몸이 식지 않는 때가 있다.

하루 밤은 성 밖까지 나갔다. 돌아오는 길에 거리를 거쳤다. 눈치를 보아 왕가와 만날 수가 있지나 않을까 하는 속셈도 없는 바 아니었다.

두근거리는 마음에 남문을 지날때 돌연히 천수를 만났다. 조바심하는 탓으로 태도가 드러나 보였는지 천수는 어둠속으로 소매를 이끌더니 첫 마디에 싫은 소리였다.

"요새 꼴이 틀렸군."

영문을 몰라 맞장구를 쳤다.

"꼴이 틀렸다니 눈이 뒤집혔단말이냐."

"눈도 뒤집혔는지 모르지."

"무슨 소리냐."

"요새 환장할 지경이지."

"또 술 취했구나. 을손이한테 지더니만 밤낮 술이야."

"어물쩡하게 딴 소리 그만둬."
쏘더니 목소리를 갈아,
"사람이 그렇게 헤프면 못 쓴다. 아무리 너기로서 천덕구니가 되면 마지막이야."
"무엇 말이냐?"
"그래도 시침을 떼니? 왕가와의 짓 말야."
분녀는 뜨끔하여 입이 막혀 버렸다.
"수풀 속에서 본 사람이 있어. 하늘은 속여도 사람의 눈은 못 속인다."
따리를 붙인다. 분녀는 주춤하여 자세가 휘었다..
"다시 그러면 왕가를 찔러라도 눕힐 테야. 치가 떨려 못 살겠다."
한참이나 잠자코 섰던 분녀는 겨우 입을 열었다.
"너 옷섶이 얼마나 넓으냐? 내가 네게 메었단 말이냐. 왕가와 너와 못하고 나은 것이 무엇 있니?"

6

그 후로 천수와의 사이가 뜬 것은 물론이어니와 분녀에게는 여러 가지 궁리가 많아서 거리와 일체 발을 끊었다. 아침 저녁으로 관사에 다니는 것도 일부러 궁벽한 딴 길을 골랐다. 관사에서 일하는 이외의 여가는 전부 집에서 보냈다.

빈 집을 지키며 울 밑 콩포기도 가꾸고 우물 물을 길어 몸도 퍼쩔 씻고 하는 동안에 열이 식어지고 마음도 차차 잡혔다. 몸이 깨끗하고 정신이 맑은데다 뜰앞의 조촐한 화초포기를 바라보고 있으면 지난 일이 꿈결같이 밖에는 생각나지 않는다. 그 무슨 무거운 대병이나 치르고 난 것 같이 몸이 거뿐하다. 모든 것이 지

나간 꿈이었다면 차라리 다행이겠다고 생각해 보면 머리채를 땋아 내린 몸으로 엄청난 짓을 한 것이 새삼스럽게 뉘우쳐진다. 명준, 만갑, 천수, 왕가, 머릿속에 차례차례로 떠오르는 환영을 힘써 지워 버리려고 애쓰면서 날을 보냈다.

그러나 사람의 마음처럼 조화 많은 것은 없는 듯하다. 언제까지든지 찬 우물물을 끼얹고 식히고 얼이울 수는 없었다. 견물생심으로 다시 분녀의 마음을 움직이게 한 변괴가 생겼다. 망측스런 꼴이 눈에 불을 붙여 놓았다.

여름의 관사는 까딱하면 개망신처가 되기 쉽다. 문이란 문, 창이란 창은 죄다 열어 젖히우고 대신에 얇은 발이 치우면 방 안의 변이 새이기 맞춤이다. 문이란 벽 속의 비밀을 귀띔하는 입이다. 그 안에 사는 임자가 밤낮조차 구별할 주책이 없을 때에 벽은 즐겨 망신 주기를 좋아하는 것 같다.

그 날 저녁 무렵은 유난히도 무더웠다. 더우면 사람들은 해변에서나 집안에서나 옷 벗기를 즐겨한다. 분녀는 이역 유난스럽게도 일찍이 부엌 일을 마치고는 목욕물을 가늠보러 목욕간으로 들어 갔다. 물줄을 틀어 더운 물을 맞추면서 한결같이 누구보다도 먼저 시원한 물 속에 잠겼으면 하는 불측한 생각뿐이었다. 그러나 대체 주인 양주는 이때껏 무엇을 하고 있나 하고 빈지 틈에 눈을 대었다. 이 괴망스러운 짓이 실수였는지도 모른다. 빈지 틈으로는 맞은 편 건넌방이 또렷이 보인다. 분녀는 하는 수 없이 방안의 행사를 일일이 보지 않을 수 없었다.

거의 숨을 죽였다. 피가 솟아 얼굴이 확 단다. 목구멍이 이따금 울린다. 전신의 신경을 살려 두 손을 펴고 도마뱀같이 빈지 위에 납작 붙었다.

수도물이 쏟아질 대로 쏟아져 목욕통이 넘쳐나는 것도 잊어 버리고 분녀는 어느 때까지나 정신 없이 빈지에 붙어 앉았다. 더운 김에 서리워서인지 눈에 물이 붙어서인지 몸이 불덩이 같이 덥다.

날이 지나도 흥분이 쉽사리 사라지지 않는다.

"그런 세상도 있구나."

거기에 비하면 지금까지 겪은 세상은 너무도 단순하고 아무것도 아닌—방 안의 세상이 아니요 문 밖 세상 같은 생각이 든다. 가지 가지의 경험을 죄진 것 같이 여기던 무거운 생각도 어느 결엔지 개어지고 도리어 자연스럽고 그 위에 그 무엇이 부족하였다는 느낌조차 들었다.

관사의 광경은 확실히 커다란 꾀임이었다. 일시 잠자던 것이 다시 깨어나 이번에는 더 큰 힘으로 움직이기 시작하였다. 아무리 우물 물을 퍼서 몸에 퍼부어도 쓸데없다. 한시도 침착하게 앉아 있을 수 없이 육신이 마치 신장대 모양으로 설레는 것이다.

만약 그 날로 돌연히 상구가 눈앞에 나타나지 않았더라면 분녀는 어떻게 일신을 정리하였을까.

요술과도 같이 뜻 밖에 상구가 찾아왔다. 들어간 지 거의 달포만이다. 얼굴은 부숭부숭 부었으나 어느 틈엔지 머리까지 깎은 후라 일신은 단정하다. 짜장 반가운 판에 분녀는 조금 수다스럽게 소리를 걸었다.

"고생했구나."

"맞았다! 동무들이 가엾다."

상구는 전과는 사람이 변한 것같이 속도 열리고 말도 걱실걱실 잘 받는 것이 분녀에게는 알 수 없이 반갑다.

"몸이 부은 것 같구나. 거북하지 않으냐."

"넌, 내 생각 안했니."

다짜고짜로 몸을 끌어당긴다. 분녀는 굳이 몸을 빼지 않았다.

"이번같이 그리운 때 없다."

"별안간 싼들한 것 같구나."

핑계 겸 일어서서 분녀는 방 문을 닫았다.

상구에게 대한 지금까지의 불만도 뉘우침도 다 잊어 버리고 상구의 하는 대로 몸을 맡겼다. 누구보다도 지금에는 상구가 가장 그리운 것이다. 지난 날도 앞 날도 없고 불붙는 몸에는 지금이 있을 뿐이다. 상구의 입술이 꽃같이 곱다.

다음날 관사에 나갔을 때에 분녀는 천연스런 양주의 얼굴을 속으로 우습게 여기는 한 편 천연스런 자신의 꼴을 한층 더 사특하게 여겼다.

그날 밤도 상구가 오기는 왔으나 간밤같이 기쁜 낯으로가 아니었다. 밤 늦게 오면서도 그는 전과 같이 노여운 태도였다. 퉁명스런 목소리였다.

"너를 잘못 알았다."

발을 구르며,

"네까짓 것한테 첫 몸을 준 것이 아까워."

이어,

"짐승 같은 것, 너를 또 찾은 내가 잘못이었지. 그렇게까지 된 줄이야 알았니?"

기어이 볼을 갈겼다.

"소문 다 들었다."

"……"

"굳이 일일이 이름 들 것도 없겠지, 어떻든 난 쉬 떠나겠다."

7

상구는 말대로 가버렸다. 차라리 실컷 얻어나 맞았더면 시원할 것을 더 말도 못 들어보고 이튿날로 사라졌으니 하릴없다. 서울일까. 사람이란 눈앞에만 안 보이게 되면 왜 이리도 그리운가.

그러나 상구의 실종보다는 더 큰 변이 생기고야 말았다. 마을 갔던 어머니는 황급한 성질에 펄펄 뛰어 들더니 손에 몽둥이를 집어 들었다.

"분녀야, 정말이냐."

분녀에게는 곡절이 번개같이 짐작되었다. 금시에 몸이 녹는 것 같더니 넋없는 몸뚱이가 허공을 나는 것 같다.

"허구한 곳 다 두고 하필 종가에 가서 이 끔찍한 소문을 듣다니 무슨 망신이냐."

올 때가 왔구나, 느끼며 숨을 죽였다.

"일이리 대봐라. 행실머릴 이 자리에서……"

첫 매가 내렸다.

"만갑이, 천수 또 누구냐, 대라. 치가 떨려 견딜 수 있나. 몸치장이 수상하더니 기어이 이꼴이냐?"

물매가 내리기 시작하였다. 분녀는 소같이 잠자코만 있다가 견딜 수 없어서 매를 쥔 팔을 붙들었다. 어머니는 더욱 노여워할 뿐이다.

"이 고장에 살 수 없다. 차라리 죽어라."

모진 매에 등줄기가 주저내리는 것 같다. 종아리에서는 피가 튄다. 분녀는 하는 수 없이 매를 벗어나서 집을 뛰어나왔다. 목소리는 나지 않고 눈물만이 바짓바짓 솟는다.

바다에라도 빠질까. 목이라도 매일까. 성문을 나서 환장할 듯한 심사에 정신 없이 벌판을 달렸다. 큰길을 닫기도 부끄러워 옆길로 들었다. 허전거리다가 밭 두둑에 쓰려졌다. 군이 다시 일어날 맥도 없어 그 자리에 코를 박고 밤되기를 기다렸다. 바다에까지 나가기도 귀찮아 풀포기에 쓰러진 채 밤을 새웠다.

다음 날도 집에 들어가지 않고 그렇다고 갈 곳도 없어 사람 눈에 안 뜨이게 종일이나 벌판을 헤매이다가 밭 속 초막 안에서 잤다. 그런지 나흘만에 벌판으로 찾아 헤매는 식구의 눈에 띄어 하는 수 없이 집으로 끌려갔다. 어머니는 때리는 대신에 눈물을 흘렸다.

큰일이나 치르고 난 것 같다. 몸도 가다듬고 마음도 조여졌다. 딴 사람으로라도 태어난 것 같다. 관사에서 떨어진 후로는 들에 나가 밭 일을 거들었다. 거리를 모르게 되고 밭과 친하였다.

여름이 짙어지자 벌써 가을 기색이었다. 들에는 곡식 냄새에 섞여 들깨 향기가 넘쳤다. 들깨향기는 그윽한 먼 생각을 가져온다.

분녀는 날마다 들깨 향기에 젖어서 집에 돌아왔다. 그런 하루날 돌연히 낯선 청년이 찾아왔다.

"날 모르겠어?"

아무리 뜯어 보아도 알듯알듯 하면서 생각이 미처 돌지 않는다.

"명준이야."

듣고 보니 틀림없다. 반갑다. 삼 년만인가.

"만주 갔다 오는 길이야. 나도 변했지만 분녀도 무던히도 달라졌군."

"금광은 찾았누."

"금광 대신에 사람 놈이나 때려 죽였지."

명준은 빙그레 웃는다. 고생을 하였으련만 그다지 축나지도 않았다. 도리어 몸이 얼마간 인 것 같다.

"고향은 그저 그 모양이군."

분녀는 변화 많은 그의 일신 위에 말이 뻗칠까봐 날쌔게 말머리를 돌렸다.

"어떻게 할 작정인구."

"밭뙈기나 얻어 갈아 볼까. 수 틀리면 또 내빼구."

말투가 허황하면서도 듬직하다. 생각하면 명준은 첫사람이었다. 귀찮은 금덩이를 가져오지 않은 것이 차라리 개운하다. 허락만 한다면 그와 나 마음 잡고 평생을 같이하여 볼까 하고 분녀는 생각하여 보았다.

돈(豚)

옛성 모롱이 버드나무 까치 둥우리 위에 푸르둥둥한 하늘이 얕게 드리웠다. 토끼 우리에서는 하이얀 양토끼가 고슴도치 모양으로 까칠하게 웅크리고 있다. 능금나무 가지를 간들간들 흔들면서 벌판을 불어오는 바닷바람이 채 녹지 않은 눈 속에 덮힌 종묘장(種苗場)보리밭에 휩쓸려 도야지 우리에 모질게 부딪친다.

우리 밖 네 귀의 말뚝 안에 얽어 매인 암퇘지는 바람을 맞으면서 유난히 소리를 친다.

말뚝을 싸고 종묘장 씨돋[種豚]은 시뻘건 입에 거품을 품으면서 말뚝의 뒤로 돌아 그 위에 덥석 앞다리를 걸었다. 시꺼먼 바위 밑에 눌린 자라 모양인 암퇘지는 날카로운 비명을 울리며 전신을 요동한다. 미끄러진 씨돋은 게걸떡거리며 다시 말뚝을 싸고 돈다. 앞뒤 우리에서 웅하는 도야지들 고함에 오후의 종묘장은 떠들썩하다.

반 시간이 넘어도 여의치 않았다. 둘러싸고 보던 사람들도 홍이 식어서 주춤주춤 움직인다. 여러 번 째 말뚝 위에 덮쳤을 때에 육중한 힘에 말뚝이 와싹 무지러지면서 그 바람에 밑에 깔렸던 도야지는 말뚝 테두리를 벗어져서 뛰어났다.

"어려서 안되겠군."

종묘장 기수가 껄껄 웃는다.

"—황소 앞에 암탉 같으니 징그러워서 볼 수 있나."

"겁을 먹고 달아나는데."

농부는 날쌔게 우리 옆을 돌아 뛰어가는 도야지의 앞을 막았다.

"달포 전에 한 번 왔다 갔으나 씨가 붙지 않아서 또 끌고 왔는데요."

식이는 겸연쩍어서 얼굴이 붉어졌다.

"빌어 먹을 놈의 즘생."

무안도 무안이려니와 귀치않게 구는 짐승에 식이는 화를 버럭 내면서 농부의 부축을 하여 달아나는 도야지의 뒤를 쫓는다. 고무신이 진창에 빠지고 바지춤이 흘러내린다.

도야지의 허리를 맨 바를 붙들었을 때에 그는 홧김에 바를 뒤로 잡아 나꾸며 기운껏 매질한다. 어린 짐승은 바들바들 떨면서 소리를 친다. 농사 일 년의 생명선—좀 있으면 나올 제 일기분 세금과 첫여름 감자가 나올 때까지의 가족의 양식의 예산의 부담을 맡은 이 어린 짐승에 대한 측은한 뉘우침이 나중에는 필연코 나렴만은 종묘장 사람들 앞에서의 무안을 못 이겨 식이의 흔드는 매는 자연 가련한 짐승 위에 잦게 내렸다.

"그만 갖다 매시오."

말뚝을 고쳐 든든히 박고 난 농부는 식이에게 손짓한다.

겁과 불안에 떨며 허둥거리는 짐승을 이번에는 한결 더 말뚝 안에 우겨 넣고 나뭇대를 가로 질러 배까지 떠받쳐 올려 꼼짝 요동하지 못하게 탐탁하게 얽어 매었다.

털몸을 근실근실 부딪치며 그의 곁을 감돌던 시돋은 미처 식이의 손이 떨어지기도 전에 화차와도 같이 육중하게 말뚝 위를 엄습한다. 시뻘건 입이 욕심에 목메어서 풀무같이 요란히 울린다. 깔리운 암퇘지는 목이 찢어져라 날카롭게 고함친다.

둘러선 좌중은 일제히 웃음소리를 멈추고 일시 농담조차 잊은 듯하다. 문득 분이의 자태가 눈앞에 떠오르자 식이는 말뚝에서 시선을 돌려 딴전을 보았다.

―"분이 고것, 지금, 년 어데 가 있는구."

―제이기분은 새루, 일기분 세금조차 밀려 오는 농가의 형편에 도야지보다 나은 부업이 없었다. 한 마리를 일년 동안 충실히 기르면 세금도 세금이려니와 잔 돈푼의 가용 용돈쯤은 훌륭히 우러나왔다. 이 도야지의 공용을 잘 아는 식이가 푼푼이 모은 돈으로 마을 사람들의 본을 받아 읍내 종묘장에서 갓 난 양도야지 한 자웅을 사온 것이 지난 여름이었다. 기름이 자르르 흐르는 새까만 자웅을 식이는 사람보다도 더 귀히 여겨 갓 사 왔을 무렵에는 우리안에 넣기가 아까워 그의 방 한 구석에 짚을 펴고 그 위에 재우기까지 하던 것이 젖이 그리워서인지 한 달도 못 돼서 숫놈이 죽었다. 나머지의 암놈을 식이는 애지중지하여 단 한벌의 그의 밥그릇에 물을 받아 먹이기까지 하였다. 물도 먹지 않고 꿀꿀 앓을 때에는 그는 나무 하러 가는 것도 그만 두고 종일 짐승의 시중을 들었다. 여섯달을 기르니 겨우 암퇘지 티가 났다. 달포 전에 식이는 첫 시험으로 십리가 넘는 종묘장까지 끌고 왔었다. 피돈 오십 전이나 내서 씨를 받은 것이 종시 붙지 않는 것이었다. 식이는 화가 났다. 때마침 정을 두고 지나던 이웃집 분이가 어디론가 도망을 갔다. 속이 상해서 며칠 동안 일이 손에 잡히지 않는 것이었다. 늘 뾰로통해서 쌀쌀하게 대꾸하더니 그 고운 살을 한

번도 허락하지 않고 늙은 아비를 혼자 둔 채 기어코 도망을 가버렸구나 생각하니 분이가 괘씸하였다. 그러나 속깊은 박초시의 일이니 자기 딸 조처에 무슨 꿍꿍 수작을 대었는지 도무지 모를 노릇이었다. 청진으로 갔으니, 서울로 갔느니, 며칠 전에 박초시에게 돈 십원이 왔느니, 소문은 갈피갈피었으나 하나도 종잡을 수 없었다. 이래저래 상할대로 속이 상했다. 능금꽃 같은 두 볼을 잘강잘강 씹어 먹고 싶던 분이던 만큼 식이는 오늘까지 솟아오르는 심화를 억제할 수 없었다─.

"다 됐군."

딴전만 보고 섰던 식이는 농부의 목소리에 그쪽을 보았다. 씨돋은 만족한 듯이 여전히 꿀꿀 짖으면서 그 곳을 떠나지 않고 빙빙 돈다.

파장 후의 광경이언만 분이의 그림자가 눈앞에 어른거리는 식이는 몹시도 겸연쩍었다. 잠자코 섰는 까칠한 암돼지와 분이의 자태가 서로 얽혀서 그의 머릿속에 추근하게 떠올랐다. 음란한 잡담과 허리 꺾는 웃음소리에 얼굴이 더 한층 붉어졌다. 환영을 떨쳐 버리려고 애쓰면서 식이는 얽어 매었던 도야지를 풀기 시작하였다. 농부는 여전히 게걸떡거리며 어른어른 싸도는 욕심 많은 씨돋을 몰아 우리 속에 가두었다.

"이번에는 틀림없겠지."

장부에 이름을 올리고 오십 전을 치러 주고 종묘장을 나오니 오후의 해가 느지막하였다.

능금 밭 건너편 양옥 관사의 지붕의 흐린 석양에 푸르둥절하게 빛난다. 옛성 어귀에는 성 안으로 드나드는 장꾼의 그림자가 어른어른 한다. 성 안에서 한 채의 버스가 나오더니 폭 넓은 이등도로를 요란히 달아온다. 도야지를 몰고 길 왼편 가으로 피한 식이는 퍼뜩 지나가는 버스 안을 살펴본다. 분이를 잃은 후로부터는 달아나는 버스 안까지 조심스럽게 살피게 되었다. 일전에 라남에서 버스차장 시험이 있었다더니 그런 데로나 뽑혀 들어가지 않았을까? 분이의 간 길을 이렇게도 상상하여 보았기 때문이다.

"장이나 한바퀴 돌아올까."

북문 어귀 성 밑 돌틈에 도야지를 매 놓고 성을 들어가 남문거리로 향하였다. 분이가 없는 이제 장꾼의 눈을 피하여 으슥한 가게 앞에서 겸연쩍은 태도로 매화분을 살 필요도 없어진 식이는 석유 한 병과 마른 명태 몇 마리를 사들고 장판을 오르락 내리락 하였다. 한 동리 사람들의 그림자도 눈에 띄지 않기에 그는 곧게 성 밖으로 나와 마을로 향하였다.

어기적거리며 도야지의 걸음이 올 때만큼 재지 못하였다. 그러나 이제 매질할 용기는 없었다.

철로를 끼고 올라가 정거장 앞을 지나 오촌포 한길에 나서니 장보고 돌아가는 사람들의 그림자가 드문드문 보인다. 산모퉁이가 바닷바람을 막아 아늑한 저녁 빛이 한길 위를 덮었다. 먼 산 위에는 전기의 고가선이 솟고 산 밑을 물줄기가 돌아 내렸다. 온천가는 넓은 도로가 철로와 나란히 누워서 남쪽으로 줄기차게 뻗쳤다. 저물어 가는 강산 속에 아득하게 뻗친 이 두 줄기의 길이 새삼스럽게 식이의 마음을 끌었다. 걸어가는 그의 등 뒤에서는 산모퉁이를 돌아오는 기차소리가 아련히 들린다. 별안간 식이에게는 이상한 생각이 들었다.

"이 길로 아무 데로나 달아날까."

장에 가서 도야지를 팔면 노자가 되겠지. 차 타고 노자가 자라는 곳까지 달아나면 그 곳에 곧 분이가 있지 않을까. 어디서 들었는지 공장에 들어가기가 분이의 소원이더니 그 곳에서 여직공 노릇하는 분이와 만나 나도 노동자가 되어 같이 살면 오죽 재미있을까. 공장에서 버는 돈을 달마다 고향에 부치면 아버지도 고

생할 것 없겠지. 도야지를 방에서 기르지 않아도 좋고 세금 못 냈다고 면소 서기들한테 밥솥을 뺏길 염려도 없을 터이지. 농사같이 초라한 업이 세상에 또 있을까. 아무리 부지런히 일해도 못 살기는 일반이니……분이 있는 곳이 어디인가……. 도야지를 팔면 얼마나 받을까.—이 도야지, 암돼지, 양돼지…….

"얏!"

날카로운 소리에 번쩍 정신이 깨었다. 찬바람이 휙 앞을 스치고 불시에 일신이 딴 세상에 뜬 것 같다. 눈 보이지 않고, 귀 들리지 않고—잠시간 전신이 죽고 감각이 없어졌다. 컴컴하던 눈앞이 차차 밝아지며 거물거믈 움직이는 것이 보이고 귀가 뚫리며 요란한 음향이 전신을 쓸어 없앨 듯이 우렁차게 들렸다.—우뢰소리가 ……바닷소리가……바퀴소리가……별안간 눈앞이 환해지더니 열차의 마지막 바퀴가 쏜살같이 눈앞을 달아났다.

"앗 기차!"

다 지나간 이제 식이는 정신이 아찔하며 몸이 부르를 떨린다.

진땀이 나는 대신 소름이 쭉 돋는다. 전신이 불시에 빈 듯이 거뿐하다. 글자대로 전신은 비었다. 한 쪽 팔에 들렸던 석유 병도 명태 마리도 간 곳이 없고 바른 손으로 이끌던 도야지도 종적이 없는 것이다.

"아, 도야지!"

"도야지구 무어구 미친 놈이지, 어디라고 〈후미끼리〉를 막 건너."

따귀를 철썩 맞고 바라보니 철로 망보는 사람이 성난 얼굴로 그를 노리고 섰다.

"도야지는 어찌 됐단 말요."

"어젯밤 꿈 잘 꾸었지, 네 몸 안 치인 것이 다행이다."

"아니 그럼 도야지 치었단 말요."

"다음부터 차에 주의해!"

독하게 쏘아 붙이면서 철로 망꾼은 식이의 팔을 잡아 나꿔 〈후미끼리〉 밖으로 끌어냈다.

"아, 도야지가 치었다니, 두 번이나 종묘장에 가서 씨받은 내 도야지, 암퇘지, 양돼지."

엉겁결에 외치면서 훑어보았으나 피 한 방울을 찾아 볼 수 없다. 흔적조차 없다니—기차가 달룽 들고 간 것 같아서 아득한 철로 위를 바라보았으나 기차는 벌써 그림자조차 없다.

"한 방에서 잠 재우고 한 그릇의 물 먹여서 기른 도야지, 불쌍한 도야지……."

정신이 아찔하고 일신이 허전하여서 식이는 금시에 그 자리에 푹 쓰러질 것 같았다.

산

1

나무하던 손을 쉬고 중실은 발 밑의 깨금나무 포기를 들쳤다. 지천으로 떨어지는 깨금알이 손 안에 오르르 들었다. 익을 대로 익은 제철의 열매가 어금니 사이에서 오드득 두 쪽으로 갈라졌다.

돌을 집어 던지면 깨금알 같이 오드득 깨어질 듯한 맑은 하늘, 물고기 등같이 푸르다. 높게 뜬 조각구름 떼가 해변에 뿌려진 조개 껍질같이 유난스럽게도 한 편에 옹졸봉졸 몰려들었다. 높은 산등이라 하늘이 가까우련만 마을에서 볼 때와 일반으로 멀다. 구만 리일까 십만 리일까. 골짜기에서의 생각으로는 산 기슭에만 오르면 만져질 듯하던 것이 산허리에 나서면 단번에 구만 리를 내빼는 가을 하늘.

산 속의 아침 나절은 졸고 있는 짐승같이 막막은 하나 숨결이 은근하다, 휘엿한 산등은 누워 있는 황소의 등어리요 바람결도 없는 데 쉴 새 없이 파르르 나부끼는 사시나무 잎새는 산의 숨소리다. 첫 눈에 띄는 하이얗게 분장한 자작나무는 산속의 일색. 아무리 단장한대야 사람의 살결이 그렇게 할 수 있을까. 수뺵 들어선 나무는 마을의 인총보다도 많고 사람의 성보다도 종자가 흔하다. 고요하게 무럭무럭 걱정없이 잘들 자란다. 산오리나무, 물오리나무, 가락나무, 참나무, 졸참나무, 박달나무, 사수래나무, 떡갈나무, 무푸나무, 물가리나무, 싸리나무, 고로쇠나무, 골짜기에는 산나무, 아그배나무, 갈매나무, 개옷나무, 엄나무, 산등에 간간히 섞여 어느 때나 푸르고 향기로운 소나무, 잣나무, 전나무, 노가지나무—걱정 없이 무럭무럭 잘들 자라는—산속은 고요하나 풍성한 아름다운 세상이다. 과실같은 싱싱한 기운과 향기, 나무향기, 흙냄새, 하늘 향기. 마을에서는 찾아볼 수 없는 향기다.

낙엽 속에 파묻혀 앉아 깨금을 알뜰히 바수는 중실은 이제 새삼스럽게 그 향기를 생각하고 나무를 살피고 하늘을 바라보는 것이 아니었다. 그런 것은 한데 합쳐서 몸에 함빡 젖어 들어 전신을 가지고 모르는 결에 그것을 느낄 뿐이다. 산과 몸이 빈틈없이 한데 얼린 것이다. 눈에는 어느 결엔지 푸른 하늘이 물들었고 피부에는 산냄새가 배었다. 바심 할 때의 짚북더기보다도 부드러운 나뭇잎—여러 자 깊이로 쌓이고 쌓인 깨금잎, 가락잎, 떡갈잎의 부드러운 보료—속에 몸을 파묻고 있으면 몸뚱어리가 마치 땅에서 솟아난 한 포기의 나무와도 같은 느낌이다. 소나무, 참나무 총중의 한 대의나무다. 두 발은 뿌리요 두 팔은 가지다. 살을 베면 피 대신에 나뭇진이 흐를 듯하다. 잠자코 섰는 나무들의 주고 받는 은근한 말을, 나뭇가지의 고갯짓하는 뜻을, 나뭇잎의 소곤거리는 속심을, 총중의 한 포기로서 넉넉히 짐작할 수 있다. 해가 쪼일 때에 즐겨하고, 바람 불 때 농탕치고, 날 흐릴 때 얼굴을 찡그리는 나무들의 풍속과 비밀을 역력히 번역해 낼 수 있다. 몸은 한 포기의 나무다.

별안간 부드득 솟아오르는 힘을 느끼고 중실은 벌떡 뛰어 일어났다. 쭉 펴는 네 활개에 힘을 보낼 곳 없이 입을 크게 벌리고 하늘이 울려라 고함을 쳤다. 땅에서 솟는 산 정기의 힘찬 단순한 목소리다. 산이 대답하고 나뭇가지가 고갯짓한다. 또 하나 그 소리에 대답한 것은 맞은편 산 허리에서 불시에 푸드득 날아 뜨는 한자웅의 꿩이었다. 살찐 까투리의 꽁지를 물고나는 장끼의 오색 날개가 맑은 하늘에 찬란하게 빛났다.

살찐 꿩을 보고 문득 배가 허출함을 깨달았다. 아래 편 골짜기 개울 옆에 간직하여 둔 노루고기와 가랑잎 새에 싸둔 개꿀이 있음을 생각하고 다시 낫을 집어 들었다. 첫 참 때까지에는 한 짐은 채워 놓아야 파장되기 전에 읍내에 다다르겠고 팔아 가지고는 어둡기 전에 다시 산으로 돌아와야 할 것이다. 한참 쉰 뒤라 팔에는 기운이 남았다. 버스럭거리는 나뭇잎 소리가 품안에 요람하고 맑은 기운이 몸을 한바탕 멱감긴 것 같다. 산은 마을보다 몇 곱절 살기 좋은가. 산에 들어 오기를 잘 했다고 중실은 생각했다.

2

세상에 머슴살이 같이 잇속 적은 생업은 없다.

싸울래 싸운 것이 아니라 김영감 편에서 투정을 건 셈이다. 지금 와 보면 처음부터 쫓아낼 의사였던 것이 확실하다. 중실은 머슴 산 지 칠 년에 아무것도 쥔 것 없이 맨주먹으로 살던 집을 쫓겨났다. 원통은 하였으나 애통하지는 않았다.

해마다 사경을 또박또박 받아 본 일이 없다. 옷 한벌 버젓하게 얻어 입은 적 없다. 명절에는 놀이할 돈도 푼푼이 없이 늘 개보

름쇠듯 하였다. 장가 들이고 집 사고 살림을 내준다던 것도 헛소리였다. 첩을 건드렸다는 생뚱 같은 다짐이었으나 그것은 처음부터 계책한 억지요 졸색의 둥글게 따위에는 손 댈 염도 없었던 것이다. 빨래하러 갔던 첩과 동구 밖에서 마주쳐 나뭇짐을 지고 앞서고 뒤서서 돌아왔다고 의심 받을 법이 없다. 첩과 수상한 놈팡이는 도리어 다른 곳에 있은 것을 애매한 중실에게 엉뚱한 분풀이가 돌아 온 셈이었다. 가살스런 첩의 행실은 휘어잡지 못하고 늘그막 판에 속을 태우는 영감의 신세가 하기는 가엾기는 하다. 더욱 엉크러질 앞 일을 생각하고 중실은 차라리 하직하고 나온 것이었다. 넓은 하늘 밑에서도 갈 곳이 없다. 제일 친한 곳이 늘 나무 하러 가던 산이었다. 짚북더기보다도 부드러운 두툼한 나뭇잎의 맛이 생각났다. 그 넓은 세상은 사람을 배반할 것 같지는 않았다. 빈 지게만을 걸머쥐고 산으로 들어갔다. 그 속에서 얼마 동안 견딜 수 있을까가 한 시험도 되었다.

박중골에서도 오리나 들어간, 마을과 사람과는 인연이 먼 산협이다. 산등이 평퍼짐하고 양지 쪽에 해가 잘 쪼이고 골짜기에 개울이 흐르고 개울가에 나무열매가 지천으로 열려 있는 곳이다. 양지 쪽에서는 나무하러 왔다 낮잠을 잔 적도 여러 번이었다. 개울가에 불을 피우고 밭에서 뜯어 온 옥수수 이삭을 구웠다. 수풀 속에서 찾은 으름과 나뭇가지에 익어 시든 아그배와 산사로 배가 불렀다. 나뭇잎을 모아 그 속에 푹 파고 든 잠자리도 그다지 춥지는 않았다.

이튿날 산을 헤매다가 공교롭게 주영나무 가지에 야트막하게 달린 벌집을 찾아냈다. 담배 연기를 피워 벌떼를 어지러뜨리고 감쪽같이 집을 들어냈다. 속에는 맑은 꿀이 차 있었다. 사람은 살라고 마련인 듯싶다. 꿀은 조금으로도 요기가 되었다. 개와 함께 여러 날 양식이 되었다.

꿀이 다 떨어지지도 않은 그저께 밤에는 맞은 편 심산에 산불이 보였다. 백일홍같이 새빨간 불꽃이 어둠 속에 가깝게 솟아-올랐다. 낮부터 타기 시작한 것이 밤에 들어가서 겨우 알려진 것이다. 누에에게 먹히는 뽕잎 같이 아물아물 헤어지는 것 같으나 기실은 한 자리에서 아롱아롱 타는 것이었다. 아귀의 혀끝 같이 널름거리는 불꽃이 세상에도 아름다웠다. 울 밑의 꽃보다도 비단결보다도 무지개보다도 맨드라미보다도 곱고 장하다. 중실은 알 수 없이 신이 나서 몽둥이를 들고 산등을 달아 오르고 골짜기를 건너 불 붙는 곳으로 끌려 들어갔다. 가깝게 보이던 것과는 딴판으로 꽤 멀었다. 불은 산등에서 산등으로 둘러 붙어 골짜기로 타 내려갔다. 화기가 확확 튀어 가까이 갈 수 없었다. 후끈후끈 무더웠다. 나무뿌리가 탁탁 튀며 땅이 쨍쨍 울렸다. 민출한 자작나무는 가지가지에 불이 피어 올라 한 포기의 산호수 같은 불나무로 변하였다. 헛되이 타는 모두가 아까웠다. 중실은 어쩌는 수 없이 몽둥이를 쓸데없이 휘두르며 불 테두리를 빙빙 돌 뿐이었다. 불은 힘에 부치는 것이었다. 확실한 간 보람은 있었다. 그슬려진 노루 한 마리를 얻은 것이다. 불 테두리를 뚫고 나오지 못한 노루는 산골짜기에서 뱅뱅 돌다 결국 불벼락을 맞은 것이다. 물론 그것을 얻은 때는 불도 거의 다 탄 새벽녘이었으나, 외로운 짐승이 몹시 가여웠다. 그러나 이미 죽은 후의 고기라 중실은 그것을 짊어지고 산으로 돌아갔다. 사람을 살리자는 산의 뜻이라고 비위 좋게 생각하면 그만이었다. 여러 날 동안의 흐뭇한 양식이 되었다. 다만 한 가지 그리운 것이 있었다. 짠맛—소금이었다. 사람은 그립지 않으나 소금이 그리웠다. 그것을 얻자는 생각만으로 마을이 그리웠다.

3

힘 자라는 데까지 지었다.

이십리 길을 부지런히 걸으려니 잔등에 땀이 내배었다. 걸음을 따라 나뭇짐이 휘청휘청 앞으로 휘었다. 간신히 파장전에 대었다. 나무를 판 때의 마음이 이 날같이 즐거운 적은 없었다. 물건을 산 때의 마음도 이 날같이 즐거운 적은 없었다. 그것은 짜장 필요한 물건이기 때문이다.

나무 판 돈으로 중실은 감자 말과 좁쌀 되와 소금과 남비를 샀다. 산속의 호젓한 살림에는 이것으로써 족하리라고 생각되었다. 목숨을 이어가는데 해어 쯤이 없으면 어떨까도 생각되었다. 올 때 보다 짐이 단출하여 지게가 가벼웠다.

거리의 살림은 전과 다름없이 어수선하고 지지부래 하였다. 더 나아진 것도 없으려니와 못해진 것도 없다. 술집 골방에서 왁자지껄 하고 싸우는 것도 전과 다름없다. 이상스러운 것은 그런 거리의 살림살이가 도무지 마음을 당기지 않는 것이다. 앙상한 사람들의 얼굴이 그다지 그리운 것이 아니었다.

무슨 까닭으로 산이 이렇게도 그리울까 편벽된 마음을 의심도 하여 보았다. 그러나 별로 이치도 없었다. 덮어놓고 양지쪽이 좋고 자작나무가 눈에 들고 떡갈잎이 마음을 끄는 것이다. 평생 산에서 살도록 태어났는지도 모른다. 김영감의 그 후 소식은 물어낼 필요도 없었으나 거리에서 만난 박서방 입에서 우연히 한 구절 얻어 듣게 되었다.

병든 둥글게 첩은 기어코 김영감의 눈을 감춰 최서기와 줄행랑을 놓았다. 종적을 수색 중이나 아직도 오리무중이라 한다.

사랑방에서 고시랑고시랑 잠을 못 이룰 육십 노인의 꼴이 측은하게 눈에 떠올랐다. 애매한 머슴을 내쫓았음을 뉘우치라라고 생각되었다. 그러나 중실에게는 물론 다시 살러 들어갈 뜻도 노인을 위로하고 싶은 친절도 가지기 싫었다.

다만 거리의 살림이라는 것이 더 한층 어수선하게 여겨질 뿐이었다. 산으로 향하는 저녁 길이 한결 개운하다.

4

개울가에 남비를 걸고 서투른 솜씨로 지은 저녁을 마쳤을 때에는 밤이 적이 어두웠다.

깊은 하늘에 별이 총총 돋고 초생달이 나뭇가지를 올개미 지웠다 새들은 깃들이고 바람도 자고 개울물만이 쫄쫄쫄쫄 숨쉰다. 검은 산등은 잠든 황소다.

등걸 불이 탁탁 튄다. 나뭇잎 타는 냄새가 몸을 휩싸며 구수하다. 불울 쪼이며 담배를 피우니 몸이 훈훈하다. 더 바랄 것 없이 마음이 만족스럽다.

한 가지 욕심이 솟아올랐다.

밥 짓는 일이란 머스마 할 일 못된다. 사내 자식은 역시 밭 갈고 나무하는 것이 옳은 것이다. 장가를 들려면 이웃집 용녀만한 색시는 없다. 용녀를 데려다 밥 일을 맡길 수밖에 없다고 생각하였다.

용녀를 생각만 하여도 즐겁다. 궁리가 차례차례로 솔솔 풀렸다.

굵은 나무를 베어다 껍질채 토막을 내 양지 쪽에 쌓아올려 단간의 조촐한 오두막을 짓겠다. 펑퍼짐한 산허리를 일궈 밭을 만들고 봄부터 감자와 귀리를 갈 작정이다. 오랍 뜰에 우리를 세우고 염소와 돼지와 닭을 칠 터. 산에서 노루를 산 채로 붙들면 우리 속에 같이 기르고 용녀가 집 일을 하는 동안에 밭을 가꾸고 나무를 할 것이며 아이를 낳으면 소같이 산같이 튼튼하게 자라렷다. 용녀가 만약 말을 안 들으면 밤중에 내려가 가만히 업어 올걸. 한 번 산에만 들어오면 별수 없지.

불이 거의 이스러지고 물소리가 더 한층 맑다. 별들이 어지럽게 깜박거린다. 달이 다른 나뭇가지에 걸렸다.

나머지 등걸불을 발로 비벼 끄니 골짜기는 더 한층 막막하다. 어느만 때인지 산 속에서는 분별할 수 없다. 자기가 이른지 늦은지도 모르면서 나무 밑 잠자리로 향하였다.

낟가리 같이 두두룩하게 쌓인 낙엽 속에서 몸을 송두리째 파묻고 얼굴만을 빼꼼히 내놓았다. 몸이 차차 푸근하여 온다. 하늘의 별이 와르르 얼굴 위에 쏟아질 듯싶게 가까웠다 멀어졌다 한다.

별 하나 나 하나 별 둘 나 둘 별 셋 나 셋—

어느 결엔지 별을 세고 있었다. 눈이 아물아물 하고 입이 뒤바뀌어 수효가 틀려지면 다시 목소리를 높여 처음부터 고쳐 세곤 하였다.

별 하나 나 하나 별 둘 나 둘 별 셋 나 셋—

세는 동안에 중실은 제 몸이 스스로 별이 됨을 느꼈다.

최학송

- 탈출기
- 고국

작가소개 …… 최 학 송

(崔鶴松, 1901～1933)

소설가. 서해(曙海)로 더 알려져 있음. 성진 보통학교 중퇴. 함북 성진 출생. 일찍이 양친을 여의고 국내와 만주를 방랑. 국수집 머슴, 나무바리 장수, 두부장수, 노동판 부장 등의 최하층 생활을 경험하였다. 독립단에 종군하여 총에 맞아 죽은 동지의 시체를 혼자 얼음 벌판에서 밤을 세워가며 지키기도 했다. 1925년 〈故國〉이 추천되면서 문단에 진출, 한때는 기자생활, 그의 작가생활은 짧았으며 10여 편의 단편을 남겼다. 자신의 생활 체험으로 얻은 풍부한 소재를 가지고 일약 당시 유행하던 신경향파 문학의 대표적 작가로 군림하게 되었으며 탈출기(脫出記)는 그 대표적 작품으로 되었다. 그러나 그의 문학은 소재문학(素材文學)의 성(城)을 벗어나지 못한 것이라고 평가되기도 한다. 그리하여 그의 창작활동은 차츰 빛깔을 잃게 되었다. 그러나 그의 작품은 문장이 간결하고 〈다이나믹〉한 장점을 가지고 있다.

탈출기

1

김군! 수삼차 편지는 반갑게 받았다. 그러나 한 번도 회답치 못하였다. 물론 군의 충정에는 나도 감사를 드리지만 그 충정을 나는 받을 수 없다.

—박군! 나는 군의 탈가(脫家)를 찬성할 수 없다. 음험한 이역에 늙은 어머니와 어린 처자를 버리고 나선 군의 행동을 나는 찬성할 수 없다. 박군! 돌아가라, 어서 집으로 돌아가라, 군의 부모와 처자가 이역 노두에서 방황하는 것을 나는 눈앞에 보는 듯싶다. 그네들의 의지할 곳은 오직 군의 품 밖에 없다. 군은 그네들을 구하여야 할 것이다.

군은 군의 가정에서 동량이다. 동량이 없는 집이 어디 있으랴? 조그마한 고통으로 집을 버리고 나선다는 것이 의지가 굳다는 박군으로서는 너무도 박약한 소위이다. 군은 ×× 단에 몸을 던져

×선에 섰다는 말을 일전 황군에게서 듣기는 하였으나, 그렇다 하여도 나는 그것을 시인할 수 없다. 가족을 못 살리는 힘으로 어찌 사회를 건지랴.

박군! 나는 군이 돌아가기를 충정으로 바란다. 군의 가족이 사람들 발 아래서 짓밟히는 것을 생각할 때! 군의 가슴인들 어찌 편하랴—.

김군! 군은 이러한 말을 편지마다 썼지? 나는 군의 뜻을 잘 알았다. 사랑하는 나의 가족을 위하여 동정하여 주는 군에게 내 어찌 감사치 않으랴? 정다운 벗의 충고에 나는 늘 울었다. 그러나 그 충고를 들을 수 없다. 듣지 않는 것이 군에게는 고통이 될는지? 분노가 될는지? 나에게 있어서는 행복일는지도 알 수 없는 까닭이다.

김군! 나도 사람이다. 정애가 있는 사람이다. 나의 목숨 같은 가족이 유린 받는 것을 내 어찌 생각지 않으랴? 나의 고통을 제삼자로서는 만분의 일이라도 느낄 수 없는 것이다.

나는 이제 나의 탈가한 이유를 군에게 말하고자 한다. 여기 대하여 동정과 비난은 군의 자유이다. 나는 다만 이러하다는 것을 군에게 알릴 뿐이다. 나는 이것을 군이 아니면 다른 사람에게라도 알리지 않고는 견딜 수 없는 충동을 받는 까닭이다.

그러나 나는 단언한다. 군도 사람이어니 나의 말하는 것을 부인치는 못하리라.

2

김군! 내가 고향을 떠난 것은 오 년 전이다. 이것은 군도 아는 사실이다. 나는 그때에 어머니와 아내를 데리고 떠났다. 내가 고향을 떠나 간도로 간 것은 너무도 절박한 생활에 시들은 몸이 새

힘을 얻을까 하여 새 희망을 품고 새 세계를 동경하여 떠난 것도 군이 아는 사실이다.

—간도는 천부금탕이다. 기름진 땅이 흔하여 어디를 가든지 농사를 지을 수 있고 농사를 지으면 쌀도 흔할 것이다. 삼림이 많으니 나무 걱정도 될 것이 없다. 농사를 지어서 배불리 먹고 뜨뜻이 지내자, 그리고 깨끗한 초가나 지어 놓고 글도 읽고 무지한 농민들을 가르쳐서 이상촌을 건설하리라. 이렇게 하면 간도의 황무지를 개척할 수도 있다.

이것이 간도 갈 때의 내 머릿속에 그리었던 이상이었다. 이때에는 나는 얼마나 기뻤으랴? 두만강을 건너고 오랑캐령을 넘어서 망망한 평야와 산천을 바라볼 때 청춘의 내 가슴은 이상의 불길에 탔다. 구수한 내 소리와 헌헌한 내 행동에 어머니와 아내도 기뻐하였다.

오랑캐령을 올라서니 서북으로 쏠려 오는 봄 세찬 바람이 어떻게 뺨을 갈기는지,

“에그 춥구나! 여기는 아직도 겨울이로구나.”

어머니는 수레 위에서 이불을 뒤집어 썼다.

“무얼요. 이 바람을 많이 마셔야 성공이 올 것입니다.”

나는 가장 씩씩하게 말하였다. 이처럼 나는 기쁘고 활기로웠다.

3

김군! 그러나 나의 이상은 물거품에 돌아갔다. 간도에 들어서서 한 달이 못 되어서부터 거치른 물결은 우리 세 생령(生靈)의 앞에 기탄 없이 몰려왔다.

나는 농사를 지으려고 밭을 구하였다. 빈 땅은 없었다. 돈을 주고 사기 전에는 한 평의 땅이나마 손에 넣을 수 없었다. 그렇지

않으면 지나인의 밭을 도조나 타조로 얻어야 된다. 일 년에 중국 사람에게서 양식을 꾸어 먹고 도조나 타조를 얻는대야 일 년 양식 빚도 못될 것이고 또 나같은 〈시로도〉에게는 밭을 주지 않았다.

생소한 산천이요. 생소한 사람들이니, 어디 가 어쩌면 좋을는지? 의논할 사람도 없었다. H라는 촌거리에 셋방을 얻어 가지고 어름어름 하는 새에 보름이 지나고 한 달이 넘었다. 그 새에 몇 푼 남았던 돈은 다 불어 먹고 밭은 고사하고 일자리도 못 얻었다. 나는 팔을 걷고 나섰다. 이리저리 돌아 다니면서 구들도 고쳐 주고 가마도 붙여 주었다. 이리하여 호구하게 되었다. 이때 H장에서는 나를 온돌장이(구들 고치는 사람)라고 불렀다. 갈아 입을 의복이 없는 나는 늘 숯검정이 꺼멓게 묻은 의복을 벗을 새가 없었다.

H장은 좁은 곳이다. 구들 고치는 일도 늘 있지 않았다. 그것으로 밥 먹기가 어려웠다. 나는 여름 불볕에 삯김도 매고 꼴도 베어 팔았다. 그리고 어머니와 아내는 삯방아 찧고 강가에 나가서 부스러진 나무개비를 주워서 겨우 연명하였다.

김군! 나는 이때부터 비로소 무서운 인간고를 느꼈다. 아아, 인생이란 과연 이렇게도 괴로운 것인가 하는 것을 나는 생각하게 되었다. 나는 나에게 닥치는 풍파 때문에 눈물 흘린 일은 이때까지 없었다. 그러나 어머니가 나무를 줍고 젊은 아내가 삯방아를 찧을 때! 나의 피는 끓었으며 나의 눈은 눈물에 흐려졌다.

"에구, 차라리 내가 드러누워 앓고 있지, 네 괴로워하는 꼴은 차마 못 보겠다."

이것은 언제 내가 병들어 신음할 때에 어머니가 울면서 하신 말씀이다. 이것을 무심히 들었던 나는 이때에야 이 말의 참뜻을 느꼈다.

"아아, 차라리 나의 고기가 찢어지고 뼈가 부서지는 것은 참을 수 있으나 내 눈앞에서 사랑하는 늙은 어머니와 아내가 배를 주리고 남의 멸시를 받는 것은 참으로 견디기 어렵구나."

나는 이렇게 여러 번 가슴을 쳤다. 나는 밤이나 낮이나, 비 오나 바람이 치나 헤아리지 않고 삯김, 삯심부름, 삯나무, 무엇이든지 가리지 않았다.

"오늘도 배고프겠구나, 아침도 변변히 못 먹고… 나는 너 배 줄지 않는 것을 보았으면 죽어도 눈을 감겠다."

내가 삯일을 하다가 늦게 돌아오면 어머니는 우실 듯이 말씀하셨다. 그러나 나는 흔연하게,

"배가, 무슨 배가 고파요."

하고 대답하였다.

내 아내는 늘 별 말이 없었다. 무슨 일이든지 시키는 대로 소곳하고 아무 소리 없이 순종하였다. 나는 그것이 더욱 불쌍하게 생각되었다. 나는 어머니 보다도 아내 보기가 퍽 부끄러웠다.

"경제의 자립도 못 되는 내가 왜 장가를 들었누?"

이것이 부모의 한 일이었지만 나는 이렇게도 탄식하였다. 그럴수록 아내에게 대하여 황공하였고 존경하였다.

어떻게 하면 살 수 있을까?… 이러한 생각은 이때 내 머리를 몹시 때렸다. 이때 나에게 부지런한 자에게 복이 온다 하는 말이 거짓말로 생각되었다. 그 말을 지상의 격언으로 굳게 믿어 온 나는 그 말에 도리어 일종의 의심을 품게 되었고 나중은 부인까지 하게 되었다.

부지런하다면 이때 우리처럼 부지런함이 어디 있으며 정직하다면 이때 우리 식구같이 정직함이 어디 있으랴? 그러나 빈곤은 날로 심하였다. 이틀 사흘 굶은 적도 한두 번이 아니었다. 한 번은 이틀이나 굶고 일자리를 찾다가 집으로 들어가니 부엌 앞에 아내

가(아내는 이때에 아이를 배어서 배가 남산만 하였다) 무엇을 먹다가 깜짝 놀란다. 그리고 손에 쥐었던 것을 얼른 아궁이에 집어넣는다. 이때 불쾌한 감정이 내 가슴에 떠올랐다.

"…무얼 먹을까? 어디서 무엇을 얻었을까? 무엇이길래 어머니와 나 몰래 먹누? 아! 여편네란 그런 것이로구나! 아니 그러나 설마… 그래도 무엇을 먹던데…."

나는 이렇게 아내를 의심도 하고 원망도 하고 밉게도 생각하였다. 아내는 아무런 말없이 어색하게 머리를 숙이고 앉아서 씩씩하다가 밖으로 나간다. 그 얼굴은 좀 붉었다.

아내가 나간 뒤에 나는 아내가 먹다 던진 것을 찾으려고 아궁이를 뒤져내니 벌건 것이 눈에 띄었다. 나는 그것을 집었다. 그것은 귤껍질이다. 거기는 베먹은 잇자국이 났다. 귤껍질을 쥔 나의 손은 떨리고 잇자국을 보고 내 눈에는 눈물이 고였다.

김군! 이때 나의 감정을 어떻게 표현하면 적당할까?

—오죽 먹고 싶었으면 길바닥에 내던진 귤껍질을 주워 먹을까. 더욱 몸 비잖은 그가! 아아, 나는 사람이 아니다. 그러한 아내를 나는 의심하였구나! 이놈이 어찌하여 그러한 아내에게 불평을 품었는가. 나 같은 잔악한 놈이 어디 있으랴. 내가 양심이 부끄러워서 무슨 면목으로 아내를 볼까?

—이렇게 생각하면서 나는 느껴 가며 눈물을 흘렸다. 귤껍질을 쥔 채로 이를 악물고 울었다.

"야, 어째 우느냐? 일어나거라. 우리도 살 때 있겠지, 늘 이렇겠느냐."

하면서, 누가 어깨를 친다. 나는 그것이 어머니인 것을 알았다.

"아이구, 어머니 나는 불효외다."

하면서, 어머니의 팔을 안고 자꾸자꾸 울고 싶었다. 그러나 나는 아무 소리 없이 가슴을 부둥켜안고 밖으로 나갔다.

"내가 왜 우누? 울기만 하면 무엇하나? 살자! 살자! 어떻게든지 살아 보자! 내 어머니와 내 아내도 살아야 하겠다. 이 목숨이 있는 때까지는 벌어 보자!"

나는 이를 갈고 주먹을 쥐었다. 그러나 눈물은 여전히 흘렀다. 아내는 말없이 울고 섰는 내 곁에 와서 손으로 치마끈을 만지적거리며 눈물을 떨어뜨린다. 농삿집에서 자라난 아내는 지금도 어찌 수줍은지 내가 울면 같이 울기는 하여도 어떻게 말로 위로할 줄은 모른다.

4

김군! 세월은 우리를 위하여 여름을 항상 주지는 않았다.

서풍이 불고 서리가 내리기 시작하였다. 찬 기운은 헐벗은 우리를 위협하였다. 가을부터 나는 대구어 장사를 하였다. 삼 원을 주고 대구 열 마리를 사서 등에 질 수 있었으나 대구 열 마리를 주고 받은 콩 열 말은 질 수 없었다. 나는 하는 수 없이 삼사십 리나 되는 곳에서 두 말씩 두 말씩 사흘 동안이나 지어왔다. 우리는 열 말되는 콩을 자본 삼아 두부 장사를 시작하였다.

아내와 나는 진종일 맷돌질을 하였다. 무거운 맷돌을 돌리고 나면 팔이 뚝 떨어지는 듯하였다.

내가 이렇게 괴로울 적에 해산한 지 며칠 안 되는 아내의 괴롬이야 어떠하였으랴? 그는 늘 낯이 부석부석하였었다. 그래도 나는 무슨 불평이 있는 때면 아내를 욕하였다. 그러나 욕한 뒤에는 곧 후회하였었다. 콧구멍만한 부엌 방에 가마를 걸고 맷돌을 놓고 나무를 들이고 의복가지를 걸고 하면 사람은 겨우 비비고 들어앉게 된다. 뜬김에 문창은 떨어지고 벽은 눅눅하다. 모든 것이 후줄근하여 의복을 입은 채 미지근한 물 속에 들어앉은 듯하였다. 어떤 때는 애써 갈아 놓은 비지가 이 뜬 김 속에서 쉬어 버렸다. 두붓물이 가마에서 몹시 끓어 번질 때에 우유 빛 같은 두붓물 위에 〈버터〉 빛 같은 노란 기름이 엉기면 (그것은 두부가 잘 될 징조다) 우리는 안심한다. 그러나 두붓물이 희멀끔 해지고 기름기가 돌지 않으면 거기만 시선을 쏘고 있는 아내의 낯빛부터 글러가기 시작한다. 초를 쳐 보아서 두붓발이 서지 않게 매캐지근하게 풀려질 때에는 우리의 가슴은 덜컥 한다.

"또 쉰 게로구나? 저를 어쩌누?"

젖을 달라고 빽빽 우는 어린 아이를 안고 서서 두붓물만 들여다보시는 어머니는 목메인 말씀을 하시면서 우신다. 이렇게 되면 온 집안은 신산하여 말할 수 없는 음울, 비통, 처참, 소조(蕭條)한 분위기에 싸인다.

"너 고생한 게 애닯구나! 팔이 부러지게 갈아서… 그거(두부)를 팔아서 장을 보려고 태산같이 바랬더니…."

어머니는 그저 가슴을 뜯으면서 우신다. 아내도 울듯 울듯 머리를 숙인다. 그 두부를 판대야 큰 돈은 못 된다. 기껏 남는대야 이십 전이나 삼십 전이다. 그것으로 우리는 호구를 한다. 이십 전이나 삼십 전에 어머니는 운다. 아내도 기운이 준다. 나까지 가슴이 바짝바짝 조인다.

그 날은 하는 수 없이 쉬인 두붓물로 때를 에우고 지낸다. 아이는 젖을 달라고 밤새껏 빽빽거린다. 우리의 살림에 어린애도 귀치는 않았다.

5

울면서 겨자 먹기로 괴로운 대로 또 두부를 하지 않으면 안 된다. 그러나 이번에는 때일 나무가 없다. 나는 낫을 들고 떠난다.

내가 낫을 들고 떠나면 산후여독으로 신음하는 아내도 낫을 달고 말없이 나를 따라 나선다. 어머니와 나는 굳이 만류하나 아내는 듣지 않는다. 내 손으로 하는 나무이언만 마음 놓고는 못한다. 산임자에게 들키면 여간한 경을 치지 않는다. 그러므로 우리는 황혼이면 산에 가서 나무를 하여 지고, 밤이 깊어서 돌아온다. 아내는 이고, 나는 지고 캄캄한 밤에 산비탈로 내려오다가 발이 미끄러지거나 돌에 치이면 나는 곤두박질을 하여 나무짐 속에 든다. 아내는 소리 없이 이었던 나무를 내려놓고 나무짐에 눌려서 버둑거리는 나를 겨우 끄집어 일으킨다. 그러나 내가 나무짐을 지고 일어나면 아내는 혼자 나무단을 이지 못한다. 또 내가 나무짐을 벗고 아내에게 이어주면 나는 주어주는 이 없이는 나무짐을 질 수가 없었다. 하는 수 없이 어떤 높은 바위 위에 벗어 놓고 아내에게 이어 준다. 이리하여 비탈을 내려오면 언제 왔는지 어머니는 애를 업고 우둘우둘 떨면서 산 아래서 기다리다가도,

"인제 오니? 나는 너 또 붙들리지나 않는가 하여 혼이 났다."

하신다. 이때마다 내 가슴은 저렸다. 나는 이렇게 나무를 하다가 중국 경찰서까지 잡혀가서 여러 번 맞았다.

이때 이웃에서 우리를 조소하고 경찰서에서는 우리를 의심하였다.

—흥, 신수가 멀쩡한 년놈들이 그 꼴이야. 어디가 일자리도 구하지 않고 그 눈이 눌해서 두부 장사하는 꼬락서니는 참 더러워서 못보겠네, ×알을 달고 나서 그렇게야 살리?—

이것은 이웃 남녀가 비웃는 소리였다. 그리고 어떤 산임자가 나무 잃은 고발을 하면 경찰서에서는 불문곡직하고 우리 집부터 수색하고 질문하면서 나를 때린다. 그러나 나는 호소할 곳이 없다.

6

김군! 이러구러 겨울은 점점 깊어 가고 기한은 점점 박두하였다. 일자리는 없고… 그렇다고 손을 털고 앉았을 수도 없었다. 모든 식구가 모두 퍼러 퍼래서 굶고 앉은 꼴을 나는 그저 볼 수 없었다. 시퍼런 칼이라도 들고 하루라도 괴로운 생을 모면하도록 쿡쿡 찔러 없애고 나까지 없어지든지, 나가서 강도질이라도 하여서 기한을 면하든지 하는 수밖에는 더 도리가 없게 절박하였다. 나는 일이 없으면 없느니만치, 고통이 닥치면 닥치느니만치 내 번민은 컸다. 나는 어떤 날은 거의 얼빠진 사람처럼 눈을 감고 깊은 생각에 잠긴 일도 있었다. 이때 내 머릿속에서는 머리를 움실움실 드는 사상이 있었다. (오늘날에 생각하면 그것은 나의 전 운명을 결정할 사상이었다.) 그 생각은 누구의 가르침에 일어난 것도 아니려니와 일부러 일으키려고 애써서 일어난 것도 아니다. 봄 풀싹같이 내 머릿속에서 점점 머리를 들었다.

—나는 여태까지 세상에 대하여 충실하였다. 어디까지든지 충실하려고 하였다. 내 어머니, 내 아내까지도… 뼈가 부서지고 고기가 찢기더라도 충실한 노력으로써 살려고 하였다. 그러나 세상은 우리를 속였다. 우리의 충실을 받지 않았다. 도리어 충실한 우리를 모욕하고 멸시하고 학대하였다.

우리는 여태까지 속아 살았다. 포악하고 허위스럽고 요사한 무리를 용납하고 옹호하는 세상인 것을 참으로 몰랐다. 우리뿐 아니라 세상의 모든 사람들도 그것을 의식치 못하였을 것이다. 그네들은 그러한 세상의 분위기에 취하였었다. 나도 이때까지 취하였었다. 우리는 우리로서 살아온 것이 아니라 험악한 제도의 희생자로서 살아왔었다—.

김군! 나는 사람들을 원망치 않는다. 그러나 마주(魔酒)에 취하여 자기의 피를 짜 바치면서도 깨지 못하는 사람을 그저 볼 수 없다. 허위와 요사와 표독과 게으른 자를 옹호하고 용납하는 이 제도는 더욱 그저 둘 수 없다.

—이 분위기 속에서는 아무리 노력하여도 우리는 우리의 생의 만족을 느낄 날이 없을 것이다. 어찌 하여 겨우 연명을 한다 하더라도 죽지 못하는 삶이 될 것이요, 그 영향은 자식에게까지 미칠 것이다. 나는 어미 품속에서 빽빽 하는 어린 것의 장래를 생각할 때면 애잡짤한 감정과 분함을 금할 수 없다. 내가 늘 이 상태면(그것은 거의 정한 이치다) 그에게는 상당한 교양은 고사하고 다리 밑이나, 남의 집 문간에 버리게 될 터이니, 아! 삶을 받을 만한 생명을 죄없이 찌그러지게 하는 것이 어찌 애닯지 않으며 분치 않으랴? 그렇다면 그것을 나의 죄라 할까?

김군! 나는 더 참을 수 없었다. 나는 나부터 살려고 한다. 이때까지는 최면술에 걸린 송장이었다. 제가 죽은 송장으로 남(식구들)을 어찌 살리랴. 그러려면 나는 나에게 최면술을 걸려는 무리를, 험악한 이 공기의 원류를 쳐부수어야 하는 것이다.

나는 이것을 인간의 생의 충동이며 확충이라고 본다. 나는 여기서 무상의 법열을 느끼려고 한다. 아니 벌써부터 느껴진다. 이상이 나로 하여금 집을 탈출케 하였으며, ××단에 가입케 하였으며, 비바람 밤낮을 헤아리지 않고 벼랑 끝보다 더 험한 ×선에 서게 한 것이다.

김군! 거듭 말한다. 나도 사람이다. 양심을 가진 사람이다. 내가 떠나는 날부터 식구들은 더욱 곤경에 들 줄도 나는 알았다. 자칫하면 눈 속이나 어느 구렁에서 죽는 줄도 모르게 굶어 죽을 줄도 나는 잘 안다. 그러므로 나는 이 곳에서도 남의 집 행랑 어멈이나 아범이며 노두에 방황하는 거러지를 무심히 보지 않는다. 아, 나의 식구도 그럴 것을 생각할 때면 자연히 흐르는 눈물과

뿌직뿌직 찢기는 가슴을 덮쳐 잡는다. 그러나 나는 이를 갈고 주먹을 쥔다. 눈물을 아니 흘리려고 하며 비애에 상하지 않으려고 한다. 울기에는 너무도 때가 늦었으며 비애에 상하는 것은 우리의 박약을 너무도 표시하는 듯싶다.

김군! 이것이 나의 탈가한 이유를 대략 적은 것이다. 나는 나의 목적을 이루기 전에는 내 식구에게 편지도 하지 않으려고 한다. 그네가 죽어도 내가 또 죽어도….

나는 이러다가 성공 없이 죽는다 하더라도 원한이 없겠다. 이 시대, 이 민중의 의무를 이행한 까닭이다.

아아, 김군아! 말을 다 하였으나 정은 그저 가슴에 넘치누나!

고 국

큰 뜻을 품고 고국을 떠나던 운심의 그림자가 다시 조선 땅에 나타난 것은 계해년 삼월 중순이었다. 처음으로 복면모를 푹 눌러 쓴 아래에 힘없이 꿈벅이는 눈 하며, 턱과 코 밑에 거칠거칠한 수염하며, 그가 오 년 전 예리예리하던 운심이라고는 친한 사람도 몰랐다.

간도에서 조선을 향할 때의 운심의 가슴은 고생에 몰리고 몰리면서도 무슨 기대와 희망에 찼다. 그가 두만강 건너 편에서 고국 산천을 볼 때 어찌 기쁜지 뛰고 싶었다. 그러나 노수가 없어서 노동으로 걸식하면서 온 그는 첫째 경제문제를 생각지 않을 수 없었다. 다음 그의 가슴을 찌르는 것은 패자라는 부끄러운 느낌이었다.

"아—나는 패자다. 나날이 진보하는 도회에서 활동하는 모든 사람은 다 그 새에 훌륭한 인물이 되었을 것이다. 나는 확실히 패자로구나….''

생각할 때 그는 그만 발 옮길 용기가 나지 않았다. 고국의 사람은 물론이요, 돌이며 나무며 심지어 땅에 기어 다니는 이름 모를 벌레까지도 자기를 모욕하며 비웃으며 배척할 것 같이 생각된다. 그러나 이미 편 춤이니 건너갈 수밖에 없다 하였다. 그는 사동탄(寺洞灘)에서 강을 건넜다. 수직이 순사는 어디 거진가 하여 그를 눈도 거들떠보지 않았다. 그러나 그에게는 다행이었다. 운심은 신회령 역을 지나 이제야 푸른 빛을 띤 물버들이 드문드문한 조그마한 내를 건넜다. 진달래 봉오리 방긋방긋하는 오산을 바른편에 끼고 중국 사람 채마 밭을 지나 동문 고개에 올라섰다. 그의 눈에는 넓은 회령시가가 보였다. 고기 비늘 같은 잇닿인 기와지붕이며 사이사이 우뚝우뚝 솟은 양옥이며 거미줄 같이 늘어진 전봇줄이며 푸푸푸푸 하는 자동차, 뚜뚜 하는 기차 소리며, 이전에 듣고 본 것이언만 그의 이목을 새롭게 하였다.

운심은 여관을 찾을 생각도 없이 비스듬한 큰길로 터벅터벅 걸었다. 어느 새 해가 졌다. 전기가 켜졌다. 아직 그리 어둡지 않은 거리에 드문드문 달린 전등, 이집 저집 유리창으로 흘러 나오는 붉은 불빛, 황혼 공기에 음파를 전하여 오는 〈바이올린〉 소리, 길에 다니는 말쑥한 사람들은 운심에게 딴 세상의 느낌을 주었다. 그의 몸은 솜같이 후줄근하고 등에 붙은 점심 못 먹은 배는 꼴꼴운다.

"객줏집을 찾기는 찾아야 할터인데 돈이 있어야지…"

그는 홀로 중얼거리면서 길 한 편에 발을 멈추고 섰다.

밤은 점점 어두워 간다. 전등 빛은 한층 더 밝다. 짐을 잔뜩 실은 우차가 삐걱삐걱 소리를 내면서 그의 앞을 지나갔다. 그의 머리 위 넓고 푸른 하늘에 무수히 가물거리는 별들은 기구한 제 신세를 엿보는 듯이 그는 생각했다. 어디로선지 흘러오는 누릿한 음식 냄새는 그의 비위를 퍽 상하였다.

운심은 본정통에 나섰다. 손 위로 현등 아래 〈회령여관〉이라는 간판이 걸렸다. 그는 문 앞에 갔다. 전등 아래의 그의 낯빛은 창백하였다.

(들어갈까? 어쩌면 좋을까?) 하고, 그는 망설였다. 이때에 안경 쓴 젊은 사람이 정거장으로 통한 길로 〈회령여관〉 문을 향하여 들어온다. 그 뒤에 갓 쓴 이며 어린 애 업은 여자며 보퉁이 지고 바가지 든 사람들이 따라 들어온다.

『어서 들어 가십시요. 여관을 찾습니까?』

그 안경 쓴 자가 조그마한 보따리를 걸머지고 주저거리는 운심이를 보면서 말을 붙인다. 그러나 운심은 대답이 없었다.

『자, 갑시다. 방도 덥구 밥값도 싸지요.』

운심은 아무 소리 없이 방에 들어갔다. 방은 아래 위 양 간이었다. 그리 크지는 않으나 그리 더럽지도 않았다. 양 방에 다 천장 가운데 전등이 달렸다. 벽에는 산수화가 붙었다. 안경 쓴 자와 함께 오던 사람들도 운심이와 한 방에 있게 되었다. 저녁 상을 받은 운심은 밥을 먹기는 먹으면서도 밥값 치러 줄 걱정에 가슴이 답답하였다. 이를 어찌노! 어서 내일부터 날삯이라도 해야지, 하는 생각에 밥 맛도 몰랐다.

바로 삼일운동이 일어나던 해 봄이었다. 그는 서간도로 갔었다. 처음 그는 백두산 뒤 흑룡강가 〈청시허〉라는 그리 크지 않는 동리에 있었다. 생전에 보지 못하던 험한 산과 울창한 삼림과 듣지도 못하던 홍우적(마적) 홍우적 하는 소리에 간담이 서늘하였다.

그러나 하루 지나고 이틀 지나 차차 몇 달 되니 고향 생각도 덜나고 무서운 마음도 덜 하였다. 이리하여 이곳서 지내는 때에 그는 산에나 물에나 들에나 먹을 것에나 입을 것에나 조금도 부자유가 없었다. 그러한 부자유는 없었으되 그의 심정에 닥치는 고민은 나날이 깊었다. 벽장골 같은 이 곳 온 후로 친한 벗의 낯은 고사하고 편지 한 장 신문 한 장도 못 보았다. 이 곳 사람들은 그의 벗이 되지 못하였다. 토민들은 운심이가 머리도 깎고 일본 말도 할 줄 아니 탐정꾼이라고 처음에는 퍽 수군덕수군덕 하였다. 산에 돌아 다니면서 사냥을 일삼는 옛날 의병 찌터러기들도 부러 운심이를 보러온 일까지 있었다. 이 곳에 사는 사람은 함경도, 평안도, 황해도 사람이 많다. 거기 생활 곤란으로 와 있고, 혹은 남의 돈 지고 도망한 자. 남의 계집 빼 가지고 온 자, 순사 다니다가 횡령한 자, 노름질 하다가 쫓긴 자, 살인한 자, 의병 다니던 자, 별별 흉한 것들이 모여서 군데군데 부락을 이루고 사냥도 하며, 목축도 하며, 농사도 하며, 불한당질도 한다. 그런 까닭에 윤리도 도덕도 교육도 없다. 힘센 자가 으뜸이요, 장수며, 패왕이다. 중국 관청이 있으나 소위 경찰부장이 아편을 먹으면서 아편 장수를 잡아다 때린다.

운심은 동리 아이들을 모아 놓고 이야기도 하고 글도 가르쳤다. 그러나 그네들은 운심의 가르침을 이해치 못하였다. 운심이는 늘 슬펐다. 유위의 청춘이 속절없이 스러져 가는 신세 되는 것이 그에게는 큰 고통이었다.

운심은 그 고통을 잊기 위하여 양양한 강풍을 쏘이면서 고기도 낚고 그림 같은 단풍 그늘에서 명상도 하며 높은 봉에 올라 소리도 쳤으나 속 깊이 잠긴 그 비애는 떠나지 않았다. 산골에 방향을 주는 냇소리와 푸른 그늘에서 흘러 나오는 유량한 새의 노래로는 그 마음의 불만을 채우지 못하였다. 도리어 수심을 더하였다. 그는 항상 알지 못한 딴 세상을 동경하였다.

산은 단풍에 붉고, 들은 황곡에 누른 그 해 가을에 운심이는 〈청시허〉를 떠났다. 땀 냄새가 물씬물씬한 여름 옷을 그저 입은 그는 여름 삿갓을 쓴 채 조그마한 보따리를 짊어지고 지팡이 하나를 벗하여 떠났다. 그가 떠날 때에 그 곳 사람들은 별로 섭섭

하다는 표정이 없었다. 모두 문 안에 서서.

"잘 가슈."

할 뿐이다. 다만 조석으로 글 가르쳐 준 열세 살 나는 어린 것 하나가,

"선생님 짐을 벗으오. 내 들고 가겠오."

하면서 운다. 운심이도 울었다. 애끓게 울었다. 어찌 하여 울게 되는지 운심이 자신도 의식치 못하였다. 한참 울다가 주먹으로 눈물을 씻고 돌아서 보니 그 아이는 그저 운다. 운심이는 그 아이의 노루꼬리만한 머리를 쓰다듬으면서.

"어서 가거라, 내가 빨리 다녀오마."

말을 마치지 못하여 그는 또 울었다. 온 세계의 고독의 비애는 자기 홀로 가진 듯하였다. 운심이는 눈을 문지르는 어린애 손을 꼭 쥐면서,

"박돌아! 어서 가거라, 내달이면 내가 온다."

"나는 아버지가 내 말만 들었으면 선생님과 가겠는데…."

하면서 또 운다. 운심이도 또 울었다.

이 두 청춘의 눈물은 영별의 눈물이었다.

물을 건너고 산을 넘어 허덕허덕 홀로 갈 때 돌에 부딪치며 길에 끌리는 지팡이 소리만 고요한 나무 속의 편온한 공기를 울리었다. 그의 발길은 정처가 없었다. 해 지면 자고 해 뜨면 걷고 집이 있으면 얻어 먹고 없으면 굶으면서 방랑하였다. 물론 이슬에도 잠잤으며 풀뿌리도 먹었다.

이때 한창 남북만주에 독립단이 처처에 벌떼같이 일어나서 그 경계선을 앞뒤에 늘인 때였다. 청백한 사람으로서 정탐꾼이라고 독립군 총에 죽은 사람도 많았거니와 진정 정탐꾼도 죽은 사람이 많았다. 운심이도 그네들 손에 잡힌 바 되어 독립당 감옥에 사흘을 갇혔다가 어떤 아는 독립군의 보증으로 놓였다. 그러나 피끓

는 청춘인 운심이는 그저 있지 않았다. 독립군에 뛰어들었다. 배낭을 지고 총을 메었다. 일시는 엄벙벙한 것이 기뻤다. 그러나 날이 가고 달이 갈수록 그 군인 생활이 염증이 났다.

그리고 그는 늘 고원을 바라보고 울었다. 그 이듬해 간도 소요를 겪은 후로 독립당의 명맥이 일시 기운을 펴지 못하게 됨에 군대도 해산되다시피 사방에 흩어졌다. 운심이 있는 군대도 해산되었다. 배낭을 벗고 총을 집어던진 운심이는 여전히 표랑하였다. 머리는 귀밑을 가리고 검은 낯에 수염이 거칠었다. 두 눈에는 항상 붉은 핏발이 섰다. 어떤 때에 그는 아편에 취하여 중국 사람 골방에 자빠진 적도 있었으며 비바람을 무릅쓰고 사냥도 하였다. 그러나 이방의 괴로운 생활에 시화(詩化)되려던 그의 가슴은 가을 바람에 머리 숙인 버들 가지가 되고 하늘이라도 뚫으려던 그 뜻은 이제 점점 어둑한 천인갱참에 떨어져 들어가는 줄 모르게 떨어져 들어감을 그는 깨달았다. 그는 신세를 생각하고 울었다. 공연히 소리를 지르면서 뛰어도 다녔다.

이 모양으로 향방없이 표랑하다가 지금 본국으로 돌아오기는 왔다. 내가 찾아갈 곳도 없고 나를 기다려 주는 이도 없건만은 나도 고국으로 돌아왔다. 알 수 없는 무엇이 나를 이리로 이끈 것이다. 그러나 이로부터 어디로 가랴.

운심이가 회령 오던 사흘째 되는 날이다. 〈회령여관〉에는 〈도배장이 나운심〉이라는 문패가 걸렸다

현진건

- 운수좋은날
- 빈처
- 술 권하는 사회
- B사감과 러브레트

작가소개 .... **현 진 건**

(玄鎭健, 1900～1943)

소설가, 언론인, 호 빙허(憑虛).
대구 출생. 일본 세이조 중학 중퇴,
상해 후장대학 수학. 홍사용, 이상화,
나도향, 박종화 등과 백조(白潮)
동인(同人)에 참가함.
한때 시대일보, 매일신보의 기자,
동아일보 회사부장, 만년에는 양계로
소일, 약 15편의 단편과 3편의
장편을 남겼다.
흔히 한국의 〈체홉〉이라고 한다.
정확한 표현, 빈틈없는 구성, 그리고
그의 사실성을 생명으로 하기
때문이다. 그는 김동인과 함께
근대적 단편소설을 발전시키고 또
염상섭과 함께 사실주의 문학을
개척하였다.
대표작품으로는 〈빈처〉, 〈술
권하는 사회〉, 〈B사감과 러브 레터〉,
〈운수 좋은 날〉 등의 단편 소설과
〈무영탑〉 등의 장편 소설이 있다.

운수 좋은 날

새침하게 흐린 품이 눈이 올 듯하더니 눈은 아니 오고 얼다가 만 비가 추적추적 내리었다.

이 날이야말로 동소문 안에서 인력거꾼 노릇을 하는 김첨지에게는 오래간만에도 닥친 운수 좋은 날이었다. 문 안에(거기도 문 밖은 아니지만) 들어간답시는 앞집 마나님을 전찻길까지 모셔다 드린 것을 비롯으로 행여나 손님이 있을까 하고 정류장에서 어정어정하며 내리는 사람 하나하나에게 거의 비는 듯한 눈길을 보내고 있다가 마침내 교원인 듯한 양복쟁이를 동광학교(東光學校)까지 태워다 주기로 되었다.

첫 번에 삼십 전, 둘째 번에 오십 전—아침 댓바람에 그리 흉치 않은 일이었다. 그야말로 재수가 옴붙어서 근 열흘 동안 돈 구경도 못한 김첨지는 십 전짜리 백통화 서 푼, 또는 다섯 푼이

찰깍 하고 손바닥에 떨어질 제 거의 눈물을 흘릴 만큼 기뻐했었다. 더구나 이날 이때에 이 팔십 전이라는 돈이 그에게 얼마나 유용한지 몰랐다. 컬컬한 목에 모주 한 잔도 적실 수 있거니와 그보다도 앓는 아내에게 설렁탕 한 그릇도 사다 줄 수 있음이다.

그의 아내가 기침으로 쿨룩거리기는 벌써 달포가 넘었다. 조밥도 굶기를 먹다시피 하는 형편이니 물론 약 한 첩 써본 일이 없다. 구태여 쓰려면 못 쓸 바도 아니로되 그는 병이란 놈에게 약을 주어 보내면 재미를 붙여서 자꾸 온다는 자기의 신조(信條)에 어디까지 충실하였다. 따라서 의사에게 보인 적이 없으니 무슨 병인지는 알 수 없으되 반듯이 누워 가지고 일어나기는 새로 모로도 못 눕는 걸 보면 중증은 중증인 듯. 병이 이대도록 심해지기는 열흘 전에 조밥을 먹고 체한 때문이다. 그때도 김첨지가 오래간만에 돈을 얻어서 좁쌀 한 되와 십 전짜리 나무 한 단을 사다 주었더니 김첨지의 말에 의지하면, 그 오라질 년이 천방지축(天方地軸)으로 남비에 대고 끓였다. 마음은 급하고 불길은 달지 않아 채 익지도 않은 것을 그 오라질 년이 숟가락은 그만두고 손으로 움켜서 두 뺨에 주먹덩이 같은 혹이 불거지도록 누가 빼앗을 듯이 처박질하더니만 그날 저녁부터 가슴이 땅긴다, 배가 켕긴다고 눈을 흡뜨고 지랄병을 하였다. 그때 김첨지는 열화와 같이 성을 내며,

"에이, 오라질 년, 조랑복은 할 수가 없어, 못 먹어 병, 먹어서 병, 어쩌란 말이야! 왜 눈을 바루 뜨지 못해!"

하고 김첨지는 앓는 이의 뺨을 한번 후려갈겼다. 흡뜬 눈은 바루어졌건만 이슬이 맺히었다. 김첨지의 눈시울도 뜨끈뜨끈 하였다.

이 환자가 그러고도 먹는 데는 물리지 않았다. 사흘 전부터 설렁탕 국물이 마시고 싶다고 남편을 졸랐다.

"이런 오라질 년! 조밥도 못 먹는 년이 설렁탕은. 또 처먹고

지랄병을 하게.”
라고 야단을 쳐 보았건만, 못 사주는 마음이 시원치는 않았다.

인제 설렁탕을 사줄 수도 있다. 앓는 어미 곁에서 배고파 보채는 개똥이(세 살먹이)에게 죽을 사줄 수도 있다—팔십 전을 손에 쥔 김첨지의 마음은 푼푼하였다.

그러나 그의 행운은 그걸로 그치지 않았다. 땀과 빗물이 섞여 흐르는 목덜미를 기름 주머니가 다 된 광목 수건으로 닦으며, 그 학교문을 돌아나올 때였다. 뒤에서 ‘인력거!’하고 부르는 소리가 난다. 자기를 불러 멈춘 사람이 그 학교 학생인 줄 김첨지는 한 번 보고 짐작 할 수 있었다. 그 학생은 다짜고짜로,

“남대문 정거장까지 얼마요?”
라고 물었다. 아마도 그 학교 기숙사에 있는 이로 동기 방학을 이용하여 귀향하려 함이리라. 오늘 가기로 작정은 하였건만 비는 오고 짐은 있고 해서 어찌 할 줄 모르다가 마침 김첨지를 보고 뛰어나왔음이리라. 그렇지 않으면 왜 구두를 채 신지 못해서 질질 끌고, 비록 ‘고구라’ 양복일망정 노박이로 비를 맞으며 김첨지를 뒤쫓아 나왔으랴.

“남대문 정거장까지 말씀입니까?”
하고, 김첨지는 잠깐 주저하였다. 그는 이 우중에 우장도 없이 그 먼 곳을 철벅거리고 가기가 싫었음일까? 처음 것, 둘째 것으로 고만 만족하였음일까? 아니다, 결코 아니다. 이상하게도 꼬리를 맞물고 덤비는 이 행운 앞에 조금 겁이 났음이다. 그리고 집을 나올 제 아내의 부탁이 마음에 켕기었다. —앞집 마나님한테서 부르러 왔을 제 병인은 그 뼈만 남은 얼굴에 유일의 생물 같은 유달리 크고 움푹한 눈에 애걸하는 빛을 띠며,

“오늘은 나가지 말아요. 제발 덕분에 집에 붙어 있어요. 내가 이렇게 아픈데….”

라고, 모기 소리같이 중얼거리고 숨을 걸그렁걸그렁하였다. 그때에 김첨지는 대수롭지 않은 듯이,

"아따, 젠장맞을 년. 별 빌어먹을 소리를 다 하네. 맞붙들고 앉았으면 누가 먹여 살릴 줄 알아?"

하고 훌쩍 뛰어나오려니까 환자는 붙잡을 듯이 팔을 내저으며,

"나가지 말라도 그리, 그러면 일찍이 들어와요."

하고 목메인 소리가 뒤를 따랐다.—

정거장까지 가잔 말을 들은 순간에 경련적으로 떠는 손, 유달리 큼직한 눈, 울듯한 아내의 얼굴이 김첨지의 눈 앞에 어른어른하였다.

"그래 남대문 정거장까지 얼마란 말이오?"

하고 학생은 초조한 듯이 인력거꾼의 얼굴을 바라보며 혼잣말같이,

"인천 차가 열한 점에 있고, 그 다음에는 새로 두 점이든가."

라고 중얼거린다.

"일 원 오십 전만 줍시오."

이 말이 저도 모를 사이에 불쑥 김첨지의 입에서 떨어졌다. 제 입으로 부르고도 스스로 그 엄청난 돈 액수에 놀랐다. 한꺼번에 이런 금액을 불러라도 본 지가 그 얼마만인가? 그러자 그 돈 벌 용기가 병자에 대한 염려를 사르고 말았다. 설마 오늘 내로 어떠랴 싶었다. 무슨 일이 있더라도 제1 제2의 행운을 곱친 것보다도 오히려 갑절이 많은 이 행운을 놓칠 수 없다 하였다.

"일 원 오십 전은 너무 과한데."

이런 말을 하며 학생은 고개만 기웃하였다.

"아니올시다. 이수로 치면 여기서 거기가 시오 리가 넘는답니다. 또 이런 진날엔 좀 더 주셔야지요."

하고 빙글빙글 웃는 차부의 얼굴에는 숨길 수 없는 기쁨이 넘쳐

흘렀다.

"그러면 달라는 대로 줄 터이니 빨리 가요."

관대한 어린 손님은 그런 말을 남기고 총총히 옷도 입고 짐도 챙기러 갈 데로 갔다.

그 학생을 태우고 나선 김첨지의 다리는 이상하게 거뿐하였다. 달음질을 한다느니보다 거의 나는 듯하였다. 바퀴도 어떻게 속도가 도는지 군다느니보다 마치 얼음을 지쳐 나가는 스케이트 모양으로 미끄러져 가는 듯하였다. 언 땅에 비가 내려 미끄럽기도 하였지만.

이윽고 끄는 이의 다리는 무거워졌다. 자기 집 가까이 다다른 까닭이다. 새삼스러운 염려가 그의 가슴을 눌렀다. '오늘은 나가지 말아요. 내가 이렇게 아픈데!' 이런 말이 잉잉 그의 귀에 울렸다. 그리고 병자의 움숙 들어간 눈이 원망하는 듯이 자기를 노리는 듯하였다. 그러자 엉엉, 하고 우는 개똥이의 곡성을 들은 듯싶다. 딸꾹딸꾹, 하고 숨 모으는 소리도 나는 듯싶다.

"왜 이리우, 기차 놓치겠구먼."

하고 탄 이의 초조한 부르짖음이 간신히 그의 귀에 들어왔다. 언뜻 깨달으니 김첨지는 인력거 채를 쥔 채 길 한복판에 엉거주춤 멈춰 있지 않은가.

"예, 예."

하고, 김첨지는 또다시 달음질하였다. 집이 차차 멀어갈수록 김첨지의 걸음에는 다시금 신이 나기 시작하였다. 다리를 재게 놀려야만 쉴새없이 자기의 머리에 떠오르는 모든 근심과 걱정을 잊을 듯이.

정거장까지 끌어다 주고 그 깜작 놀란 일 원 오십 전을 정말 제손에 쥠에, 제 말마따나 십 리나 되는 길을 비를 맞아가며 질퍽거리고 온 생각은 아니 하고, 거저나 얻은 듯이 고마웠다. 졸부

나 된 듯이 기뻤다. 제 자식뻘 밖에 안되는 어린 손님에게 몇 번 허리를 굽히며,

"안녕히 다녀옵시오."

라고 깍듯이 재우쳤다.

그러나 빈 인력거를 털털거리며 이 우중에 돌아갈 일이 꿈밖이었다. 노동으로 하여 흐른 땀이 식어지자 굶주린 창자에서, 물 흐르는 옷에서 어슬어슬 한기가 솟아나기 비롯하매 일 원 오십 전이란 돈이 얼마나 괜찮고 괴로운 것인 줄 절절히 느끼었다. 정거장을 떠나는 그의 발길은 힘 하나 없었다. 온몸이 옹송그려지며 당장 그 자리에 엎어져 못 일어날 것 같았다.

"젠장맞을 것! 이 비를 맞으며 빈 인력거를 털털거리고 돌아를 간담. 이런 빌어먹을, 제 할미를 붙을 비가 왜 남의 상판을 딱딱 때려!"

그는 몹시 홧증을 내며 누구에게 반항이나 하는 듯이 게걸거렸다. 그럴 즈음에 그의 머리엔 또 새로운 광명이 비쳤나니 그것은 '이러구 갈 게 아니라 이 근처를 빙빙 돌며 차 오기를 기다리면 또 손님을 태우게 될는지도 몰라'란 생각이었다. 오늘 운수가 괴상하게도 좋으니까 그런 요행이 또 한번 없으리라고 누가 보증하랴. 꼬리를 굴리는 행운이 꼭 자기를 기다리고 있다고 내기를 해도 좋을 만한 믿음을 얻게 되었다. 그렇다고 정거장 인력거꾼의 등살이 무서우니 정거장앞에 섰을 수는 없었다. 그래 그는 이전에도 여러 번 해본 일이라 바로 정거장 앞 전차 정류장에서 조금 떨어지게, 사람 다니는 길과 전찻길 틈에 인력거를 세워놓고 자기는 그 근처를 빙빙 돌며 형세를 관망하기로 하였다. 얼마만에 기차는 왔고 수십 명이나 되는 손이 정류장으로 쏟아져 나왔다. 그 중에서 손님을 물색하는 김첨지의 눈엔 양머리에 뒤축 높은 구두를 신고 망토까지 두른 기생 퇴물인 듯, 난봉 여학생인 듯한

여편네가 모양이 띄었다. 그는 슬근슬근 그 여자의 곁으로 다가들었다.

"아씨, 인력거 아니 타시랍시오?"

그 여학생인지 뭔지가 한참은 매우 태깔을 빼며 입술을 꼭 다문 채 김첨지를 거들떠 보지도 않았다. 김첨지는 구걸하는 거지나 무엇같이 연해 연방 그의 기색을 살피며,

"아씨, 정거장 애들보담 아주 싸게 모셔다 드리겠습니다. 댁이 어디신지요?"

하고 추근추근하게도 그 여자의 들고 있는 일본식 버들고리짝에 제손을 대었다.

"왜 이래, 남 귀치 않게."

소리를 벽락같이 지르고는 돌아선다. 김첨지는 어랍시요 하고 물러섰다.

전차는 왔다. 김첨지는 원망스럽게 전차 타는 이를 노리고 있었다. 그러나 그의 예감은 틀리지 않았다. 전차가 빡빡하게 사람을 싣고 움직이기 시작하였을 제 타고 남은 손 하나이 있었다. 굉장하게 큰 가방을 들고 있는 걸 보면 아마 붐비는 차 안에 짐이 크다 하여 차장에게 밀려 내려온 눈치였다. 김첨지는 대어 섰다.

"인력거를 타시랍시오."

한동안 값으로 실랑이를 하닥 육십 전에 인사동까지 태워다 주기로 하였다. 인력거가 무거워지매 그의 몸은 이상하게도 가벼워졌고 그리고 또 인력거가 가벼워지니 몸은 다시금 무거워졌건만 이번에는 마음조차 초조해 온다. 집의 광경이 자꾸 눈 앞에 어른거리어 인제 요행을 바랄 여유도 없었다. 나무 등걸이나 무엇같고 제 것 같지도 않은 다리를 연해 꾸짖으며 갈팡질팡 뛰는 수밖에 없었다. 저놈의 인력거꾼이 저렇게 술이 취해 가지고 이 진땅

에 어찌 가노, 라고 길가는 사람이 걱정을 하리만큼 그의 걸음은 황급하였다. 흐리고 비오는 하늘은 어두침침하게 벌써 황혼에 가까운 듯하다. 창경원 앞까지 다다라서야 그는 턱에 닿은 숨을 돌리고 걸음도 늦추 잡았다. 한 걸음 두 걸음 집이 가까워 올수록 그의 마음조차 괴상하게 누구러짐은 안심에서 오는 게 아니요, 자기를 덮친 무서운 불행을 빈틈없이 알게 될 때가 박두한 것을 두리는 마음에서 오는 것이다. 그는 불행에 다닥치기 전 시간을 얼마쯤이라도 늘이려고 버르적거렸다. 기적에 가까운 벌이를 하였다는 기쁨을 할 수 있으면 오래 지니고 싶었다. 그는 두리번두리번 사면을 살피었다. 그 모양은 마치 자기 집—곧 불행을 향하고 달아가는 제 다리를 제 힘으로는 도저히 어찌 할 수 없으니 누구든지 나를 좀 잡아다고, 구해다고 하는 듯하였다.

그럴 즈음에 마침 길가 선술집에서 그의 친구 치삼이가 나온다. 그의 우글우글 살찐 얼굴에 주홍이 돋는 듯, 온 턱과 뺨을 시커멓게 구레나룻이 덮였거늘, 노르텡텡한 얼굴이 바싹 말라서 여기저기 고랑이 패고 수염도 있대야 턱 밑에만 마치 솔잎송이를 거꾸로 붙여놓은 듯한 김첨지의 풍채하고는 기이한 대상을 짓고 있었다.

"여보게 김첨지, 자네 문안 들어갔다 오는 모양일세 그려, 돈 많이 벌었을 테니 한 잔 빨리게."

뚱뚱보는 말라깽이를 보던 맡에 부르짖었다. 그 목소리는 몸짓과 딴판으로 연하고 싹싹하였다. 김첨지는 이 친구를 만난 게 어떻게 반가운지 몰랐다. 자기를 살려준 은인이나 무엇같이 고맙기도 하였다.

"자네는 벌써 한 잔 한 모양일세그려. 자네도 오늘 재미가 좋아보이."

하고 김첨지는 얼굴을 펴서 웃었다.

"아따, 재미 안 좋다고 술 못 먹을 낸가. 그런데 여보게, 자네 왼몸이 어째 물독에 빠진 새앙쥐 같은가! 어서 이리 들어와 말리게."

선술집은 훈훈하고 뜨뜻하였다. 추어탕을 끓이는 솥뚜껑을 열 적마다 뭉게뭉게 떠오르는 흰 김, 석쇠에서 빠지짓빠지짓 구워지는 너비 아니구이며, 저육이며, 간이며, 콩팥이며, 북어며, 빈대떡… 이 너저분하게 늘어놓인 안주 탁자에 김첨지는 갑자기 속이 쓰려서 견딜 수 없었다. 마음대로 할 양이면 거기 있는 모든 먹음먹이를 모조리 깡그리 집어삼켜도 시원치 않았다. 하되 배고픈 이는 우선 분량 많은 빈대떡 두 개를 쪼기로 하고 추어탕을 한 그릇 청하였다. 주린 창자는 음식맛을 보더니 더욱더욱 비어지며 자꾸자꾸 들이라들이라 하였다. 순식간에 두부와 미꾸리 든 국 한 그릇을 그냥 물같이 들이켜고 말았다. 셋째 그릇을 받아들었을 제 데우던 막걸리 곱배기 두 잔이 더웠다. 치삼이와 같이 마시자 원원이 비었던 속이라 찌르르 하고 창자에 퍼지며 얼굴이 화끈하였다. 눌러 곱배기 한 잔을 또 마셨다.

김첨지의 눈은 벌써 개개 풀리기 시작하였다. 석쇠에 얹힌 떡 두개를 숭덩숭덩 썰어서 볼을 불룩거리며 또 곱배기 두 잔을 부어라 하였다.

치삼은 의아한 듯이 김첨지를 보며,

"여보게 또 붓다니, 벌써 우리가 넉 잔씩 먹었네. 돈이 사십 전일세."

라고 주의시켰다.

"아따 이놈아, 사십 전이 그리 끔찍하냐? 오늘 내가 돈을 막 벌었어. 참 운수가 좋았으니."

"그래 얼마를 벌었단 말인가?"

"삼십 원을 벌었어, 삼십 원을! 이런 젠장맞을, 술을 왜 안 부어… 괜찮다 괜찮다, 막 먹어도 상관이 없어. 오늘 돈 산더미같이 벌었는데."

"어, 이 사람 취했군, 그만두세."

"이놈아, 이걸 먹고 취할 내냐, 어서 더 먹어."

하고는 치삼의 귀를 잡아채며 취한 이는 부르짖었다. 그리고 술을 붓는 열 다섯 살 됨직한 중대가리에게로 달려들며,

"이놈, 오라질 놈, 왜 술을 붓지 않어."

라고 야단을 쳤다. 중대가리는 희희 웃고 치삼을 보며 문의하는 듯이 눈짓을 하였다. 주정꾼이 이 눈치를 알아보고 화를 버럭 내며,

"에미를 붙을 이 오라질 놈들 같으니, 이놈 내가 돈이 없을 줄 알고."

하자마자 허리춤을 훔칫훔칫하더니 일 원짜리 한 장을 꺼내어 중대가리 앞에 펄쩍 집어던졌다. 그 사품에 몇 푼 은전이 잘그랑 하며 떨어진다.

"여보게 돈 떨어졌네. 왜 돈을 막 끼얹나."

이런 말을 하며 일변 돈을 줍는다. 김첨지는 취한 중에도 돈의 거처를 살피는 듯이 눈을 크게 떠서 땅을 내려다보다가 불시에 제 하는 짓이 너무 더럽다는 듯이 고개를 소스라치자 더욱 성을 내며,

"봐라, 봐! 이 더러운 놈들아, 내가 돈이 없나, 다리 뼉다구를 꺾어 놓을 놈들 같으니."

하고 치삼의 주워 주는 돈을 받아,

"이 원수엣 돈! 이 육시를 할 돈!"

하면서 팔매질을 친다. 벽을 맞아 떨어진 돈은 다시 술 끓이는 양푼에 떨어지며 정당한 매를 맞는다는 듯이 쨍하고 울었다.

곱배기 두 잔은 또 부어질 겨를도 없이 말려 가고 말았다. 김

첨지는 입술과 수염에 붙은 술을 빨아 들이고 나서 매우 만족한 듯이 그 솔잎송이 수염을 쓰다듬으며,

"또 부어, 또 부어."

라고 외쳤다.

또 한잔 먹고 나서 김첨지는 치삼의 어깨를 치며 문득 껄껄 웃는다. 그 웃음소리가 어떻게 컸는지 술집에 있는 이의 눈은 모두 김첨지에게로 몰리었다. 웃는 이는 더욱 웃으며,

"여보게 치삼이, 내 우스운 이야기 하나 할까. 오늘 손을 태우고 정거장에까지 가지 않았겠나."

"그래서."

"갔다가 그저 오기가 안됐데그려, 그래 전차 정류장에서 어름어름하며 손님 하나를 태울 궁리를 하지 않았나. 거기 마침 마나님이신지 여학생이신지—요새야 어디 논다니와 아가씨를 구별할 수가 있던가—망토를 잡수시고 비를 맞고 서 있겠지. 슬근슬근 가까이 가서 인력거 타시랍시오, 하고 손가방을 받으랴니까 내 손을 탁 뿌리치고 홱 돌아서더니만, '왜 남을 이렇게 귀찮게 굴어!' 그 소리야말로 꾀고리 소리지, 허허!"

김첨지는 교묘하게도 정말 꾀꼬리 같은 소리를 내었다. 모든 사람들이 일시에 웃었다.

"빌어먹을 깍쟁이 같은 년, 누가 저를 어쩌나, '왜 남을 귀찮게 굴어!' 어이고, 소리가 처신도 없지, 허허."

웃음소리들은 높아졌다. 그러나 그 웃음소리들이 사라지기 전에 김첨지는 훌쩍훌쩍 울기 시작하였다.

치삼은 어이없이 주정뱅이를 바라보며,

"금방 웃고 지랄을 하더니 우는 건 또 무슨 일인가?"

김첨지는 연해 코를 들이마시며,

"우리 마누라가 죽었다네."

"뭐, 마누라가 죽다니, 언제?"

"이놈아 언제는. 오늘이지."

"에끼 미친놈, 거짓말 말아."

"거짓말은 왜, 참말로 죽었어, 참말로… 마누라 시체를 집에 뻐들쳐 놓고 내가 술을 먹다니, 내가 죽일 놈이야, 죽일 놈이야."

하고 김첨지는 엉엉 소리를 내어 운다.

치삼은 흥이 조금 깨어지는 얼굴로,

"원 이 사람이, 참말을 하나, 그러면 집으로 가세, 가."

하고 우는 이의 팔을 잡아당기었다.

치삼의 끄는 손을 뿌리치더니 김첨지는 눈물이 글썽글썽한 눈으로 싱그레 웃는다.

"죽기는 누가 죽어."

하고 득의가 양양,

"죽기는 왜 죽어, 생떼같이 살아만 있단다. 그 오라질 년이 밥을 죽이지. 인제 나한테 속았다."

하고 어린애 모양으로 손뼉을 치며 웃는다.

"이 사람이 정말 미쳤단 말인가, 나도 아주먼네가 앓는단 말은 들었었는데."

하고, 치삼이도 어느 불안을 느끼는 듯이 김첨지에게 또 돌아가라고 권하였다.

"안 죽었어, 안 죽었대도 그래."

김첨지는 홧증을 내며 확신 있게 소리를 질렀으되 그 소리엔 안 죽은 것을 믿으려고 애쓰는 가락이 있었다. 기어이 일 원어치를 채워서 곱배기 한 잔씩 더 먹고 나왔다. 궂은 비는 의연히 추적추적 내린다.

김첨지는 취중에도 설렁탕을 사 가지고 집에 다다랐다. 집이라 해도 물론 셋집이요. 또 집 전체를 세든 게 아니라 안과 뚝 떨어진 행랑방 한 칸을 빌어 든 것인데 물을 길어대고 한 달에 일 원씩 내는 터이다. 만일 김첨지가 주기를 띠지 않았던들 한 발을 대문에 들여 놓았을 제 그곳을 지배하는 무시무시한 정적—폭풍우가 지나간 뒤의 바다같은 정적에 다리가 떨렸으리라. 쿨룩거리는 기침 소리도 들을 수 없다. 그르렁거리는 숨소리조차 들을 수 없다. 다만 이 무덤 같은 침묵을 깨뜨리는—깨뜨린다느니보다 한층 더 침묵을 깊게 하고 불길하게 하는 빡빡 하는 그윽한 소리—어린애의 젖 빠는 소리가 날 뿐이다. 만일 청각이 예민한 이 같으면 그 빡빡 소리는 빨 따름이요, 꿀떡꿀떡 하고 젖 넘어가는 소리가 없으니 빈 젖을 빤다는 것도 짐작할는지 모르리라.

혹은 김첨지도 이 불길한 침묵을 짐작했는지도 모른다. 그렇지 않으면 대문에 들어서자마자 전에 없이,

"이 난장맞을 년, 남편이 들어오는데 나와 보지도 않아, 이 오라질 년."

이라고 고함을 친 게 수상하다. 이 고함이야말로 제 몸을 엄습해 오는 무시무시한 증을 쫓아버리려는 허장 성세인 까닭이다.

하여간 김첨지는 방문을 왈칵 열었다. 구역질 나게 하는 추기—떨어진 삿자리 밑에서 나온 먼지내, 빨지 않은 기저귀에서 나는 똥내와 오줌내, 가지각색 때가 켜켜이 앉은 옷내, 병인의 땀 썩은 내가 섞인 추기가 무딘 김첨지의 코를 찔렀다.

방안에 들어서며 설렁탕을 한구석에 놓을 사이도 없이 주정꾼은 목청을 있는 대로 다 내어 호통을 쳤다.

"이런 오라질 년, 주야 장천 누워만 있으면 제일이야! 남편이 와도 일어나지를 못해."

라는 소리와 함께 발길로 누운 이의 다리를 몹시 찼다. 그러나 발길에 채이는 건 사람의 살이 아니고 나무 등걸과 같은 느낌이 있었다. 이때에 빡빡 소리가 응아, 소리로 변하였다. 개똥이가 물

었던 젖을 빼어 놓고 운다. 운대도 온 얼굴을 찡그려 붙여서 운다는 표정을 할 뿐이다. 응아, 소리도 입에서 나는 게 아니고 마치 뱃속에서 나는 듯하였다. 울다가 울다가 목도 잠겼고 또 울 기운조차 시진(澌盡)한 것 같다.

발로 차도 그 보람이 없는 걸 보자, 남편은 아내의 머리맡으로 달려들어 그야말로 까치집 같은 환자의 머리를 꺼들어 흔들며,

"이년아, 말을 해, 말을! 입이 붙었어, 이 오라질 년!"

"…."

"으응, 이것 봐, 아무 말이 없네."

"…."

"이년아, 죽었단 말이냐, 왜 말이 없어."

"…."

"으응, 또 대답이 없네, 정말 죽었나 보이."

이러다가 누운 이의 흰 창을 덮은, 위로 치뜬 눈을 알아보자마자,

"이 눈깔! 이 눈깔! 왜 나를 바라보지 못하고 천정만 보느냐, 응."

하는 말 끝엔 목이 메었다.

그러자 산 사람의 눈에서 떨어진 닭의 똥 같은 눈물이 죽은 이의 뻣뻣한 얼굴을 어룽어룽 적시었다.

문득 김첨지는 미칠 듯이 제 얼굴을 죽은 이의 얼굴에 한데 비비대며 중얼거렸다.

"설렁탕을 사다 놓았는데 왜 먹지를 못하니… 괴상하게도 오늘은! 운수가 좋더니만…."

(1924년)

빈 처(貧妻)

1

"그것이 어째 없을까?"

아내가 장문을 열고 무엇을 찾더니 입안말로 중얼거린다.

"무엇이 없어?"

나는 우두커니 책상머리에 앉아서 책장만 뒤적뒤적하다가 물어보았다.

"모본단 저고리가 하나 남았는데."

"…."

나는 그만 묵묵하였다.

아내가 그것을 찾아 무엇을 하려는 것을 앎이라. 오늘밤에 옆집 할멈을 시켜 잡히려 하는 것이다.

이 이 년 동안에 돈 한 푼 나는 데 없고 그대로 주리면 시장할 줄 알아 기구(器具)와 의복을 전당국 창고(典當局倉庫)에 들이

밀거나 고물상 한구석에 세워 두고 돈을 얻어 오는 수밖에 없었다.

지금 아내가 하나 남은 모본단 저고리를 찾는 것도 아침거리를 장만하려 함이다.

나는 입맛을 쩍쩍 다시고 폈던 책을 덮으며, '후우' 한숨을 내쉬었다.

봄은 벌써 반이나 지났건마는 이슬을 실은 듯한 밤기운이 방구석으로부터 슬금슬금 기어나와 사람에게 안기고, 비가 오는 까닭인지 밤은 아직 깊지 않건만 인적조차 끊어지고 온 천지가 비인 듯이 고요한데 투탁투닥 떨어지는 빗소리가 한없는 구슬픈 생각을 자아낸다.

"빌어먹을 것 되는 대로 되어라."

나는 점점 견딜 수 없어 두 손으로 흩어진 머리카락을 쓰다듬어 올리며 중얼거려 보았다.

이 말이 더욱 처량한 생각을 일으킨다. 나는 또 한번,

"후—"

한숨을 내쉬며 왼팔을 베고 책상에 쓰러지며 눈을 감았다.

이 순간에 오늘 지낸 일이 불현듯 생각이 난다.

늦게야 점심을 마치고 내가 막 궐련(卷煙) 한 개를 피워 물 적에 한성 은행 다니는 T가 공일이라고 찾아왔다.

친척은 다 머지 않게 살아도 가난한 꼴을 보이기도 싫고 찾아갈 적마다 무엇을 꿔어내라고 조르지도 아니하였건만 행여나 무슨 구차한 소리를 할까 봐서 미리 방패막이를 하고 눈살을 찌푸리는 듯하여 나는 발을 끊고, 따라서 찾아오는 이도 없었다.

다만 이 T는 촌수가 가까운 까닭인지 자주 우리를 방문하였다.

그는 성실하고 공순하여 소소한 소사(小事)에 슬퍼하고 기뻐하

는 인물이었다.

동년배(同年輩)인 우리들은 늘 친척 간에 비교거리가 되었었다.

그리고 나의 평판이 항상 좋지 못했다.

"T는 돈을 알고 위인이 진실해서 그에는 돈푼이나 모일 것이야! 그러나 K(내 이름)는 아무 짝에도 못 쓸 놈이야. 그 잘난 언문 섞어서 무어라고 끄적거려 놓고 제 주제에 무슨 조선에 유명한 문학가가 된다니! 시러베 아들놈!"

이것이 그네들의 평판이었다.

내가 문학인지 무엇인지 하는 소리가 까닭없이 그네들의 비위에 틀린 것이다.

더군다나 나는 그네들의 생일이나 혹은 대사 때에 돈 한푼 이렇다는 일이 없고 T는 소위 착실히 돈벌이를 해 가지고 국수 밥소리나 보조를 하는 까닭이다. 얼마 아니되어 T는 잘 살 것이고 K는 거지가 될 것이니 두고 보아!"

오촌 당숙은 이런 말씀까지 하였다 한다.

입 밖에는 아니 내어도 친부모, 친형제까지라도 심중으로는 다 이렇게 생각할 것이다.

그래도 부모는 달라서 화가 나시면,

"네가 그리하다가 말경(末境)에 비렁뱅이가 되고 말 것이야."
라고 꾸중은 하셔도,

"사람이란 늦복(福) 모르느니라."

"그런 사람은 또 그렇게 되느니라."
하시는 것이 스스로 위로하는 말씀이고 또 며느리를 위로하는 말씀이었다.

이것을 보아도 하는 수 없는 놈이라고 단념(斷念)을 하시면서 그래도 잘 되기를 바라시고 축원하시는 것을 알겠더라.

여하간 이만하면 T의 사람됨을 가히 알 수가 있다.

그리고 그가 우리집에 올 것 같으면 지어서 쾌활하게 웃으며 힘써 재미스러운 이야기를 하였다.

단둘이 고적하게 그날 그날을 보내는 우리에게는 더 할 수 없이 반가웠었다.

오늘도 그가 활발하게 집에 쑥 들어오더니 신문지에 싼 기름한 것을 "이것 봐라." 하는 듯이 마루 위에 올려 놓고 분주히 구두 끈을 끄른다.

"이것은 무엇인가?"

나는 물어 보았다.

"저어, 제 처(妻)의 양산이야요. 쓰던 것이 벌써 낡았고 또 살이 부러졌다나요."

그는 구두를 벗고 마루에 올라서며 나오는 웃음을 참지 못하여 벙글벙글하면서 대답을 한다.

그는 나의 아내를 돌아보며 돌연히,

"아주머니, 좀 구경하시렵니까?"

하더니 싼 종이와 집을 벗기고 양산을 펴 보인다. 흰 비단 바탕에 두어 가지 매화를 수놓은 양산이었다.

"검정이는 좋은 것이 많아도 너무 칙칙해 보이고… 회색이나 누렁이는 하나도 그것이야 싶은 것이 없어서 이것을 산 걸요."

그는 '이것보다도 더 좋은 것을 살 수가 있다.' 는 뜻을 보이려고 애를 쓰며 이런 발명까지 한다.

"이것도 퍽 좋은데요."

이런 칭찬을 하면서 양산을 펴들고 이러저리 홀린 듯이 들여다보고 있는 아내의 눈에는,

'나도 이런 것을 하나 가졌으면…'

하는 생각이 역력히 보인다.

나는 갑자기 불쾌한 생각이 와락 일어나서 방으로 들어오며 아내의 양산 보는 양을 빙그레 웃고 바라보고 있는 T에게,

"여보게, 방에 들어오게그려. 우리 이야기나 하세."

T는 따라 들어와 물가 폭등에 대한 이야기며, 자기의 월급이 오른 이야기며, 주권을 몇 주 사 두었더니 꽤 이익이 남았다든가, 이런 것 저런 것 한참 이야기하다가 돌아갔었다.

T를 보내고 책상을 향하여 짓던 소설의 결미(結尾)를 생각하고 있을 즈음에,

"여보!"

아내의 떠는 목소리가 바로 내 귀 곁에서 들린다.

핏기 없는 얼굴에 살짝 붉은 빛이 돌며 어느 결에 내 곁에 바짝다가 앉았더라.

"당신도 살 도리를 좀 하세요."

"…."

나는 또 '시작하는 구나' 하는 생각이 번개같이 머리에 번쩍이며 불쾌한 생각이 벌떡 일어난다.

그러나 무어라고 대답할 말이 없어 묵묵히 있었다.

"우리도 남과 같이 살아 보아야지요."

아내가 T의 양산에 단단히 자극(刺戟)을 받은 것이다.

예술가의 처 노릇을 하려는 독특한 결심이 있는 그는 좀처럼 이런 소리를 입 밖에 내지 아니하였다.

그러나 무엇에 상당한 자극만 받으면 참고 참았던 이런 소리를 하게 되는 것이다.

나도 이런 소리를 들을 적마다 '그럴 만도 하다'는 동정심이 없지 아니 하나 심사가 어쩐지 좋지 못하였다.

이번에도 '그럴 만도 하다'는 동정심이 없지 아니하되 또한 불쾌한 생각을 억제키 어려웠다.

잠깐 있다가 불쾌한 빛을 나타내며,

"급작스럽게 살 도리를 하라면 어찌 할 수가 있소. 차차 될 때가 있겠지!"

"아이구, 차차란 말씀 그만두구려. 어느 천 년에."

아내의 얼굴에 붉은 빛이 짙어지며 전에 없던 흥분한 어조로 이런말까지 하였다.

자세히 보니 두 눈에 은은히 눈물이 고이었더라.

나는 잠시 멍멍하게 있었다.

성난 불길이 치받쳐 올라온다.

나는 참을 수 없었다.

"막벌이꾼한테 시집을 갈 것인지, 누가 내게 시집을 오랬소! 저 따위가 예술가의 처가 다 뭐야!"

사나운 어조로 몰풍스럽게 소리를 꽥 질렀다.

"에그…."

살짝 얼굴빛이 변해지며 어이없이 나를 보더니 고개가 점점 수그러지며 한 방울, 두 방울 방울방울 눈물이 장판 위에 떨어진다.

나는 이런 일을 가슴에 그리며 그래도 내일 아침거리를 장만하려고 옷을 찾는 아내의 심중을 생각해 보니 말할 수 없는 슬픈 생각이 가을 바람과 같이 설렁설렁 심골(心骨)을 문지르는 것 같다.

쓸쓸한 빗소리는 굵었다 가늘었다 의연(依然)히 적적한 밤공기에 더욱 처량히 들리고 그을음 앉은 등피(燈皮) 속에서 비치는 불빛은 구름에 가린 달빛처럼 우는 듯 조는 듯, 구차히 얻어 산 몇 권 양책의 표체 금자가 번쩍거린다.

2

장 앞에 초연히 서 있던 아내가 무엇이 생각났는지 고개를 끄덕끄덕하며 들릴 듯 말 듯 목안의 소리로,

"오호… 옳지, 참 그날…."

"찾았소?"

"아니야요, 벌써… 저 인천(仁川) 사시는 형님이 오셨던 날…."

아내가 애써 찾던 그것도 벌써 전당포의 고운 먼지가 앉았구나! 종지 하나라도 차근차근 아랑곳하는 아내가 그것을 잡혔는지 안 잡혔는지 모르는 것을 보면 빈곤(貧困)이 얼마나 그의 정신을 물어 뜯었는지 가히 알겠다.

"…."

"…."

한참 동안 서로 아무 말이 없었다.

가슴이 어째 답답해지며 누구하고 싸움이나 좀 해보았으면, 소리껏 고함이나 질러 보았으면, 실컷 맞아 보았으면 하는 일종 이상한 감정이 부글부글 피어오르며 전신에 이가 스멀스멀 기어다니는 듯 옷이 어째 몸에 끼이며 견딜 수가 없다.

나는 이런 감정을 노골적으로 드러내며,

"점점 구차한 살림에 싫증이 나서 못 견디겠지?"

아내는 무엇을 생각하는지 모르게 정신을 잃고 섰다가 그 거슴츠레한 눈이 둥그래지며,

"네에? 어째서요?"

"무얼 그렇지."

"싫은 생각은 조금도 없어요."

이렇게 말이 오각가락함을 따라 나는 흥분의 도(度)가 점점 짙

어간다.

그래서 아내가 떨리는 소리로,

"어째 그런 줄 아세요?"

하고 반문할 적에,

"나를 숙맥으로 알우?"

라고 격렬하게 소리를 높였다.

아내는 살짝 분한 빛이 눈에 비치어 물끄러미 나를 들여다본다.

나는 괘씸하다는 듯이 흘겨보며,

"그러면 그것 모를까! 오늘까지 잘 참아오더니 인제는 점점 기색이 달라지는 걸 뭐! 물론 그럴 만도 하지마는!"

이런 말을 하는 내 가슴에는 지난 일이 활동 사진 모양으로 얼른얼른 나타난다.

육년 전에(그때 나는 십 육세이고 저는 십팔 세였다.) 우리가 결혼한 지 얼마 아니 되어 지식에 목마른 나는 지식의 바닷물을 얻어 마시려고 표연히 집을 떠났었다.

광풍(狂風)에 나부끼는 버들잎 모양으로 오늘은 지나, 내일은 일본으로 굴러다니다가 금전의 탓으로 지식의 바닷물도 흠씬 마셔 보지도 못하고, 반 거들충이가 되어 집에 돌아오고 말았다.

그가 시집 올 때에는 방글방글 피려는 꽃봉오리 같던 아내가 어느 겨를에 기울어가는 꽃처럼 두 뺨에 선연(鮮姸)한 빛이 스러지고 벌써 두어 금 가는 줄이 그리어졌다.

처가 덕으로 집칸도 장만하고 세간도 얻어 우리는 소위 살림을 하게 되었다.

처음에는 그럭저럭 지내었지마는 한푼 나는 데 없는 살림이라 한달 가고 두 달 갈수록 점점 곤란해질 따름이었다.

나는 보수 없는 독서와 가치 없는 창작으로 해가 지며 날이 새며, 쌀이 있는지 나무가 있는지 망연케 몰랐다.

그래도 때때로 맛있는 반찬이 상에 오르고 입은 옷이 과히 추하지 아니함은 전혀 아내의 힘이었다.

전들 무슨 벌이가 있으리요, 부끄럼을 무릅쓰고 친가에 가서 눈치를 보아가며 구차한 소리를 하여 가지고 얻어 온 것이었다.

그것도 한두 번 말이지 장구한 세월에 어찌 늘 그럴 수가 있으랴! 말경(末境)에는 아내가 가져온 세간과 의복에 손을 대는 수밖에 없었다.

잡히고 파는 것도 나는 알은 체도 아니하였다.

그가 애를 쓰며 퉁명스러운 옆집 할멈에게 돈푼을 주고 시켰었다.

이런 고생을 하면서도 그는 나의 성공만 마음 속으로 깊이깊이 믿고 빌었었다.

어느 때에는 내가 무엇을 짓다가 마음에 맞지 아니하여 쓰던 것을 집어 던지고 화를 낼 적에,

"왜 마음을 조급하게 잡수세요! 저는 꼭 당신의 이름이 세상에 빛날 날이 있을 줄 믿어요. 우리가 이렇게 고생을 하는 것이 장차 잘될 근본이야요."

하고 스스로 흥분되어 눈물을 흘리며 나를 위로하는 적도 있었다.

내가 외국으로 다닐 때에 소위 신풍조(新風潮)에 띠어 까닭없이 구식 여자가 싫어졌다. 그래서 나는 일찍이 장가 든 것을 매우 후회하였다.

어떤 남학생과 어떤 여학생이 서로 연애를 주고받고 한다는 이야기를 들을 적마다 공연히 가슴이 뛰놀며 부럽기도 하고 비감스럽기도 하였다.

그러나 낫살이 들어갈수록 그런 생각도 없어지고 집에 돌아와

아내를 겪어 보니 의외에 그에게 따뜻한 맛과 순결한 맛을 발견하였다. 그의 사랑이야말로 이기적 사랑이 아니고 헌신적 사랑이었다.

이런 줄을 점점 깨닫게 될 때에 내 마음이 얼마나 행복스러웠으랴! 밤이 깊도록 다듬이를 하다가 그만 옷 입은 채로 쓰러져 곤하게 자는 그의 파리한 얼굴을 들여다보며,

"아아, 나에게 위안을 주고 원조를 주는 천사여!"

하고 감격이 극하여 눈물을 흘린 일도 있었다.

내가 아다시피 내가 별로 천품은 없으나 어쨌든 무슨 저작가로 몸을 세워 보았으면 하여 나날이 창작과 독서에 전심력을 바쳤다. 물론 아직 남에게 인정될 가치가 없는 것이다.

그 영향으로 자연 일상 생활이 말유(末由)하게 되었다.

이런 곤란에 그는 근 이 년 견디어 왔건만 나의 하는 일은 오히려 아무 보람이 없고 방안에 놓였던 세간이 줄어지고 장롱에 찼던 옷이 거의 다 없어졌을 뿐이다. 그 결과, 그다지 견딜성 있던 그도 요사이 와서는 때때로 쓸데없는 탄식을 하게 되었다.

손잡이를 잡고 마루 끝에 우두커니 서서 하염없이 산만 바라보기도하며 바느질을 하다 말고 실신한 사람 모양으로 멍멍히 앉았기도 하였다.

창경(窓鏡)으로 비치는 어스름한 햇빛에 나는 흔히 그의 눈물 머금은 근심있는 눈을 발견하였다.

이런 때에는 말할 수 없는 쓸쓸한 생각이 들며 일없이,

"마누라!"

하고 부르면 그는 몸을 움찔하고 고개를 저리 돌리어 치맛자락으로 눈물을 씻으며,

"네에?"

하고 울음에 떨리는 대답을 한다. 나는 등에 물을 끼얹는 듯 몸

이 으쓱해지며 처량한 생각이 싸늘하게 가슴에 흘렀다.

그러지 않아도 자비(自卑)하기 쉬운 마음이 더욱 심해지며,

"내가 무자격한 탓이다."

하고 스스로 멸시를 하고 나니 더욱 견딜 수 없다.

"그럴 만도 하다."

는 동정심이 없지 아니 하되 그래도 그만 불쾌한 생각이 일어나며,

"계집이란 할 수 없어."

혼자 이런 불평을 중얼거리었다.

환등(幻燈) 모양으로 하나씩 둘씩 이런 일이 가슴에 나타나니 무어라고 말할 용기조차 없어졌다.

나의 유일한 신앙자이고 위로자이던 저까지 인제는 나를 아니 믿게 되었다.

그는 마음 속으로,

'네가 육 년 동안 살을 깎고 저미었구나! 이 원수야.'

할 것이다.

이렇게 생각하매 그의 불 같던 사랑까지 없어져 가는 것 같았다. 아니, 흔적도 없이 사라지고 만 것 같았다.

나는 감상적으로 허둥허둥하며,

"낸들 마누라를 고생시키고 싶어서 시켰겠소! 비단옷도 해주고 싶고 좋은 양산도 사주고 싶어요! 그러길래 왼종일 쉬지 않고 공부를 아니하우. 남 보기에는 편편히 노는 것 같애도 실상은 그렇지 않아! 본들 모른단 말이오."

나는 점점 강한 가면(假面)을 벗고 약(弱)한 진상(眞相)을 드러내며 이와 같은 가소로운 변명까지 하였다.

"왼 세상 사람이 다 나를 비소(誹笑)하고 모욕하여도 상관이 없지만 마누라까지 나를 아니 믿어 주면 어찌한단 말이오."

내 말에 스스로 자극이 되어 가지고 마침내,

"아아!"

길이 탄식을 하고 그만 쓰러졌다.

이 순간에 고개를 숙이고 아마 하염없이 입술만 물어뜯고 있던 아내가 홀연,

"여보!"

울음소리를 떨면서 무너지는 듯이 내 얼굴에 쓰러진다.

"용서…."

하고는 북받쳐 나오는 울음에 말이 막히고 불덩이 같은 두 뺨이 내 얼굴을 누르며 흑흑 느끼어 운다.

그의 두 눈으로부터 샘솟듯하는 눈물이 제 뺨과 내 뺨 사이를 따듯하게 젖어 퍼진다.

내 눈에서도 눈물이 흘러내린다.

뒤숭숭하던 생각이 다 이 뜨거운 눈물에 봄눈 슬듯 스러지고 말았다.

"용서하여 주세요! 그렇게 생각하실 줄은 참 몰랐어요."

이런 말을 하는 아내는 눈물에 불어 오른 눈꺼풀을 아픈 듯이 끔적거린다.

"암만 구차하기로니 싫증이야 날까요! 나는 한번 먹은 맘이 있는데."

가만가만히 변명을 하는 아내의 눈물 흔적이 어룽어룽한 얼굴을 물끄러미 바라보며 겨우 심신이 가뜬하였다.

3

어제 일로 심신이 피곤하였던지 그 이튿날 늦게야 잠이 깨니 간밤에 오던 비는 어느 결에 그치었고 명랑한 햇발이 미닫이에

높았더라.

아내가 다시금 장문을 열고 잡힐 것을 찾을 즈음에 누가 중문을 열고 들어온다.

우리는 누군가 하고 귀를 기울일 적에 밖에서,

"아씨!"

하는 소리가 들렸다.

아내는 급히 방문을 열고 나갔다.

그는 처가에서 부리는 할멈이었다.

오늘이 장인 생신이라고 어서 오라는 말을 전한다.

"오늘이야? 참 옳지, 오늘이 이월 열 엿새 날이지, 나는 깜빡 잊었어!"

"원 아씨는 딱도 하십니다. 어쩌면 아버님 생신을 잊는단 말씀이야요. 아무리 살림에 재미가 나시더래도!"

시큰둥한 할멈은 선웃음을 쳐 가며 이런 소리를 한다.

가난한 살림에 골몰하느라고 자기 친부의 생신까지 잊었는가 하매 아내의 정지(情地)가 더욱 측은하였다.

"오늘은 본가 아버님 생신이래요. 어서 오시라는데…."

"어서 가구려…."

"당신도 가셔야지요. 우리 같이 가세요."

하고 아내는 하염없이 얼굴을 붉힌다.

나는 처가에 가기가 매우 싫었었다. 그러나 아니 가는 것도 내 도리가 아닐 듯하여 하는 수 없이 두루마기를 입었다.

아내는 머뭇머뭇하며 양미간을 보일 듯 말 듯 찡그리다가 곁눈으로 살짝 나를 엿보더니 돌아서서 급히 장문을 연다.

'흥, 입을 옷이 없어서 망설이는구나', 나는 슬쩍 돌아서며 생각하였다.

우리는 서로 등지고 섰건만 그래도 아내가 거의 다 빈 장 안을 들여다보며 입을 만한 옷이 없어서 눈살을 찌푸린 양이 눈 앞에 선연함을 어찌 할 수가 없었다.

"자아, 가세요."

무엇을 생각하는지 모르게 정신을 잃고 섰다가 아내의 부르는 소리를 듣고 나는 기계적으로 고개를 돌리었다.

아내는 당목 옷으로 갈아입고 내 마음을 알았던지 나를 위로하는듯이 방그레 웃는다.

나는 더욱 쓸쓸하였다.

우리집은 천변 배다리 곁이었고, 처가는 안국동에 있어 그 거리가 꽤 멀었다.

나는 천천히 가노라 하고 아내는 속히 오느라고 오건마는 그는 늘 뒤떨어졌다.

내가 한참 가다가 뒤를 돌아다보면 그는 늘 멀리 떨어져 나를 따라 오려고 애를 쓰며 주춤주춤 걸어온다.

길가에 다니는 어느 여자를 보아도 거의 다 비단옷을 입고 고운신을 신었는데, 당목옷을 허술하게 차리고 청록당혜로 타박타박 걸어가는 양이 나에게 얼마나 애연(哀然)한 생각을 일으켰는지!

한참 만에 나는 넓고 높은 처가집 대문에 다다랐다.

내가 안으로 들어갈 적에 낯선 사람들이 나를 흘끔흘끔 본다.

그들의 눈에,

'이 사람이 누구인가. 아마 이 집 하인인가 보다.'

하는 경멸히 여기는 빛이 있는 것 같았다.

안 대청 가까이 들어오니 모두 내게 분분히 인사를 한다.

그 인사하는 소리가 내 귀에는 어째 비소하는 것 같기도 하고 모욕하는 것 같기도 하여 공연히 가슴이 두근거리고 얼굴이 후끈거린다.

그 중에 제일 내게 친숙하게 인사하는 사람이 있다.

그는 아내보다 삼 년 맏인 처형이었다.

내가 어려서 장가를 들었으므로 그때 그는 나를 못 견디게 시달렸다.

그때는 그게 싫기도 하고 밉기도 하더니 지금 와서는 그때 그러한 것이 도리어 우리를 무관하게 정답게 만들었다.

그는 인천 사는데 자기 남편이 기미(期米)를 하여 가지고 이번에 돈 십만 원이나 착실히 땄다 한다.

그는 자기의 잘 사는 것을 자랑하고자 함인지 비단을 내리감고 얼굴에 부유한 태가 질질 흐른다. 그러나 분(粉)으로 숨기려고 애쓴 보람도 없이 눈 위에 퍼렇게 멍든 것이 내 눈에 띄었다.

"왜 마누라는 어쩌고 혼자 오세요?"

그는 웃으며 이런 말을 하다가 중문 편을 바라보더니,

"그러면 그렇지! 동부인 아니 하고 오실라구."

혼자 주고받고 한다.

나도 이 말을 듣고 슬쩍 돌아다보니 아내가 벌써 중문 앞에 들어섰다. 그 수척한 얼굴이 더욱 수척해 보이며 눈물 고인 듯한 눈이 하염없이 웃는다.

나는 유심히 그와 아내를 번갈아 보았다.

처음 보는 사람은 분간을 못할이 만큼 그들의 얼굴은 흡사하다.

그런데 얼굴빛은 어쩌면 저렇게 틀리는가!

하나는 이글이글 만발한 꽃 같고 하나는 시든 마른 낙엽 같다. 아내는 형이라고, 처형을 아우라 하였으면 아무라도 속을 것이다.

또 한번 아내를 보며 말할 수 없는 쓸쓸한 생각이 다시금 가슴을 누른다.

딴 음식은 별로 먹지도 아니 하고 못 먹는 술을 넉 잔이나 마시었다. 그래도 바늘 방석에 앉은 것처럼 앉아 견딜 수가 없다.

집에 가려고 나는 몸을 일으켰다. 골치가 띵하며 내가 선 방바닥이 마치 폭풍에 노도하는 파도같이 높았다 낮았다 어질어질해서 곧 쓰러질 것 같다.

이 거동을 보고 장모가 황망히 일어서며,

"술이 저렇게 취해 가지고 어데로 갈라구, 여기서 한참 자고 가게."

나는 손을 내저으며,

"아니에요, 집에 가겠어요."

취한 소리로 중얼거리었다.

"저를 어쩌나!"

장모는 걱정을 하시더니,

"할멈, 어서 인력거 한 채 불러오게."

한다.

취중에도 인력거를 태우지 말고 그 인력거 삯을 나를 주었으면 책 한 권을 사 보련만 하는 생각이 있었다.

인력거를 타고 얼마 아니 가서 그만 잠이 들었다.

한참 자다가 잠을 깨어 보니 방 안에 벌써 남폿불이 켜 있는데 아내는 어느 결에 왔는지 외로이 앉아 바느질을 하고 화로에서는 무엇이 끓는 소리가 보글보글하였다.

아내가 나의 잠 깬 것을 보더니 급히 화로에 얹힌 것을 만져 보며,

"인제 그만 일어나 진지를 잡수세요."

하고 부리나케 일어나 아랫목에 파묻어 둔 밥그릇을 꺼내어 미리 차려 둔 상에 얹어서 내 앞에 갖다 놓고 일변 화로를 당기어 더운 반찬을 집어 얹으며,

"자아, 어서 일어나세요."

한다. 나는 마지못하여 하는 듯이 부시시 일어났다.

머리가 오히려 아프며 목이 몹시 말라서 국과 물을 연해 들이켰다.

"물만 잡수셔서 어째요. 진지를 좀 잡수셔야지."

아내는 이런 근심을 하며 밥상머리에 앉아서 고기도 뜯어 주고 생선뼈도 추려 주었다. 이것은 다 오늘 처가에서 가져온 것이다. 나는 맛나게 밥 한 그릇을 먹었다.

내 밥상이 나매 아내가 밥을 먹기 시작한다.

그러면 지금껏 내 잠 깨기를 기다리고 밥을 먹지 아니 하였구나 하고 오늘 처가에서 본 일을 생각하였다.

어제 일이 있은 후로 우리 사이에 무슨 벽이 생긴 듯하던 것이 그 벽이 점점 엷어져 가는 듯하며 가엾고 사랑스러운 생각이 일어났었다.

그래서 우리는 정답게 이런 이야기 저런 이야기를 하게 되었다.

우리의 이야기는 오늘 장인 생신 잔치로부터 처형 눈 위에 멍든 것에 옮겨갔다.

처형의 남편이 이번 그 돈을 딴 뒤로는 주야 요리점과 기생집에 돌아다니더니 일전에 어떤 기생을 얻어 가지고 미쳐 날뛰며 집에만 들면 집안 사람을 들볶고 걸핏하면 처형을 친다 한다.

이번에도 별로 대단치 않은 일에 처형에게 밥상으로 냅다 갈겨 바로 눈 위에 그렇게 멍이 들었다 한다.

"그것 보아, 돈푼이나 있으면 다 그런 것이야."

"정말 그래요. 없으면 없는 대로 살아도 의좋게 지내는 것이 행복이야요."

아내는 충심으로 공명해 주었다.

이 말을 들으매 내 마음은 말할 수 없이 만족해지면서 무슨 승

리나 한 듯이 득의양양하였다. 그리고 마음 속으로,
'옳다, 그렇다. 이렇게 지내는 것이 행복이다.'
하였다.

4

이틀 뒤, 해 어스름에 처형은 우리집에 놀러 왔었다.
마침 내가 정신없이 무엇을 생각하고 있을 즈음에 쓸쓸하게 닫혀있는 중문이 찌그둥하며 비단옷 소리가 사오락사오락 들리더니 아랫목은 내게 빼앗기고 윗목에서 바느질을 하고 있던 아내가 문을 열고 나간다.
"아이고, 형님 오셔요."
아내의 인사하는 소리가 들리더니 처형이 계집 하인에게 무엇을 들리고 들어온다.
나도 반갑게 인사를 하였다.
"그날 매우 욕을 보셨죠? 못 잡숫는 술을 무슨 짝에 그렇게 잡수세요."
그는 이런 인사를 하다가 급작스럽게 계집 하인이 든 것을 빼앗더니 신문지로 싼 것을 끄집어내어 아내를 주며,
"내 신 사는데 네 신도 한 켤레 샀다. 그날 청록당혜를…."
말을 하려다가 나를 곁눈으로 흘끗 보고 그만 입을 닫친다.
"그것을 왜 또 사셨어요."
해쓱한 얼굴에 꽃물을 들이며 아내가 치사하는 것도 들은 체 만 체하고 처형은 또 이야기를 시작한다.
"올 적에 사랑 양반을 졸라서 돈 백 원을 얻었겠지. 그래서 오늘 종로에 나와서 옷감도 바꾸고 신도 사고…."
그는 자랑과 기쁨의 빛이 얼굴에 퍼지며 싼 보를 끌러,

"이런 것이야!"

하고 우리 앞에 펼쳐 놓는다.

자세히는 모르나 여하간 값 많은, 품 좋은 비단인 듯하다.

무늬 없는 것, 무늬 있는 것, 회색, 초록색, 분홍색이 갖가지로 윤이 흐르며 색색이 빛이 나서 나는 한참 황홀하였다.

무슨 칭찬을 해야 되겠다 싶어서,

"참 좋은 것인데요."

이런 말을 하다가 나는 또 쓸쓸한 생각이 일어난다.

저것을 보는 아내의 심중이 어떠할까 하는 의문이 문득 일어남이라.

"모다 좋은 것만 골라 샀습니다그려."

아내는 인사를 차리느라고 이런 칭찬은 하나마 별로 부러워하는 기색이 없다. 나는 적이 의외의 감이 있었다.

처형은 자기 남편의 흉을 보기 시작하였다.

그 밉살스럽다는 둥 그 추근추근하다는 둥 말끝마다 자기 남편의 불미한 점을 들다가 문득 이야기를 끊고 일어선다.

"왜 벌써 가시려고 하셔요. 모처럼 오셨다가 반찬은 없어도 저녁이나 잡수세요."

하고 아내가 만류를 하니,

"아니 곧 가야지. 오늘 저녁 차로 떠날 것이니까 가서 짐을 매어야지. 아직 차 시간이 멀었어? 아니, 그래도 정거장에 일찍이 나가야지, 만일 기차를 놓치면 오죽 기다리실라구, 벌써 오늘 저녁 차로 간다고 편지까지 했는데…."

재삼 만류함도 돌아보지 아니 하고 그는 훌훌이 나간다.

우리는 그를 보내고 방에 들어왔다.

"그까짓 것이 기다리는데 그다지 급급히 갈 것이 무엇이야."

아내는 하염없이 웃을 뿐이었다.

"그래도 옷감 바꿀 돈을 주었으니 기다리는 것이 애처롭기는 하겠지."

밉살스러우니, 추근추근하니 하여도 물질의 만족만 얻으면 그것으로 기뻐하고 위로되는 그의 생활이 참 가련하다 하였다.

"참 그런가 보아요."

아내도 웃으며 내 말을 받는다.

이때에 처형이 사 준 신이 그의 눈에 띄었는지(혹은 나를 꺼려, 보고 싶은 것을 참았는지 모르나) 그것을 집어 들고 조심조심 펴보려다가 말고 머뭇머뭇한다.

그 속에 그를 해케 할 무슨 위험품이나 든 것 같이.

"어서 펴 보구려."

아내는 이 말을 듣더니,

"작히 좋으랴."

하는 듯이 활발하게 싼 신문지를 헤친다.

"퍽 이쁜걸요."

그는 근일에 드문 기쁜 소리를 치며 방바닥 위에 사뿐 내려놓고 버선을 당기며 곱게 신어 본다.

"어쩌면 이렇게 맞아요!"

연해연방 감사를 부르짖는 그의 얼굴에 흔연한 희색이 넘쳐 흐른다.

"…."

묵묵히 아내의 기뻐하는 양을 보고 있던 나는 또다시,

'여자란 할 수 없어.'

하는 생각이 들며,

'조심하였을 따름이다.'

하매 밤빛 같은 검은 그림자가 가슴을 어둡게 하였다.

그러면 아까 처형의 옷감을 볼 적에도 물론 마음 속으로는 부

러워 하였을 것이다. 다만 표면에 드러내지 않았을 따름이다. 겨우,

"어서 펴 보구려."

하는 한 마디에 가슴에 숨겼던 생각을 속임없이 나타내는구나 하였다.

내가 무엇을 생각하고 있는지 저는 모르고 새 신 신은 발을 조금쳐들며,

"신 모양이 어때요?"

"매우 이뻐!"

겉으로는 좋은 듯이 대답을 하였으나 마음은 쓸쓸하였다. 내가 제게 신 한 켤레를 사 주지 못하여 남에게 얻은 것으로 만족하고 기뻐하는 거다.

웬일인지 이번에는 그만 불쾌한 생각이 일어나지 아니 하였다.

처형이 동서를 밉다거니 무엇이니 하면서도 기차를 놓치면 남편이 기다릴까 염려하여 급히 가던 것이 생각난다.

그것을 미루어 아내의 심사도 알 수가 있다.

부득이한 경우라 하릴없이 정신적 행복에만 만족하려고 애를 쓰지마는 기실 부족한 것이다.

다만 참을 따름이다.

그것은 내가 생각해야 된다.

이런 생각을 하니 그날 아내에게 그런 말을 한 것이 후회가 났다.

'어느 때라도 제 은공을 갚아 줄 날이 있겠지!'

나는 마음을 좀 너그러이 먹고 이런 생각을 하며 아내를 보았다.

"나도 어서 출세를 하여 비단신 한 켤레쯤은 사 주게 되었으면 좋으련만…."

아내가 이런 말을 듣기는 참 처음이다.

"네에?"

아내는 제 귀를 못 미더워하는 듯이 의아한 눈으로 나를 보더니 얼굴에 살짝 열기가 오르며,

"얼마 안되어 그렇게 될 것이야요!"

라고 힘있게 말하였다.

"정말 그럴 것 같소?"

나는 약간 흥분하여 반문하였다.

"그러문요, 그렇고말고요."

아직 아무도 인정해 주지 않는 무명작가인 나를 저 하나이 깊이깊이 인정해 준다.

그러길래 그 강한 물질에 대한 본능적 욕구도 참아가며 오늘날까지 몹시 눈살을 찌푸리지 아니 하고 나를 도와준 것이다.

'아아, 나에게 위안을 주고 원조를 주는 천사여!'

마음 속으로 이렇게 부르짖으며, 두 팔로 덥썩 아내의 허리를 잡아 내 가슴에 바싹 안았다.

그 다음 순간에는 뜨거운 두 입술이….

그의 눈에도 나의 눈에도 그렁그렁한 눈물이 물끓듯 넘쳐 흐른다.

(1920년)

술 권하는 사회

"아이그, 아야."

홀로 바느질을 하고 있던 아내는 얼굴을 살짝 찌푸리고 가늘고 날카로운 소리로 부르짖었다. 바늘 끝이 왼쪽 엄지손가락 손톱 밑을 찔렀음이다. 그 손가락은 가늘게 떨고 하얀 손톱 밑으로 앵도(櫻桃)빛 같은 피가 비친다. 그것을 볼 사이도 없이 아내는 얼른 바늘을 빼고 다른 손 엄지손가락으로 그 상처를 누르고 있다. 그러면서 하던 일가지를 발꿈치로 고이고이 밀어 내려 놓았다. 이윽고 눌렀던 손을 떼어 보았다. 그 언저리는 인제 다시 피가 아니 나려는 것처럼 혈색(血色)이 없다. 하더니, 그 희던 꺼풀 밑에 다시금 꽃물이 차츰 차츰 밀려온다. 보일 듯 말 듯한 그 상처로부터 좁쌀낟 같은 핏방울이 송송 솟는다. 또 아니 누를 수 없다. 이만하면 그 구멍이 아물었으려니하고 손을 떼면 또 얼마 아니 되어 피가 비치어 나온다.

인제 헝겊 오락지로 처매는 수밖에 없다. 그 상처를 누른 채 그는 바느질고리에 눈을 주었다. 거기 쓸 만한 오락지는 실패 밑에 있다. 그 실패를 밀어내고 그 오락지를 두 새끼손가락 사이에 집어 올리려고 한동안 애를 썼다. 그 오락지는 마치 풀로 붙여 둔 것같이 고리밑에 착 달라붙어 세상 집혀지지 않는다. 그 두 손가락은 헛되이 그 오락지 위를 긁적거리고 있을 뿐이다.

"왜 집혀지지를 않아!"

그는 마침내 울듯이 부르짖었다. 그리고 그것을 집어줄 사람이 없나 하는 듯이 방안을 둘러보았다. 방안은 텅 비어 있다. 어느 뉘 하나 없다. 호젓한 허영(虛影)만 그를 휩싸고 있다. 바깥도 죽은 듯이 고요하다. 시시로 퐁퐁 하고 떨어지는 수도의 물방울 소리가 쓸쓸하게 들릴 뿐. 문득 전등불이 광채(光彩)를 더하는 듯하였다. 벽상(壁上)에 걸린 괘종(掛鐘)의 거울이 번들하며, 새로 한 점을 가리키려는 시침(時針)이 위협하는 듯이 그의 눈을 쏜다. 그의 남편은 그때껏 돌아오지 않았었다.

아내가 되고 남편이 된 지는 벌써 오랜 일이다. 어느덧 칠, 팔 년이 지났으리라. 하건만 같이 있어 본 날을 헤아리면 단 일 년이 될락말락한다. 막 그의 남편이 서울서 중학을 마쳤을 제 그와 결혼하였고, 그러자마자 고만 동경(東京)에 부급(負笈)한 까닭이다. 거기서 대학까지 졸업을 하였다.

이 길고 긴 세월에 아내는 얼마나 괴로웠으랴! 봄이면 봄, 겨울이면 겨울, 웃는 꽃을 한숨으로 맞았고 얼음 같은 베개를 뜨거운 눈물로 덥히었다. 몸이 아플 때, 마음이 쓸쓸할 제 얼마나 그가 그리웠으랴! 하건만 아내는 이 모든 고생을 이를 악물고 참았었다. 참을 뿐이 아니라 달게 받았었다. 그것은 남편이 돌아오기만 하면! 하는 생각이 그에게 위로를 주고 용기를 준 까닭이었다. 남편이 동경에서 무엇을 하고 있나? 공부를 하고 있다. 공부가 무엇인가? 자세히 모른다. 또 알려고 애쓸 필요도 없다. 어찌하였든지 이 세상에 제일 좋고 제일 귀한 무엇이라 한다. 마치 옛날 이야기에 있는 도깨비의 부자(富者) 방망이 같은 것이어니 한다. 옷 나오라면 옷 나오고, 밥 나오라면 밥 나오고, 돈 나오라면 돈 나오고…저 하고 싶은 무엇이든지 청해서 아니되는 것이 없는 무엇을 동경에서 얻어 가지고 나오려니 하였었다. 가끔 놀러 오는 친척들이 비단옷 입은 것과 금지환(金指環) 낀 것을 볼 때에 그 당장엔 마음 그윽히 부러워도 하였지만 나중엔 '남편만 돌아오면—'하고 그것에 경멸하는 시선을 던지었다.

남편이 돌아왔다. 한 달이 지나가고 두 달이 지나갔다. 남편의 하는 행동이 자기의 기대하던 바와 조금 배치(背馳)되는 듯하였다. 공부 아니 한 사람보다 조금도 다른 것이 없었다. 아니다, 다르다면 다른 점도 있다. 남은 돈벌이를 하는데 그의 남편은 도리어 집안 돈을 쓴다. 그러면서도 어디인지 분주히 돌아다닌다. 집에 들면 정신 없이 무슨 책을 보기도 하고 또는 밤새도록 무엇을 쓰기도 하였다.

'저러는 것이 참말 부자 방망이를 맨드는 것인가보다.'

아내는 스스로 이렇게 해석한다.

또 두어 달 지나갔다. 남편의 하는 일은 늘 한모양이었다. 한 가지 더한 것은 때때로 깊은 한숨을 쉬는 것뿐이었다. 그리고 무슨 근심이나 있는 듯이 얼굴을 펴지 않았다. 몸은 나날이 축이 간다.

'무슨 걱정이 있는고?'

아내는 따라서 근심을 하게 되었다. 하고는 그 여윈 것을 보충하려고 갖가지로 애를 썼다. 곧 될수 있는 대로 그의 밥상에 맛난 반찬가지를 붙게 하며 고음같은 것도 만들었다. 그런 보람도 없이 남편은 입맛이 없다 하며 그것을 잘 먹지도 않았었다.

또 몇 달이 지나갔다. 인제 출입을 뚝 끊고 늘 집에 붙어 있다. 걸핏하면 성을 낸다. 입버릇 모양으로 화난다, 화난다 하였다.

어느 날 새벽, 아내가 어렴풋이 잠을 깨어 남편의 누웠던 자리를 더듬어 보았다. 쥐이는 것은 이부자락 뿐이다. 잠결에도 실망을 아니 느낄수 없었다. 잃은 것을 찾으려는 것처럼, 눈을 부시시 떴다. 책상위에 머리를 쓰러뜨리고 두 손으로 그것을 움켜쥐고 있는 남편을 보았다. 흐릿한 의식이 돌아옴에 따라 남편의 어깨가 덜썩덜썩 움직임도 깨달았다. 흑흑 느끼는 소리가 귀를 울린다.

아내는 정신을 바짝 차리었다. 불현듯이 몸을 일으켰다. 이윽고 아내의 손은 가볍게 남편의 등을 흔들며 목에 걸리고 나오지 않는 소리로,

"왜 그러고 계셔요."

하고 물어 보았다.

"…."

남편은 아무 대답이 없다. 아내는 손으로 남편의 얼굴을 괴어 들려고 할 즈음에 그것이 뜨뜻하게 눈물에 젖은 것을 깨달았다.

또 한 두어 달 지나갔다. 처음처럼 다시 출입이 자유로웠다. 구역이 날 듯한 술냄새가 밤늦게 돌아오는 남편의 입에서 나게 되었다. 그것은 요사이 일이다. 오늘밤에도 지금까지 돌아오지 않았다. 초저녁부터 아내는 별별 생각을 다하면서 남편을 고대고대하고 있었다. 지리한 시간을 속히 보내려고 치웠던 일가지를 또 꺼내었다. 그것조차 뜻같이 아니 되었다. 때때로 바늘이 헛되이 움직이었다. 마침내 그것에 찔리고 말았다.

"어데를 가서 이때껏 오시지 않아!"

아내는 이제 아픈 것도 잊어버리고 짜증을 내었다. 잠깐 그를 떠났던 공상과 환영이 다시금 그의 머리에 떠돌기 시작하였다.

이상한 꽃을 수놓은 흰 보(褓) 위에 맛난 요리를 담은 접시가 번쩍인다. 여러 친구와 술을 권커니 잣거니 하는 광경이 보인다.

그의 남편은 미친 듯이 껄껄 웃는다. 나중에는 검은 휘장이 스르르하는 듯이 그 모든 것이 사라져 버리더니 낭자(狼藉)한 요리상만이 보이기도 하고, 술병만 희게 빛나기도 하고, 아까 그 기생이 한 팔로 땅을 짚고 진저리를 쳐 가며 웃는 꼴이 보이기도 하였다. 또한 남편이 길바닥에 쓰러져 우는 것도 보이었다.

"문 열어라!"

문득 대문이 덜컥, 하고 혀가 꼬부라진 소리로 부르는 듯하였다.

"네."

저도 모르게 대답을 하고 급히 마루로 나왔다. 잘못 신은, 발에 아니 맞는 신을 질질 끌면서 대문으로 달렸다. 중문은 아직 잠그지도 않았고 행랑방에 사람이 없지 않지마는 으례히 깊은 잠에 떨어졌을 줄 알고 자기가 뛰어나감이었다. 가느름한 손이 어둠 속에서 희게 빗장을 잡고 한참 실랑이를 한다. 대문은 열렸다.

밤바람이 선득하게 얼굴에 안친다. 문 밖에는 아무도 없다! 온 골목에 사람의 그림자도 볼 수 없다. 검푸른 밤빛이 허연 길 위에 그믈그믈 깃들었을 뿐이었다.

아내는 무엇에 놀란 사람 모양으로 한참 멀거니 서있었다. 문득 급거히 대문을 닫친다. 마치 그 열린 사이로 악마나 들어올 것처럼.

'그러면 바람 소리였구먼.'

하고 싸늘한 뺨을 쓰다듬으며 해쭉 웃고 발길을 돌리었다.

'아니 내가 분명히 들었는데…혹 내가 잘못 보지를 않았나?…길바닥에나 쓰러져 있었으면 보이지도 않을 터야…'

중문까지 다다르자, 별안간 이런 생각이 그의 걸음을 멈추게 하였다.

'대문을 또 좀 열어 볼까?…아니야, 내가 헛들었지.'

망설거리면서도 꿈꾸는 사람 모양으로 저도 모를 사이에 마루까지 올라왔다. 매우 기묘한 생각이 번개같이 그의 머리에 번쩍인다.

'내가 대문을 열었을 제 나 몰래 들어오지나 않았나?…'

과연 방안에 무슨 소리가 나는 것 같았다. 확실히 사람의 기척이 있다. 어른에게 꾸중 모시러 가는 어린애처럼 조심조심 방문앞에 왔다. 그리고 문간 아래로 손을 대며 하염없이 웃는다. 그것은 제 잘못을 용서해줍시사 하는 어린애 같은 웃음이었다. 조심조심 방문을 열었다. 이불이 어째 움직움직하는 듯하였다.

'나를 속이려고 이불을 쓰고 누웠구먼.'

하고 마음 속으로 소곤거렸다. 가만히 내려앉는다. 그 모양이 이것을 건드려서는 큰일이 나지요 하는 듯하였다. 이불을 펄쩍 쳐들었다. 빈 요가 하얗게 드러난다. 그제야 확실히 아니 온 줄 안 것처럼,

"아니 왔구먼, 안 왔어!"

라고 울듯이 부르짖었다.

남편이 돌아오기는 새로 두 점이 훨씬 지난 뒤였다. 무엇이 털썩하는 소리가 들리고 잇달아,

"아씨, 아씨!"

라고 부르는 소리가 귀를 때릴 때에야 아내는 비로소 아직도 앉았을 자기가 이불 위에 쓰러져 있음을 깨달았다. 기실, 잠귀 어두운 할멈이 대문을 열었을이 만큼 아내는 깜박 잠이 깊이 들었었다. 하건만 그는 몽경(夢境)에서 방황하는 정신을 당장에 수습하였다. 두어 번 얼굴을 쓰다듬자, 불현듯 밖으로 나왔다.

남편은 한 다리를 마루 끝에 걸치고 한 팔에 베고 옆으로 누워 있다. 숨소리가 씨근씨근한다. 막 구두를 벗기고 일어나 할멈은 검붉은 상을 찡그려 붙이며,

"어서 일어나 방으로 들어가세요."

라고 한다.

"응, 일어나지."

나리는 혀를 억지로 돌리어 코와 입으로 대답을 하였다. 그래도 몸은 꿈쩍도 않는다. 도리어 그 개개 풀린 눈은 자려는 것처럼 스르르 감는다. 아내는 눈만 비비고 서 있다.

"어서 일어나셔요. 방으로 들어가시라니까."

이번에는 대답조차 아니 한다. 그 대신 무엇을 잡으려는 것처럼 손을 내어젓더니,

"물, 물, 냉수를 좀 주어."

라고 중얼거렸다. 할멈은 얼른 물을 떠다 이취자(泥醉者)의 코 밑에 놓았건만, 그 사이에 벌써 아까 청을 잊은 것같이 취한 이는 물을 먹으려고도 않는다.

"왜 물을 아니 잡수셔요."

곁에서 할멈이 깨우쳤다.

"응, 먹지 먹어."

하고 그제야 주인은 한 팔을 짚고 고개를 든다. 한꺼번에 물 한 대접을 다 들이켜 버렸다. 그리고는 또 쓰러진다.

"에그, 또 눕네."

하고, 할멈은 우물로 기어드는 어린애를 안으려는 모양으로 두 손을 내어민다.

"할멈은 그만 가 자게."

주인은 귀치않다는 듯이 말을 한다.

이를 어찌 해, 하는 듯이 멀거니 서 있는 아내도 할멈이 고만

갔으면 하였다. 남편을 붙들어 일으킬 생각이야 간절하였지마는, 할멈이 보는데 어찌 그럴 수 없는 것 같았다. 혼인한 지가 칠, 팔 년이 되었으니 그런 파수(破羞)야 되었으련만 같이 있어 본 날을 꼽아 보면, 그는 아직 갓 시집 온 색시였다.

'할멈은 가 자게.'란 말이 목까지 올라왔지만 입술에서 사라지고 말았다. 마음 그윽히 할멈이 돌아가기만 기다릴 뿐이었다.

"좀 일으켜 드려야지."

가기는 커녕 이런 말을 하고, 할멈은 선웃음을 치면서 마루로 부득부득 올라온다. 그 모양은, 마치 주인나리가 약주가 취하시거든 방에까지 모셔다 드려야 제 도리에 옳지요. 하는 듯하였다.

"자아, 자아."

할멈은 아씨를 보고 히히 웃어가며, 나리의 등 밑으로 손을 넣는다.

"왜 이래. 왜 이래. 내가 일어날 테야."

하고 몸을 움직이더니, 정말 주인이 부시시 일어난다. 마루를 쾅쾅눌러 디디며, 비틀비틀 곧 쓰러질 듯한 보조(步調)로 방문을 향하여 걸어간다. 와지끈하며 문을 열어젖히고는 방 안으로 들어간다. 아내도 뒤따라 들어왔다. 할멈은 중간턱을 넘어설 제, 몇 번 혀를 차고는 저 갈 데로 가 버렸다.

벽에 엇비슷하게 기대어 있는 남편은 무엇을 생각하는 듯이 고개를 숙이고 있다. 그의 말라붙은 관자놀이에 펄떡거리는 푸른 맥(脈)을 아내는 걱정스럽게 바라보면서 남편 곁으로 다가온다. 아내의 한 손은 양복 깃을, 또 한 손은 그 소매를 잡으며 화(和)한 목성으로,

"자아, 벗으셔요."

하였다. 남편은 문득 미끄러지는 듯이 벽을 타고 내려 앉는다. 그의 쭉 뻗친 발 끝에 이부자락이 저리로 밀려간다.

"에그, 왜 이리 하셔요. 벗자는 옷은 아니 벗으시고."

그 서슬에 넘어질 뻔한 아내는 애닯게 부르짖었다. 그러면서도 같이 따라 앉는다. 그의 손은 또 옷을 잡았다.

"옷이 꾸겨집니다. 제발 좀 벗으셔요."

라고 아내는 애원을 하며, 옷을 벗기려고 애를 쓴다. 하나, 취한 이의 등이 천근같이 벽에 척 늘어붙었으니 벗겨질 리가 없다. 애를 쓰다쓰다 옷을 놓고 물러 앉으며,

"원 참, 누가 술을 이처럼 권하였노."

라고 짜증을 낸다.

"누가 권하였노? 누가 권하였노? 흥흥."

남편은 그 말이 몹시 귀에 거슬리는 것처럼 곱삶는다.

"그래, 누가 권했는지 마누라가 좀 알아내겠소?"

하고 껄껄 웃는다. 그것은 절망의 가락을 띤 쓸쓸한 웃음이었다. 아내도 따라 방긋 웃고는 또 옷을 잡으며,

"자아, 옷이나 먼저 벗으셔요. 이야기는 나중에 하지요. 오늘밤에 잘 주무시면 내일 아침에 알으켜 드리지요."

"무슨 말이야, 무슨 말이야. 왜 오늘 일을 내일로 미루어. 할말이 있거든 지금 해!"

"지금은 약주가 취하셨으니, 내일 약주가 깨시거든 하지요."

"무어? 약주가 취해?"

하고 고개를 쩔레쩔레 흔들며,

"천만에, 누가 술이 취했단 말이오. 내가 공연히 이러지. 정신은 말똥말똥하오. 꼭 이야기하기 좋을 만해. 무슨 말이든지… 자아."

"글쎄, 왜 못 잡수시는 약주를 잡수셔요. 그러면 몸에 축이 나지 않아요."

하고 아내는 남편의 이마에 흐르는 진땀을 씻는다. 이취자(泥醉

者)는 머리를 흔들며,

"아니야, 아니야, 그런 말을 듣자는 것이 아니야."

하고 아깟 일을 추상하는 것처럼, 말을 끊었다가 다시금 말을 이어,

"옳지, 누가 나에게 술을 권했단 말이오? 내가 술이 먹고 싶어서 먹었단 말이오?"

"자시고 싶어 잡수신 건 아니지요. 누가 당신께 약주를 권하는지 내가 알아낼까요? 저… 첫째는 홧증이 술을 권하고 둘째는 하이칼라가 약주를 권하는지."

아내는 살짝 웃는다. 내가 어지간히 알아맞혔지요, 하는 모양이었다. 남편은 고소(苦笑)한다.

"틀렸소, 잘못 알았소. 홧증이 술을 권하는 것도 아니고 하이칼라가 술을 권하는 것도 아니오. 나에게 권하는 것은 따로 있어. 마누라가, 내가 어떤 하이칼라한테나 홀려다니거나 그 하이칼라가 늘 내게 술을 권하거니 하고 근심을 했으면 그것은 헛걱정이지. 나에게 하이칼라는 아무 소용도 없소. 나의 소용은 술뿐이오. 술이 창자를 휘돌아, 이것저것을 잊게 맨드는 것을 나는 취(取)할 뿐이오."

하더니, 홀연 어조를 고쳐 감개무량하게,

"아아, 유위유망(有爲有望)한 머리를 알콜로 마비 아니 시킬 수 없게 하는 그것이 무엇이란 말이오."

하고 긴 한숨을 내어쉰다. 물큰물큰 술냄새가 방안에 흩어진다.

아내에게는 그 말이 너무 어려웠다. 고만 묵묵히 입을 다물었다. 눈에 보이지 않는 무슨 벽이 자기와 남편 사이에 깔리는 듯하였다. 남편의 말이 길어질 때마다 아내는 이런 쓰디쓴 경험을 맛보았다. 이런 일은 한두 번이 아니었다. 이윽고 남편은 기막힌 듯이 웃는다.

"흥 또 못알아듣는군. 묻는 내가 그르지, 마누라야 그런 말을 알 수 있겠소. 내가 설명해 드리지. 자세히 들어요. 내게 술을 권한다오. 알았소? 팔자가 좋아서 조선에서 태어났지, 딴 나라에 났더면 술이나 얻어먹을 수 있나…."

사회란 무엇인가? 아내는 또 알 수가 없었다. 어찌하였든 딴 나라에는 없고 조선에만 있는 요리집 이름이어니 한다.

"조선에 있어도 아니 다니면 그만이지요."

남편은 또 아까 웃음을 재우친다. 술이 정말 아니 취한 것같이 또렷또렷한 어조로,

"허허, 기막혀. 그 한 분자(分子)된 이상에야 다니고 아니 다니는게 무슨 상관이야. 집에 있으면 아니 권하고, 밖에 나가면 권하는 줄 아는가 보아. 그런게 아니야. 무슨 사회 사람이 있어서 밖에만 나가면 나를 꼭 붙들고 술을 권하는 게 아니야… 무어라 할까… 저, 우리 조선 사람으로 성립된 이 사회란 것이 내게 술을 아니 못 먹게 한단 말이오… 어째 그렇소?… 또 내가 설명을 해 드리지. 여기 회를 하나 꾸민다 합시다. 거기 모이는 사람놈치고 처음은 민족을 위하느니, 사회를 위하느니 그러는데, 제 목숨을 바쳐도 아깝지 않느니 아니 하는 놈이 하나도 없어. 하다가 단 이틀이 못 되어, 단 이틀이 못 되어…."

한층 소리를 높이며 손가락을 하나씩 둘씩 꼽으며,

"되지 못한 명예 싸움, 쓸데없는 지위 다툼질, 내가 옳으니 네가 그르니, 내 권리가 많으니 네 권리가 적으니… 밤낮으로 서로 찢고 뜯고 하지. 그러니 무슨 일이 되겠소. 회(會)뿐이 아니라, 회사이고 조합이고… 우리 조선놈들이 조직한 사회는 다 그 조각이지. 이런 사회에서 무슨 일을 한단 말이오. 하려는 놈이 어리석은 놈이야. 적이 정신이 바로 박힌 놈은 피를 토하고 죽을 수밖에 없지. 그렇지 않으면 술밖에 먹을게 도무지 없지. 나도 전자에

는 무엇을 좀 해보겠다고 애도 써 보았어. 그것이 모두 수포야. 내가 어리석은 놈이었지. 내가 술을 먹고 싶어 먹는게 아니야. 요사이는 좀 낫지마는 처음 배울 때에는 마누라도 아다시피 죽을 애를 썼지. 그 먹고 난 뒤에 괴로운 것이야 겪어 본 사람이 아니면 알 수 없지. 머리가 지끈지끈 아프고 먹은것이 다 돌아 올라오고— 그래도 아니 먹은 것보담 나았어. 몸은 괴로워도 마음은 괴롭지 않았으니까. 그저 이 사회에서 할 것은 주정꾼 노릇밖에 없어….”

“공연히 그런 말 말아요. 무슨 노릇을 못해서 주정꾼 노릇을 해요! 남이라서….”

아내는 부지불식간(不知不識間)에 홍분이 되어 열기(熱氣)있는 눈으로 남편을 바라보고 불쑥 이런 말을 하였다. 그는 제 남편이 이 세상에 가장 거룩한 사람이어니 한다. 따라서 어느 놈보다 제일 잘 될 줄 믿는다. 몽롱하나마 그의 목적이 원대하고 고상한 것도 알았다. 얌전하던 그가 술을 먹게 된 것은 무슨 일이 맘대로 아니 되어 화풀이로 그러는 줄도 어렴풋이 깨달았다. 그러나 술은 노상 먹을것이 아니다. 그러면 패가망신하고 만다. 그러므로 하루 바삐 그 화가 풀리었으면, 또다시 얌전하게 되었으면 하는 생각이 그의 머리를 떠날 때가 없었다. 그리고 그 날이 꼭 올 줄 믿는다. 오늘부터는, 내일부터는… 하건만, 남편은 어제도 술이 취하였다. 오늘도 한모양이다. 자기의 기대는 나날이 틀려간다. 좇아서 기대에 대한 자신도 엷어간다. 애닯고 원(寃)한 생각이 가끔 그의 가슴을 누른다. 더구나 수척해 가는 남편의 얼굴을 볼 때에 그런 감정을 걷잡을 수 없었다. 지금 저도 모르게 홍분한 것도 또한 무리가 아니었다.

“그래도 못 알아듣네그려. 참, 사람 기막혀. 본정신 가지고는 피를 토하고 죽든지, 물에 빠져 죽든지 하지, 하루라도 살 수가 없단 말이야. 흉장(胸腸)이 막혀서 못 산단 말이야. 에잇, 가슴 답답해."

라고 미친 듯이 제 가슴을 쥐어뜯는다.

"술 아니 먹는다고 흉장이 막혀요?"

남편의 하는 짓은 본체 만체하고 아내는 얼굴을 더욱 붉히며 부르짖었다.

그 말에 몹시 놀란 것처럼 남편은 어이없이 아내의 얼굴을 바라보더니 그 다음 순간에는 말할 수 없는 고뇌(苦惱)의 그림자가 그의 눈을 거쳐 간다.

"그르지, 내가 그르지. 너 같은 숙맥더러 그런 말을 하는 내가 그르지. 너한테 조금이라도 위로를 얻으려는 내가 그르지. 후우."

스스로 탄식한다.

"아아 답답해!"

문득 기막힌 듯이 외마디 소리를 치고는 벌떡 몸을 일으킨다. 방문을 열고 나가려 한다.

왜 내가 그런 말을 하였던고? 아내는 불시에 후회하였다. 남편의 저고리 뒷자락을 잡으며 안타까운 소리로,

"왜 어디로 가셔요? 이 밤중에 어디를 나가셔요? 내가 잘못하였습니다. 인제는 다시 그런 말을 아니 하겠습니다… 그러게 내일 아침에 말을 하자니까…."

"듣기 싫어. 놓아, 놓아요."

하고 남편은 아내를 떠다밀치고 밖으로 나간다. 비틀비틀 마루 끝까지 가서는 털석 주저앉아 구두를 신기 시작한다.

"에그, 왜 이리 하셔요? 인제 다시 그런 말을 아니 한대도…."

아내는 뒤에서 구두 신으려는 남편의 팔을 잡으며 말을 하였다. 그의 손은 떨고 있었다.

그의 눈은 담박에 눈물이 쏟아질 듯하였다.

"이건 왜 이래, 저리로 가!"

배앝는 듯이 말을 하고 홱 뿌리친다. 남편의 발길이 뚜벅뚜벅 중문에 다다랐다. 어느덧 그 밖으로 사라졌다. 대문 빗장 소리가 덜컥하고 난다. 마루 끝에 떨어진 아내는 헛되이 몇 번,

"할멈! 할멈!"

하고 불렀다. 고요한 밤공기를 울리는 구두 소리는 점점 멀어간다. 발자취는 어느덧 골목 끝으로 사라져 버렸다. 다시금 밤은 적적히 깊어간다.

"가 버렸구먼, 가 버렸어!"

그 구두 소리를 영구히 아니 잃으려는 것처럼 귀를 기울이고 있는 아내는 모든 것을 잃었다 하는 듯이 부르짖었다. 심신(心身)이 텅 비어진 듯하였다. 그의 눈은 하염없이 검은 밤안개를 물끄러미 바라보고 있었다. 그 사회란 독(毒)한 꼴을 그려보는 것같이.

쓸쓸한 새벽 바람이 싸늘하게 가슴에 부딪친다. 그 부딪치는 서슬에 잠을 못 자고 피곤한 몸이 부서질 듯이 지긋하였다. 죽은 사람에게서뿐 볼 수 있는 해쓱한 얼굴이 경련적으로 떨며 절망한 어조로 소곤거렸다.

"그 몹쓸 사회가 왜 술을 권하는고!"

(1921년)

B사감(舍監)과 러브레터

C여학교에서 교원 겸 기숙사 사감 노릇을 하는 B여사라면 딱장대요 독신주의자요 찰진 야소꾼으로 유명하다. 사십에 가까운 노처녀인 그는 주근깨 투성이 얼굴이 처녀다운 맛이란 약에 쓰려도 찾을 수 없을 뿐인가, 시들고 거칠고, 마르고 누렇게 뜬 품이 곰팡 슬은 굴비를 생각나게 한다.

여러 겹 주름이 잡힌 훨렁 벗겨진 이마라든지, 벌써 늙어가는 자취를 감출길이 없었다. 뾰족한 입을 앙다물고 돋보기 너머로 쌀쌀한 눈이 노릴때엔 기숙생들이 오싹하고 몸서리를 칠이 만큼 그는 엄격하고 매서웠다.

이 B여사가 질겁을 하다시피 싫어하고 미워하는 것은 소위 러브레터였다. 여학교 기숙사라면 으레 그런 편지가 많이 오는 것이지만, 학교로도 유명하고 또 아름다운 여학생이 많은 탓인지 모르되 하루에도 몇 장씩 죽느니 사느니 하는 사랑 타령이 날아 들어왔었다. 기숙생에게 오는 사신을 일일이 검토하는 터이니까 그 따위 편지도 물론 B여사의 손에 떨어진다. 달짝지근한 사연을 보는 족족 그는 더할 수 없이 흥분되어서 얼굴이 붉으락푸르락, 편지 든 손이 발발 떨리도록 성을 낸다.

아무 까닭 없이 그런 편지를 받은 학생이야말로 큰 재변이었다. 하학하기가 무섭게 그 학생은 사감실로 불리워 간다. 분해서 못 견디겠다는 사람 모양으로 쌔근쌔근하며 방안을 왔다갔다 하던 그는, 들어오는 학생을 잡아먹을 듯이 노리면서 한 걸음 두 걸음 코가 맞닿일 만큼 바짝 다가들어서서 딱 마주선다. 웬 영문인지 알지 못하면서도 선생의 기색을 살피고 겁부터 집어먹는 학생은 한동안 어쩔 줄 모르다가 간신히 모기만한 소리로,

"저를 부르셨어요?"

하고 묻는다.

"그래, 불렀다. 왜!"

팍 무는 듯이 한 마디 하고 나서 매우 못마땅한 것처럼 교의를 우당퉁탕 당겨서 철썩 주저앉았다가 학생이 그저 서 있는 걸 보면,

"장승이냐? 왜 앉지를 못해!"

하고 또 소리를 빽 지르는 법이었다.

스승과 제자는 조그마한 책상 하나를 새에 두고 마주앉는다. 앉은 뒤에도,

'네 죄상을 네가 알지!'

하는 것처럼 아무 말 없이 눈살로 쏘기만 하다가 한참만에야 그 편지를 끄집어내어 학생의 코 앞에 동댕이를 치며,

"이건 누구한테 오는 거야?"

하고 문초를 시작한다. 앞장에 제 이름이 씌었는지라,

"저한테 온 것이야요."
하고 대답 않을 수 없다. 그러면 발신인이 누구인 것을 재쳐 묻는다. 그런 편지의 항용으로 발신인의 성명이 똑똑지 않기 때문에 주저주저 하다가 자세히 알 수 없다고 내대일 양이면,
"너한테 오는 것을 네가 모른단 말이냐?"
고 불호령을 내린 뒤에 또 사연을 읽어보라 하여 무심한 학생이 나직나직하나마 꿀 같은 구절을 입술에 올리면, B여사의 역정은 더욱 심해져서 어느 놈의 소위인 것을 기어이 알려 한다. 기실 보도 듣도 못한 남성의 한 노릇이요, 자기에게는 아무 죄도 없는 것을 변명하여도 곧이듣지를 않는다. 바른 대로 아뢰어야 망정이지 그렇지 않으면 퇴학을 시킨다는 둥 제 이름도 모르는 여자에게 편지할 리가 만무하다는 둥, 필연 행실이 부정한 일이 있으리라는 둥….
하다 못해 어디서 한번 만나기라도 하였을 테니 어찌해서 남자와 접촉을 하게 되었느냐는 둥, 자칫 잘못하여 학교에서 주최한 음악회나 바자에서 혹 보았는지 모른다고 졸리다 못해 주워댈 것 같으면 사내의 보는 눈이 어떻더냐, 표정이 어떻더냐, 무슨 말을 건네더냐 미주알 고주알 캐고 파며 어르고 볶아서 넉넉히 십 년 감수는 시킨다.
두 시간이 넘도록 문초를 한 끝에는 사내란 믿지 못할 것, 우리여성을 잡아먹으려는 마귀인 것, 연애가 자유이니 신성이니 하는것도 모두 악마가 지어낸 소리인 것을 입에 침이 없이 열에 떠서 한참 설법을 하다가 닦지도 않은 방바닥(침대를 쓰기 때문에 방이라 해도 마룻바닥이다)에 그대로 무릎을 꿇고 기도를 올린다. 눈에 눈물까지 글썽거리면서 말 끝마다 하나님 아버지를 찾아서 악마의 유혹에 떨어지려는 어린 양을 구해 달라고 되삶고 곱삶는 법이었다.

그리고 둘째로 그의 싫어하는 것은 기숙생을 남자가 면회하러 오는 일이었다.

무슨 핑계를 하든지 기어이 못 보게 하고 만다. 친부모, 친동기간이라도 규칙이 어떠니 상학중이니 무슨 핑계를 하든지 따돌려 보내기가 일쑤다.

이로 말미암아 학생이 동맹 휴학을 하였고 교장의 설유까지 들었건만 그래도 그 버릇은 고치려 들지 않았다.

이 B사감이 감독하는 그 기숙사에 금년 가을 들어서 괴상한 일이 '생겼다'느니보다 '발각되었다'는 것이 못마땅할는지 모르리라. 왜 그런고 하면 그 괴상한 일이 언제 '시작된' 것은 귀신밖에 모르니까.

그것은 다른 일이 아니라 밤이 깊어서 새로 한 점이 되어 모든 기숙생들이 달고 곤한 잠에 떨어졌을 제 난데없이 깔깔대는 웃음과 속살속살하는 낱말이 새어 흐르는 일이었다. 하룻밤이 아니고 이틀밤이 아닌 다음에야 그런 소리가 잠귀 밝은 기숙생의 귀에 들리기도 하였지만 잠결이라 뒷동산에 구르는 마른 잎의 노래로나, 달빛에 날개를 번뜩이며 울고 가는 기러기의 소리로나 흘려들었다. 그렇지않으면 도깨비의 장난이나 아닌가 하여 무시무시한 증이 들어서 동무를 깨워도 좀처럼 동무는 깨지 않고 제 생각이 너무도 어림없고 어이없음을 깨달으면, 밤 소리 멀리 들린다고 학교 이웃집에서 이야기를 하거나 또 딴 방에 자는 제 동무들의 잠꼬대로만 여겨서 스스로 안심하고 그대로 자 버리기도 하였다. 그러나 이 수수께끼가 풀릴때는 왔다. 이때 공교롭게 한방에 자던 학생 셋이 한꺼번에 잠을 깨었다. 첫째 처녀가 소변을 보러 일어났다가 그 소리를 듣고 둘째 처녀와 셋째 처녀를 깨우고 만 것이다.

"저 소리를 들어 보아요. 아닌 밤중에 저게 무슨 소리야?"

하고 첫째 처녀는 휘둥그래진 눈에 무서워하는 빛을 띤다.

"어젯밤에 나도 저 소리에 놀랬었어. 도깨비가 났단 말인가?"
하고 둘째 처녀도 잠 오는 눈을 비비며 수상해 한다. 그 중에 제일 나이 많을 뿐더러(많았자 열 여덟밖에 아니 되지만) 장난 잘 치고 짓궂은 짓 잘하기로 유명한 세째 처녀는 동무 말을 못 믿겠다는 듯이 이윽고 귀를 기울이다가,

"딴은 수상한걸. 나도 언젠가 한번 들어 본 법도 하구먼. 무얼, 잠아니 오는 애들이 이야기를 하는 게지."

이때에 그 괴상한 소리는 땍대굴 웃었다. 세 처녀는 귀를 소스라쳤다. 적적한 밤 가운데 다른 파동 없는 공기는 그 수상한 말마디가 곁에서나 나는 듯이 또렷또렷이 전해 주었다.

"오! 태훈 씨! 그러면 작히 좋을까요."

간드러진 여자의 목소리다.

"경숙 씨가 좋으시다면 내야 얼마나 기쁘겠습니까? 아아, 오직 경숙 씨에게 바친 나의 타는 듯한 가슴을 인제야 아셨습니까?"

정열에 뜬 사내의 목청이 분명하였다.

한동안 침묵….

"인제 고만 놓아요. 키스가 너무 길지 않아요? 행여 남이 보면 어떡해요?"

아양떠는 여자 말씨,

"길수록 더욱 좋지 않아요? 나는 내 목숨이 끊어질 때까지 키스를 하여도 길다고는 못하겠습니다. 그래도 짧은 것을 한하겠습니다."

사내의 피를 뿜는 듯한 이 말 끝은 계집의 자지러진 웃음으로 묻혀 버렸다.

그것은 묻지 않아도 사랑에 겨운 남녀의 허물어진 수작이다. 감금이 지독한 이 기숙사에 이런 일이 생길 줄이야! 세 처녀는

얼굴을 마주보았다. 그들의 얼굴은 놀랍고 무서운 빛이 없지 않았으되 점점 호기심에 번쩍이기 시작하였다. 그들의 머릿속에는 한결 같이 로맨틱한 생각이 떠올랐다. 이 안에 있는 여자 애인을 보려고 학교 근처를 뒤돌고 곱돌던 사내 애인이 타는 듯한 가슴을 걷잡다 못하여 밤이 이슥하기를 기다려 담을 뛰어넘었는지 모르리라.

모든 불이 다 꺼지고 오직 밝은 달빛이 은가루처럼 서리인 창문이 소리없이 열리며 여자 애인이 흰 수건을 흔들어 사내 애인을 부른지도 모르리라.

활동 사진에 보는 것처럼 기나긴 피륙을 내리워서 하나는 위에서 당기고 하나는 밑에서 매달려 디룽디룽하면서 올라가는 정경이 있었는지 모르리라.

그래서 두 애인은 만나 가지고 저와 같이 사랑의 속삭거림에 잦아졌는지 모르리라….

꿈결 같은 감정이 안개 모양으로 눈부시게 세 처녀의 몸과 마음을 휩싸 돌았가.

그들의 빰은 후끈후끈 달았다.

괴상한 소리는 또 일어났다.

"난 싫어요. 당신 같은 사내는 난 싫어요."

이번에는 매몰스럽게 내어대는 모양.

"나의 천사, 나의 하늘, 나의 여왕, 나의 목숨, 나의 사랑, 나를 살려주어요. 나를 구해 주어요."

사내의 애를 졸이는 간청….

"우리 구경 가 볼까?"

짓궂은 셋째 처녀는 몸을 일으키며 이런 제의를 하였다. 다른 처녀들도 그 말에 찬성한다는 듯이 따라 일어섰으되 의아와 공구와 호기심이 뒤섞인 얼굴을 서로 교환하면서 얼마쯤 망설이다가 마침내 가만히 문을 열고 나왔다. 쌀벌레 같은 그들의 발가락은 가장 조심성 많게 소리 나는 곳을 향해서 곰실곰실 기어간다. 컴컴한 복도에 자다가 일어난 세 처녀의 흰 모양은 그림자처럼 소리 없이 움직였다.

소리 나는 방은 어렵지 않게 찾을 수 있었다. 찾고는 나무로 깎아세운 듯이 주춤 걸음을 멈출 만큼 그들은 놀랐다. 그런 소리의 출처야말로 자기네 방에서 몇 걸음 안 되는 사감실인 줄이야! 그렇듯이 사내라면 못 먹어 하고 침이라도 뱉을 듯하던 B여사의 방일 줄이야! 그 방에 여전히 사내의 비대발괄하는 푸념이 되풀이되고 있다….

나의 천사, 나의 하늘, 나의 여왕, 나의 목숨, 나의 사랑, 나의 애를 말려 죽이실 테요. 나의 가슴을 뜯어죽이실 테요. 내 생명을 맡으신 당신의 입술로….

셋째 처녀는 대담스럽게 그 방문을 빠끔히 열었다. 그 틈으로 여섯눈이 방안을 향해 쏘았다. 이 어쩐 기괴한 광경이냐! 전등불은 아직 끄지 않았는데 침대 위에는 기숙생에게 온 소위 러브레터의 봉투가 너저분하게 흩어졌고, 그 알맹이도 여기저기 두서없이 펼쳐진 가운데 B여사 혼자—아무도 없이 제 혼자 일어나 앉았다. 누구를 끌어당길듯이 두 팔을 벌리고 안경을 벗은 근시안으로 잔뜩 한 곳을 노리며 그 굴비쪽 같은 얼굴에 말할 수 없이 애원하는 표정을 짓고는 키스를 기다리는 것같이 입을 쫑긋이 내어민 채 사내의 목청을 내어가면서 아깟말을 중얼거린다. 그러다가 그 넋두리가 끝날 겨를도 없이 급작스레 앵돌아서는 시늉을 내며 누구를 뿌리치는 듯이 연해 손짓을하며 이번에는 톡톡 쏘는 계집의 음성을 지어,

"난 싫어요. 당신 같은 사내는 난 싫어요."

하다가 제물에 자지러지게 웃는다. 그러더니 문득 편지 한 장(물

론 기숙생에게 온 러브레터의 하나)를 집어들어 얼굴에 문지르며,

"정말씀이야요? 나를 그렇게 사랑하셔요? 당신의 목숨같이 나를 사랑하셔요? 나를, 이 나를."

하고 몸을 추스리는데 그 음성은 분명히 울음의 가락을 띠었다.

"에그머니, 저게 웬일이야!"

첫째 처녀가 소곤거렸다.

"아마 미쳤나 보아, 밤중에 혼자 일어나서 왜 저러고 있을꾸."

둘째 처녀가 맞방망이를 친다….

"에그, 불쌍해!"

하고 셋째 처녀는 손으로 괸 때 모르는 눈물을 씻었다.

(1924년)

▣ 한국문학사 편찬위원회
이 책은 문학평론가, 국문학과 교수, 고등학교 3학년 국어선생님,
편집주간 등이 기획 · 구성하였고 편집부에서 진행하였다.

국어선생님을 위한
한국문학사 강의 (제6권 : 현대소설)

초판 1쇄 발행일 : 2024년 4월 29일
초판 5쇄 발행일 : 2025년 1월 15일

엮은이 : 한국문학사 편찬위원회
발행인 : 김종윤
발행처 : 주식회사 자유지성사
등록번호 : 제 2 - 1173호
등록일자 : 1991년 5월 18일

서울특별시 송파구 위례성대로 8길 58, 202호
전화 : 02) 333- 9535 | 팩스 : 02) 6280- 9535
E-mail : fibook@naver.com
ISBN : 978 - 89 - 7997 - 572 - 7 (04810)
ISBN : 978 - 89 - 7997 - 566 - 6 (세트)